RENEGALD GRUWE

Spreeleichen

LUDENTOD Erich Malek, Kommissaranwärter bei der Berliner Kriminalpolizei, bekommt buchstäblich zwischen Tür und Angel seinen ersten eigenen Fall zugewiesen. Eine Wasserleiche, aufgefunden im Kiez der Fischerinsel, im Spreekanal, erregt zunächst kein großes Aufsehen. So hat Hauptkommissar Otte Jansen keine Bedenken, dem jungen Kollegen die Verantwortung für diesen Fall zu übertragen, schließlich geht er von einem Streit unter Ganoven aus. Doch weit gefehlt, denn es tauchen weitere Tote auf, die, wie sich schnell herausstellt, alle ihr Geld als Zuhälter verdienten. Das Volk und die Presse sprechen schon von einem »Nuttenrächer«, der sich in Berlin herumtreibt. Und als hätte Malek nicht schon genug Probleme, verliebt er sich ausgerechnet in eine Prostituierte, die in den Fall involviert ist. Für Malek könnte der Start bei der Kriminalpolizei schwieriger werden als gedacht.

Renegald Gruwe, 1956 in Berlin geboren und von Beruf Musiker, arbeitet als Schlagzeuger in diversen Musikgruppen sowie als Techniker und Produzent für mehrere Tonstudios, wo er sich u. a. mit dem Aufnehmen und Produzieren von Werbespots und Hörspielen befasst. Seit einigen Jahren konzentriert sich seine künstlerische Tätigkeit auf das Schreiben von Liedtexten und Kurzgeschichten, die er auf Tonträgern und in Literaturzeitschriften veröffentlicht. Mit »Deckfarbe« gab er sein literarisches Romandebüt, inspiriert nicht zuletzt durch seine Liebe zur gestaltenden Kunst, die er selbst in surrealistischen Federzeichnungen auslebt.

Bisherige Veröffentlichungen im Gmeiner-Verlag:
Deckfarbe (2014)

RENEGALD GRUWE

Spreeleichen

Ein Fall für Erik Malek

GMEINER SPANNUNG

Dieses Buch wurde vermittelt durch
die Literaturagentur erzähl:perspektive

Besuchen Sie uns im Internet:
www.gmeiner-verlag.de

Im Ehnried 5, 88605 Meßkirch
Telefon 07575/2095-0
info@gmeiner-verlag.de

2. Auflage 2016

Lektorat: Sven Lang
Herstellung: Mirjam Hecht
Umschlaggestaltung: U.O.R.G. Lutz Eberle, Stuttgart
unter Verwendung eines Fotos von: © ullstein bild
Druck: CPI books GmbH, Leck
Printed in Germany
ISBN 978-3-8392-1891-4

Personen und Handlung sind frei erfunden.
Ähnlichkeiten mit lebenden oder toten Personen
sind rein zufällig und nicht beabsichtigt.

Kapitel 1

Kartoffelsalat im Zoologischen Garten und ein Attentatsversuch auf den Polizeivizepräsidenten

Erich Malek versuchte, den Faden durch das Nadelöhr zu fädeln. Vergeblich. Auch der akrobatische Versuch, mit dem Stiel einer Lupe im Mund unter der großen Stehlampe neben dem Sofa sitzend das notwendige Werkzeug zum Annähen eines Jackenknopfes zu präparieren, funktionierte nicht wie beabsichtigt.

»Himmel, Arsch und Zwirn«, schimpfte Malek und ließ die Nadel und den Faden zurück in das Nähkästchen wandern. »Na schön, dann kommen eben wieder einmal Frau Maleks gesammelte Nähkünste zum Tragen.«

Das Jackett wurde zurück auf den Bügel gehängt. Ein Besuch bei der Mutter morgen nach Dienstschluss war beschlossene Sache.

Nun war der Versuch fehlgeschlagen, den misslungenen Abend durch eine sinnvolle Arbeit doch noch zu retten. So blieb nur die Flasche Weinbrand als Partner, um die Beförderung zum Kriminalkommissaranwärter zu feiern. Ein Streit hatte Agnes bewogen, die Zweizimmerwohnung des Polizeibeamten an diesem Abend lautstark zu verlassen. Malek fragte sich, um was es bei der Zankerei noch mal gegangen war.

Eigentlich brauchten er und seine Freundin in letzter Zeit keinen wirklichen Grund, um sich gegenseitige Beleidigungen und Vorwürfe an den Kopf zu werfen. Ein Wort ergab das andere und schon flogen die Fetzen. Meist entzündete sich der Streit an belanglosen Kleinigkeiten.

Heute, so erinnerte sich Malek wieder, ging es um einen gemeinsamen Ausflug am kommenden Wochenende. Agnes wollte mit dem Zug in die Schorfheide fahren und dort in einem kleinen Gasthof übernachten. Es sollte romantisch zugehen.

Maleks Reiselust beschränkte sich auf eine Fahrt mit der Elektrischen zu einem Besuch im Zoologischen Garten. Der von Agnes selbst gemachte Kartoffelsalat und die Bouletten von seiner Mutter würden zusammen mit einem Pils unter freiem Himmel besonders gut schmecken.

Nach einer Stunde waren die Fronten unwiderruflich verhärtet und der imaginäre Kartoffelsalat über Maleks Kopf ausgeschüttet. Malek erinnerte sich, dass Agnes eine Andeutung in Richtung »dann geh doch zu deinen Affen« gemacht hatte, bevor die Wohnungstür hinter ihr ins Schloss gefallen war.

Der achtundzwanzigjährige Polizist lebte allein, aber nicht weil er allein leben wollte. Vielmehr hatte sich noch keine Frau gefunden, die das – von ihm selbst zugegeben – schwierige Wesen Maleks langfristig ertragen wollte. Natürlich spielte auch der Beruf eine wichtige Rolle in der Zweisamkeit, wenn nach Dienstschluss zwischen Agnes und Malek oft noch ein imaginärer Dritter mit auf der Couch saß. Dieser Dritte war entweder schuldig oder unschuldig. So grübelte der Polizist, wenn Agnes schon auf besagter Couch eingeschlafen war. Und vor Agnes war es Lotte, und vor Lotte war es Luise, und vor Luise war es …

»Sie müssen mehr Abstand zu Ihrer Arbeit finden.« Diesen Rat hatte sein Chef, Hauptkommissar Otto Jansen, dem jungen Kollegen mehr als einmal gegeben. Gelegentlich ergänzte der Leiter der Inspektion A, Mord und Körperverletzung, im Polizeipräsidium am Berliner Alexanderplatz noch väterlich: »Mensch, Malek, vergiss das Menschsein nicht!«

Nun stand Malek am Fenster seines Wohnzimmers in Neukölln und blickte hinunter auf die Jonasstraße. Alles war ruhig. In der schummrigen Beleuchtung einer Gaslaterne konnte er auf der anderen Seite der Straße an einer Litfaßsäule die Schlagzeile eines rot umrandeten Fahndungsaufrufs seiner Dienststelle erkennen. Wieder hatte ihn der Beruf eingeholt.

»Bis zu zehntausend Reichsmark Belohnung für Hinweise, die zur Ergreifung des Täters führen.«

Den Rest konnte Malek aus dieser Entfernung nicht lesen, da die Schrift zu klein war. Aber natürlich kannte der Kriminalist den Inhalt des Fahndungsaufrufes. Es handelte sich um die Fahndung nach einem Frauenmörder, der schon seit zwei Jahren in Berlin und Umgebung sein Unwesen trieb.

Über dem Fahndungsaufruf klebte ein Wahlplakat der Kommunisten. Ein stilisierter Hammer, verziert mit einem Stern, der auf drei Köpfe einschlug. Nur den in der Mitte, den mit einem Hakenkreuz auf dem Helm, konnte Malek eindeutig als Nationalsozialisten ausmachen. Ein anderer Kopf trug einen Zylinder, womit wahrscheinlich die Deutschnationale Volkspartei gemeint war, und das dritte Gesicht hatte eine auffallende Ähnlichkeit mit dem ehemaligen Reichspräsidenten, dem verstorbenen Friedrich Ebert von der SPD.

»Gebt eure Stimme bei der Reichstagswahl am 20. Mai 1928 der Kommunistischen Partei Deutschlands. KPD!«, las der Kriminalist laut die Überschrift. Die Wahl fand in zwei Wochen statt. Bis dahin würden die Anhänger der extremen Parteien sicherlich noch einiges politisches Porzellan zerschlagen. Und mit Knüppeln und anderem Schlagwerkzeug die gegnerischen Schädel. Und so hatten Erich Malek und seine Kollegen neben den üblichen Verbrechen auch noch die politisch motivierten aufzuklären.

So wie den Anschlag auf den Polizeivizepräsidenten Dr. Bernhard Weiß vor einigen Tagen. Ob diese Tat politischer Natur war oder eine kriminell bedingte Erpressung zum Hintergrund hatte, war bislang nicht geklärt.

Vor einer Woche hatte Hauptkommissar Jansen morgens einige seiner Leute im großen Besprechungsraum des Polizeipräsidiums um sich versammelt, um ihnen mitzuteilen: »Auf den Polizeivizepräsidenten Dr. Bernhard Weiß wurde heute Morgen geschossen. Vermutlich ein Attentat, verübt aus einem Fenster gegenüber der Dienstwohnung des Herrn Dr. Weiß heraus. Es wurde ein Schuss abgegeben. Der Herr Vizepräsident ist unverletzt.«

Ein aufgeregtes Grummeln setzte unter den Beamten ein, und Otto Jansen musste für Ruhe und Aufmerksamkeit sorgen.

»Meine Herren, meine Herren, ich bitte Sie, hören Sie weiter! Der Polizeivizepräsident hat mich gebeten, dieses Vorkommnis nicht der Presse und somit der Öffentlichkeit mitzuteilen. Ich möchte Sie bitten, dies zu respektieren. Also keine Gespräche mit den Damen und Herren von der schreibenden Zunft. Zumindest vorläufig nicht. Und auch im übrigen Präsidium sollte über diese Angelegenheit Stillschweigen bewahrt werden. Wir haben bald Reichstagswahlen, und Herr Weiß möchte nicht, dass dieses Ereignis in irgendeiner Weise die Wahlen beeinflusst.«

Erich Malek sah sich unter den Anwesenden um. Soweit er es beurteilen konnte, waren es alles Gesichter aus der Abteilung, die zu den politisch gemäßigten Kriminalbeamten zu zählen waren.

»Ich weiß schon, Malek, warum ich Sie zur Beförderung vorgeschlagen habe«, bemerkte der Hauptkommissar später in seinem Büro anerkennend. »Ja, ich habe nur die eingeweiht, denen ich vertrauen kann. Natürlich kann darunter auch mal Fallobst sein, aber das Risiko müssen wir eingehen.«

»Eine Geheimoperation, sozusagen«, schnalzte Kriminalassistent Klaus Winter mit der Zunge.

»Sagen wir, vorerst ermitteln wir etwas abseits der Öffentlichkeit.«

Malek war skeptisch. »Die Frage ist, wann sickert die erste Information durch? Und was erklären wir dann gegenüber der Presse?«

»So wie es im Augenblick aussieht, könnte alles Mögliche in alle möglichen Richtungen dabei herauskommen. Also auch politisch. Und da ist es immer ratsam, verdeckt zu ermitteln, um keine unliebsamen Trittbrettfahrer aufzuscheuchen, die sich solche Taten gerne auf ihre eigenen Fahnen schreiben. Genügt das Ihrer Meinung nach als Argument gegenüber der Presse?«

Malek nickte nur.

»Ein hervorragender Schütze«, wandte sich Jansen den Tatsachen zu und musste die Zielgenauigkeit anerkennen.

»Na ja, Gott sei Dank schießt er nicht so gut, dass er den Polizeivizepräsidenten getroffen hat.«

Otto Jansen sah Kriminalassistent Winter durchdringend an. Dann verwies er auf die Fotos, die am Tatort gemacht wurden.

»Sehen Sie sich mal den Standort von Dr. Weiß an und dann das Einschussloch.«

Winter tat, wie ihm gesagt wurde, und nahm die Fotografie in die Hand. Die Stelle, an der das Geschoss in den Putz eingeschlagen war, und der Aufenthaltsort des Polizeivizepräsidenten waren mit weißen Kreidekreisen markiert.

»Knapp daneben ist auch vorbei«, fiel dem Assistenten nichts Besonderes auf.

Malek hatte verstanden, worauf Jansen hinauswollte. Er nahm das Foto und las die Höhe ab, die ein Metermaß aus Holz auf dem Bild anzeigte. Bei dem Einschussloch im Mauerwerk zeigte die Skala ein Meter siebzig an.

»Wie groß ist Herr Dr. Weiß?«, fragte Malek seinen Vorgesetzten.

»Siehste, Winter, von dem kannste noch was lernen. Genau auf gleicher Höhe waren die Stirn und die Augenpartie des Polizeivizepräsidenten, als der Schuss fiel. Nur eben dreißig Zentimeter daneben.«

Erich Malek erläuterte dem Kollegen die Überlegungen ihres Chefs: »In Annahme, dass der Herr Polizeivizepräsident ungefähr ein Meter vierundsiebzig groß ist, kann man davon ausgehen, dass der Schütze absichtlich danebengeschossen hat. Er wollte zeigen, dass er den Herrn Dr. Weiß hätte töten können, aber es zu diesem Zeitpunkt nicht tun wollte. Es war eine Warnung.«

»Genau, so präzise danebenzuschießen, kann nur ein geübter Schütze. Ich denke, da kommt noch was nach.«

Otto Jansen hatte mal wieder den richtigen Riecher. Zwei Tage später kam er morgens ins Büro und rief die Mitarbeiter seiner Inspektion zusammen. Im großen Besprechungsraum nahmen die Kriminalisten nebeneinander Platz. Jansen selbst setzte sich mit einer Gesäßhälfte auf die Kante des Schreibtischs. In der Hand hielt er ein Blatt Papier.

»Unser Mann ist aus der Deckung hervorgekommen«, begann er und hielt dabei das Schreiben hoch. Dann las er daraus vor: »Sehr geehrter Herr Dr. Weiß, ich hoffe, meine kleine Aufmerksamkeit hat Sie nicht allzu sehr erschreckt. Aber mir erschien es sinnvoller, eine drastische Demonstration meiner Macht einer leeren Drohung vorzuziehen. So wissen Sie und Ihre Mitarbeiter, woran Sie sind. Nun zu meinen Forderungen.«

Otto Jansen erklärte noch die Bedingungen, unter denen der Täter davon absah, einen weiteren Mordanschlag auf den Polizeivizepräsidenten zu verüben. Dieser etwas seltsam anmutende Katalog an Forderungen umfasste unter anderem die Wiedereinführung der Monarchie, ein komplettes Verbot der demokratischen Parteien, die Zerschlagung des Weltfinanzjudentums, den Rücktritt des Juden »Isidor« Weiß als Vizepolizeipräsident und eine hohe Geldsumme.

»Ich würde sagen, dieser Herr ist nicht ganz bei Sinnen!«, stand für Kommissar Wilhelm Roder fest.

»Aber er schreibt ganz gewählt, so als ob er eine höhere Schulbildung genossen hätte«, warf Kriminalassistent Fritz Teichmann ein.

Gemurmel bestätigte die Annahme.

»Nach dem ersten Eindruck könnte der Verfasser dieses Briefes eine Frau sein. Unsere Grafologin hat diese Vermutung bestätigt. Das würde auch die gewählte Ausdrucksweise erklären, wie Kollege Teichmann richtig bemerkt hat.«

»Also haben wir es im Grunde mit zwei Tätern zu tun«, fasste Klaus Winter zusammen.

Otto Jansens Blick verfinsterte sich. »Eventuell sogar mit einer Gruppe. Dann wäre die Sache politisch.«

Malek hatte wieder einmal eine eigene Theorie. Er meldete sich wie in der Schule, sodass Jansen ihm mit einem Schmunzeln das Wort erteilte.

»Ich könnte mir vorstellen, der Mann lenkt mit seinen vordergründig wirr erscheinenden und kaum erfüllbaren Forderungen nur von seiner eigentlichen Absicht ab.«

»Und die wäre?«, wollte der Hauptkommissar wissen.

»Geld. Es geht ihm nur um das Geld. Wie zufällig ist es die letzte Forderung, und augenscheinlich nicht seine Wichtigste.«

»Und die Anspielung auf die jüdische Herkunft des Vizepolizeipräsidenten?«, ging Kommissar Roder auf die antisemitischen Äußerungen des Briefes ein. »Isidor, diesen Namen benutzen die Nationalsozialisten gern als Verhöhnung für den Vizepräsidenten.«

»Sie sagen es, Roder. Es könnte ein Hinweis sein«, griff Otto Jansen die Bemerkung des Kollegen auf. »Wir dürfen die Bedrohung von den rechten Kräften nicht unterschätzen, da gebe ich Roder recht. Vorerst sollten wir in alle Richtungen ermitteln, bis sich Verdachtsmomente erhärten. An die Arbeit, Männer. Tschüskin!«

Die üblichen Ermittlungen wurden eingeleitet. Besonders der Brief wurde einer genaueren Überprüfung unterzogen. Aber auch hier waren nur Mitarbeiter des Erkennungsdienstes beteiligt, die Jansen für unbedingt vertrauenswürdig hielt. Und so wurde Kriminalassistent Klaus Winter von einer Mitarbeiterin als Schriftgutachter in einem Schnellkurs unterwiesen und musste Schriftstücke, die von Erpressungsfällen älteren und neueren Datums waren, mit dem Brief des Erpressers oder der Erpresser vergleichen. Es konnte sein, dass der Täter schon einmal mit solch einem Versuch aufgefallen war.

Folglich wuchsen auf dem Schreibtisch Winters die Stapel mit entsprechenden Dokumenten zu einem Gebirge, »den bayerischen Alpen nicht unähnlich«, wie Malek frotzelte.

Der Schutz von Dr. Weiß war nur in eingeschränktem Maß möglich. Zum einen durfte man die Öffentlichkeit nicht darauf aufmerksam machen, und zum anderen wollte der Polizeivizepräsident keine übertriebenen Sicherheitsmaßnahmen zulassen.

»Es ist zum Mäusemelken«, beklagte sich der Hauptkommissar bei seinen Mitarbeitern über die eingeschränkten Arbeitsmöglichkeiten.

Otto Jansen hatte seine Überlegungen früh auf die Präzision des abgegebenen Schusses konzentriert. »Da liegt der Schlüssel. So einer war unter Garantie bei der Reichswehr. Vielleicht sogar schon im Weltkrieg. Dass er noch bei dem Haufen ist, halte ich für unwahrscheinlich. Er kann sich denken, dass wir zuerst in diese Richtung ermitteln.«

Malek hatte die Aufgabe bekommen, sich um entsprechende Listen von Soldaten mit der Fähigkeit eines Scharfschützen zu kümmern. Bei der Führung der Reichswehr in der Königin-Augusta-Straße war man über das Ansinnen der Polizei nicht sehr erfreut. Zumal der Kriminalist keine Gründe für seine Untersuchungen nennen durfte. Das Misstrauen der Führung der Reichswehr gegenüber anderen Dienststellen saß auch acht Jahre nach den Ereignissen in Zusammenhang mit dem sogenannten »Kapp-Putsch« vom 13. März 1920 tief. Der Polizeivizepräsident Dr. Weiß wurde von den Generälen argwöhnisch beäugt.

Malek konnte seinem Chef kein überzeugendes Ergebnis seiner Nachforschungen präsentieren – sei es durch die unwillige Bereitschaft zur Hilfe oder weil wirklich nicht viele Unterlagen vorhanden waren.

Dies war der Stand von heute Morgen. Malek drehte sich wieder vom Fenster weg und setzte sich auf seine Couch. Ein Weinbrand half über die trostlose Beförderungsfeier hinweg.

»Prost, Malek!«

Kapitel 2

Eine Dame ist ein Herr und Herr Müller übt einen »Diener«

So einsam wie in der Wohnung des Kriminalbeamten Erich Malek in der Jonasstraße in Neukölln ging es im Petrieck auf der Fischerinsel gute fünf Kilometer Luftlinie entfernt nicht zu.

»Ich nehme bitte noch einen Sekt, Herr Wirt.«

»Gerne, meine Dame! Sehr gerne!«, machte Friedrich Müller einen tiefen Diener.

Das letzte Mal, so erinnerte sich der stämmige Kneipier, hatte er solch eine Verbeugung als zehnjähriger Knabe vor einer Frau vollzogen. Es war vor der Leitung des Kinderheims, in das man den Jungen gebracht hatte. Den Diener hatte Friedrich Müller damals nicht aus freien Stücken ausgeführt. Der Polizist, der ihn in die Anstalt eingeliefert hatte, hatte ihn im Genick gepackt und den Gruß zwangsweise vollzogen. Fräulein Schneider, eine altjüngferliche Erzieherin mit einem Blick, der Friedrich noch Jahre später das Blut in seinen Adern gefrieren ließ, hatte ihre spezielle Art der Prügelstrafe erfunden. Dafür genügten kleinste Vergehen oder auch nur vage Beschuldigungen eines Mitinsassen. Um Wahrheitsfindung oder gar Gerechtigkeit war es ihr nicht gegangen. Da sie von schwächlicher Statur war und nicht selbst eine wirklich gut platzierte Ohrfeige hätte austeilen können, hatte sie sich einen der älteren Bewohner des Erziehungsheims als Gehilfen auserkoren. Dieser Bursche hatte sich, wenn Fräulein Schneider es für angebracht hielt, zu bestrafen oder auch nur eine Lektion zu erteilen, mit dem Delinquenten in eine stille Kammer zurückgezogen und diesem die Manieren beigebracht, die sich das Fräulein für ihre Zöglinge wünschte. Die entsprechenden Male dieser Pädagogik waren für alle anderen als sichtbare Warnung zu verstehen gewesen.

Friedrich Müller hatte in späteren Jahren erfahren, dass diese Praxis der Erziehung irgendwann aufgeflogen und dass Fräulein Schneider aus dem Erziehungsdienst entlassen worden war. Den prügelnden Gehilfen ereilte ein schwereres Schicksal. Ihn hatte man vor den Toren der ehemaligen Erziehungsanstalt übel zugerichtet tot aufgefunden. Offensichtlich ein Racheakt eines oder mehrerer Insassen der Anstalt.

An dem Fräulein gerächt hatte sich der heutige Budiker nicht, nachdem er aus dem Heim entlassen worden war. Allein die Fantasie hatte sich über Jahre erhalten. Geblieben und fest im Kopf des Friedrich Müller eingebrannt war die Antipathie gegen Ehrbezeugungen jeglicher Art, sei es vor Militär, Polizei oder sonstiger Obrigkeit – und gegen Höflichkeiten wie einen Diener.

Aber hier war alles anders. An einen solch aparten Besuch in seinem Lokal wie den dieser Dame konnte der Kneipenwirt sich nicht erinnern. Schon als sie sein Lokal in Begleitung dieses Kerls betrat, fiel Friedrich die schlanke Frau auf. Sie war genauso groß wie ihr Begleiter, gut einen Meter achtzig, schätzte der Wirt. Sie war sehr modern gekleidet und ihr Gang verriet, dass dieser Gast etwas Besseres war. Bei der ersten Bestellung bemerkte Müller sofort die feingliedrigen, gepflegten Hände der Frau. Weshalb die Dame mit diesem eher schmierigen Burschen am Tisch saß, konnte er nicht verstehen. Während er hinter dem Tresen ein Bier zapfte, zeigte er mit dem Kinn zur Nische mit der Holzbank und fragte Lisa, seine Bierglas spülende Bedienung: »Wat findet sone Frau nun an sone Type?«

»Wo die Liebe hinfällt«, gab das junge Mädchen zur Antwort, ohne auch nur für einen Moment den Blick von dem Spülbecken zu nehmen.

Sie tauchte die Gläser mechanisch in das Laugenwasser, spülte im klaren Wasser nach und stellte sie nebeneinander auf das spiegelnde Thekenblech. Dann nahm sie das Handtuch und wischte trocken, was nicht sofort vom Wirt wieder mit Bier gefüllt wurde. Und im Petrieck blieb der Hahn nie lange geschlossen. Der Gerstensaft lief an diesem Abend besonders gut. Samstagabend. Ein

Teil der Gäste hatte seine Lohntüte erhalten, ein anderer die magere Stütze im Rahmen der neu eingeführten Reichsfürsorgepflichtverordnung vom Amt geholt und ein dritter Teil hatte abkassiert. Das hieß, Damen um ihren Tagesverdienst erleichtert, den letzten Bruch zu Geld gemacht oder sich mit schlanken Fingern in fremden Taschen bedient. Jedoch nicht im Petrieck. Hier war man vor Langfingern sicher, auch wenn einer direkt neben einem am Tresen stand.

Das Petrieck lag, wie leicht zu vermuten, an der Ecke Petristraße und Friedrichsgracht – am Spreekanal. Die Gegend um das Lokal wurde Fischerinsel genannt und war einer der ältesten Stadtquartiere Berlins. Seit Mitte des 19. Jahrhunderts hatte sich der Fischerkiez infolge von Überbauung und wachsender Industrialisierung Berlins zu einem Arme-Leute-Viertel gewandelt. Entsprechend setzte sich das Publikum im Petrieck aus diesem Viertel zusammen. Dass der junge Mann mit der hübschen Dame in der Nische ein Zuhälter war, darauf wäre Friedrich Müller jede Wette eingegangen.

»Ick kenn doch meine Schweine am Jang!«

Sein Revier hatte der Bursche allerdings nicht auf der Fischerinsel. Die Gegend um das Petrieck kannte der Wirt wie seine Westentasche. Hier waren ihm die Herren bekannt. Und viele von den Damen. Einige nutzten sogar ab und zu stundenweise eines seiner drei Hinterzimmer. Natürlich ohne Wissen des Kneipiers. Offiziell vermietete Herr Müller nämlich Zimmer mit Frühstück.

Doch diese Dame passte nicht in das Bild. Sie hatte eher etwas von einer aus der feinen Gesellschaft, einer aus dem Westen stammenden Fabrikantengattin oder einer Schauspielerin.

Der Wirt hätte die Wette gewonnen. Valentin Strobel war ein Zuhälter, wie er im Buche stand. Dass Müller ihn nicht kannte, lag, wie er ebenfalls richtig getippt hatte, daran, dass das Revier von Strobel in München lag. In Berlin hatte Strobel nur ein Nebengeschäft zu erledigen. Aus diesem Grund hatte er sich mit der Dame im Petrieck getroffen.

»Ganz verstehen kann ich nicht, warum diese Maskerade sein muss«, schüttelte Strobel den Kopf.

»Wenn die Leute mich erkennen und es rauskommt, dass ich mit dir verkehre, ist es aus mit dem Erfolg. So schwer kann das doch nicht sein. Der große Hofer mit einem …«, hielt Bruno inne.

Valentin lächelte und machte es seinem Gegenüber leichter: »Ein Zuhälter und der große Filmstar Bruno Hofer. Das verstehe ich. Aber warum als Frau? Obwohl …«, machte Valentin eine Pause und betrachtete die Gestalt seines Freundes aus alten Tagen eingehend. Dann bemerkte er anerkennend: »Ich muss zugeben, wenn du wirklich eine Frau wärst, könntest du eine Menge Geld machen. Aber auch so dürfte einiges für dich drin sein.«

Bruno Hofer lächelte ob des Kompliments. Auch wenn dieses etwas sonderbar anmutete. Der Schauspieler hatte bereits früher Erfahrungen mit dieser Art der Verkleidung gemacht, wie er Valentin Strobel erzählte. Das Theater am Schiffbauerdamm hatte 1920 eine männliche Hauptrolle für die Inszenierung des Theaterstücks »Charleys Tante« von Brandon Thomas gesucht. Bruno Hofer war damals ein junger Schauspielanfänger gewesen.

»Der nächste Herr, bitte!«

Regisseur Walter Vogel bat den nächsten Schauspieler auf die Bühne. Dann sah er in seine Unterlagen, wen er vor sich an der Rampe zu erwarten hatte.

»Ach nein«, winkte Vogel ärgerlich ab, als die Person in einem leichten Sommerkleid und Kurzhaarfrisur an den Bühnenrand in das Scheinwerferlicht trat. »Ich hatte doch ausdrücklich darum gebeten, dass sich keine Damen vorstellen. Ich möchte nur Herren. Ja, kann man denn in diesem Haus nicht einmal das tun, was ich wünsche? Junges Fräulein«, wandte sich Walter Vogel von seinem Regieassistenten zur Rechten direkt an die Schauspielerin auf der Bühne. »Fräulein Hofer, wir suchen für diese Rolle einen Herrn, einen Mann, einen Kerl, der eine Frau spielt, eine Dame. Eine Tante. Das Stück heißt ›Charleys Tante‹! Wir suchen einen

Mann, der eine Frau spielt. Haben Sie das verstanden? Aber wie ich unschwer erkennen kann, sind Sie …«

»Entschuldigen Sie, Herr Vogel, dass ich Sie unterbreche«, trat der Inspizient des Theaters seitlich auf die Bühne und stellte sich neben das vermeintliche Fräulein. »Diese Dame ist ein Herr.«

Walter Vogel hielt in seinem Redeschwall inne und sah verdutzt zur Bühne. Der Regieassistent suchte in den Bewerbungsunterlagen und bestätigte die Aussage des Inspizienten.

»Hier steht: Bruno Hofer. Herr Bruno Hofer.«

Der Regisseur nahm einen Schluck aus dem Wasserglas vom Pult vor sich und befeuchtete seine Kehle. So etwas hatte er in seiner langjährigen Arbeit als Spielleiter noch nicht erlebt.

»Ja, mein Name ist Bruno Hofer und ich möchte für die Rolle des Lord Fancourt Babberly vorsprechen!«, erklärte Bruno mit möglichst tief angelegter Stimme.

Dass Hofer trotz seiner perfekten Maske die Rolle nicht bekommen hatte, lag an der perfekten Maske selbst.

Walter Vogel hatte es Bruno, wenn auch etwas verschwurbelt, erklärt: »Unsere Tante muss wie ein Kerl aussehen, der wie eine Frau aussieht, die wie ein Kerl aussieht, der wie eine Frau aussieht! Sonst denkt das Publikum noch, es ist eine echte Tante. Sie aber sehen aus wie eine junge hübsche Frau, die wie eine junge hübsche Frau aussieht.«

Valentin Strobel konnte die Aussage des Theaterregisseurs nur bestätigen. Auch wenn zwischen der erwähnten Probe und dem heutigen Abend einige Jahre lagen. Sogar die Perücke auf dem Kopf von Bruno Hofer war dem modischen Geschmack der Zeit angepasst. Ein flotter Bubikopf und ein auffallend rot leuchtender Lippenstift ließen den Schauspieler als selbstbewusste junge Frau erscheinen. Die auberginefarbenen Nägel an den schlanken, sorgfältig gepflegten Fingern sorgten für eine weitere Perfektionierung der Maske.

»Wo hast du denn das Kleid her und die Schuhe?«

»Ein kurzer Abstecher in die Filmstudios nach Babelsberg und dort in den Kostümfundus. Ich kenne mich da aus. Das Kleid und die Perücke im Film ›Eheferien‹ von 1927 hatte eine junge, fesche Sekretärin getragen, die leider am Ende den Hauptdarsteller doch nicht bekommen hat. Lilian Harvey war stattdessen die Glückliche. Jetzt rate mal, wer den glücklichen Ehemann gespielt hat?«

»Geh aber nicht für Männer«, hielt Strobel Bruno grinsend am Handgelenk fest, als dieser sich erhoben hatte.

Bruno wählte keineswegs das falsche Örtchen, umso mehr war er überrascht, als er einen Gegenstand fand, den er eher im Herren-WC vermutet hätte.

Wie man mit einem Springmesser umging, wusste der Schauspieler aus einem seiner Filme. Wie scharf und spitz diese Klingen waren, war ihm bisher nicht bekannt. Die Schneide schnellte aus dem Heft und bohrte sich in die Tür der Toilettenkabine. Bruno musste einige Kraft aufwenden, um das Messer wieder aus dem Holz zu bekommen.

Das Requisit aus dem Film »Tod im Nordexpress« war stumpf und die Spitze abgerundet gewesen. Sonst hätte Bruno in der Rolle des erpressten Geschäftsmannes seinen Gegenspieler verletzt, als er auf dem verdunkelten Gang des Schnellzuges von Berlin nach Kopenhagen auf ihn eingestochen hatte.

Wie im Film »Tod im Nordexpress« ging es auch jetzt um eine Erpressung, dachte Hofer und wog das Messer in seiner Hand. War es nun Zufall oder Schicksal, dass er es in seiner Hand hielt?

Alle Probleme, die Strobel ihm machen könnte, waren mit einem Mal weit, weit entfernt. Valentin musste ihm nur seine Kehrseite zuwenden und schon würde Bruno mit dem Messer zustechen. Es musste draußen auf der Straße geschehen. In einer dunklen Gasse oder im Schatten eines Baumes, der das Mondlicht verdunkelte. Der Kerl war doch selbst schuld. Was musste er ihn erpressen wegen einer Angelegenheit, die schon so lange zurücklag. Und dass der Kerl einfach so mir nichts, dir nichts, vor Brunos Haustür gestanden hatte, war sein Todesurteil. Das musste einfach seinen Tod bedeuten.

Natürlich hatte Bruno bereits am Morgen, als Valentin Strobel völlig unerwartet vor seiner Wohnung gestanden hatte, daran gedacht, ihn aus dem Weg zu räumen. In der Sekunde des Anblicks war es dem Schauspieler klar gewesen, dass nur der Tod von Valentin Strobel einen Schlussstrich unter dieses Kapitel seines Lebens ziehen würde.

»Ich habe jetzt keine Zeit«, improvisierte der Schauspieler, »ich habe Besuch in meinem Bett. Eine junge Dame, deren Ehemann, wenn er von diesem Stelldichein erfahren würde, nicht sehr erfreut wäre«, hatte Bruno gelacht. »Luise, ich komme gleich, hier ist nur jemand an der Tür«, rief Bruno in Richtung seines Schlafzimmers.

Hätte Valentin geahnt, dass der Landsmann ihn anlog, er wäre dem Schauspieler gegenüber vorsichtiger gewesen.

Bruno drückte dem Mann vor seiner Haustür einen größeren Geldschein in die Hand und nannte ihm die Adresse des Petrieck. Dort wollte man sich am Abend treffen und über alles reden.

Die Klinge des Springmessers klappte zurück in das Heft. Verrückt. Nun saß Bruno Hofer in Frauenkleidern mit einer Perücke auf dem Kopf und in Maske auf dem heruntergeklappten Deckel des Damenklos mit einem Messer in der Hand und überlegte, wie er seinen Widersacher am besten abstechen konnte. Einem Schauspielerkollegen das Messer in die Brust zu rammen, war etwas anderes, als einen Valentin Strobel zu töten.

»He, was machste denn da so lange drin?!«, rief es und klopfte zugleich an die Tür. »Wohl zu tief ins Glas jekiekt, wat? Wenn de jekotzt hast, musste die Schweinerei aber wieder wegmachen!«

Bruno antwortete mit hoher, aber fester Stimme, dass es ihm gut ginge, nur die Gurken und der Sekt hätten sich nicht vertragen.

Am Ausgang der Damentoilette, am engen Durchgang mit dem Waschbecken, trafen sie aufeinander. Lisa Paul trug ihre langen, dunklen Haare zu einem Zopf geknotet. Als sie die Dame erkannte, die von der Toilette kam, wurde sie rot und machte einen Knicks.

»Entschuldigen Sie, gnädiges Fräulein, ick hatte jedacht«, stammelte die junge Frau unsicher, »et wäre die Paula, wissen Se, die säuft nämlich immer so fille, bis das Zeug Unterkante Oberlippe steht. Ick wusste ja nicht, dass dis gnädige Fräulein auf der …«

Das »gnädige Fräulein« und den Knicks hatte Lisa aus einem Groschenroman, in dem sie einmal über die feine Gesellschaft gelesen hatte. Die Dame lächelte milde und sprach jetzt, für Lisa unerwartet, mit ungewöhnlich tiefer Stimme: »Sie machen auch nur Ihre Arbeit. Ich kann das verstehen, wenn ich mir vorstelle, was für ein Publikum hier verkehrt, haben Sie sicher einiges zu erzählen. Hier«, suchte die Dame das Portemonnaie aus ihrer Handtasche und drückte der Bedienung einen Fünfzigmarkschein in die Hand. Dann tätschelte sie Lisas Wange und verließ die Toilette. Zurück blieb ein sprachloses Mädchen.

Als Lisa wieder hinterm Tresen stand, konnte sie ihren Blick nicht von der vornehmen Dame nehmen. Diese saß wieder am Tisch in der Nische und sprach mit dem Mann ihr gegenüber.

»Ich gebe dir das Geld wie versprochen. Ich brauche nur einige Tage, um es unauffällig von meinen Konten abzuheben.«

»Du hast mehrere Konten?«

Du Schweinehund, elendiger, dachte Bruno und ärgerte sich selbst über seine Unachtsamkeit. Jetzt würde der Preis steigen. Vor einem Verbrecher wie Strobel musste man ständig auf der Hut sein. Unwillkürlich legte Bruno die Hand auf seine Handtasche und fühlte die Beschaffenheit des Messers.

In der Jugendzeit hatte der kleine, damals schon von keinem Skrupel behaftete Gauner die Nachbarschaftskinder terrorisiert und ihnen alles abgenommen, was ihm von Wert schien, um es später zu verhökern. Auch wenn die meisten aus dem Dorf und der näheren Umgebung nicht viel besaßen. Das Wenige stahl ihnen Valentin Strobel. Bis auf Schuhe und warme Kleidung im Winter. Nur wenn man sein Freund war, war man einigermaßen vor Repressalien sicher. Bruno hatte es geschafft, Strobels Freund zu werden. Schläge und Misshandlungen musste er trotzdem ertragen und dem Gleichaltrigen bei Diebstählen zur Hand gehen. So wurde der zarte Junge selbst in Schurkereien verwickelt. Und dann kam, was kommen musste.

Es war Ende Oktober im Jahr 1912, Bruno Hofer hieß noch Sebastian Riedler und wohnte mit seiner Mutter, seinen fünf Geschwistern und dem strengen, gewalttätigen Vater in einem kleinen Bauernhaus am Rande des Dorfes. Sebastian und Valentin hatten in aller Früh einen Streifzug durch die Dörfer im Nachbartal unternommen, aber nur wenig Beute gemacht. Ein paar Schulbuben hatten sie die Pausenbrote abgenommen und einem Jungen die Handschuhe. Diese wärmten nun die Hände von Strobel. Sebastian musste seine Hände tief in den zerschlissenen Hosen versteckt warm halten.

Auf dem Rückweg trafen sie den Senner Andreas Seeberger auf dessen Hof. Ein alter, mürrischer Mann mit wettergegerbter Haut. Der Alte war allein und von Besuchern nicht angetan. Das Gastrecht war in den Bergen heilig. Allerdings schienen ihm die beiden Burschen alles andere als vertrauenswürdig. Als dann Strobel sich am Schnaps des Bauern gütlich tun wollte, platzte dem der Kragen und er warf die Jungen hinaus. Valentin Strobel war nun kein Mensch, der sich so einfach vor die Tür setzen ließ. Er begann mit dem Einsiedler einen Händel. Im Gerangel kamen der Alte und der junge Bursche bedrohlich nahe an einen steilen Abhang, der nicht durch einen Zaun gesichert war. Sebastian wollte in guter Absicht dem alten Bauern zu Hilfe kommen, da Strobel dem Mann kräftemäßig überlegen war, und er dachte, Valentin würde ihm etwas antun. In diesem Augenblick ließ Strobel den Alten los und Sebastian versetzte dem Senner einen Stoß. Seeberger stürzte und fiel, sich mehrere Male überschlagend, den Abhang hinunter und blieb Hunderte Meter tiefer regungslos liegen.

Die Polizei ging von einer Unachtsamkeit des Bauern aus, dass ein Fehltritt ihn zu Tode stürzen ließ.

Natürlich hatte Valentin Sebastian seitdem fester im Griff, als es vorher der Fall war.

Das Schicksal hielt allerdings für Sebastian eine Wendung bereit, die ihm die Möglichkeit gab, sein Leben von Grund auf zu ändern.

Bei einem Einbruch erwischt wurde Valentin Strobel für drei Jahre in eine Erziehungsanstalt gesteckt. Zeit genug für Sebastian Riedler, die Heimat zu verlassen und sich in Bruno Hofer zu verwandeln.

Wie schwer hatte Bruno dafür gearbeitet, aus der Enge dieses Tales und der Denkweise seiner Bewohner herauszukommen. Wie ein Besessener hatte er daran gefeilt, seinen bayerischen Dialekt loszuwerden. Und wie hart und entbehrungsreich waren die Jahre des langsamen Aufstiegs zu Deutschlands bestem Filmschauspieler! Und jetzt saß ihm der Strobel gegenüber, der Verbrecher, der Lude, und wollte seinen Anteil an allem. Leicht verdientes Geld und eine Quelle, die nie versiegen würde.

Warum der Hund jetzt erst in das Leben des Schauspielers trat, hatte Bruno noch nicht erfahren. Prominent genug war Hofer. Zeitungen und Wochenschauen berichteten immer wieder über ihn und seine Filme.

Aber im Grunde war es auch egal. Hofer fasste noch einmal in seine Handtasche und fühlte den Schaft des Messers.

»Ick bringe den bestellten Sekt und dis Bier«, lächelte Lisa Paul unsicher die feine Dame an und stellte das Tablett so auf dem Tisch ab, dass etwas Sekt verschüttet wurde und einige Spritzer auf das Kleid von Bruno tropften. Fast wäre die junge Frau durch das von ihr verursachte Malheur in Tränen ausgebrochen. Sie entschuldigte sich überschwänglich.

»Aber das ist doch kein Problem, es ist ja nichts passiert.« Bruno nahm sein Taschentuch und trocknete die betroffenen Stellen.

Der Wirt hatte die Szene beobachtet und eilte zum Tisch der vornehmen Dame. »Dieses unnütze Ding«, schimpfte er Lisa an und knuffte sie in die Hüfte. »Zu nichts ist sie zu gebrauchen. Da erlaubt man ihr einmal, die feinen Herrschaften zu bedienen, und schon geht alles schief. Ich bringe Ihnen selbstverständlich ein neues Glas, meine Dame!«

Ein zweites Mal an diesem Tag und in seinem Leben verbeugte sich Friedrich Müller so tief er konnte, bemüht, nicht mit der Nase an die Tischkante zu stoßen.

»Die liegen dir ja richtig zu Füßen. Der Kneipier und das ungeschickte Aschenputtel. Kannste bestimmt noch Profit draus schlagen«, sagte Valentin Strobel.

Eine Stunde später standen der Zuhälter und die feine Dame vor dem Petrieck. Es war kurz vor zwölf Uhr.

Sie waren einige Schritte gegangen. Strobel trug seinen Mantel locker über dem Arm, in der Hand hielt er seinen Hut. Mit der anderen Hand zog er ein Zigarettenetui aus seiner Hosentasche, ließ es aufschnappen und angelte sich kunstfertig mit dem Mund eine Zigarette. Dieselbe einarmige Nummer vollführte er mit einem Feuerzeug.

»Na, was stellen wir noch an?«, fragte Strobel.

Dass Bruno angestrengt nachdachte, interpretierte der Münchner wahrscheinlich als Überlegung für den weiteren Besuch in einer Lokalität. Aber Hofer dachte nicht an das leibliche Wohl seines Peinigers, sondern schmiedete fieberhaft an einem Plan, wie und wo er ihm das Messer in den Leib stechen konnte. Nie war die Gelegenheit günstiger. Eine zweite Chance würde er nicht bekommen. Natürlich durften keine Spuren zu ihm zurückzuverfolgen sein.

Schon am Tisch im Petrieck, während Valentin von den guten alten Zeiten sprach und von seinem jetzigen Betätigungsfeld, war Bruno alle möglichen Verbindungen, die man ihm zu diesem Mann nachweisen konnte, im Kopf durchgegangen. Am Ende war er sich sicher, dass ihn niemand in den Frauenkleidern erkannt hatte und auch sonst keine Anhaltspunkte zu ihm führen würden.

Falls die Polizei das Leben von Valentin Strobel zurückverfolgen würde, stieße sie unweigerlich auf die verbrecherische Laufbahn und würde sicher ein mögliches Tatmotiv im Milieu vermuten. Unwahrscheinlich, dass die Ermittlungen bis in Valentins Jugend vordringen, und erst recht nicht bis in dessen Kindheit. Selbst wenn jedem Polizisten klar sein musste, dass auch Strobels Kindheit ereignisreich gewesen war.

Aktenkundig waren die Taten, die Bruno damals gemeinsam mit Strobel begangen hatte, nicht. Es gab keinen noch so dünnen Faden, der ihrer beiden Schicksale miteinander verwob.

Dass Strobel am Vormittag vor der Wohnung des Schauspielers gewesen war, wie sollte man das rekonstruieren? Zeugen würde es nicht geben. Die Bewohner des Hauses neunzehn am Kaiser-Wilhelm-Platz in Berlin-Schöneberg interessierten sich nicht für Besuche von Vertretern, die Haushaltsgeräte anboten, oder von Zuhältern, die die Absicht hatten, einen unbescholtenen Bürger zu erpressen.

Und wenn der zurückverfolgte Weg des Toten in das Petrieck führte, kam nur heraus, dass er mit einer attraktiven Frau Bier und Sekt getrunken hatte. Wahrscheinlich einer Dame, die in besseren Kreisen verkehrte und aus Daffke ab und zu einen Sekt in Lokalen wie dem Petrieck trank. Die Atmosphäre war so schön morbide und verrucht und so ganz anders als die Teegesellschaften und die Wohltätigkeitsbälle, auf denen die Dame wahrscheinlich sonst verkehrte.

»Du kennst doch bestimmt eine vornehme Adresse, wo einen ein paar echte Ladys mal so richtig verwöhnen?! Weißt du, Sebastian, unsereiner hat ja nur einfache Ware anzubieten, außer die Rosa«, wurde Strobel nachdenklich, »aber die lässt mich nicht ran. Ganz schön abgebrüht, die Dame. Aber sie bringt auch einiges ein.« Strobel fielen fast die Augen zu und er schwankte leicht vornüber. Er hatte wohl doch ein wenig zu tief ins Glas geguckt. Dann richtete er sich wieder auf. »Aber so ein vornehmer Herr, wie du einer geworden bist, kann sich doch bestimmt etwas Besseres leisten. Wir sind schließlich in Berlin.«

Valentin Strobel lachte, rieb sich die Hände in Erwartung eines ganz besonderen Abenteuers und überquerte die Straße. Er steuerte auf den auf der anderen Seite des Pflasters still dahinfließenden Spreekanal zu. Dort, auf Höhe der Grünstraßenbrücke, lehnte er sich vorsichtig über die hüfthohe Brüstung und spuckte, so weit er konnte, in das Wasser.

Das Geräusch einer aus dem Heft schnellenden Klinge kannte der Zuhälter aus seiner beruflichen Tätigkeit. Den Schmerz, der brennend von der Hüfte hinauf über das Rückgrat bis in den Schädel drang, den kannte er nicht. Zwei weitere Male bohrte sich die Klinge in das Fleisch des Mannes.

Valentin Strobel verlor durch die Attacke das Gleichgewicht, ließ Mantel und Hut fallen und langte panisch nach der Hand seines Jugendfreundes. Doch dieser stieß ihn von sich und fügte hinzu: »Für heute wird es wohl nichts mehr mit einem Besuch bei den Ladys, Valentin. Jedenfalls nicht für dich.«

Bruno lehnte sich über die flache Uferbefestigung und sah einem leblosen, grauen Körper in der Mitte des schwarzen Wassers des Spreekanals schwimmend hinterher. Der Schauspieler wischte das Messer mit einem Taschentuch aus seiner Handtasche ab und klappte die Klinge zurück in das Heft. Das Tuch wollte er später im Ofen seines Wohnzimmers verbrennen. Strobels Mantel war schnell nach der Brieftasche und den Papieren des Toten durchsucht. Bruno steckte das Leder in seine Handtasche. In den Hosen hatte Valentin nur das Feuerzeug und das Zigarettenetui. Mantel und Hut landeten im Wasser.

Hofer sah sich um. Keine Zeugen. In den Fenstern der umliegenden Häuser an der Friedrichsgracht und auf dem gegenüberliegenden Märkischen Ufer brannte kein Licht. Niemand war auf der Straße. Nur aus dem Petrieck, gute dreißig Meter entfernt, drang noch dumpfes Stimmengewirr.

Von Bruno unbemerkt trat eine Person aus dem verdunkelten Eingang im Haus neben dem Petrieck in das Licht einer Laterne. Es war Lisa Paul. Sie hatte alles beobachtet. Nun sah sie der langsamen Schrittes am Kanal entlang spazierenden feinen Dame nach, bis diese in der Roßstraße verschwunden war. Dann ging die Bedienung zurück in das Lokal. Während die Tür geöffnet wurde, schwappte ein lauter Wortschwall aus einem unterschiedlichen Stimmengemisch über die Straße und wurde vom Wasser des Kanals verschluckt, sobald die Tür wieder geschlossen war.

Dann war es wieder still. Totenstill.

Kapitel 3

Agnes hat einen Bruder und Malek fehlt ein Knopf am Jackett

Erich Malek prostete dem Gesicht im Spiegel im Badezimmer zu und schluckte den Korn mit einem verkniffenen Gesichtsausdruck hinunter. Dann schüttelte er sich.

»Prost, Malek, auf Ihr Wohl, und Glückwunsch zum Kriminalkommissaranwärter!«

Der frisch gebackene Kommissaranwärter schenkte sich aus der Flasche nach, die auf dem Holzbord unter dem Spiegel an der Wand auf einen besonderen Anlass gewartet hatte. Er trank in einem Zug leer und füllte erneut das Glas.

»Prost!«.

Malek nahm die Bürste aus dem Zahnputzbecher. Die Kollegen im Büro mussten ja nicht gleich merken, dass er seine Beförderung noch einmal gefeiert hatte. Nicht am frühen Morgen. Ein leichter Kopfschmerz erinnerte ihn daran, dass er schon am gestrigen Abend einige Gläschen auf sein Wohl getrunken hatte. Ein Alka-Seltzer zum morgendlichen Kaffee verschaffte Linderung.

Der Kriminalist stand vor dem Spiegel seines Schlafzimmerschranks nur mit einer Unterhose bekleidet. Während er weiter die Zähne bürstete, betrachtete er wohlwollend seinen Körper. Mit seinen ein Meter fünfundsiebzig war er kein Riese, aber er war durchtrainiert und bis auf den kleinen Bauchansatz fühlte er sich recht gesund und in Form. Er konnte es an Gewandtheit und Schnelligkeit mit jedem Spitzbuben aufnehmen.

Nur der doch erhebliche Konsum von Alkohol bereitete seinem Arzt Bauchschmerzen.

Beim Ankleiden fiel ihm der fehlende Knopf an seinem Jackett wieder ein.

Den Mantel über dem Arm und den Hut locker sitzend auf dem Kopf, sprang der junge Polizist die Stufen der zwei Treppen von seiner Wohnung in der Jonasstraße hinunter und tauchte im nächsten Augenblick in das geschäftige Treiben der Hermannstraße ein, um noch tiefer zur U-Bahn-Station Boddinstraße hinabzusteigen. Eine Station später tauchte er am Hermannplatz geradewegs vor der Haltestelle zur Elektrischen wieder auf.

Montagmorgen. Die Berliner waren wieder aus dem Wochenende zurück und eilten in die Geschäfte, Büros oder Fabriken. Eigentlich, so wusste Malek, standen die Fabrikarbeiter und Arbeiterinnen schon längst an ihren Drehbänken oder ölten ihre Maschinen. So standen um ihn herum in der Achtundsechzig fast ausnahmslos Angestellte und Beamte, wie er selbst. Sie hielten sich an den Lederschlaufen fest, um nicht bei den Bremsversuchen des Straßenbahnfahrers durch den Wagen geschleudert zu werden.

»Wozu fährt das Ding auf Schienen?«, regte sich ein ziemlich korpulenter Herr über den Fahrstil des Fahrers auf. »Wenn dieser Mensch da vorne anscheinend nicht den Unterschied zwischen einem Schienenfahrzeug und einem Omnibus kennt, soll er Erbsen zählen in Bonnies Ranch!«

Dass der Vergleich mit dem Unterschied zwischen einem Schienenfahrzeug, dem Autobus und einer Erbsenzählerei für einen Nichtberliner keinen wirklichen Sinn ergab, erklärte sich mit den jeweiligen Endhaltestellen der Achtundsechzig – der »Narren-Linie«. Dort befanden sich die Nervenheilanstalten Wittenau und Herzberge. In Wittenau lag die Karl-Bonhoeffer-Nervenklinik, Wittenauer Heilstätten.

Bei einer erneuten recht unwirschen Bremsung setzte sich der Herr unfreiwillig auf den Schoß eines jungen Fräuleins.

»Passen S' doch auf, sie zerknautschen mir ja die Figur.«

Alle im Wagen lachten. Weniger wegen des Malheurs des dicken Mannes, als mehr über den zweideutigen Vergleich des Fräuleins. Sie meinte natürlich nicht ihre eigene, wie Malek quer durch die Straßenbahn fachmännisch abschätzte, recht ansehnlichen Maße. Sie hatte auf ihrem Schoß einen aus Schokolade und Marzipan kunstvoll gestalteten Osterhasen, den sie noch rechtzeitig hochhalten konnte, bevor der dicke Mann Platz genommen hatte.

Der Herr rappelte sich mühevoll auf, murmelte eine Entschuldigung und verließ seinen Hut ziehend die Straßenbahn. Vermutlich zog er es vor, den Rest seines Weges fortzusetzen, ohne weitere blaue Flecken zu bekommen und von jungen Fräuleins angeblafft zu werden.

Da Erich Malek die sportliche Fahrweise von Berliner Straßenbahnfahrern kannte, hatte er sich ganz am Ende des Wagens positioniert. Hier, zwei Griffe gleichzeitig umklammert, überstand man die stürmische Fortbewegung ohne Schaden.

An der nächsten Haltestelle stieg er aus.

Dass sich Erich Malek in der Triftstraße wiederfand, in entgegengesetzter Richtung seines Arbeitsplatzes, lag an dem frühen Besuch, den der junge Mann noch vor Dienstantritt machen musste – vielmehr machen wollte. Malek musste, wollte, sich entschuldigen. Auch wenn ihm dieser Schritt nicht ganz leicht fiel. So zögerte er eine gute Weile vor dem Hauseingang mit der Nummer achtunddreißig, bevor er eintrat. Was, wenn ihn Agnes nicht mehr sehen wollte? Was, wenn sie ihm gar nicht öffnete? Was konnte er dann tun?

Etwas außer Atem stand er schließlich vor der Tür im vierten Stock. Auf dem Schild stand »Familie Quast«. Agnes lebte in der Wohnung gemeinsam mit ihrer Mutter. Wieder kamen Erich Bedenken. Womöglich war die Mutter schon wach und zuerst an der Tür. Was sollte Malek dann sagen?

»Entschuldigen Sie die frühe Störung, Frau Quast, ich bin gekommen, um ihre Tochter um Verzeihung zu bitten. Ich habe sie gestern Abend gekränkt und verletzt. Es tut mir sehr leid!«

Noch während er sich eine weitere passende Erklärung für Frau Quast senior ausdachte, drückte sein Daumen schon den Klingelknopf. Überraschend schnell näherten sich Schritte. Es war allerdings nicht der langsame schlurfenden Gang von Agnes' Mutter. Auch nicht die leichtfüßigen Schritte, die er von seiner Freundin kannte.

»Sie wünschen?«

Malek sah verwundert von dem großen Mann vor sich auf das Namensschild neben dem Klingelschild und dann wieder zu dem Mann und wieder zurück. Hatte er sich in der Etage geirrt? Hatte ihn die Kurzatmigkeit die Treppen herauf einen Streich gespielt?

»Was ist los, wissen Sie, wie spät es ist?«

Der junge, kräftig gebaute Mann vor Malek schien sehr ungeduldig zu sein. Er trug ein weißes kurzärmliges Unterhemd und sein Hosenstall stand offen. Die Hosenträger baumelten nutzlos rechts und links an den Beinen herunter.

Malek war in diesem Moment froh, dass das Blumengeschäft unten an der Ecke um diese Uhrzeit noch geschlossen hatte. So hatte er seinen spontanen Einfall, Agnes Blumen mitzubringen, nicht umsetzen können. Das Bild, das er mit einem Strauß Rosen oder Tulpen in seinen Händen abgegeben hätte, wäre noch dämlicher gewesen.

»Erich, was machst du denn hier?!«, tauchte hinter dem Unterhemd der blonde Kopf von Agnes auf.

»Ich wollte deinen Bruder gerade darauf aufmerksam machen, dass sein Hosenschlitz offen steht.«

»Bruder?«, wunderte sich der junge Mann und sah seinerseits von Malek zu Agnes. Dann fiel der Blick auf seine offene Hose.

»Es ist nur seine Art. Erich sieht die Welt durch eine sarkastische Brille. Das liegt an seinem Beruf«, erklärte die junge Frau lächelnd. »Das ist Heinz und das ist Erich Malek«, stellte Agnes die Männer vor. Wenn auch etwas spät.

Davon, dass Heinz auch einen Nachnamen hatte, ging Malek aus. Davon, dass Agnes diesen kannte, war er nicht überzeugt.

»Ich mache mich fertig«, sprach der andere, wandte sich ab und knöpfte im Gehen seine Hose zu.

Zu Maleks Überraschung fiel der Freundin seine schadhafte Jacke auf. »Malek, hast du nicht bemerkt, dass dir ein Knopf fehlt?« Erst dann ging sie auf Heinz ein: »Lass mich dir erklären. Heinz und ich, wir haben uns gestern Vormittag im Geschäft kennengelernt. Er wollte ein Geburtstagsgeschenk für seine Mutter kaufen. Lustig, nicht?«

Das Lustige daran war, dass Malek aus demselben Grund in das Geschäft für Spitze gekommen war und Agnes, die Verkäuferin, ihm eine Tischdecke mit echten Spitzen aus der Schweiz verkauft hatte. Die Mutter war überrascht über den guten Geschmack ihres Sohnes. Erst vor zwei Tagen hatte der Sohn das gute Stück bei seiner Mutter auf dem Wohnzimmertisch gesehen.

Noch am selben Abend, als er sie kennengelernt hatte, war er mit Agnes in die Scala gegangen.

Wirklich lustig fand Malek die ähnliche Begebenheit mit Heinz eigentlich nicht, morgens, vor der Tür der Geliebten stehend und den anderen im Bad pfeifen zu hören.

»Lass mich dir erklären«, setzte Agnes ein zweites Mal an, aber Malek konnte sich denken, dass, wenn es sich jetzt nicht mehr herausstellte, dass Heinz ihr Bruder war, die Sache nur noch peinlicher für ihn werden würde.

»Lass mal, ich weiß schon Bescheid. Ich habe auch gar keine Zeit mehr, ich muss in die Dienststelle. Jansen wird nicht erfreut sein, wenn sein frisch gebackener Kommissaranwärter zu spät kommt.«

Malek überlegte, ob er seiner Freundin noch einen Abschiedskuss geben sollte, fing aber im Augenwinkel den auf ihn gerichteten Blick von Heinz auf. Malek machte auf dem Absatz kehrt.

Auf der Straße trat der Kriminalist nach einem Müllbehälter, der scheppernd gegen einen Laternenpfahl stieß.

»Wenigstens einen Kaffee hätte sie mir anbieten können!«

Warum Malek dann später in der Straßenbahn die Tränen in die Augen traten und er, um kein Aufsehen zu erregen, an der nächsten Haltestelle wieder ausstieg, konnte er sich und dem Schicksal nicht erklären. Von Liebe war zwischen ihm und Agnes nie die Rede gewesen. Jedenfalls hatte Agnes sich nie in dieser Hinsicht geäußert. Und er, hätte er etwas zu Agnes sagen sollen, um dann vielleicht wie ein vertrottelter Liebeskasper zurückgewiesen zu werden?

»Nein, nein, Malek«, lachte er zynisch auf, »es ist besser morgens an der Wohnungstür von einem halb nackten Burschen abgewiesen zu werden!«

Jetzt blickten ihm zwei Schuljungen nach. Einer zeigte dem Selbstgespräche führenden Mann einen Vogel.

Also selbst wenn von Liebe nicht die Rede zwischen ihnen gewesen war, fand er es befremdlich und vor allem unschicklich, sich so schnell mit einem zu trösten, der auch noch Heinz hieß.

Malek hatte nichts gegen den Namen, schließlich war das der Name seines Bruders, auch hatte er keine Probleme damit, dass Heinz und Agnes sich offensichtlich erst gestern Vormittag kennengelernt hatten. Er regte sich auch nicht darüber auf, dass seine Freundin nichts Eiligeres zu tun gehabt hatte, als mit diesem blonden Hünen noch am selben Abend ins Bett zu hüpfen. Nein, Erich Malek war enttäuscht, dass er nie bei Agnes übernachten durfte, weil es immer geheißen hatte, die Mutter möchte dies nicht. Aus dem Grund, weil sie nicht in Verdacht geraten wollte, der Kuppelei in ihrer Wohnung Vorschub zu leisten.

Und dann ärgerte es Malek, dass er so dumm gewesen war, daran geglaubt zu haben, dass Agnes ihn irgendwann einmal lieben würde.

Kapitel 4

Ende einer Erpressung und eine Wasserleiche ist ein Grund zur Freude

Der Schauspieler hatte die Fahrt auf dem Rücksitz in seinem Duesenberg von seiner Stadtwohnung in Schöneberg über die AVUS nach Babelsberg zu den Filmstudios für ein Schläfchen genutzt.

Robert, der Chauffeur, hatte seinen Chef, wie bestellt, pünktlich abgeholt. Sofort nickte Hofer ein. Schlafen konnte er immer und überall. Das brachte die Arbeit am Filmset mit sich. Oft stundenlanges Warten auf seinen Einsatz und dann konzentriert arbeiten, machte zwischendurch ein wenig Schlaf nötig.

»Sehr gut, Herr Hofer, die ist im Kasten! Sehr gut! Bravo, bravo!« Heinrich Mücke winkte dem Schauspieler zusätzlich mit der Hand, damit dieser auch wirklich wusste, dass die Aufnahme beendet war. Bei einem Bruno Hofer musste selbst ein so renommierter Spielleiter wie Heinrich Mücke auf Nummer sicher gehen. Oft genug machte sich »der Diva« des deutschen Stummfilms mit einem Wutausbruch Luft, wenn er sich ungerecht behandelt oder zurückgesetzt fühlte. Diese Ausbrüche fanden auch außerhalb des Studios in Restaurants, bei Premierenfeiern und bei ganz alltäglichen Situationen wie dem Einkaufen im KaDeWe statt.

Dass Bruno Hofer trotz seiner Müdigkeit imstande war, eine gefühlvolle Liebesszene ohne größere Probleme zu drehen, lag an der großen Erfahrung des Schauspielers. Liebesszenen drehte Hofer mit links. So hatte niemand im Studio bemerkt, wie müde Bruno gewesen war. Auch nicht Lotte Lindenbach, seine Partnerin in der abgedrehten Szene. Dass die Lindenbach einmal mit dem Schauspieler liiert war und erst nach dem Versprechen und einer vertraglich festgelegten Anzahl an gemeinsamen Auftritten vor der Kamera Hofer wieder freigegeben hatte, war in den Studios ein offenes Geheimnis.

Der Grund für die große Müdigkeit am Vormittag lag an der anstrengenden Nacht, die Bruno Hofer hinter sich hatte. Eine Nacht, die sein und das Leben von vielen anderen Menschen verändern sollte.

Hofer schloss die Augen und ließ noch einmal die Bilder der vergangenen Stunden passieren. Dann drifteten seine Gedanken ab in die Zukunft.

Seine Garderobiere, Klara Zeche, hatte ihm einen starken Kaffee neben seine Couch gestellt.

In der Morgenzeitung hatte keine Nachricht über einen Toten im Spreekanal gestanden. Bruno hatte das Nachrichtenblatt von vorn bis hinten durchgeblättert. Womöglich war die Leiche noch gar nicht entdeckt worden. So ein Körper, überlegte Bruno und ging den Verlauf des Spreekanals in einem imaginären Spaziergang nach, wurde durch keine künstliche Sperre, wie eine Schleuse, aufgehalten. So weit er die Wasserstraße vor seinem geistigen Auge hatte, konnte Strobel leicht bis zur Schleuse Jungfernheide in Charlottenburg treiben, bevor man ihn fand. Dass er diese Barriere passierte und weiter über die Havel und die Elbe schließlich in die Nordsee treiben würde, war nicht anzunehmen. Leider, lächelte Bruno.

Dass Bruno Hofer keinerlei Reue oder Scham über die begangene Tat verspürte, schob der Schauspieler selbst auf den

Umstand, dass dieser Mensch ihn erpresst und wahrscheinlich nicht eher geruht hätte, ehe er ihn vollständig vernichtet hätte. Pekuniär wie psychisch.

Dass er eine gewisse Befriedigung nach dem Mord empfunden hatte, als er nach der Tat in seinem Bett noch lange wach gelegen hatte, drang erst jetzt an sein Bewusstsein. Ja, wie ein Kind hatte er sich gefreut, als er die Täuschung des an Brutalität und Gerissenheit weitaus überlegenen Mannes noch einmal durchgespielt hatte.

Solch ein Triumphgefühl hatte er in seiner ganzen Karriere als Schauspieler nicht erlebt. Dieser skrupellose Mensch hatte ihm den Rücken gekehrt und nicht im Traum daran gedacht, dass Bruno ihn für seine abscheuliche Tat zur Rechenschaft ziehen würde. So sicher war sich dieser Kerl, dass er es nicht einmal für nötig gehalten hatte, sich seinem Opfer gegenüber in irgendeiner Weise abzusichern. Jetzt wurde Bruno ärgerlich aufgrund von Strobels Überheblichkeit.

Zwei Stunden später, nach Beendigung der letzten Filmeinstellung des Tages, ließ Bruno sich von Robert in seine Villa am Wannsee fahren. Dort bereitete ihm seine Haushälterin Magda ein Schaumbad.

Zur selben Zeit, in der sich Bruno Hofer in seiner Badewanne entspannte, zündete sich Kommissaranwärter Erich Malek eine Zigarre an. Er ging an das Fenster des Büros, öffnete es und entließ die dicken Rauchschwaden in die frische, Berliner Vormittagsluft. An der Zigarre weiter nuckelnd, schmatzend und ziehend, nahm er den Polizeibericht auf. Für seinen Kollegen, Kriminalassistent Klaus Winter, fasste er zusammen: »Heute in den frühen Morgenstunden wurde im Spreekanal an der Schlossbrücke am Zeughausplatz eine männliche Leiche entdeckt. Sie wies Wunden in der Hüftgegend auf. Könnten Messerstiche sein. Gefunden hat sie ein gewisser Albert Stoll, Straßenkehrer. Er hat den Weg an der Friedrichsgracht gefegt und dabei ist ihm ein dunkles Bündel aufgefallen, das zwischen einem frei stehenden Schiffsfestmacher und der Uferbefestigung eingeklemmt war. So konnte der männliche Tote nicht weiter in die Spree treiben. Das ganze aufgenommen hat Polizeiwachtmeister Schneider. Die Leiche war mit Hemd, Hose, Schuhen und Jackett bekleidet.«

»Bisken kühl für diese Jahreszeit«, machte Winter auf das Fehlen eines Mantels aufmerksam.

»Die Temperaturen sind alles andere als jahreszeitgemäß«, gab Malek zu beachten, »und er könnte seinen Mantel über dem Arm getragen haben. Und den Hut auch. So wie ich heute Morgen.«

»Vielleicht war es Diebstahl?«

»Da bringt einer einen wegen dessen Mantel um? Wohl eher wegen des Inhaltes der Taschen. Womöglich aber auch, um die Identität des Opfers zu verschleiern.«

Wie der Bericht weiter aussagte, gab es an den Etiketten der Kleidung keine Hinweise auf die Herkunft des Mannes.

»Alles nullachtfünfzehn, von der Stange.«

»Wir müssen abwarten, was das Leichenkommissariat sagt.« Für Klaus Winter war dieser Fall, zumindest für diesen Tag, abgeschlossen. Er widmete sich mit einer Lupe in der Hand wieder seinen Schriftproben, die vor ihm auf dem Schreibtisch lagen.

»Wie kommen Sie mit den Schreiben voran, Herr Winter?«

Der Kriminalassistent erklärte ohne aufzusehen: »Gar nicht. Alles, was ich bisher durchgesehen habe, hat auch nicht die geringste Ähnlichkeit mit dem Geschreibsel unseres Erpressers. Weder Frauen- noch Männerhandschriften. Was diese Leute allerdings von sich geben, ist schon lesenswert. Wenn man einen Faible für absonderliche Gedanken und Ansichten hat. Der hier, ein Fritz Wagner, zum Beispiel hat Folgendes geschrieben«, kramte Winter in dem Stapel Papiere, fand kurz danach das Gesuchte und ärgerte sich sogleich: »Eine Sauklaue.« Dann entzifferte er: »Herr Neumann, ich fordere Sie auf, mir die Summe von zwanzig Mark zu übergeben. Wegen der unsittlichen Handlungen, die Sie mit mir begangen haben. Ich werde sonst

Ihrer Frau Bescheid geben und auch der Polizei. Bringen Sie das Geld morgen um zwölf Uhr zum Bahnhof Zoologischer Garten. Hinterer Ausgang.« Winter fasste noch aus dem Aktenvermerk zusammen, der an das Schreiben angeheftet war: »Wagner hat einen Bahnmitarbeiter erpresst, weil der was mit ihm hatte. Der war natürlich verheiratet und mit zwei Kindern nicht gerade daran interessiert, dass seine heimlichen Interessen an die Öffentlichkeit kommen. Der andere, Fritz Wagner, hat dann so peu à peu an die fünfhundert Mark erpresst. Erst kleinere Summen, dann hatte er auf einen Schlag zweihundert Märker haben wollen. Das konnte der einfache Beamte nicht und hat sich umgebracht. Aufgehängt am Fensterkreuz einer öffentlichen Toilette. Vorher hat er in einem Abschiedsbrief reinen Tisch gemacht und den Wagner angezeigt. Den haben sie zu zwei Jahren Gefängnis verurteilt. Das war 1924. Fritz Wagner wird in den Akten als gemeingefährlicher männlicher Prostituierter und Erpresser geführt. Aber unser Mann kann es nicht sein, Wagner sitzt zurzeit mal wieder in der Plötze.«

»Das wird dem Alten gar nicht gefallen«, schüttelte Malek den Kopf. Auch die Ergebnisse seiner eigenen Ermittlungen waren nicht berauschend.

»Die Reichswehr mauert sich ein. Eisiges Schweigen.«

»Die berühmte Krähe«, kommentierte der Kollege. Dann horchte er auf.

»Wenn man vom Teufel spricht«, konnte Winter gerade noch herausbringen, als er die durchdringende Stimme des Chefs auf dem Flur vor ihrem Büro hörte.

Im nächsten Moment wurde die Tür zum Büro aufgerissen und Kriminalhauptkommissar Otto Jansen stürmte herein. Ohne die Anwesenden eines Blickes zu würdigen, eilte er mit wehendem Mantel durch die Verbindungstür in sein Zimmer und kramte in einer seiner Schreibtischschubladen. Mit einem Seufzer der Erleichterung steckte er einen Gegenstand ein und kam wieder in das Nachbarzimmer. Nach einem kurzen, schnoddrigen »Morgen!« wollte der Kriminalist wieder aus der Tür heraus. Im Rahmen stoppte er, überlegte kurz, erinnerte sich und drehte sich zu seinen beiden Mitarbeitern um.

»Winter, wie weit sind Sie mit den Schriftproben?«

Noch bevor der junge Kollege antworten konnte, wandte sich der Chef an Malek. Dieser dachte, er sollte wegen seines Auftrages am aktuellen Fall Bericht erstatten und setzte an, wurde aber von Jansen unterbrochen.

»Malek, Sie übernehmen die Wasserleiche. Ihr Fall. Ist heute Morgen reingeschwommen. Muss schon auf Ihrem Schreibtisch … Winter, bleiben Sie an den Schriftproben dran. Das ist wichtig. Malek, wenn es Unklarheiten gibt, beraten Sie sich mit Winter. Ich bin heute und morgen nicht in der Dienststelle. Der Fall Dr. Weiß liegt schwerer auf dem Magen, als wir gedacht haben. Ich behalte Roder und Teichmann bei mir. Ihr zwei müsst erst mal ohne Vatern auskommen. Halte euch auf dem Laufenden! Tschüskin!« Jansen schmiss die Tür ins Schloss, sodass einige lose Blätter aufgewirbelt wurden und auf den Boden segelten. Sonst war es, als hätte die Begegnung mit dem Vorgesetzten gar nicht stattgefunden. Außer: »Mensch, Erich, habe ich den Alten richtig verstanden? Ihr erster eigener Fall?«

Erich Malek nickte nur mechanisch. Ja, sang- und klanglos hatte ihm der Chef einen eigenen Fall zugewiesen. Seinen *ersten* eigenen Fall. Sprichwörtlich zwischen Tür und Angel.

Dass es wahrscheinlich nur um Streitigkeiten unter Ganoven ging und einer dabei den Kürzeren gezogen hatte, trübte nicht die aufkommende Stimmung des Kriminalkommissaranwärters.

»Darauf muss getrunken werden«, klatschte Malek in die Hände, ging zum großen Wandregal neben der Tür und nahm die Flasche Weinbrand und zwei Gläser heraus.

Winter winkte ab. »Nicht jetzt, ist mir noch zu früh. Aber herzlichen Glückwunsch!«

Erich Malek zuckte mit den Schultern und goss nur ein Glas voll. »Na dann prost, die Wasserleiche soll leben! – Und Agnes soll mit ihrem Heinz glücklich werden!«

Noch am selben Tag um die Mittagsstunde hatte sich Malek den Fundort der Leiche angesehen. Auf der Schlossbrücke über dem Spreekanal lehnte er sich über die massive Steinbrüstung. Wenn der Tote nicht an dem Schiffsfestmacher hängen geblieben wäre, wäre der Körper weiter bis zur eigentlichen Spree und, wie sich der Kriminalist auf einer Karte informiert hatte, dann womöglich bis zur Schleuse Jungfernheide hinuntergetrieben. Eine mögliche Tatortbestimmung wäre wesentlich schwieriger geworden. So, wie Malek bei einem Spaziergang am Kanal die Friedrichsgracht aufwärts festgestellt hatte, konnte der Mann erst ab dem Abzweig des Spreekanals in das Wasser gekommen sein. Also irgendwo im Bereich der Fischerinsel. Wäre er vor dem Arm der künstlichen Wasserstraße in die Spree gefallen, der Körper wäre unweigerlich weiter mit der Hauptströmung in die Mühlendammschleuse getrieben. Auch dies hatte Malek vor Ort geprüft. Ein Test mit einem größeren Ast, abgebrochen und gute fünfzig Meter vor dem Abzweig des Spreekanals in das Wasser geworfen, bestätigte die Vermutung. Im Rücken das Märkische Museum lehnte sich der Kriminalist über die Brüstung und verfolgte das Experiment. Das Holz trieb geradewegs in die Schleusenkammer.

Kapitel 5

Ringvereine und eine junge Frau spült die Gläser

Drei Tage später lag der vorläufige Befund des polizeilichen Leichenschauhauses vor. Erich Malek überflog das Schreiben. Ein Ergebnis überraschte den Kriminalisten dabei.

»Die aus dem Spreekanal geborgene männliche Leiche weist drei Einstiche im Beckenbereich auf. Es muss ein sehr spitzes Messer gewesen sein. Womöglich ein Spring- oder Klappmesser. Die Todesursache war aber Ertrinken. Ganz eindeutig.«

»Dann waren die Messerstiche nicht tödlich.«

»Der Bericht sagt, dass es nicht sehr tiefe Einstiche waren.«

»Es war also kein geübter Messerstecher«, schlussfolgerte Klaus Winter. Malek gab ihm recht.

Nach den Berechnungen des Kriminalbeamten vor Ort musste der Mann auf Höhe der Roßstraßenbrücke angegriffen, in den Kanal gestürzt, ertrunken und von der Strömung des Spreekanals bis an den Fundort Schlossbrücke mitgetragen worden sein.

»Der Alkohol im Blut legt die Vermutung nah, dass unmittelbar vorher ein Lokalbesuch stattgefunden hat«, zitierte Malek aus dem Bericht der Gerichtsmedizin. »Der Mann hatte also ordentlich einen gebechert.« Erich Malek hatte sich von seinem Stuhl erhoben und baute sich vor einer Straßenkarte von Berlin auf. Genauer ins Auge nahm der Beamte die Gegend um die Fischerinsel.

»Wer hat denn dort sein Hauptquartier?«

Sein Kollege Winter sah sich nach dem Schlauen Buch um, konnte es aber nicht finden.

»Vielleicht ein Streit unter Zechbrüdern? Wahrscheinlich Geldstreitereien. Oder, wenn eine Frau im Spiel war, Streit um die Gage. Ein Freier, der die Zeche prellen wollte?«

Der Kriminalassistent war kurz davor, die Suche nach dem Buch aufzugeben. Solche Auseinandersetzungen kamen in Berlin dutzende Male am Tag vor. Sicherlich nicht jede endete mit dem Tod eines Beteiligten. Aber gestochen, geschlagen und geschossen wurde ohne Rücksicht auf die öffentliche Ordnung und das Leben Unbeteiligter.

Malek hatte gelernt, sich nie zu früh auf einen Täter oder ein Umfeld festzulegen.

»Es könnte auch ein Informant gewesen sein. Ein Vögelchen, das zu laut gesungen hat. Wir sollten in den anderen Dienststellen nachfragen.«

Der Inhalt der Hosentasche des Toten brachte keine Hinweise auf die Identität. Lediglich die zwei Ringe an den Fingern ließen den Schluss zu, dass der Mann wohl kein Armer gewesen war. Die Art des Schmucks passte eher zu einem aus der Unterwelt.

»Ein für Ganoven typischer Siegelring. Das Motiv um die Initialen ›V. S.‹ zeigt eine Schlange. Der andere Ring könnte von einer Frau stammen. Ein Zuhälter?«

»So oder so, einen Unschuldigen wird es wohl nicht getroffen haben.«

»Aber es war ein Mensch«, mahnte Malek.

Mit dem »Hauptquartier«, nach dem sich Malek bei seinem Kollegen erkundigt hatte, war der Treffpunkt einer der zahlreichen kriminellen Banden gemeint, die Berlin unter sich aufgeteilt hatten. Meist waren es Kneipen. Getarnt durch Organisationen wie Immertreu, Libelle, Apachenblut und Berliner Ring. Diese Vereine hatten ihre eigenen Regeln und Satzungen. Die Ringbrüder trugen spezielle Ringe, an denen sie sich untereinander erkannten. Jede Gruppe hatte ihre eigene Vertretung. Die Mitglieder unterstützten sich gegenseitig mit benötigten Alibis und sorgten für finanzielle Hilfe im Falle von Krankheit und bei Aufenthalten im Gefängnis. Auch für die Familien der Mitglieder wurde gesorgt.

In dem Schlauen Buch, nach dem Winter gesucht hatte, standen die Vereine, die der Polizei bekannt waren. Die Liste war nahezu vollständig. Denn es gab in den geschlossenen Reihen der

Gauner immer wieder auch Spitzel, die mit der Polizei zusammenarbeiteten. Diese Polizeispitzel, auch »Achtgroschenjungen« genannt, waren oft Kleinkriminelle, die sich durch ihre Spionage im Milieu für ihre eigenen Taten Nachsicht von der Behörde erhofften. Auch wurde schon einmal ein geplanter Einbruch oder ein Raubüberfall für finanzielle Zuwendungen seitens der Polizei verraten. Eine nicht ganz ungefährliche Stellung im Gefüge der Berliner Unterwelt.

Malek ging in das Büro seines Chefs. Nach kurzem Suchen fand er das entsprechende Verzeichnis.

Das Motiv, das den Ring des Ermordeten zierte, war nicht im Schlauen Buch zu finden. So auch keine entsprechende Vereinigung.

»Es könnte einer von außerhalb sein. Aus einer anderen Stadt«, schloss Malek das Buch und legte es zurück auf den Schreibtisch seines Chefs.

Winter vermutete: »Womöglich war es eine Zufallstat. Zwei geraten in Streit, einer verlässt das Lokal, der andere folgt ihm und will noch sein Gemüt abkühlen.«

»Er ist von hinten abgestochen worden. Das heißt, der Täter hat sich überraschend an ihn herangeschlichen und zack!«

Bei der Demonstration, wie sich ein mit einem Messer bewaffneter Angreifer im Rücken eines anderen verhielt, fiel etwas Asche von Maleks Zigarre auf den Schreibtisch seines Chefs. »Schei...benkleister«, murmelte der Kriminalist.

»Ach wat, da is so fille Asche vom Ollen druff, den Unterschied merkt der janich!«, winkte Winter ab und beruhigte den Kollegen dann auf Hochdeutsch: »Da liegt genug Asche von einer ganzen Kompanie aus dem Krematorium in Ruhleben. Und außerdem«, schmunzelte der Beamte, »steht ja wohl nich Ihr Name uff der Asche. Kann man Sie ooch nich überführen.«

Malek ging trotzdem vorsichtig an das Fenster und blies die Asche auf seiner Hand hinaus. Dann hielt er dem Argument des Kriminalassistenten entgegen: »Der Tote ist ein ziemlich stämmiger Bursche, und wie es scheint, dem Milieu nicht ganz fremd.

Da schleicht sich so leicht keiner ran. – Auch wenn der Alkoholpegel ganz ordentlich war«, kam Malek einem Einwand Winters zuvor. »Der Mann kannte den Angreifer und letztendlich seinen Mörder.« Malek griff seinen Mantel und seinen Hut und forderte seinen Kollegen auf, es ihm gleichzutun.

»Wir werden mal dem Petrieck einen Besuch abstatten. Nach meinen Berechnungen liegt das Lokal dem möglichen Tatort am nächsten. Und ein bisschen frische Luft tut auch Ihrer Gesundheit ganz gut.«

Darüber, ob die Luft im Petrieck so gesund war, konnte man sich freilich streiten.

Kurz nachdem das Petrieck geöffnet hatte, traten Malek und Winter in den Schankraum. Ein Duftgemisch aus kaltem Rauch und abgestandenem Bier empfing die beiden Kriminalisten. Gäste waren um diese Uhrzeit noch keine im Lokal.

Friedrich Müller erschien gerade in der Luke im Boden hinter dem Tresen. Lautstark ließ er den Verschluss wieder herunterfallen und wirbelte dabei eine größerer Staubwolke auf. Während die Teilchen im einflutenden Sonnenlicht durch das geöffnete Fenster gut sichtbar langsam wieder zu Boden sanken, betrachtete er seine Gäste. »Wenn das nicht zwei von der Freund-und-Helfer-Abteilung sind.«

»Sogar die Abteilung Mord und Totschlag!«, lächelte Malek entsprechend zurück.

»Oha«, spielte Müller den Beeindruckten. »Welche Ehre. Sonst stecken doch eher die Kollegen von der Sitte ihre feuchten Nasen in mein Etablissement.«

Malek zeigte dem Wirt eine Fotografie des Toten aus dem Spreekanal. Müller stellte lakonisch fest: »Dem blassen Gesichtsausdruck nach hat dieser hier schon das Zeitliche gesegnet. Friede seiner Asche.« Grinsend bekreuzigte sich der Budiker und tat, als spucke er auf den Holzfußboden.

Klaus Winter ließ sich nicht beeindrucken. »Sie kennen diesen Herrn? Er wurde vor drei Tagen aus dem Spreekanal gezogen. Wir vermuten, er ist hier in der Nähe ermordet worden. Mit drei Messerstichen in den Rücken. Vorher könnte er einen Besuch in einem Lokal gemacht haben. Vielleicht bei Ihnen?«

Müller schüttelt nur den Kopf.

Erich Malek wusste, dass er bei dem Gastwirt nicht weiterkam. Nicht der kleinste Stein lockerte sich in seiner Mauer des Schweigens. Vielleicht waren andere Augen und Ohren offener. »Wer arbeitet denn noch in dieser gastlichen Stube?«

»Meine Frau putzt und am Abend hilft mir die Lisa am Ausschank und bedient die Gäste.«

»Und«, forderte Winter den Wirt auf, sich etwas zu beeilen, »ist diese Lisa zu sprechen?«

»Lisa, komm doch mal her!«

Lisa Paul kam aus der Küche des Petrieck geschlurft. Sie trug derbe Socken und Holzpantinen. In der rechten Hand hielt sie ein Gemüsemesser und in der anderen eine halb gepellte Kartoffel. Über einem schäbigen grauen Kleid trug sie eine Kittelschürze gebunden. Einige Haarsträhnen, die sich vom sonst zu einem strengen Dutt frisierten Haar gelöst hatten, baumelten in die von Arbeit geschwitzte Stirn.

»Vorsicht, Herr Kriminal, dit Mädchen hat ’n Messer. Nich dass se am Ende noch Ihre Mörderin is!«, lachte der Wirt und verzog sich in das Hinterzimmer. Im Vorbeigehen beruhigte er seine Bedienung: »Keene Angst, Lisa, war nur Spaß. Die tun dir nischt. Wollen bloß ’n paar Fragen stellen.«

»Sie heißen Lisa?« Erich Malek ließ das junge Mädchen auf einem Barhocker am Tresen Platz nehmen. Sofort fiel dem Kriminalisten die Narbe an der Stirn der jungen Frau auf.

Lisa kannte diesen Blick auf ihre auffällige Entstellung und erklärte ohne Emotionen: »’n Bierglas. Konnte nicht schnell jenug ausweichen. Betriebsunfall hat Herr Müller dit jenannt.«

»Dafür haste ooch ’ne schöne Entschädigung bekommen«, ließ sich der Wirt aus dem Hintergrund vernehmen.

»Läppische fünfzig Märker!«, giftete die Bedienung mit einem scheelen Seitenblick zurück.

»Lisa und wie weiter?«, zückte Klaus Winter seinen Notizblock.

»Lisa Paul.«

»Lisa, Sie arbeiten hier als Bedienung?«

»Ja, ick muss die Gläser spülen, die Gäste bedienen, Kartoffeln pellen und Zwiebeln schneiden. Für den Kartoffelsalat.«

»Den verdammt besten Kartoffelsalat uff de janze Fischerinsel«, ließ der Wirt aus der Küche hören. »Und die Bouletten brät meene Olle! Mehr Fleisch als Schrippe! Ehrlich!«

Malek ließ sich nicht aus dem Konzept bringen. Er zeigte Lisa die Fotografie. Sie wandte sich von der Darstellung ab.

»Ist kein schöner Anblick, aber kennen Sie diesen Mann? Möglicherweise war er hier im Lokal. Am Dienstag.«

»Den habe ick nie gesehen. Jedenfalls kann ick mir nich erinnern. Aber icke habe auch nicht fille Zeit, ick muss den janzen Abend arbeeten. Und jetzt muss ick noch die Kartoffeln pellen.«

Malek steckte die Fotografie wieder ein. Er und Winter verabschiedeten sich von dem Mädchen. Der Wirt rief ihnen noch von hintern nach: »Atschö, mit ö und beehren Sie mich mal wieder. Die Bouletten sind 'ne Wucht!«

Die Kriminalbeamten verließen das Lokal.

Lisa Paul erhob sich von ihrem Barhocker und sah den beiden Männern durch die große Fensterscheibe nach, wie sie die Friedrichsgracht davongingen.

»Alles müssen diese Herren nicht wissen«, stand Friedrich Müller in der Tür zur Küche. »Die sind schon neugierig genug. Und wat unsere Jäste machen, wenn se nich Bier trinken und Bouletten essen, jeht uns nischt an. So, nun aber flugs an Kartoffelsalat, der muss noch 'ne Weile ziehen!«

Kapitel 6

Ein Fräulein mit Namen Dorothea und eine nächtliche Verfolgungsfahrt

Einen Moment zögerte Bruno, die Klinke zum Petrieck herunterzudrücken und in das Lokal einzutreten. Noch konnte er sich umdrehen und die Gegend auf der Fischerinsel verlassen. Das, was er vorhatte, war ein Spiel mit dem Feuer, bei dem er bis zur Hüfte in einem Fass mit Benzin stand. Ein einziger Funke und es würde eine ungeheure Explosion geben.

»Deutschlands bekanntester und beliebtester Schauspieler ein Mörder!«, würde die Vossische Zeitung schreiben. Die Berliner Morgenpost und Vorwärts würden ihm in ungewohnter Eintracht seine letzte Rolle voraussagen: »Am Galgen baumelnd! – Die schönste Leiche Deutschlands!«

Aber es musste sein. Die ersten Überlegungen, wie er von dem Tod Valentin Strobels und etwaigen Verbindungen zu ihm selbst ablenken konnte, waren in seinen Augen nicht ausreichend gewesen.

Die Zeitungen hatten nur zurückhaltend von dem unbekannten Toten im Spreekanal berichtet. Eine Auseinandersetzung in kriminellen Kreisen wurde nicht ausgeschlossen. Ein in den Blättern abgedrucktes Bild des Mannes hatte nicht zur Identifikation geführt. Schlüssige Verdachtsmomente hatte die Polizei noch nicht. So schrieben die Zeitungen.

Eine weitere Tat im selben Umfeld wie die Erste lenkte den Verdacht weiter auf einschlägige Kreise. So hatte Hofer spekuliert.

Natürlich waren wieder alle Augen auf die schöne Dame gerichtet und auch Friedrich Müller machte eine, wenn auch nur leichte Verbeugung hinter seinem Zapfhahn. Als er bemerkte, dass der Nischenplatz besetzt war, ließ er es sich nicht nehmen, die drei Kerle eigenhändig zu vertreiben. Mit einem Geschirrhandtuch wischte er über die grobe Holzplatte.

Als die Dame lächelnd Platz genommen hatte, konnte der Wirt endlich seine Verbeugung anbringen. »Darf ich Ihnen einen Sekt bringen, meine Dame?«

»Gerne, Herr Müller, vielen Dank. Ich heiße übrigens Dorothea«, hielt sie dem Wirt ihre schöne, gepflegte Hand hin. Herr Müller drückte unbeholfen die dargebotene.

Man konnte meinen, der hochgewachsene Mann wäre noch ein Stück größer geworden, so ging der Budiker mit durchgedrücktem Rücken zurück hinter seinen Tresen. »Herr Müller«, so hatte ihn noch kein Gast genannt.

Lisa Paul trat aus der Toilettenkabine und wollte sich die Hände waschen, als unerwartet die feine Dame wieder vor ihr stand.

»Na, mein Kind, kennst du mich noch?«

Statt zu antworten, machte Lisa unbewusst wieder einen Knicks. Sie hatte nicht damit gerechnet, die Dame wiederzusehen und schon gar nicht hier auf der Damentoilette im Petrieck. Dorothea interpretierte die Zerstreutheit des Mädchens falsch.

»Ich habe auch an dich gedacht. Hier«, kramte die Dame in ihrer Handtasche, fand die Geldbörse und reichte dem Mädchen erneut einen Fünfzigmarkschein. »Das kannst du doch bestimmt gut gebrauchen, nicht wahr?«

Dorothea lächelte und schob sich an Lisa vorbei, um die Toilettenkabine aufzusuchen.

Lisa wusste nicht viel von der Welt. Im Grunde nur das, was sich zwischen ihrem Zuhause im Wedding, dem Weg zum und vor allem, was sich im Petrieck abspielte. Die Kneipe und ihre Gäste waren der Kosmos, in dem sich Lisa zurechtfand. Hier wusste sie, wie die Menschen tickten, was sie für Freude hatten und welches Leid sie beschäftigte. Und da es so allerlei krumme Geschäfte gab von großen und kleinen Ganoven und die nicht immer in harmonischer Eintracht getätigt wurden, kannte sich die junge Frau auch mit den unterschiedlichsten Waffen aus. So wusste sie zum Beispiel, wie ein Klappmesser funktionierte und wie es aussah. Und genau so eines hatte sie in der Handtasche der feinen Dame gesehen.

Lisa brauchte nicht lange nachzudenken, mit welcher Absicht Fräulein Dorothea erneut das Petrieck aufgesucht hatte.

»Johann Trapp, mein Name«, stellte sich der junge Mann der Dame vor und zog seine Mütze. Dass er die Kopfbedeckung danach gleich wieder aufsetzte, war seiner nicht ganz vollkommenen Kinderstube geschuldet. »Herr Wirt, ein großes Bier und einen Schnaps, und für die Dame, was sie möchte«, posaunte Trapp durch den Gastraum, sodass auch der Letzte mitbekam, an welchem Tisch er Platz genommen hatte.

Friedrich Müller brachte den bereit gestellten Sekt für die Dame.

Was die beiden in der Nische besprachen, konnte Lisa im lauten Stimmengewirr nicht verstehen. Johann Trapp jedenfalls amüsierte sich köstlich. Mehr als einmal schlug er sich vergnügt auf die Schenkel, um dann gleich, nach einem Hustenanfall, einen gewaltigen Schluck aus dem Bierglas zu nehmen. Dorothea lächelte die ganze Zeit feinsinnig und nippte ab und zu an ihrem Sektglas.

Dann wurde es Zeit für den Aufbruch. Johann Trapp torkelte mehr, als dass er zur Theke lief, um die Zeche für sich und das Fräulein zu bezahlen. Und die Rechnung war beachtlich.

Dann versuchte er umständlich der Dame in ihren Mantel zu helfen. Einige Gäste lachten. Friedrich Müller schüttelte den Kopf. Was hatte das junge Fräulein nur für einen seltsamen Geschmack?

»Herr Müller«, zupfte die Bedienung am Hemdsärmel ihres Chefs. Dieser wollte sich gerade wieder in ein Gespräch mit einem Gast einlassen. »Herr Müller, mir jehts nich juut.«

Friedrich Müller wandte sich um.

»Ick komme grade von ’n Toilette. Habe Bauchschmerzen und musste …«

Der Wirt unterbrach Lisa. »Haste dir die Hände jewaschen?«, musterte der Wirt seine Thekenkraft und trat unwillkürlich einen Schritt zurück. »Nich dasste mir hier die Jäste ansteckst. Dann hab ick in null Komma nischt die Gesundheit uff'n Hals. Jeh ma nach Hause und schlaf dir aus. Leg dir 'ne Wärmflasche uff'n Bauch!« Friedrich Müller schob Lisa in die Stube hinter dem Schankraum und half ihr umständlich in ihren Mantel.

»Nee, nich vorne raus, hier.« Der Wirt öffnete die Hintertür und ließ seine Angestellte über den Korridor hinaus.

»Aber wer hilft denn nu am Tresen?«

»So viel is ja nich mehr los. Und wenn, muss meine Olle ran. Werd ick se mal aus'n Bette jagen. Tut ihr mal janz juut. Kommt se ooch mal wieder unter die Leute!«, lachte Müller lauthals und schloss die Tür.

Lisa sah vorsichtig nach rechts und links die Friedrichsgracht hinunter. Da standen sie. Etwa dreißig Meter entfernt. Johann Trapp und die feine Dame. Er lehnte über dem Geländer des Spreekanals und Dorothea stand hinter ihm.

»Mensch, der kotzt ja«, entfuhr es Lisa. Erschreckt, ob sie zu laut gesprochen, und unsicher, ob man sie gehört hatte, fuhr sie zurück und drückte sich in die Türnische.

Ein kurzer Schrei und ein anschließendes Plumpsen, als ob etwas in den Kanal gefallen wäre, ließ sie wieder um den Steinrahmen der Tür sehen.

Die feine Dame stand jetzt allein an der Brüstung und lehnte sich hinüber. In ihrer Hand blitzte ein Messer im Schein der Laterne.

»Jetzt hat se den Kerl ooch abjestochen«, flüsterte die Bedienung und starrte zum Spreekanalufer.

Plötzlich ging über Lisa im Haus ein Licht an. Der Schein erleuchtete das Pflaster der Straße und warf ein schillerndes Licht auf das Wasser des Spreekanals. Ein Fenster wurde geöffnet und eine Frauenstimme fragte laut: »Ist was, da unten? Ist was passiert?«

Lisa drückte ihren Körper so schnell und so fest wie sie konnte in den Hauseingang. Jeden Moment rechnete sie damit, dass auch das Licht im Hausflur anging. Doch die Stimme im zweiten Stock fragte weiter: »Fräulein, ist Ihnen was? Fräulein, so antworten Sie doch. Gehen Sie nicht weg.«

Nach einer Weile hörte Lisa, wie eine zweite Person an das Fenster trat. Es war ein Mann: »Was denn los, Erna?«

»Ach, irgend so eine Person hat geschrien und ist dann einfach weggelaufen.«

»Was ist denn passiert?«

»Was weiß ich, wahrscheinlich betrunken.«

»Na, dann mach's Fenster zu, die viele jute Luft schadet meiner Zigarre.«

Das Fenster wurde geschlossen und das Licht erlosch. Jetzt konnte Lisa ihr Versteck verlassen. Vorsichtig, als wollte sie sich vor Regen schützen, ging sie leicht geduckt an den Fassaden der Häuser entlang in die Richtung, in der sie die Dame vermutete. Und richtig, am Ende der Grünstraße an der Petrikirche kam Lisa gerade noch rechtzeitig, um zu sehen, wie die Frau mit einem Taxi davonfuhr.

Kurz entschlossen kletterte sie in eine zweite Droschke auf den Rücksitz. Das Geld von der feinen Dame in der Tasche, konnte die Bedienung die Verfolgung aufnehmen.

»Haste denn ooch jenügend Talerchen, Mädchen, für so 'ne Verfolgungsfahrt?« Der Chauffeur drehte langsam seinen Kopf zur Rückbank. Lisa zeigte den Fünfzigmarkschein und der Fahrer nickte zufrieden mit dem Kopf. »Dafür fahr ick dir ooch zur Sommerfrische in die Müggelberge.«

Der Wagen setzte sich in Bewegung und hatte die andere Taxe bald wieder in Sichtweite.

»Die feine Dame da vorne hat dir wohl den Freund ausgespannt. Ja, wo's Jeld is, da sind ooch die Kerls!«

Lisa konnte den Worten des Mannes nicht folgen. Zu viel war in der letzten halben Stunde geschehen, als dass das Mädchen Sinn für die philosophischen Betrachtungen eines Taxichauffeurs hatte.

Außerdem gingen Lisa die Bilder vom Spreekanal nicht aus dem Kopf. Die feine Dame hatte heute ein zweites Mal gemordet.

Die Fahrt ging die Leipziger Straße entlang, über den Leipziger und Potsdamer Platz, Potsdamer Straße und vorbei am Kammergericht am Kleistpark, bis der verfolgte Wagen schließlich vor einem Haus in der Hauptstraße am Kaiser-Wilhelm-Platz in Schöneberg hielt. Das Taxi mit Lisa parkte in einigen Metern Entfernung.

Lisa wartete, bis die Dame ausgestiegen war, den Fahrer bezahlt hatte und in dem Hauseingang mit der Nummer neunzehn verschwunden war. Dann stieg auch sie aus. »Warten Se mal ’nen Moment. Ick komme gleich wieder! Sie müssen mich noch nach Hause in Wedding fahren. Um die Uhrzeit fährt doch keene Bahn und keen Omnibus nich mehr.«

»Is schon recht, Mädchen. Is schon recht«, zog der Fahrer seine Schiebermütze in die Stirn, schloss die Augen und tat, als ob er ein Nickerchen machte.

Lisa lief auf die andere Seite der Straße und ging an einem Baum in Deckung. Von dieser Position aus konnte sie beobachten, wie im ersten Stock des Hauses Nummer neunzehn der schwache Lichtschein der Flurbeleuchtung die anderen Räume in ein diffuses Licht tauchte.

Nach einem Moment ging das Licht in einem der vorderen Zimmer an. Lisa vermutete, dass es das Schlafzimmer war. Eine Person ging geradewegs ans Fenster, um die Vorhänge zuzuziehen. Aber was war das? Lisa streckte ihren Kopf vor und machte große Augen, als ob sie so genauer sehen konnte. Es war nicht die Dame, es war ein Mann, der die Übergardine zuzog. Ganz klar konnte Lisa einen Männerkopf mit kurzen, blonden Haaren erkennen. Dann lebte die Dame nicht allein.

In welcher Beziehung stand der Mann zu dem Fräulein? Waren sie verheiratet? War es der Bruder der Dame? Was bedeutete es, dass eine so hübsche Frau sich nachts mit fremden Männern, in einem Fall noch dazu ein Zuhälter, in Kneipen amüsierte und ein anderer wartete zu Hause auf sie? Und noch seltsamer, hatte diese Dame jene zwei erstochen?

War der Mann am Fenster am Ende ein Komplize?

Die Bedienung aus dem Petrieck war restlos verwirrt. Kopfschüttelnd ging sie zum Taxi zurück, stieg ein und ließ sich von dem jetzt schweigsamen Chauffeur nach Hause nahe Gesundbrunnen in die Stettiner Straße fahren.

Am nächsten Vormittag fuhr Lisa Paul noch einmal, diesmal mit der Elektrischen, zum Kaiser-Wilhelm-Platz und hatte Glück. Die Haustür stand offen. Im Haus wurde gerade der Flur geputzt. Die Portierfrau wischte auf dem ersten Absatz das Linoleum. Als sie Lisa sah, rief sie herunter: »Was gibt's denn, Mädchen? Suchst du jemanden?«

Die junge Frau hatte sich vor dem stillen Portier aufgestellt und suchte den entsprechenden Namen zum ersten Stock. Auf der einen Seite stand »A. Schmidt«, auf der anderen waren nur Initialen angeschrieben: »B. H.«

»Was heißt denn B. H.?«

Die Hauswartfrau musterte das junge Fräulein eine kleine Weile auf den Stiel ihres Schrubbers gestützt, um dann lächelnd zu begreifen: »Ahh, ick verstehe, eine Verehrerin. Dass ihr jungen Dinger euch in diese Filmschauspieler verguckt, anstatt sich einen anständigen Burschen aus Fleisch und Blut zu suchen. Meine eigene Tochter schwärmt für den Hofer! Nur zur Großmutter wird der mich nicht machen. Da kommt dann so ein Hallodri aus dem Wedding und …«

»Wie heißt der Herr?«

»Bruno Hofer! Aber ich dachte, du weißt …?«

»Und hat dieser Herr eine Frau? So eine junge Hübsche? Mit einem Bubikopf?«

Die Hauswartfrau rückte ihr kunstvoll um das Haar gebundene Kopftuch fest, nahm ihren Schrubber und legte ihn an, als wäre er eine Hellebarde. Dann stieg sie langsam die Treppe herunter und kam mit drohender Miene auf Lisa zu.

»Was bist du denn für eine? Was willst du denn von dem Herrn Hofer? Mach mir hier keinen Ärger! Wenn du denkst, du kannst …!«

Die letzten Drohungen der Frau hörte Lisa nicht mehr. So schnell sie konnte, hatte sie den Flur verlassen und lief über den Platz die Kolonnenstraße hinauf, um in dem Eingang zur Stadtbahn am Bahnhof Schöneberg zu verschwinden.

Als das Mädchen vor der Wohnung der Eltern im vierten Stock eines Hinterhauses in der Stettiner Straße stand, hörte sie durch die verschlossene Tür das Gezeter ihrer Mutter und das Geschrei der vier Geschwister. Es begann zu verstehen. Es verstand, dass man, wenn das Schicksal einem einen Strohhalm hinhielt, zupacken und sich auch daran festhalten musste.

Karl Schmidt aus dem Nebenhaus in Lisas Straße sah das etwas anders. »Erpressung nennt man so etwas, was du, ich meine, was deine Bekannte vorhat«, hatte Karl erklärt.

Karl war der beste Freund von Lisa, und das schon seit der Buddelkiste. Dass mehr aus ihrer Freundschaft geworden war, machte Karl glücklicher als Lisa. Er liebte die junge Frau und machte Pläne für eine gemeinsame Zukunft. Als Schlosser bei den Borsigwerken in Tegel konnte er eine Familie gründen und ernähren. Auch wenn sie keine großen Sprünge machen würden.

Lisa dachte nicht an die späteren Tage. Als gläserspülende Bedienung im Petrieck hatte sie bisher für sich keine große Zukunft gesehen. Das sollte sich nun ändern.

Dass sie selbst diese Erpressung vorhatte, sagte sie Karl natürlich nicht. Sie hatte ihm nur von einer Bekannten aus dem Petrieck erzählt.

»Die Bekannte, von der du erzählst, müsste zur Polizei gehen. Ich meine, wenn sie gesehen hat, dass eine Frau wirklich zwei Männer erstochen hat.«

»Ach, Karlchen«, strich Lisa ihrem Freund liebevoll über die

Wange und sah ihn lange an. »Dit ist keene Erpressung, dit ist 'ne Zukunft!«

Kapitel 7

Besuch von feinen Leuten im Kiez und Lisa hat Zahnschmerzen

»Johann Trapp war wohl ziemlich am Ende. Hatte es auf der Lunge. Seine Mädchen sind ihm weggelaufen. Bis auf eine gewisse Schönlein Gertrud. Für den war der Tod wahrscheinlich eine Erlösung.« Klaus Winter konnte anhand der recht umfangreichen Akte wenig Mitleid für Trapp aufbringen. »Früher soll er mal eine ganz große Nummer gewesen sein. Noch zu Kaiser Wilhelms Zeiten. Hat aktenkundig zwei Rivalen totgemacht. Zehn Jahre Tegel. Den Krieg und die Zeiten der Hyperinflation hat er mit Tütenkleben verbracht. Die paar Märker, die er für das Kleben bekommen hat, sind schnell zu Millionen geworden. Genützt hat es ihm nichts«, amüsierte sich der Kriminalassistent über das Schicksal des getöteten Zuhälters.

Malek hörte dem Kollegen nur mit einem Ohr zu. Die Leiche von Johann Trapp wurde wieder im Spreekanal, am Kupfergraben, schräg gegenüber dem Kaiser-Friedrich-Museum entdeckt. Der Fundort der Leiche, abermals an einem frei stehenden Festmacher, lag wenige Meter vor dem Rückfluss des Spreekanals in die eigentliche Spree. Wie Malek dieses Mal auch ohne Experiment feststellen konnte, musste der Tatort erneut den Kanal aufwärts liegen.

So war es nur folgerichtig, dass der Kommissar dem Petrieck einen weiteren Besuch abstattete.

Als der Kriminalist den Schankraum des Lokals zur Hauptgeschäftszeit betrat, verstummten schlagartig die Gespräche. Alle Augen richteten sich auf den Polizeibeamten.

Malek ließ sich nicht aus der Ruhe bringen und hielt dem Wirt das Polizeifoto von Johann Trapp vor die Nase. Friedrich Müller stand hinter dem Tresen.

»Ne, ne, Herr Kommissär, jetzt doch nich«, wehrte sich der Budiker gegen eine Befragung durch den Polizeibeamten und zapfte weiter Bier auf Bier. »Se sehen doch, wat hier los is. Wat glooben Se, machen die mit mein Laden, wenn se nich rechtzeitig ihre Molle kriegen. Die sind wie die wilden Tiere! Stimmt's, Orje?«, klopfte der Wirt einem Gast auf die Schulter. Dann stellte Friedrich Müller ein Bierglas vor ihm ab. »Aber mal im Ernst, Herr Polizist, ick kann Ihnen nich weiterhelfen. Der Trapp verkehrt schon in meine Restauration, dis is richtig, aber ob er jestern da war, kann ick beim besten Willen nich sagen. Vielleicht ja, vielleicht nee. Se sehen ja, wat hier los is. Is ja ooch juut so, wegen die Marie.« Müller rieb Zeigefinger und Daumen der rechten Hand aneinander.

Malek sah sich nach etwaigen anderen Zeugen um.

»Da werden Sie keen Glück haben. Die sind alle taub und stumm wie die Fische. Ja, ja, dit is 'ne richtige Tragödie mit so fille Taubstumme in een Lokal.«

Jetzt musste Malek selbst lachen. Dadurch entspannte sich die Situation. Die Unterhaltungen setzten wieder ein und auf einmal wurde auch Friedrich Müller gesprächiger: »Ist ja nicht so, dass nur zwielichtiges Gesindel in mein Lokal verkehrt. Ne, ne, ooch janz feine Leute. Bei mir war schon die Dietrich, müssen Se wissen. Marlene Dietrich und der Gründgens Gustav. Ooch andere Personen von's Theater und vom Film. Die feinen Herrschaften fühlen sich anscheinend janz wohl unter die Leute hier.«

Müller zeigte auf ein paar Fotografien, die hinter ihm angebracht worden waren. Unterschriften mit Widmungen bestätigten die Angaben des Wirts. Unter den Bildern war auch eine Fotografie des Filmstars Bruno Hofer.

»Ist Ihnen in letzter Zeit jemand aufgefallen, der vielleicht nicht in den Kiez passt? Von denen da mal abgesehen – ja und auch von mir«, ging Malek auf den spöttischen Blick des Wirts ein.

Bei dieser Frage wurde Müller wieder verschlossener. »Ick sage Ihnen doch, Herr Polizeipräsident, bei mir jibt's alle Leute. Die Feinen und die weniger Feinen. Und manchmal kommen ooch welche, die ick nich kenne. Hauptsache sie zahlen ihre Rechnung.«

Erich Malek gab in dieser Nacht seine Suche nach dem Spreekanalmörder auf und ließ sich vom Wirt eine Molle und einen Korn servieren.

Die ganze Zeit wurde der Kriminalkommissar von Lisa Paul beobachtet. Jedes Mal, wenn sie an ihm vorbeikam, versuchte sie Gesprächsfetzen zwischen dem Beamten und ihrem Chef aufzufangen. Und die ganze Zeit während der Anwesenheit des Polizisten dachte sie daran, was wohl geschehen würde, wenn die feine Dame in diesem Moment im Petrieck erscheinen würde.

Draußen, auf der Straße, als sich Malek den Mantel zuknöpfte, berührte ihn eine Hand an der Schulter. Im ersten Augenblick erschrocken wandte sich der Kriminalist um. Vor ihm stand ein älterer Mann.

»Ich war in dem Lokal. Sie sind von der Polizei.«

Erich Malek nickte und zeigte dem Mann seinen Dienstausweis.

»Es ist nämlich so, dass ich, ich meine, meine Frau hat vielleicht etwas gesehen. Oben von unserem Fenster aus. Gestern Nacht.«

Der Kriminalist wurde neugierig. »Gestern Nacht, sagen Sie? Wie viel Uhr war es denn?«

»Na, so um halb eins rum«, überlegte der Mann, dann fiel ihm auf, dass sie auf der Straße vor dem Lokal standen. »Es ist vielleicht besser, Sie kommen mit herauf. Es ist nicht gut, wenn man uns zusammen reden sieht.«

Malek wusste, worauf der Mann hinauswollte. Immerhin lebten er und seine Frau im selben Haus, in dem das Petrieck lag. Und im Kiez sah man es nicht gern, wenn man zu lange mit den Herren Beamten tratschte.

Auf dem Schild neben der Wohnungstür im zweiten Stock las Malek »Schulze«.

Frau Schulze stand schon im Morgenmantel in der Küche. Eine Schlafhaube sollte die Frisur für den nächsten Tag in Form halten. Herr Schulze bot dem Kriminalisten Platz und einen Schnaps an. Beides wurde angenommen.

»Es ist nämlich so, dass meine Frau schon im Bett gelegen hatte. So wie heute. Und ich habe noch in der Stube Zeitung gelesen.«

»Er war ausnahmsweise mal nicht in der Kneipe, so wie heute«, merkte Frau Schulze mit einem unüberhörbaren Vorwurf in der Stimme an.

»Die Uhrzeit war so kurz vor der Sperrstunde«, ließ sich ihr Mann nicht aus der Ruhe bringen, »und da hörte sie einen Schrei.«

»Unser Schlafzimmer geht nämlich nach vorne raus. Die Wohnstube liegt zum Hof. Die anderen Mieter haben es umgekehrt. Aber wir finden die Bäume im Hof schöner anzusehen als die Häuser auf der anderen Seite des Kanals.«

Während Frau Schulze die Wohnlage erklärte, goss Herr Schulze noch einmal die Gläser voll. Dem missbilligenden Blick seiner Frau wich er aus, indem er mit geschlossenen Augen den Schnaps trank.

»Jedenfalls habe ich noch nicht geschlafen und da habe ich den Schrei gehört. Ich habe geglaubt, dass es ein Schrei war. Als ich das Fenster geöffnet habe, hat unten am Kanal eine Frau gestanden.«

»Eine Frau?«, fragte Malek überrascht nach.

»Ja, eine Frau und die hatte sich über das Geländer gebeugt. Ich habe noch gerufen, ob alles in Ordnung ist oder ob etwas passiert ist. Aber die Frau hat nicht reagiert. Sie hat sich nicht einmal umgedreht. Dann ist sie einfach weggegangen.«

»Wohin?«, fragte der Kriminalist abermals nach und zog seinen Notizblock hervor.

»Zur Petrikirche. Denke ich. Also die Friedrichsgracht hoch.«

»Können Sie die Frau beschreiben?«

»Sie war, glaube ich, gut gekleidet. Ziemlich groß und hat einen modernen Haarschnitt gehabt.«

»Du meinst so einen Bubikopf, ergänzte Herr Schulz. »Unsere Tochter hat nämlich auch so einen Haarschnitt. Ich finde ihn ja ganz flott, meine Gattin ist der Meinung, so etwas schickt sich nicht für eine Frau.«

»Ja, ganz richtig, für eine anständige Frau.«

»Meinen Sie, dass die Frau eine Prostituierte war?«

»Da kenn ich mich nicht aus«, winkte Frau Schulz ab.

Wahrscheinlich um sich nicht einem entsprechenden Verdacht seiner Frau auszusetzen, er kenne solche Damen, schwieg Herr Schulze lieber zu diesem Thema.

Für Malek stellte sich nun die Frage, wer die Frau gewesen war und ob sie etwas mit dem Tod von Johann Trapp zu tun hatte. Vielleicht war sie eine Zeugin oder Zuhälter hatten sich um sie gestritten? Aber war es nicht sehr zufällig, dass innerhalb so kurzer Zeit zwei Menschen an derselben Stelle zu Tode kamen? Und das auch noch auf die gleiche Art?

Nach dem Besuch bei Schulzes stieß Malek mit einer attraktiven Dame zusammen, als er aus dem Hauseingang neben der Tür zum Petrieck trat.

Der Kriminalbeamte kam der Frau so nahe, dass er einen leichten herben Duft an ihrem Hals wahrnahm.

Die Dame nahm die Entschuldigung lächelnd entgegen und Malek öffnete ihr die Tür zum Lokal.

Der erste Gedanke, der dem Kriminalisten durch den Kopf ging, war der, dass dieses Fräulein gar nicht in das Umfeld dieser Kneipe passte. Dann erinnerte sich Malek an die Bilder am

Tresen Friedrich Müllers. Wahrscheinlich eine Schauspielerin oder eine Dame vom Varieté. Hatte Malek das Gesicht schon einmal auf dem Titelblatt einer Illustrierten gesehen? Ein wenig konnte der Polizeibeamte die Faszination für Prominente nachvollziehen, neben einem Gauner ein Bier oder Wein zu trinken. Der Reiz lag sicherlich am Unbekannten, am Verbotenen und Anrüchigen, und dass man eben nicht dazugehörte und wieder in seine heile, saubere Welt zurückkehren konnte, wenn das Glas leer getrunken war.

Malek überlegte, ob er etwas trinken sollte, entschied sich aber gegen das Petrieck. Ihm fiel der Rat von Hauptkommissar Jansen wieder ein: Ein Polizist dürfe sich nicht mit seinem Klientel gemein machen. Deshalb ging er noch ins Jonaseck. Dort war sein Kiez und dort konnte er, wie sein Vorgesetzter ihm empfohlen hatte, mal wieder Mensch sein.

Als Dorothea zum dritten Mal hintereinander das Petrieck betrat, wurde sie schon erwartet. Lisa Paul hatte den ganzen Abend während des Gläserspülens immer wieder zur Eingangstür hinübergeschielt.

Dass der Polizist vor einer halben Stunde die Kneipe verlassen hatte und wohl in dieser Nacht nicht zurückkehren würde, beruhigte Lisa.

Was immer in dieser Nacht noch geschehen würde, Lisa war vorbereitet.

Ihrem Chef, Friedrich Müller, hatte sie vorsorglich eine neue Geschichte aufgetischt, sodass sie, falls die feine Dame mit einem Mann das Lokal verlassen sollte, wieder die Verfolgung aufnehmen konnte. Diesmal, so hatte sich die Bedienung ausgedacht, hatte sie Zahnschmerzen. Sich immer wieder die Wange haltend, hatte sich Lisa eine kleine, rohe, geschälte Kartoffel in ihre Kittelschürze gesteckt. Wenn der richtige Zeitpunkt gekommen war, sollte das Ding eine ordentliche Schwellung der Wange vortäuschen.

Vorerst aber spülte das Mädchen die Gläser und ließ dabei die feine Dame in ihrer Stammecke nicht aus den Augen.

Dorothea wurde wieder einmal vom Chef persönlich mit einem tiefen Diener begrüßt. Spötter unter den Gästen hatten den Wirt schon vor allzu vielen Bücklingen dieser Art gewarnt.

»So wat führt schnell zu Rückenschmerzen!«, hatte einer gescherzt.

Friedrich ließ sich seine Verehrung der Dame gegenüber nicht madig machen. Was dem Wirt allerdings etwas im Magen lag, waren die Begleiter des hübschen Fräuleins. Immer diese schrägen Typen. Was fand so eine hübsche und intelligente Frau nur an denen?

Dem Wirt fiel nicht im Traum ein, eine Verbindung zwischen dem aparten Fräulein und dem Mord an Johann Trapp zu ziehen. Wahrscheinlich hatte jener etwas Spaß mit ihr gehabt, bevor ihm ein anderer Gauner in die Quere gekommen war. Womöglich derselbe, der jetzt die ganze Zeit zur Nische hinüberstarrte und die Dame beobachtete.

Dorothea hatte wieder in der gewohnten Ecke Platz genommen und betrachtete die anderen Besucher. Unter einigen bekannten Gesichtern fiel der Dame eines auf, das sie schon eine ganze Weile fixierte. Ja mehr noch, dieser Bursche glotzte mehr oder weniger schamlos zu Dorothea herüber.

Eine Viertelstunde später nahm Richard Schlesig grinsend am Tisch des Fräuleins Platz. Dass der Kuppler bereits ziemlich betrunken war, erleichterte die Sache, wie Dorothea lächelnd für sich bemerkte.

Schlesig war ein kleines Licht im Zuhältermilieu. Lediglich Hedwig Bäumer ging für den groß gewachsenen Mann anschaffen. Die Augen hätte sie ihrem Richard ausgekratzt, wenn sie gesehen hätte, wie der Freund mit der feinen Dame posierte. Er legte den Arm um sie und wollte sie küssen. Aber so weit ließ es Dorothea nicht kommen. Umso mehr freute sich Schlesig auf später.

Natürlich trank die Dame Sekt und ihr gegenüber hob ein Bierglas an und trank den halben Liter fast in einem Zug.

Friedrich Müller nahm sich vor, gleich morgen den Vorrat an Sektflachen zu überprüfen. So viel wie in den letzten Wochen hatte er lange nicht mehr verkauft. Denn auch andere Damen in seiner Kneipe hatten sich ein Beispiel an Dorothea genommen und das prickelnde Getränk für sich entdeckt.

Lisa Paul hatte an diesem Abend alle Hände voll zu tun. Trotz ihrer Zahnschmerzen schleppte sie volle Gläser, räumte Tische ab und spülte hinter dem Tresen. Immer aber hatte sie die feine Dame im Blick und als diese sich anschickte, das Lokal zu verlassen, wurden die Schmerzen in ihrem Backenzahn fast unerträglich.

Beim Hinausgehen steckte Dorothea der Bedienung noch schnell einen Fünfzigmarkschein zu.

»Meine Dame, meine Dame!«, rief es plötzlich hinter Hofer und Richard Schlesig. In der schummrigen Beleuchtung der Straßenlaterne konnte Bruno die Gestalt einer jungen Frau ausmachen. Beim Näherkommen erkannte er die Bedienung aus dem Petrieck. Sie sprach laut, doch etwas unverständlich. Sie nahm etwas aus dem Mund und warf es in einem hohen Bogen in den Spreekanal. Jetzt war die Stimme deutlich zu vernehmen. Dazu schwenkte sie etwas, das wie ein Tuch aussah. »Meine Dame, Se haben Ihren Schal verjessen! Im Lokal!«

Bruno ließ sein Messer so schnell wieder in seiner Handtasche verschwinden, wie er es hervorgeholt hatte.

Sie lächelte etwas außer Atem und drückte Bruno das Tuch in die Hand. So schnell und geschickt, dass Schlesig nicht bemerkte, dass es nur ein Geschirrhandtuch war.

In diesem Moment öffnete sich die Tür zum Petrieck und drei Männer kamen heraus auf die Straße. Sie lenkten ihre Schritte sofort in Richtung Inselbrücke, wo Hofer, Schlesig und die Bedienung standen.

»Na, Lisa«, rief der eine, »bist ja so schnell raus aus der Kneipe?«

Bruno beantwortete die Frage für das junge Mädchen: »Die gute Lisa hat mir mein Tuch nachgetragen.«

Die Männer wünschten eine gute Nacht, winkten und setzten ihren Weg fort.

Für einige Sekunden sahen sich Bruno und Lisa tief in die Augen. Schlesig stützte sich unterdessen am Ufergeländer ab. Benommen durch seinen Alkoholrausch, hatte er von den Vorgängen nicht viel mitbekommen. Seine Augen fielen ihm schon fast zu.

»Kommen Se, ick bringe Se zum Droschkenplatz«, fasste Lisa den betrunkenen Mann und stütze ihn. »Sonst fallen Se mir noch in Kanal. Um diese Jahreszeit keen Vergnügen.«

Bruno fasste den Mann an der anderen Seite und gemeinsam begleiteten sie ihn zum Droschkenplatz an der Petrikirche. Dort setzten sie Richard Schlesig in ein wartendes Taxi.

Als der Wagen abgefahren war, wandte sich Bruno an Lisa. »Vielen Dank, dieser Kerl war ja ganz schön betrunken. Wer weiß, was da noch alles passiert wäre.«

»Ick finde, dass Se janz schön leichtsinnig sind, meine Dame«, lächelte die Bedienung und nahm die Hand von Bruno in die ihre. »Vor zwee Tagen war 'n Kriminalkommissar im Petrieck und hat Fragen jestellt. Nach unjewöhnlichen Gästen. Eener ist vor 'n paar Tagen tot im Kanal jefunden worden. Müller hat nischt von Ihnen erzählt und ick ooch nicht. Und der Trapp ist ooch im Wasser jefunden worden. Und auch heute wäre ja fast 'n Unglück passiert.«

Bruno verstand in diesem Moment, dass Lisa Bescheid wusste. Sie wusste von den beiden Toten. Sie musste alles gesehen haben. Und heute hatte sie ihm den Hals gerettet. Natürlich wären die drei Kerle aus dem Petrieck genau in diesem Moment gekommen, als er Schlesig in den Kanal geworfen hätte. Dann wäre alles vorbei gewesen. Der Schauspieler schloss die Augen. Der Boden wankte unter seinen Füßen. Wie vorher bei Richard Schlesig packte Lisa auch diesmal zu. Aber anders als bei dem Betrunkenen am Spreekanal war ihr Griff zart und behutsam.

»Sie denkt also immer noch, dass ich eine Frau bin«, schoss es Bruno durch den Kopf. Er fand sein Gleichgewicht wieder und machte sich los. Dann langte er in seine Handtasche und zog zu Lisas Freude einen Hundertmarkschein aus dem Portemonnaie.

»Ich kann jetzt nicht reden, wir müssen uns treffen.«

»Soll ick Se zu Hause besuchen?«, rutschte es der Bedienung heraus. Sie lächelte etwas verlegen, da nun klar war, dass sie wusste, wo die Dame wohnte. »Aber da ist ja der bekannte Schauspieler. Er ist Ihr Freund, nehme ick an. Da wird es Ihnen nicht recht sein, wenn ick Se zu Hause uffsuche.«

»Ja, wir treffen uns, sagen wir – in dem Café am Kurfürstendamm. Im Café des Westens. Kennen Sie das? – Nein, na Sie werden es schon finden. Am Donnerstag, nein besser am Freitagvormittag. Um zehn Uhr. Ich muss jetzt gehen. Leben Sie wohl.«

Zu Lisas Überraschung beugte sich die feine Dame zu ihr herunter und küsste sie auf den Mund. Dann stieg sie in das nächste freie Taxi und entfuhr in die Nacht.

Kapitel 8

Verhältnisse wie in Chicago und die Suche nach einem Präzisionsschützen

Der Abend im Jonaseck hatte sich länger hingezogen, als Malek beabsichtigt hatte. So war der Rest der Nacht sehr kurz gewesen, da er früh zum Bereitschaftsdienst im Präsidium erscheinen musste. Ein kurzes Frühstück in der Kantine und zwei Tassen

Kaffee mussten als Muntermacher reichen. Wilhelm Roder leistete ihm Gesellschaft.

Auf dem Weg in ihr Büro blieb Malek plötzlich stehen. »Das war Heinz«, kam ihm die Erinnerung wieder.

»Was war Heinz?«

»Ich meine, das war das gleiche Rasierwasser, das Agnes' neuer Freund benutzt.«

Roder kratzte sich am Hinterkopf. »Malek, ich kann nicht folgen.«

»Ich kenne es, weil mein Bruder es auch benutzt.«

Der Kollege fand noch keinen Zusammenhang. »Das gleiche Rasierwasser wie der neue Freund von Agnes? Kennen die sich?«

»Nein. Die gleiche Sorte. Und diese Dame gestern am Petrieck trug denselben Duft.«

»Sie benutzte Rasierwasser?«

»Na ja, wahrscheinlich ein ähnliches Parfüm. Heutzutage ist alles möglich. Moderne Zeiten!«

Dass Malek über das Rasierwasser und den Zusammenstoß mit der Dame wieder an Agnes erinnert wurde, ärgerte ihn.

»Wie heißt denn das Rasierwasser?«, fragte Roder. »Nur so aus Neugierde.«

»Ich weiß nicht, da müsste ich meinen Bruder fragen.«

Die Erinnerung an Heinz war der nächste ärgerliche Gedanke an diesem Morgen.

Malek nutzte die Wartezeit auf einen möglichen Einsatz zu einem Vergleich seiner beiden Mordfälle. Mit der Zuteilung des zweiten Mordfalls in seine Zuständigkeit hatte Otto Jansen offiziell beide Fälle einem Täter zugeordnet. Zu ähnlich waren die Umstände. Beide Zuhälter waren mit einem Messer attackiert worden und anschließend im Kanal ertrunken. Auch die Tatorte und die vermutlichen Besuche der beiden Opfer im Petrieck ließen eine Verbindung als sehr wahrscheinlich erscheinen. Ob das Lokal der Ausgangspunkt für die Taten war oder nur zufällig im Mittelpunkt des Geschehens stand, dem wollte Malek in den nächsten Tagen nachgehen. Es konnte gut sein, dass das Petrieck ein Treffpunkt eines neuen Ringvereins war und eine konkurrierende Verbindung es auf die Mitglieder abgesehen hatte.

Dass zumindest ein Mordopfer Zuhälter war, machte Hauptkommissar Jansen ein wenig unruhig. Trotz seiner norddeutschen Gelassenheit ermahnte er seinen Kriminalkommissaranwärter sorgsam zu arbeiten. »Bei den Brüdern muss man auf der Hut sein. Wenn Sie Anzeichen finden, dass sich die Kerle an die Gurgel gehen, geben Sie mir sofort Bescheid. Damit ist nicht zu spaßen.«

Ein Anruf aus der Zentrale sorgte dafür, dass Malek vorerst seine Wasserleichen ruhen ließ.

Er, Wilhelm Roder und Klaus Winter wurden zum Juweliergeschäft Scholz in die Joachim-Friedrich-Straße gerufen. Dort hatte ein Raubüberfall stattgefunden. Am helllichten Tag.

Vor dem Laden hatte sich bereits eine stetig anwachsende Menschenmenge versammelt. Das Überfallkommando der Bereitschaftspolizei musste eine Absperrkette bilden. Die schaulustigen Berliner drängelten und schubsten, um auch ja nichts zu verpassen.

Um diese Zeit machten viele Angestellte aus den umliegenden Büros der Banken und Versicherungen ihre Mittagspause. Hinzukamen die Bummler und Spaziergänger, die auf dem nahe liegenden Kurfürstendamm unterwegs waren und von dem Menschenauflauf magisch angezogen wurden.

Der Grund, weshalb man die Mordkommission verständigt hatte, war, dass der Inhaber Herr Scholz von den Räubern derart niedergeschlagen wurde, dass er derzeit im Krankenhaus mit dem Tode rang.

Als Dienstältester unter den Kriminalisten hatte Kommissar Roder die Leitung der Ermittlungen übernommen. Der Verkäufer Gerhard Halters konnte die drei Männer recht gut in Größe, Statur und Kleidung beschreiben. Da die Banditen Masken getragen hatten, war eine Identifikation der Gesichter nicht möglich.

Malek befragte die zehnjährige Tochter des Juweliers. Christa Scholz war nach der Schule in das Geschäft ihres Vaters gekommen und mitten in den Raub hineingeraten.

Das junge Mädchen machte auf den Kriminalbeamten einen sehr gefassten Eindruck.

»Das war wie in Chicago«, sprach sie mit fester Stimme. »Die sind reingestürmt und haben uns Pistolen und ein Gewehr vorgehalten. Dann haben sie meinem Vater mit einer Brechstange auf den Kopf geschlagen.«

Nachdem der Geschäftsinhaber zu Boden gegangen war, benutzten die Verbrecher selbige Stange, um die Vitrinen mit dem Schmuck und den Uhren aufzubrechen. Ohne auf den Vorschlag des Verkäufers einzugehen, die Ausstellungskästen mit dem Schlüssel zu öffnen, um weiteren Schaden zu vermeiden, schlugen die Räuber die Einrichtung entzwei. Die Beute verschwand in Ledertaschen und nach weniger als zehn Minuten war der Spuk vorbei.

Einem Schutzmann, der gerade an dem Geschäft vorbeikam und sich den Räubern in den Weg stellen wollte, schossen die Fliehenden eine Kugel in die Schulter. Laut der Tochter des Juweliers entkamen sie in einem vor dem Geschäft geparkten Wagen.

»Wie in Chicago«, wiederholte sie.

Das Szenario der Chicagoer Gangster hatte Christa Scholz einem Bericht der Berliner Illustrierten Zeitung entliehen. Eine derartige Entwicklung der Kriminalität, besonders der Organisierten, befürchteten auch die Berliner Ordnungshüter.

Wieder auf dem Präsidium war Malek froh, von Otto Jansen nicht in die Ermittlungen wegen des versuchten Mordes an dem Juwelier einbezogen zu werden.

Die letzten drei Tage hatten sich er und Klaus Winter die Hacken abgelaufen. Sie waren neben den eigenen Ermittlungen auf der Suche nach dem Täter des Anschlags auf den Polizeivizepräsidenten.

»Ihre Wasserleichen müssen mal ein paar Tage ohne Sie auskommen, Malek«, hatte Kriminalhauptkommissar Jansen ihn und Winter auf die Straße geschickt.

»Gott sei Dank sind diese Wahlen vorbei, jetzt kehrt hoffentlich wieder Ruhe an allen Fronten ein!«

Die Wahlen vom 20. Mai 1928 hatten die bürgerlichen Parteien geschwächt und Zugewinne für SPD und KPD gebracht.

Obwohl Malek kein ausgesprochener Anhänger der Linken war, war er doch froh, dass die DNVP und das Zentrum nicht gewonnen hatten. Von der Partei seines Bruder einmal ganz abgesehen. Die NSDAP, eine der kleinen antisemitisch-völkischen Parteien, die sich um die Abgeordnetenplätze bei der Reichstagswahl am 20. Mai beworben hatte, kam auf 2,6 Prozent der Stimmen.

Nun kehrte, wie Otto Jansen es ausgedrückt hatte, wieder der normale Schlendrian ein und sie konnten ihre Verbrecher fangen ohne den politischen Druck von oben.

Maleks Vorgesetzter hatte über einen alten Kontakt bei der Reichswehr doch noch einige Adressen von möglichen Schützen bekommen.

»Wozu hat man sich in den Dreck geworfen und ist seinem Kompaniechef in den Allerwertesten gekrochen, wenn am Ende nicht einmal eine kleine Gefälligkeit steht? Hauptmann Lüders habe ich seinerzeit höchst persönlich aus einem Granattrichter gezogen und hinter unsere Linien geschleppt. Der Mensch ist heute ein hohes Tier, aber der guten alten Zeiten wegen. – Ja Männer, euer Oller ist ein leibhaftiger Held!«

So hatte Jansen Namen und Adressen von einigen infrage kommenden ehemaligen Scharfschützen erhalten.

Und so hatten sich Malek und Winter auf die Socken gemacht, wie es ihr Chef befohlen hatte.

»Männer, heute bin ich der Chef und Ihr könntet mir auch mal ein wenig in den Hintern kriechen. Schaden würde es euch nischt! Tschüskin«, amüsierte sich Otto Jansen und entließ die jungen Kollegen.

Die ersten vier Adressen ergaben rechtschaffene und in einem bescheidenen Wohlstand lebende Familienväter. Von denen hatte seit dem Krieg keiner mehr ein Gewehr angefasst.

Der fünfte ehemalige Kriegsteilnehmer war gerade vor einem halben Jahr verstorben, sodass die Kriminalbeamten der Witwe nur noch ihr Beileid aussprechen konnten.

Ein sechster Herr hatte vor einigen Jahren bei einem Unfall den rechten Arm verloren und schied so als Präzisionsschütze aus.

Nummer sieben auf der Liste, die Otto Jansen seinen Mitarbeitern mitgegeben hatte, war ein aktenkundiger Aufrührer. Hermann Katter war ein im Krieg mehrfach ausgezeichneter Schütze gewesen. Während des sogenannten Kapp-Putsches hatte er einen Soldaten der Reichswehr angeschossen. Dafür hatte er im Gefängnis Plötzensee eine Haftstrafe abgesessen. Für die Teilnahme an dem Putsch hatten sie Katter nicht zur Rechenschaft gezogen.

»Was wollen Sie? Für meine Taten habe ich gesessen und jetzt bin ich ein unbescholtener Bürger!« Katter wollte gerade den Polizisten die Haustür vor der Nase zuschlagen.

Malek schob seinen Fuß in den Türrahmen, während Winter gegen den Widerstand des Mannes die Tür aufdrückte. So verschafften sie sich Zugang zur Wohnung.

Der sechsunddreißigjährige Mann lebte zusammen mit seiner älteren Frau in einer Einzimmerwohnung in der Cheruskerstraße in Schöneberg.

»Wir müssen Ihnen ein paar Fragen stellen. Wo waren Sie am …«, spulte Winter seinen Fragenkatalog ab. Zu allem konnte Katter eine befriedigende Auskunft erteilen. Zum fraglichen Zeitpunkt, als auf den Vizepräsidenten der Berliner Polizei geschossen worden war, war Hermann Katter zu Hause gewesen. Seine Frau bestätigte dies. Einer Arbeit ging der Mann auf einem Rummelplatz nach, und in den Jahren seit seiner Entlassung hatte er sich nichts zuschulden kommen lassen.

So verließen die Beamten die Wohnung und machten sich auf den Weg zu den nächsten möglichen Schützen auf ihrer Liste.

Aber auch diesen Herren kamen für die Tat nicht infrage. Otto Jansen war selbstverständlich von dem Ergebnis der Befragungen gar nicht angetan.

Kapitel 9

Ein Blick in die Zukunft und zwei Mal strammer Max

Lisa Paul stand eine halbe Stunde vor ihrer Verabredung mit der feinen Dame vor dem Café des Westens. Bei einem Blick durch die Schaufenster konnte sie die Dame nicht sehen. Die Bedienung aus dem Petrieck wollte auf gar keinen Fall zu spät kommen.

Lieber machte sie noch einen Schaufensterbummel den Kurfürstendamm entlang. Hier, in dieser Gegend, war Lisa schon lange nicht mehr. Im Westen Berlins verkehrten Menschen ihres Schlages nicht. Jedenfalls nicht um einen Schaufensterbummel zu machen, geschweige denn in einem der teuren Geschäfte des Prachtboulevards einzukaufen.

Vor einem Geschäft, der Spiegel und Rahmen verkaufte, blieb sie stehen. Lisa Paul sah sich in so viel spiegelndem Glas und immer sah sie in das unscheinbare, etwas blasse Gesicht der Bedienung aus dem Petrieck. In jedem Konterfei war das ausgewaschene Kleid mit dem schon etwas ausgefransten Saum zu erkennen und der Mantel mit den abgewetzten Stellen an Schulter und Ellenbogen.

Die junge Frau vollzog eine Drehung und plötzlich blickte

sie einer anderen Person in die Augen. Diese war hübsch frisiert, trug ein weißes, blitzsauberes Häubchen im Haar und eine ebenso weiße Schürze um das schwarze Kleid gebunden.

Lisa Paul sah das erste Mal im Leben in die Zukunft. In ihre Zukunft.

Was hatte sich das Mädchen nicht alles ausgemalt in den letzten Tagen. In Tag- und in richtigen Träumen. Sie sah, wie sich ihr Leben durch die Bekanntschaft zu dieser feinen Frau verändern würde. Natürlich hatte sich das junge Mädchen auch Gedanken über die beiden Morde gemacht, die sie beobachtet hatte. Aber schließlich musste sie an ihren Großvater denken, der immer gesagt hatte: »Wo gehobelt wird, da fallen Späne!«

Und die Aussicht auf eine gute Stellung, die Lisa zweifellos bei der feinen Dame im Haushalt als Dienstmädchen bekommen würde, überwog alle Zweifel. Vielleicht, so hatte sich Lisa weiter ausgemalt, würde sie sogar in der Villa des Bekannten der Dame, des Schauspielers, in Wannsee arbeiten. Über dessen Lebensumstände hatte sie in einer Illustrierten gelesen. Bruno Hofer war einer der führenden Schauspieler in Deutschland. Für einen Besuch im Kino hatte Lisa nie viel Zeit gehabt. Aber jetzt, wenn sie für die feine Dame arbeiten würde, hätte sie bestimmt auch einen freien Tag in der Woche. Dann würde sie auch einmal einen Kinofilm mit dem Herrn Hofer sehen. Oder mit Karl Schmidt ausgehen. Auf Kaffee und Kuchen. Vielleicht nicht gerade in das feine Café des Westens, aber doch mit Schwof und Musike.

Karl war es eigentlich immer egal gewesen, dass Lisa nur in einer Kneipe die Gläser spülte, aber gegen so eine neue Stellung würde er bestimmt nichts einzuwenden haben.

Erwartungsvoll und gleichzeitig gehemmt stand Lisa Paul pünktlich im Vorraum des vornehmen Lokals und sah sich nach der Dame um. Der Geschäftsführer hatte Lisa sofort erblickt und steuerte geradewegs auf die unpassend gekleidete junge Frau zu. Sein Gesichtsausdruck ließ nichts Gutes ahnen.

»Ich glaube, wir sind verabredet«, trat Bruno unerwartet zwischen Lisa Paul und dem Herrn im Gehrock. »Schön, dass Sie es einrichten konnten, mein Fräulein!« Bruno reichte Lisa lächelnd seine Hand und deutete einen Handkuss an.

Der Geschäftsführer stoppte einige Meter vor den beiden und lächelte ebenfalls, zwar ungläubig, aber zuvorkommend. »Herr Hofer, es ist mir eine Freude, Sie wieder einmal bei uns begrüßen zu dürfen!«

»Guten Tag, Richard«, erwiderte Hofer kurz.

Lisa sah sich um, ob nicht doch die feine Dame im Gastraum war. Dann blickte sie auf die Hände von Hofer und erkannte den Ring. Ein Blick in die Augen des Mannes ließ sie unwillkürlich einen Schritt rückwärts machen.

»Aber, aber, junges Fräulein, Sie werden sich doch nicht fürchten«, lächelte Bruno gewinnend, nahm die Hand und zog die Bedienung behutsam mit sich an seinen Tisch. Der Geschäftsführer persönlich stellte die Stühle bereit.

»Was darf ich für Sie bestellen? – Einen Kaffee? Auch ein Stück Torte dazu? Natürlich, die Mokkasahnetorte müssen Sie probieren. Ein Gedicht.«

Hofer redete und Lisa starrte den Mann, den sie bisher nur als Frau kannte, mit geweiteten Augen an.

»Ich will Ihnen versichern, dass ich Ihnen nichts antun werde. Was auch immer zwischen uns gesprochen wird, Sie haben von meiner Seite nichts zu befürchten.« Brunos gewählte Taktik, das junge Mädchen zu beruhigen und ihr den Schrecken zu nehmen, schien aufzugehen. Lisa entspannte sich und atmete ein paar Mal tief durch. Als habe sie die letzten fünf Minuten die Luft angehalten, füllte sich ihre Lunge jetzt mit tiefen Stößen. Hofer fuhr fort, sie in Sicherheit zu wiegen.

»Ich bin durch einen dummen Zufall dort hineingeraten. Ich wurde erpresst. Dieser Mann, denn Sie mit mir im Petrieck gesehen haben, war ein alter Bekannter von mir aus Jugendtagen. Er ist nach Berlin gekommen, um Geld von mir zu fordern. Schweigegeld.«

Bruno erzählte die Geschichte seiner Jugend und wie er auf die Idee kam, sich als Frau zu verkleiden.

»Und warum haben Se den anderen totjemacht?«, flüsterte

Lisa, nachdem Bruno geendet hatte, den Blick weiter gespannt auf den Schauspieler gerichtet.

»Ich musste die Möglichkeit verringern, dass die Polizei auf mich kommt. Ich musste vom wahren Motiv ablenken. Und um diese Herren ist es doch nun wirklich nicht schade«, sagte der Schauspieler.

Jetzt entspannten sich die Gesichtszüge von Lisa vollends und sie langte nach der auf dem Tisch liegenden Speisekarte. Die Kellnerin hatte sich an den Tisch zu den Gästen gestellt, den Block bereit die Bestellung aufzunehmen. Als Bruno sah, wie sich Lisa mit einem Lächeln der angebotenen Speisen widmete, spürte auch er eine große Erleichterung.

»Essen Sie, Sie sind mein Gast. Wollen wir Sekt trinken? – Natürlich, zwei Gläser, ach was, eine ganze Flasche von Ihrem besten Sekt«, orderte der Schauspieler, ohne auf die Antwort des jungen Fräuleins zu warten.

»Zwee ma strammer Max«, bestellte die junge Frau und sah Bruno auffordernd an. »Dit is für mich. Wat essen Sie?«

Dass Lisa nicht im Geringsten durch das Geständnis schockiert war, überraschte den Schauspieler nicht. Sie lebte in einer Welt, in der Gewalt und Verbrechen fast schon alltäglich waren.

»Zwee Freundinnen von mir, aus meener Schulklasse sind an solche Kerle jeraten. Erst die große Liebe, dann Schläge und dann ins Wasser. Im Tegeler See. Beede liegen uff'n Friedhof an der Seestraße begraben, bei uns im Wedding.«

Bruno war davon überzeugt, dass Lisa ihn nicht verraten würde. Solange sie von ihm Geld oder Ähnliches bekommen würde. Ganz sicher war dies ihr erster Impuls, als sie ihn verfolgt hatte und nicht zur Polizei gegangen war.

Von ihrer Observation bis zu seiner Wohnung und der Beobachtung der zweiten Tötung bis zur Warnung war alles geplant. Insofern, so hatte Bruno jetzt herausgefunden, durfte er dieses Mädchen nicht unterschätzen. Sie besaß, trotz ihrer einfachen Herkunft, einen hohen Grad an Intelligenz. Er durfte also keinen Fehler machen.

»Sie haben mich vor der Entdeckung durch die drei Männer gerettet, als sie mich gewarnt haben. Es war doch eine Warnung?«

»Die drei wollten unmittelbar nach Ihnen jehen. Der Wirt musste se noch abkassieren und da habe ick den Moment jenutzt und bin zu Ihnen raus. Ick habe mir schon jedacht, dass Sie wieder so etwas machen. Da hab ick mir die Sache mit dem Schal einfallen lassen.«

»Das Geschirrhandtuch. Ein guter Einfall.«

»Ihnen jefolgt, wäre ick auf jeden Fall. Ick hatte dem Müller schon vorjeflunkert, dass ick Zahnschmerzen hatte. Und als Se jehen wollten, habe ick mir eene rohe Kartoffel in den Mund jeschoben. So hat es ausjesehen, als hätte ick 'n dicke Backe.«

Einmal mehr war Bruno von dem Mädchen beeindruckt. Auch noch als sich ihre Miene verdunkelte: »Se sagten, der zweete Mann musste sterben, damit der Verdacht nich auf Se fällt. Aber wieso wollten Se Schlesig töten?«

Dies war eine Frage, die sich Bruno Hofer schon selbst gestellt hatte. War es wirklich nur aus dem einen Grund, die Polizei von seiner Person abzulenken?

Lisa jedenfalls ließ er in dem Glauben, es ginge um ein Ablenkungsmanöver. Und Lisa vergaß alle Zweifel an den Motiven des bekannten Darstellers und langte beim Strammen Max ordentlich zu.

Zweihundert Mark, unter der Serviette über den Tisch geschoben, festigten den Glauben Lisas an Hofers hehre Absichten.

Dass Bruno sich mit dem Geld nicht nur das Schweigen der Bedienung aus dem Petrieck gekauft, sondern eine Komplizin gewonnen hatte, war ihm zu diesem Zeitpunkt noch nicht bewusst.

»Er kann dich ebenso totmachen, wie er die Kerle abgestochen hat. Du weißt etwas über ihn und er muss befürchten, dass du etwas ausplauderst. Wenn nicht heute, dann morgen.« Karl war etwas vorsichtiger als seine Freundin Lisa. Obwohl Hofer das

Mädchen eindringlich gebeten hatte, niemandem von ihrem Geheimnis zu erzählen, hatte sie ihrem Freund dennoch davon berichtet. Sie musste es einfach loswerden. Und Karl konnte sie vertrauen.

»Lisa, du musst zur Polizei gehen. Jetzt ist es noch nicht zu spät. Bevor der Hofer dir etwas antut.«

Lisa schlug die Warnung ihres Freundes aus. »Der is keen Verbrecher, er ist dit Opfer. So hat er es mir erklärt, verstehst du, Karl? Er konnte nicht anderes. Dieser andere Kerl hätte ihn bis uffs Hemd ausjeplündert.«

Die junge Frau sah ihren Freund eine ganze Weile an.

»Und wat dann? Ick meine, wenn ick zur Polente jehe, wat passiert dann?«

Karl schwieg und sah auf seine ungeputzten Schuhe hinunter.

»Siehste, dann kriege ick nämlich janischt. Nich mal ne Belohnung. Wer bezahlt schon für tote Zuhälter? Keener. Die sind alle froh, wenn se weg sind. Und die Stellung im Petrieck verliere ick ooch. Oder gloobste, der Müller lässt mir weiter die Gläser spülen, wenn raus is, dass ick mit die Polente zu tun hatte? Und wenn ick Pech habe, macht mir eener von die Luden ooch noch dot. Weil ick nich gleich jesacht habe, wat ich jesehen habe. Dit gleiche bei die Polizei. Wenn ick janz großes Pech habe, hängen die mir noch 'ne Beihilfe an.«

Alles in allem hielt Lisa nichts von Karls Ansinnen.

»Und Karl, ick habe in mein Leben schon so viel Pech jehabt, nun will ick ooch mal Glück haben. Wenns schon an meene Türe klobt.«

Karl Schmidt war nicht überzeugt und machte den Vorschlag, dass er zur Polizei gehen könnte. Dann wäre Lisa gar nicht betroffen.

Solch einen Blick hatte er noch nie bei seiner Freundin gesehen. Dementsprechend fiel die Antwort auf seinen Vorschlag aus: »Wenn du dit tust, Karl, dann sind wa jeschiedene Leute!«

Karl erschrak.

»Sieh mal«, wurde Lisa wieder versöhnlicher und fasste die Hand ihres Freundes, »dis ist die Jelegenheit meines Lebens. So eene Möglichkeit kommt nich wieder. Und es ist doch ooch für dich! Für uns!«

Kapitel 10

Ein Zuhälter, wie er im Buch steht

Nach den erfolglosen Ermittlungen im Reichswehrumfeld konnte sich Malek wieder seinem eigenen Fall zuwenden.

Er war überrascht, wie viel Gefühl eine Prostituierte aufbringen und zeigen konnte, wenn es um den Tod ihres Zuhälters ging.

Gertrud Schönlein brach buchstäblich in den Armen des Kriminalisten zusammen, nachdem dieser ihr die Nachricht vom Tode Johann Trapps überbracht hatte.

Besonders berührt war Malek über die Lebensumstände der Dirne. Mit einem kleinen Kind, ihrer kranken Mutter und zwei Schwestern lebte sie gemeinsam in einer Einzimmerwohnung im Erdgeschoss auf dem vierten Hof einer Mietskaserne im Berliner Norden. Wenn Gertrud anschaffen ging, passte die Mutter oder eines ihrer Geschwister auf den kleinen Sohn auf.

»Hat eine Frau zu Hause mit einem schreienden, hungrigen Gör und geht jeden Abend saufen«, ärgerte sich Malek über Menschen wie Trapp.

Gertrud Schönlein konnte zu den Umständen, wie ihr Johann

umgekommen war, nichts sagen. Ein Streit unter Zuhältern um sie und ihr Territorium schloss sie aus.

Davon ging Malek in ihrem Fall auch aus.

Bruno Hofer machte um die Mittagszeit einen Spaziergang durch das Scheunenviertel. Er sondierte das Terrain. Im Scheunenviertel lebten viele Juden aus Osteuropa, die um die Jahrhundertwende nach Berlin eingewandert waren. Kaftane, weiße Bärte und Schläfenlocken prägten das Bild. So fanden sich in der Grenadierstraße koschere Schlachtereien, Gemüseläden und Fischgeschäfte, Schneider, Schustereien und Bethäuser. Jetzt, um diese Tageszeit, war die Straße mit Händlern, Geschäftsleuten und Passanten bevölkert, die ihren ehrbaren Geschäften nachgingen. Einige Damen des Gewerbes mischten sich auch um diese Stunde unter die Menschen in der Steinstraße, tauchten im Gewirr der Dragonergasse unter und zeigten sich ganz offen auf dem Bülowplatz. Entsprechende Bedürfnisse wollten auch am Tage bedient werden. Natürlich waren auch Taschendiebe jeden Alters und Geschlechts unterwegs. Die harten Jungs dagegen verlegten ihre Arbeitszeit mehr in die Abend- und Nachtstunden. Und so kam Hofer an diesem Abend erneut in die Spandauer Vorstadt und in das Scheunenviertel.

Wie zu erwarten, hatte sich das Bild der Passanten gewandelt, und Bruno, jetzt Dorothea, brauchte nicht lange nach einem passenden Objekt Ausschau zu halten. In einem Hauseingang in der Münzstraße spielte sich eine Szene ab, bei der ein normaler Passant die Augen abgewandt hätte und seiner Wege gegangen wäre. Anders Bruno Hofer, alias Dorothea Hirsch. Die junge Dame blieb stehen und betrachtete die Auseinandersetzung zwischen einer jungen Frau und einem Mann.

Sie nannte ihn »Justav« und er sie »Ida«.

Ein Zuhälter, wie er im Buch steht, dachte Bruno und machte zwei Schritte auf das streitende Pärchen im Hauseingang zu, gerade als der Mann die Auseinandersetzung mit zwei kräftigen Ohrfeigen beendete und die junge Frau zurück auf die Straße schickte. Die Geldscheine, die er seiner Ida abgenommen hatte, wickelte er zu einer Rolle und steckte sich das Strichgeld in die Hosentasche. Jetzt erblickte er die junge Dame, die ihn ihrerseits beobachtete.

»Na, meine Hübsche, so allein?« Mit seinem Kennerblick glaubte Gustav Krüger eine Neue vor sich zu haben. »Bist du auf der Suche nach Schutz? Woher kommst du denn? Ich hab dich noch nie im Kiez gesehen. Darf ich dich zu einem Süßen einladen? Wie heißt du denn, mein schönes Kind?«

Ida stand nur vier oder fünf Meter abseits, hielt sich die schmerzende Wange und betrachtete mit großem Missfallen die Annäherungsversuche ihres Gustavs. Doch ihr Freund ließ sich nicht von den eifersüchtigen Blicken beeinflussen.

Dorothea und Gustav gingen in die Münz-Glocke. Dort tranken sie Likör und die junge Frau tischte dem neuen Beschützer in spe ihre Lebensgeschichte auf. Kein noch so rührseliges Drehbuch hätte besser sein können als diese Schmonzette, die Bruno sich ausgedacht hatte.

Aus gutem Hause stammend war Dorothea Hirsch einem Verführer verfallen und von den Eltern verstoßen worden. Nun musste sie sehen, wie sie in ihrem neuen Leben zurechtkam.

Nicht nur, dass die junge Dame gebildet war und aus Literatur und Theater rezitieren konnte, auch politisch konnte man sich mit ihr unterhalten.

Keine Frage, Gustav Krüger hatte das große Los gezogen. Natürlich durfte Fräulein Hirsch nur in der feinen Gesellschaft verkehren. Das hieß selbstverständlich, dass die Männer dieser feinen Gesellschaft mit ihr verkehrten.

Das Einzige, was den Zuhälter störte, war die offensichtliche semitische Glaubensrichtung, die der Name der jungen Frau vermuten ließ.

»Es ist nur, weil in dem Haus, wo ich gute Beziehungen habe, auch Nationalsozialisten verkehren. Und die haben was gegen Juden. Vielleicht erwähnen wir einfach Ihren Nachnamen nicht. Oder wir nennen Sie anders. Nehmen wir Krüger. Sie sind einfach meine Schwester. Macht sich bestimmt gut im Kiez. So ist der Umgang mit den Herren auch viel zwangloser«, hatte Krüger die Lösung des kleinen Problems gefunden und bestellte, mit sich und seiner Zukunft zufrieden, noch ein Bier und einen Likör für seine neue Schwester.

Am nächsten Abend trafen sich Dorothea und Krüger wieder. Diesmal sollte es, so hatte es sich Krüger vorgestellt, gleich zur Sache gehen.

Doch einem Beisammensein, in dem von Krüger in Aussicht gestellten Hotel als neuen Arbeitsplatz, wollte das Fräulein noch nicht zustimmen. Man sollte sich vorher besser kennenlernen. So willigte der Lude zwar etwas verwundert, aber schließlich erwartungsvoll ein zur Spree hinunterzugehen.

Im Park des Museums im Schloss Monbijou, direkt an der Spree und schräg gegenüber dem Pergamonmuseum blieb Krüger stehen und zog ein Päckchen Zigaretten aus seiner Tasche. Er steckte zwei Zigaretten an und reichte eine der jungen Dame. Nach ein paar Zügen öffnete er seinen Hosenschlitz und sagte: »Jetzt wollen wir doch mal sehen, was du so kannst.«

Bruno wandte einen der ältesten Tricks an, mit dem man einen Gegner überrumpeln konnte. »Sieh mal, da, was schwimmt denn da?«

Gustav Krüger vergaß seinen Trieb, drehte sich um und lehnte sich neugierig über die Brüstung. Der erste Stich traf ihn genau an der Wirbelsäule und ließ den Mann sich aufbäumen. Der zweite verletzte eine Niere. Kurz danach nahm der Zuhälter noch wahr, wie seine Beine umklammert wurden und er mit einem Schwung kopfüber in das Wasser der Spree stürzte.

»Hast du alles gesehen? Was denkst du?«, konnte Bruno seine Aufregung kaum verbergen. Lisa Paul hatte in einigen Metern Abstand hinter einem Baum gewartet und die Tat mit angesehen. Welches Gefühl sie bewegte, konnte sie nicht in Worte fassen.

Als sie Hofer am frühen Abend vor dem Petrieck abfing, bevor sie zur Arbeit gehen konnte, hatte sie noch gedacht, er wolle ein paar nette Stunden mit ihr verbringen. Eventuell essen gehen und irgendwo etwas trinken. Dass sie dann mit ihm ins Bett gehen würde, plante die junge Bedienung ein. Schon bei ihrem ersten Treffen im Café des Westens hatte sie die Lust in den Augen des Schauspielers gesehen. Und mit der Lust von Männern kannte sie sich aus.

Doch jetzt, wo ein toter Mensch die Spree hinunter trieb und der Mörder wie ein kleines Kind vor einem neuen Spielzeug strahlte, fehlte ihr die Erfahrung einer solchen Gefühlswelt. Aber wer hatte die schon?

Der Tod an sich, und auch der gewaltsame, war für Lisa nichts Unbekanntes. Messerstechereien hatte sie mehr als eine im und um das Petrieck erlebt. Und auch in ihrer Wohngegend im Wedding hatten die Gewalttaten zugenommen. Meist politisch rechts gegen links. Und so manche Auseinandersetzung endete dabei tödlich. Doch heute und an den anderen Tagen war es anders. Hier starben Menschen eher zufällig und ohne besonderen Grund. Sie mussten sterben, nur weil sie von dem Mörder ausgesucht worden waren. Hofer zeigte mit dem Finger auf sie und entschied, dass ihr Leben zu Ende sein sollte. Und Bruno hatte Lisa dazu bestimmt, Zeugin und Aufpasserin in einem zu sein.

Zwei Stunden vor dem Mord waren Lisa und der Schauspieler in ein ziemlich schäbiges Hotel gegangen. Bruno trug einen kleinen Koffer bei sich. Zuerst hatte sich Lisa noch gefragt, wieso der bekannte und reiche Mann mit ihr in eine so armselige Absteige ging. Doch dann verwandelte sich vor ihren Augen ein attraktiver Mann in eine attraktive Frau.

Und jetzt, obwohl Lisa diese Verwandlung miterlebt hatte, glaubte sie, nur noch eine hübsche junge Dame vor sich zuhaben.

»Das ist vor allem Schauspielkunst. Ich denke, dass ich eine Frau bin, ich lebe es. Du musst mit der Seele dabei sein. Sonst bist du nur ein Mann, der Schminke im Gesicht hat, eine Perücke auf dem Kopf und einen, wenn auch teuren Fummel trägt.«

Auf dem Weg zur Dragonergasse, wo die Prostituierte Ida Sonne für Krüger anschaffte, erzählte Bruno Lisa, wie er den Zuhälter als Opfer ausgesucht hatte. Auch von dem Gespräch in der Münz-Glocke berichtete der Darsteller ausführlich.

Und wie von Hofer vorausgesagt, fand der Schauspieler den Zuhälter bei der Dirne.

Bruno erklärte Lisa seine Rückversicherung im Falle, dass etwas schiefgehen würde.

»Wenn jemand kommt, pfeifst du. Kannst du pfeifen?«

Die junge Frau ließ einen Pfiff mit zwei Fingern hören, der den Schauspieler zu einem anerkennenden Nicken veranlasste.

»Dann kommst du hervor und zeigst dich. Ich werde dem Kerl erklären, dass du immer in meiner Nähe bist, falls es Ärger geben sollte. Dann verabschieden wir uns unter einem weiteren Vorwand und machen, dass wir davonkommen. Dieser Kerl wird nicht nachfragen, dazu ist er zu dumm.«

Dann hatte sich die Bedienung in ihrer Rolle als Beobachterin in einem angemessenen Abstand zurückgezogen. Es war seltsam, Lisa beobachtete die Dirne, wie sie ihrerseits ihren Luden und die Neue im Blick hatte.

Da Ida Sonne von einem Freier angesprochen wurde, blieb Lisa Paul allein hinter Dorothea Hirsch und Gustav Krüger. So war sie dem Paar in den Park gefolgt.

Jetzt sah Lisa die feine Dame mit dem Messer in der Hand am Geländer lehnen. Es war nichts schiefgegangen. Alles hatte geklappt.

»Komm her und sieh ihm nach«, rief Hofer dem Mädchen zu.

Lisa schüttelte den Kopf. Sie blieb neben einem Baum stehen.

»Das muss gefeiert werden!«, erklärte Hofer euphorisch, kam zu dem jungen Mädchen und zog sie mit sich in Richtung Scheunenviertel und zu dem Hotel, wo noch sein Koffer auf dem Bett lag.

Noch mit der Schminke im Gesicht und der Perücke auf dem Kopf liebten sich der Schauspieler und die Bedienung im Hotelzimmer in der Grenadierstraße.

»Das ist Macht. Weißt du, Lisa, das ist wirkliche Macht. Du kannst bestimmen, wie lange das Leben eines Menschen geht. Und ja, er war kein guter Mensch. Es gibt also keinen Grund, sich schlecht zu fühlen. Im Gegenteil, wir haben der Gesellschaft einen Gefallen getan.« Bruno Hofer lag auf dem Rücken neben Lisa im Bett und rauchte eine Zigarette. Der Rauch entstieg in kleinen Ringen aus dem Dunklen, wurde im Lichtstrahl, der von der Grenadierstraße in das Zimmer hereinschien, für einige Sekunden sichtbar und verlor sich wieder im Schwarzen der Nacht. Von der Straße herauf waren Musik und laute Stimmen zu hören. Ein Tumult schwoll an und war nach einigen Minuten wieder verklungen. Lautes Lachen und das Kreischen einer hysterischen Frau rundete die akustische Untermalung ab.

Bruno war von Lisas Liebeskünsten beeindruckt. So ideenreich war noch keine Frau gewesen, mit der er geschlafen hatte. Ein Kompliment machte er der Bedienung trotzdem nicht. Sie sollte nicht zu viel Macht über ihn bekommen. Macht, das war etwas, was er nur für sich allein haben wollte.

Kapitel 11

Überraschender Besuch aus München und Schulden aus Jugendtagen

Die Türklingel schreckte den Schauspieler aus einem ohnehin unruhigen Schlaf. Hofer hatte bis spät in die Nacht im Babelsberger Filmatelier gedreht und anschließend noch im Scheunenviertel in Berlin recherchiert. Trotz der Warnung von Lisa sein nächstes Opfer nicht wieder in derselben Gegend zu suchen, hatte sich Bruno, alias Dorothea, auf die Suche begeben. Sie war aber nicht fündig geworden. Umso ärgerlicher war der Schauspieler darüber, dass der Mord an Gustav Krüger bisher noch in keiner Zeitung stand.

»Vielleicht«, so hatte Bruno Lisa seine Gedanken mitgeteilt, »ist die Leiche diesmal wirklich durch alle Sperren in Spree, Havel und Elbe durchgekommen und schippert jetzt in der Nordsee?«

Hofer war enttäuscht. So empfand er bei der Berichterstattung über den Tod dieser Männer eine ähnliche Genugtuung wie bei den Tötungen selbst.

»Bei dir kribbelt es wohl schon wieder«, hatte Lisa Paul bei einem Treffen im Café des Westens kopfschüttelnd festgestellt.

Wieder schellte die Glocke an der Wohnungstür. Der Störenfried wollte nicht ablassen.

»Guten Tag, Herr Hofer«, lächelte eine hübsche, junge Dame den Schauspieler freundlich an. Da der Wohnungsinhaber keine Reaktion zeigte, ließ sich die Frau selbst ein. Sie trat auf Bruno zu und dieser machte einem Impuls folgend Platz.

»Mein Name ist Rosa Braun, ich komme aus München. Ich bin eine gute Bekannte von Valentin Strobel. Sie können sich sicher denken, was für eine Bekannte«, verstärkte die Dame ihr Lächeln.

Natürlich wusste Hofer, was die junge Frau meinte, und gleichzeitig drohte sein Gebilde aus Zurechtlegungen und falschen Beweisen in sich zusammenzufallen. Mit solch einem Besuch hatte er nicht gerechnet.

Einem parallelen Reflex, die Handtasche auf der Garderobenablage zu öffnen und das Messer herauszuziehen, folgte Bruno nicht. Dazu war immer noch Zeit. Und in seiner Wohnung eine Gewalttat verüben, wollte er nicht.

»Wie kann ich Ihnen helfen, junges Fräulein?«, fragte Hofer äußerst jovial. »Darf ich Ihnen etwas zu trinken anbieten?«

Bruno geleitete Rosa Braun in sein Wohnzimmer.

»Für etwas Alkoholisches ist es, denke ich, noch etwas zu früh. Vielleicht einen Kaffee oder einen Tee?«

»Einen Kaffee, sehr gerne. Ich habe eine lange, anstrengende Zugfahrt hinter mir.«

Hofer bat den Besuch, in seinem Wohnzimmer Platz zu nehmen. Er entschuldigte sich, um sich im Badezimmer ein wenig frisch zu machen.

Rosa Braun zündete sich eine Zigarette an.

Der frühe Besuch des Valentin Strobel stand dem Darsteller jetzt wieder bildlich vor Augen. »Diese Münchner scheinen nicht zu wissen, was eine angemessene Besuchszeit für Schauspieler ist. – Jedenfalls nicht morgens um acht Uhr«, grummelte Bruno in seinem Badezimmer vor dem Spiegel stehend nach einer Ausrede suchend. Fieberhaft überlegte er, was er der jungen Frau erzählen sollte, erzählen durfte. Schließlich entschied er sich für eine Mischung aus Wahrheit und Dichtung.

In der Küche hantierte der Schauspieler mit dem Wasserkessel und hätte sich beinahe beim Entzünden der Gasflamme die Hand verbrannt.

»Valentin hatte mir geschrieben und seinen Besuch angekündigt. Er war auch am …«, rief er aus der Küche zum Wohnzimmer.

»Am sechzehnten ist er von München weg«, fügte Rosa an.

Hofer kam in die Stube. »Ja, richtig, es muss der sechzehnte oder der siebzehnte gewesen sein. Ich hatte, ähnlich wie heute, kaum Zeit. Ich muss, ich musste ins Studio zu Filmaufnahmen. Wir haben uns dann am Abend in einer Kneipe, einem Lokal, verabredet. Aber leider, ich war zu spät und habe ihn nicht mehr angetroffen. – Beim Film, wissen Sie, kann es vorkommen, dass man länger arbeiten muss. Eine Szene ist dem Spielleiter nicht gut genug gespielt. Eine Kollegin oder ein Kollege kann seinen Text nicht oder irgendetwas mit der Technik verhindert das zügige Vorankommen mit den Filmaufnahmen. Tausend Dinge können passieren und da kommt man zu einer Verabredung schnell mal zu spät. Und so auch an diesem Abend. Valentin war schon fort. Wann und wohin er gegangen war, konnte mir niemand sagen.«

»Und seitdem hat er sich nicht mehr gemeldet?«, fragte die junge Frau nach.

»Ja, ich habe mich auch schon gewundert«, zuckte der Schauspieler ratlos mit den Schultern. »Ich dachte, er sei wieder zurück nach München gereist. Ich habe seitdem auf eine Nachricht von ihm gewartet. Zumal er ja noch Geld von mir zu bekommen hat.«

»Geld?«

»Ja, ein hübsches Sümmchen. Ich schuldete, ich meine ich schulde es ihm aus Jugendtagen. Mit Zins und Zinseszins«, lachte der Darsteller etwas übertrieben. »Ich habe die Summe natürlich jetzt nicht bei mir«, klopfte der Schauspieler lachend seinen Morgenmantel ab, als ob das Geld in seinen Taschen stecken würde. »Aber ich kann es natürlich jederzeit besorgen. Sagen wir heute Nachmittag – ach nein, ich habe ja Dreharbeiten und anschließend einen Pressetermin. Ein Interview für eine Illustrierte. Nette Dame, die Frau Ginster, nur leider versteht sie nicht das Geringste vom Film. Ulkig was, spricht mit einem Schauspieler und hat keinen blassen Schimmer.« Hofer lachte wieder auffällig laut und schräg. »Dafür kennt sie sich mit Schlüpfrigem aus. Und darauf kommt es diesen Blättern ja auch an. Muss man aufpassen, dass sie einem nicht während des Gesprächs die Unterwäsche auszieht!«

Brunos Geplapper ging weit über das Mitteilungsbedürfnis eines überspannten Filmdarstellers hinaus. Das müsste auch Rosa erkannt haben. Um die Situation noch zu retten, schlug sich Hofer mit der flachen Hand vor die Stirn. »Jetzt hätte ich ja beinah den Kaffee vergessen. Was bin ich nur für ein Gastgeber.« Bruno erhob sich und wollte in der Küche nach dem Wasser sehen.

»Machen Sie sich keine Mühe. Ich will Sie nicht weiter aufhalten. Ich störe Sie schon zu lange.« Rosa drückte ihre Zigarette in einem wuchtigen Aschenbecher auf dem Wohnzimmertisch aus und begann, ihren Mantel wieder zuzuknöpfen.

»Wie wäre es«, erwiderte Hofer, »wenn wir uns morgen verabreden? Ich sehe nur schnell in meinem Kalender nach«, sprach der Schauspieler und verschwand durch eine Tür. »Sie bleiben doch noch?«, rief er.

»Einige Tage habe ich mir frei genommen, ja.«

Durch einen Spalt konnte Rosa sehen, wie sich Hofer über einen großen, eichenen Schreibtisch beugte, der vor einem Fenster stand, und in irgendetwas blätterte. Gleichzeitig schwärmte er ohne aufzublicken: »Berlin hat in den letzten Jahren sehr zugelegt. Was die Kultur anbelangt. Ich könnte Ihnen die ein oder andere Revue oder ein Theaterstück empfehlen. Natürlich auch die Sehenswürdigkeiten. Das Brandenburger Tor, unter den Linden und das Schloss Monbijou an der Spree. Wenn Sie gerne einkaufen, lohnen sich die Friedrichstraße oder der Kurfürstendamm.« Er lachte. »Natürlich kaufen Sie gerne ein, jede Frau kauft gerne ein. Und ich natürlich auch.«

Nach weniger als zwei Minuten erschien er wieder.

»Morgen passt mir gut. Sagen wir zum Frühstück?«

Fräulein Braun nickte.

»Haben Sie denn schon ein Hotel? – Nein, ich kann Ihnen das …«

»Ich werde schon etwas Passendes finden. Ich habe mir einige Adressen aus einem Reiseführer notiert. Wie gesagt, ich hatte eingeplant, einige Tage zu bleiben.«

»Sehr schön«, begleitete Bruno seinen Gast zur Wohnungstür und öffnete. »Treffen wir uns im Kempinski. Sagen wir um zehn Uhr? Zum Frühstück? Sie finden das Restaurant?«

Fräulein Braun nickte zu Hofers Frage. »Sehr gerne, ich freue mich.« Sie reichte die Hand und bemerkte die gepflegten Hände des Schauspielers. Irgendwie hatte Bruno Hofer etwas Feminines an sich. Dies war Rosa gleich in den ersten Minuten aufgefallen. Dazu passten die zarten Hände und der schicke Mantel mit Pelzbesatz, der an der Garderobe hing. Darunter standen ein paar Damenschuhe. Rosa kannte die Marke und wusste, dass diese nicht billig gewesen waren. Wenn der Mantel und die Schuhe nicht Hofer gehörten, musste noch eine Frau in der Wohnung sein.

Kapitel 12

Ein toter Herr mit offener Hose und Liebe auf den ersten Blick

Gleich nach dem Eintreffen im Büro mussten Malek und Winter wieder los. Mit einem Dienstfahrzeug der Fahrbereitschaft fuhren sie zur Kronprinzenbrücke in der Nähe des Reichstages. Dort war am Ruderblatt eines Lastkahns, der an der Kaimauer festgemacht hatte, eine Leiche gefunden worden. Da der Tote männlich und die Spree herunter getrieben war, hatte man gleich die Inspektion A verständigt. Und das, wie sich wenig später herausstellte, zu Recht.

Der Tote hieß Gustav Krüger, wie man seinen Papieren entnehmen konnte. Die hatte ihm ein Polizist aus der Tasche genommen.

Erich Malek und Klaus Winter betrachteten den auf dem Rücken liegenden Mann. Die Leiche war durch den Kontakt mit dem Wasser stark gezeichnet. Der Körper war erheblich aufgeschwemmt.

Malek tippte darauf, dass der Mann mehrere Tage in der Spree gelegen hatte. Durch das Ruder des Lastkahns war der Tote nicht leicht zu sehen gewesen.

Der Angler, der Krüger gefunden hatte, hatte ihn auch nur bemerkt, weil sich seine Angelschnur an einer großen Schraube in der stählernen Uferbefestigung verheddert hatte und er sich über die Brüstung hatte beugen müssen.

Winter stellte als Erstes fest: »Sein Hosenstall steht offen. Entweder musste er heftig urinieren oder er hatte ein anderes Bedürfnis, kurz vor seinem Tod.«

Erich Malek fiel in diesem Moment Heinz ein, der neue Untermieter bei Agnes. Vielleicht durch diese Begegnung beeinflusst oder durch die frühe Tageszeit und einer Wasserleiche vor sich, fiel die Antwort auf Winters Bemerkung etwas grob aus: »Beides hätte er nicht so dicht am Wasser und nicht in Gesellschaft eines Messers machen sollen. Wer weiß, was da nicht noch alles hätte passieren können«, grinste Malek seinen Kollegen schief an.

Während die beiden Kriminalisten sprachen, hatte der eingetroffene Arzt mithilfe eines Polizisten den Toten auf den Bauch gedreht.

»Die drei Einstiche sind gut sichtbar.«

»Es ist schon fast eine Handschrift«, bemerkte Malek und wurde ernst. »Ich möchte wetten, der da ist auch von Beruf Zuhälter.«

»Auch der Erste?«, war sich der Kriminalassistent nicht sicher.

Doch Maleks Vermutung, dass alle drei Mordopfer demselben Geschäft nachgegangen waren, sollte noch am selben Vormittag bestätigt werden.

Zuerst aber bestätigte der Erkennungsdienst, dass die in der Spree gefundene Leiche für die Polizei kein Unbekannter war. Gustav Krüger war ein aktenkundiger Zuhälter und Gewaltverbrecher. Die Sitte hatte eine umfangreiche Akte angelegt.

Es ging also, wenn auch langsam, vorwärts. Einen großen Schritt weiter brachte Malek ein unerwarteter Besuch im Präsidium am Mittag.

Es klopfte an der Tür des Büros.

Kriminalassistent Klaus Winter rief »herein!«, ohne darauf zu achten, dass Malek gerade dabei war, ein Glas mit Weinbrand zu leeren.

»Prost«, wünschte eine junge Frau und trat in die Amtsstube.

»Sie wünschen?«, ergriff wiederum Winter die Initiative.

»Ich komme wegen einer vermissten Person.«

»Ein Stockwerk tiefer, Zimmer 232, fragen Sie bei Heinrich nach. Erwin Heinrich. Kriminal…«

»Dieser Herr hat mich zu Ihnen geschickt. Sind Sie Kriminalkommissaranwärter Erich Malek?«

Winter schüttelte den Kopf und nickte nur stumm in Richtung seines Gegenübers an der anderen Schreibtischseite.

»Ich bin Erich Malek«, erhob sich der Beamte, reichte der jungen Frau die Hand und bot ihr an, auf dem Stuhl neben dem Schreibtisch Platz zu nehmen.

Sie trug ein körperbetontes rotes Samtkleid mit einem kleinen Pelzbesatz am Kragen. Ein federleicht aussehender Hut saß etwas schräg auf dem Kopf und darunter lugte kurz geschnittenes, dunkelbraunes Haar hervor.

»Herr Heinrich ist der Meinung, dass Sie mir weiterhelfen können. Ich bin auf der Suche nach diesem Herrn.«

Mit einem Griff zog die Frau eine Fotografie aus ihrer Handtasche und reichte sie Malek.

Es war ein Polizeifoto von der Münchner Kriminalpolizei unter dem der Name »Valentin Strobel« stand. Eine Nummer vor der Brust wies ihn als erkennungsdienstlich behandelt aus.

»Der Tote aus dem Spreekanal«, sagte der Kriminalist, ohne seine Überraschung zu verbergen. Auch Winter hob den Kopf und streckte den Arm über den Schreibtisch, um sich das Bild anzusehen.

»Dann stimmt meine Vermutung, Valentin ist tot.«

Jetzt erst bemerkte Erich Malek, was er für eine Dummheit begangen hatte. »Entschuldigen Sie, das war sehr unachtsam von mir. Standen Sie mit diesem Herrn in persönlicher Verbindung?«

»Er war mein Freund.«

»Ihr Freund? Sie meinen Ihr Verlobter?«

Die junge Frau sah den Kriminalassistenten Winter eine ganze Weile mit einem spöttischen Blick an.

»Ich glaube, das junge Fräulein meint wohl eher eine Geschäftsfreundschaft«, half Malek seinem Kollegen auf die Sprünge. Er ließ sich das Polizeifoto zurückgeben.

»So kann man es auch nennen.«

»Aber ich finde, Sie sehen gar nicht aus wie eine, ich meine«, kam Kriminalassistent Winter ins Stottern, merkte, dass er auf dem besten Wege war, sich lächerlich zu machen, und erhob sich von seinem Stuhl. »Ich meine, ich gehe mal in die Kantine. Möchten Sie auch etwas?«

Malek verneinte und auch die junge Frau schüttelte den Kopf.

Rosa Braun war am heutigen Vormittag mit dem Zug aus München kommend am Anhalter Bahnhof ausgestiegen. Ein freundlicher Droschkenfahrer hatte sie mit seinem Automobil bis vor das Polizeirevier am Alexanderplatz in die Alexanderstraße gefahren. Dort wurde sie vom Wachhabenden an Kommissar Heinrich verwiesen.

So hatte sie dem Kriminalkommissar gegenüber ihre Ankunft in der Reichshauptstadt geschildert. Dass sie schon einen Besuch in Berlin absolviert hatte, erwähnte das Fräulein Braun nicht.

Kriminalkommissar Heinrich hatte den Mann auf der Fotografie als den erkannt, dessen Konterfei seit einigen Tagen auf einem Plakat in den Fluren des Kommissariats aushing. Es zeigte das unbekannte Opfer eines Gewaltverbrechens. Auch den Schmuck und das Zigarettenetui konnte die junge Frau identifizieren.

»Der eine Ring gehörte einmal mir.«

Fräulein Braun bestätigte somit die Theorie Maleks, dass alle drei Mordopfer Zuhälter waren.

»Valentin Strobel ist, ich meine, er war ein Zuhälter. Ein Strizzi, wie man bei uns sagt. Ein Lude bei Ihnen in Berlin. Er ist vor zwei Wochen nach Berlin aufgebrochen, um ein Geschäft zu erledigen. Was für eines, das hat er nicht erzählt. Er wollte einen alten Freund aufsuchen.«

Erich Malek sah von seinen Notizen auf, wurde aber gleich wieder enttäuscht.

»Auch über diesen Freund hat er nicht gesprochen. Muss aber eine sehr alte Freundschaft gewesen sein. Es war von der Jugendzeit die Rede.«

»Und als Ihr Freund nicht wiedergekommen ist, haben Sie sich auf nach Berlin gemacht. In die preußische Höhle des Löwen, sozusagen«, lächelte der Kommissaranwärter die junge Frau an.

»Der Löwe ist doch bayerisch. Ihr habt doch den Bären. Aber starke Tiere sind es beide«, gab Fräulein Braun ebenfalls mit einem Lächeln zurück. Dann gähnte sie und entschuldigte sich. »Die Zugfahrt. Die ganze Nacht hindurch und ich habe kaum ein Auge zugemacht. Wie schnell wird man bestohlen, wenn man schläft, und es ist kein Beschützer bei einem.«

Jetzt musste Malek lachen. Und auch die Frau lachte über ihre kleine selbstironische Bemerkung. Allzu sehr schien sie der Verlust ihres Strizzis nicht zutreffen.

»Sie sollten sich ein paar Stunden Schlaf gönnen.«

»Ist denn meine Anwesenheit noch erforderlich?« Rosa Braun hatte sehr wohl die Sympathie bemerkt, die ihr der Polizist entgegenbrachte, und fügte hinzu, »dann bleibe ich noch ein paar Tage in der preußischen Höhle. Die Geschäfte zu Hause können warten.«

»Das würde mich sehr freuen. Ich schreibe Ihnen eine Adresse einer sehr netten, kleinen Pension auf. Die Inhaberin ist eine patente Person. Wenn Sie sagen, dass Sie von mir kommen, macht sie Ihnen einen besonderen Zimmerpreis.«

»Sind das die berühmten Beamtenverbindungen?«

»In diesem Fall sind es Verwandtschaftsbindungen. Die Pensionswirtin ist meine Mutter. Elisabeth Malek. Auch Lieschen genannt.«

Erich Malek notierte die Adresse auf einen Zettel und gab ihn der jungen Frau.

Rosa Braun erhob sich. Der Kriminalist half ihr in den Mantel und reichte ihr die Handtasche. Sie gaben sich die Hand. Malek hielt sie länger fest als nötig und sah Rosa Braun in die Augen.

»Und wenn Sie den Valentin Strobel getötet haben? Sagen wir, Sie haben einen neuen Beschützer gefunden und wollten den Alten loswerden? Sie wussten doch entgegen Ihrer Aussage, zu wem er wollte, haben sich auf die Lauer gelegt und ihn dann erstochen und in die Spree gestoßen.«

»Ist Valentin so gestorben?«

»Er ist ertrunken.«

»Um dies zu tun, hätte ich nicht extra nach Berlin fahren müssen, für solche Zwecke haben wir bei uns daheim die Isar. Und dort herrscht eine starke Strömung, da wäre seine Leiche so schnell nicht wiederaufgetaucht. Und dann«, beugte sich Rosa Braun zu dem Kriminalkommissar vor und flüsterte fast in sein Ohr, »habe ich ein ziemlich wasserdichtes Alibi. Ich nenne gerne Namen. Und wenn Sie bestätigt haben möchten, ob dieser Herr zur fraglichen Zeit bei mir gewesen ist, brauchen Sie nur den kurzen Dienstweg bemühen. Erkundigen sie sich im Polizeipräsidium München in der Ettstraße nach einem gewissen Herrn Mayr, seines Zeichens enger Vertrauter von Herrn Karl Mantel. Und dieser Herr wiederum ist Polizeipräsident von München.«

Für das Gesicht, das die junge Frau machte, hätte Malek sie sofort küssen mögen. Der Kriminalist war insgeheim erleichtert, dass Rosa Braun eine schlüssige Antwort auf seine Frage und außerdem ein Alibi für die vermeintliche Tatzeit hatte. Dass sie jedoch mit solch wichtigen Herren verkehrte, beunruhigte ihn.

Bevor die junge Frau das Büro verließ, hielt sie Malek auf.

»Das Foto, ich behalte es vorerst. Ich werde es noch brauchen.«

»Natürlich.«

Der Polizeibeamte lächelte. »Sie können mir sicherlich erklären, wie Sie in den Besitz dieser hübschen Abbildung gekommen sind?«

»Sie sagen es, eine hübsche Fotografie. Valentin war sehr eitel und er fand sich sehr gelungen porträtiert. Da habe ich ein paar Verbindungen genutzt. Auch in München gibt es sehr nette Polizisten. – Übrigens, Herr Kommissar, an ihrem Jackett fehlt ein Knopf.«

Die Pension Schlüter lag im Westen der Stadt nahe dem Kurfürstendamm. Der Name Schlüter wurde für die kleine Herberge mit acht Zimmern gewählt, aufgrund der Adresse. Schlüterstraße Ecke Mommsenstraße, erster Stock. Geführt wurde die Pension von Frau Malek, seit dem Tod ihres Mannes, Ludwig Malek, im Jahr 1925.

Erichs Bruder sollte einmal die Pension übernehmen. Vorerst betätigte sich Heinz Malek als Propagandist und Wahlhelfer für die NSDAP. Da er von dieser Beschäftigung nicht leben konnte, griff der jüngere Bruder immer wieder gerne auf die finanziellen Zuwendungen seiner Mutter zurück.

»Ist doch sowieso mein Einkommen, wenn ich die Pension übernehme«, lachte Heinz, wenn er von Erich auf diese Zuwendungen angesprochen wurde. »Ist eben ein kleiner Vorschuss!«

Auf die Idee, seiner Mutter jetzt schon ab und zu bei der Arbeit in der Pension zu helfen, kam der junge Mann jedoch nicht.

Am Abend nach Dienstschluss holte Erich Malek das Fräulein Braun aus der Pension ab.

Klara Bodemann öffnete Malek die Tür. Die Haushaltshilfe war mit einem schwarzen Kleid und einer weißen Schürze bekleidet. Auf ihrem ordentlich frisierten Haar trug die junge Frau ein weißes Häubchen. Ganz wie es vor der Weimarer Republik zu Kaisers Zeiten üblich gewesen war. 1928 war diese Arbeitskleidung eher unüblich.

Elisabeth Malek hatte Klara schon oft gebeten, sich anders, moderner zu kleiden, allein Fräulein Bodemann fühlte sich in dieser ihr eigenen Uniform wohl.

Malek und sein Bruder hatten Klara seit ihren Kindertagen aus diesem Grund auch nur »Häubchen« gerufen.

Den Gästen der Pension Schlüter gefiel die Aufmachung der jungen Frau. Viele empfanden es als »museal« und es erinnerte sie an die »guten alten Zeiten«.

»Das junge Fräulein wartet im Frühstücksraum«, gab Klara mit einem vielsagenden Lächeln bereitwillig Auskunft. Sie war also schon informiert. Viele Geheimnisse gab es in dieser Pension nicht. Aber auch Maleks Äußeres ließ auf einen besonderen Abend schließen.

Der Kriminalist hatte sich in Schale geworfen und trug seinen guten Sonntagsausgehanzug. Ihn ärgerte, dass er vergessen hatte, seinen zweiten Anzug mitzunehmen, damit seine Mutter den Knopf annähen konnte. Über das Aussehen des jungen Fräuleins war er entzückt. Sie trug wieder ein perfekt sitzendes Kostüm.

Malek hatte sich vorgestellt, dass sie eine Kleinigkeit im Tandler essen gingen und anschließend wollte der Kriminalist mit dem Fräulein einen Bummel durch das Nachtleben der Stadt machen.

»Ist das nicht verboten?«, fragte Rosa Braun den Beamten. »Ich bin doch sicherlich eine wichtige Zeugin in einem Mordfall und Sie sind der ermittelnde Beamte. Ich könnte Ihnen Geheimnisse entlocken und sie meinen Hintermännern weitergeben.«

»Ich glaube«, machte der junge Mann traurige Augen, »im Augenblick wissen Sie mehr als ich über diesen Fall. Aber wir können uns ja einigen, dass wir das Thema nicht anschneiden. Und Berlin hat genügend anderes zu bieten als Mord und Totschlag.«

In diesem Moment kam Frau Malek in das Frühstückszimmer ihrer Pension und hielt eine gedruckte Broschüre in der Hand. Sie reichte sie dem Fräulein mit den enthusiastischen Worten: »Hier, das Neueste in Berlin. Das muss man gesehen haben. Falls Sie noch nichts vorhaben!«

Rosa Braun las still die Überschrift, lachte laut los und reichte die Broschüre an ihren Begleiter weiter. Malek las laut: »Der Mörder vom Alexanderplatz! Ein Kriminalstück, dass Ihnen eine Gänsehaut über den Rücken treibt! – Danke Mutter, da werden wir hingehen!«

Kapitel 13

Ein Schauspieler mit Dialekt und ein Fräulein aus gutem Haus

Das Restaurant im Hotel Kempinski war eine der vornehmsten Adressen im Berliner Westen. Rosa Braun und Bruno Hofer hatten sich dort zu einem gemeinsamen Frühstück getroffen. Der Oberkellner Georg Knopf persönlich bemühte sich um die Gäste. Hofer nannte ihn beim Vornamen.

Eines musste Rosa dem Kavalier lassen, einen guten Geschmack hatte er. Dafür, dass er aus einfachen Verhältnissen stammte, wusste er, wie man eine Frau beeindruckte. Gerade Rosa konnte dies beurteilen, war sie doch die Tochter eines Journalisten und Verlegers.

»Valentin hat viel von Ihnen erzählt. Sie sind alte Freunde.«

Das Fräulein berichtete von ihrem Besuch auf dem Polizeirevier und vom Tod des gemeinsamen Freundes. Den sympathischen Polizisten und die kleine Weinstube in der Friedrichstadt ließ die junge Frau unerwähnt.

Hofer war allerdings von Strobels Tod weniger überrascht, als Rosa gedacht hatte.

»Ich will ehrlich sein, ich hatte schon so etwas vermutet, als sich Valentin nicht mehr gemeldet hat«, nickte Bruno. Jetzt wirkte er etwas ergriffen. »Aber dass es nun wahr ist, bestürzt mich doch. Gut, wir haben uns lange nicht gesehen und dass Valentin kein Waisenknabe war, wusste ich seit frühster Kindheit. Aber so umzukommen? Wie sagen Sie, hat die Polizei ermittelt, erstochen und dann ertrunken?!«

Während Bruno darauf achtete, in seiner geheuchelten Bestürzung nicht allzu falsch zu klingen, versuchte er gleichzeitig in den Augen der jungen Frau zu lesen, was sie über ihn und Strobel wusste. Und er las, dass sie alles wusste. So gab er den Widerstand in diese Richtung, wenigstens vorläufig, auf.

»Nach seinem Aufenthalt im Erziehungsheim haben wir uns aus den Augen verloren. Später, im Krieg, habe ich erfahren, dass er sich freiwillig zum Heer gemeldet hatte. Er wollte einmal aus unserer Gegend herauskommen. Ich glaube, auch eine gewisse Naivität, fette Beute machen zu können, hatte ihn an die Front getrieben. Mit diesem Märchen war ja dann bald Schluss. Ich selbst hatte zwar auch das Verlangen nach einem freieren Leben als zu Hause bei uns in den Bergen, aber der Krieg war nichts für mich. Wegen meiner damals schwächlichen körperlichen Verfassung hat mich der Kaiser vom Dienst befreit. Aber, wie Sie sehen, habe ich mich dennoch prächtig entwickelt«, lachte der Schauspieler und deutete auf seine wirklich eindrucksvolle schlanke und ebenso muskulöse und durchtrainierte Figur. Dann ging Bruno auf ihre unterschiedlich verlaufenden Lebensläufe ein: »Valentin ist seiner Wege gegangen und ich nahm den meinigen. Seine führten ihn auf krumme Pfade und schließlich ins Gefängnis. Meine ersten Versuche, in Berlin als Schauspieler zu bestehen, gingen fürchterlich schief. Ich hatte einen Dialekt, mit dem ich nicht einmal preußische Kühe dazu bewegen konnte, mir auf eine Weide zu folgen. Und der Bruno Hofer, der Ihnen hier mit so vollkommenen Manieren gegenübersitzt und weltgewandt plaudert, konnte beim ersten Treffen in einem Besetzungsbüro nicht einmal Piep sagen. Dann habe ich hart gearbeitet und Schauspielunterricht genommen. Bei einer Dame, die noch vor der UFA meine Liebhaberqualitäten entdeckte. Aus diesem Grund wurde die Sache mit dem Unterricht nicht so teuer.«

Hofer erzählte freimütig aus seinen Anfangsjahren in Berlin. Wie er Teller gewaschen hatte, als Straßenbahnschaffner Fahrkarten entwertet und schließlich die ersten kleinen Rollen beim Film und dann auch am Theater bekommen hatte.

»Ich sprach inzwischen ein sehr ansehnliches Hochdeutsch. Mein bayrischer Kuhjungendialekt war verschwunden und nun nahm man mir den Gesandten des englischen Hofes ab und verzieh mir meine kleinen Eskapaden in ›Die Marquise‹, von Noël Coward. Viele hübsche Jungfrauen und viele Duelle, wie der Autor selbst anmerkte.«

Rosa Braun wusste vom ersten Moment ihres Zusammentreffens mit Bruno Hofer, dass zwischen den beiden Männern ein Unterschied bestand, der größer war als Tag und Nacht. Dieser Schauspieler hatte nicht die Brutalität, die Strobel besaß, und Valentin war niemals so ein feinsinniger Mensch wie dieser, der ihr beim Kaffee gegenübersaß. Aber auch kein so verschlagener, wie Rosa bald feststellen musste.

Denn die Summe, die ihr Bruno Hofer in dem Kuvert noch vor dem Servieren des Frühstücks über den Tisch im Restaurant des Kempinski reichte, musste die junge Frau stutzig machen.

»Ich hatte das Geld schon einen Tag nachdem Valentin mich besucht hatte von der Bank abgehoben, dann wieder eingezahlt. So eine große Summe will man ja auch nicht zu Hause haben.«

Bei den Worten Hofers dachte die Prostituierte aus dem bayerischen Land: Wenn du glaubst, du kannst mich auf den Arm nehmen, hast du dich getäuscht. Und so erwiderte Rosa Braun das Lächeln des Schauspielers ihr gegenüber. War ihr doch in diesem Augenblick klar, dass etwas mit diesem Herrn nicht stimmte. Zehntausend Mark waren, selbst mit Zins und Zinseszins, als Rückzahlung für eine Schuld aus der Jugendzeit erheblich zu viel. Da musste mehr dahinterstecken.

Wie zwei Wildtiere umlauerten sich die Prostituierte und der Schauspieler. Genauso wie das junge Fräulein, versuchte Hofer so viel wie möglich zu erfahren, um seine Position gegenüber der Frau einzuschätzen und wo nötig zu verbessern.

»Sie kennen Hofer auch schon lange?«

Seit ungefähr vier Jahren. Seit ich beschlossen hatte, mich selbstständig zu machen.«

»Ach, Sie hatten vorher schon einen Beruf?«

Rosa Braun schmunzelte. »Ich war im Verlag meines Vaters tätig.«

»Ach«, stieß Bruno einen zweiten Ausruf der Überraschung aus. »Ihr Herr Vater ist Verleger? Sehr interessant.« Im Gegensatz zum vorherigen Verlauf des Gesprächs begann sich Hofer nun ernsthaft für das Leben des Fräuleins zu interessieren.

»Durch diese Tätigkeit bin ich auch in das Gewerbe gekommen, in dem ich jetzt mein Geld verdiene.« Rosa bemerkte die gesteigerte Aufmerksamkeit ihres Gegenübers. »Aber es hört sich dramatischer an, als es ist. Ich bin kein gefallener Engel, wie Sie wahrscheinlich jetzt vermuten. Gefallene Verlegertochter landet hart auf der Bordellcouch!« Rosa breitete die Arme plakativ aus, als entfaltete sie ein Spruchband.

»Eine großartige Überschrift für einen Film. Darf ich mir die Rechte sichern?«, lachte der Schauspieler und hatte sofort eine Idee für ein Drehbuch im Kopf.

»Es war ein Geschäftsfreund meines Vaters. Ein attraktiver sehr talentierter junger Schriftsteller. Dass wir ein Verhältnis hatten, sollte niemand wissen. Der junge Herr war sehr romantisch veranlagt und wir haben uns in den seltsamsten Unterkünften zum Liebesspiel getroffen. Wenn ich es genauer betrachte, glaube ich, dass er eine etwas bizarre Neigung besaß. So trafen wir uns bald regelmäßig in einem, sagen wir, fragwürdigen Hotel. Dann ging schief, was schiefgehen musste«, wurde das Fräulein nachdenklich, und Bruno glaubte, eine Traurigkeit in ihren Augen erkennen zu können.

»Der junge Herr hat angeboten, sich seiner Verantwortung zu stellen. Er kenne seine Pflicht. Ich habe ihn mit einem buchstäblichen Fußtritt aus dem Hotelzimmer komplimentiert.«

Über das Schicksal des Kindes äußerte sich Rosa nicht. Bruno fragte auch nicht nach.

»Meinem Elternhaus bin ich aus dem Weg gegangen. Eine Frau, die in diesem entsprechenden Gewerbe tätig war, gab mir die ersten Lehrstunden. Dann kam eins zum andern. Ich hatte Gefallen an dieser Tätigkeit gefunden. Ich wechselte ziemlich schnell aus einer Absteige in eine bessere Gegend und zu einer eleganteren Kundschaft. Pikanterweise hatte ich später sogar Besuch von Geschäftspartnern meines Vaters. Meist waren die Herren am Anfang etwas verunsichert, als sie unvorbereitet auf mich trafen. Das lockerte sich jedoch schnell.«

»Und Ihr Vater?«, stellte Bruno die naheliegende Frage.

»Er war, wie Sie sich denken können, überhaupt nicht begeistert. Genauso wenig wie meine Mutter und der Rest der Familie. Aber wir stammen aus einer aufgeklärten und toleranten Linie von Gelehrten und Künstlern. Der Gründer des Verlages war ein enger Freund von Herrn von Goethe. Da toleriert man einiges, was anderswo in die Katastrophe geführt hätte. Ich bin also nicht der verstoßene oder gefallene Engel, wie es zuerst den Anschein hatte. Mit der Arbeit der ältesten Tochter wird allerdings auch keine große Reklame gemacht. Folglich hält sich der Kontakt zu meiner Familie in Grenzen.«

Als ob sie sich Kraft zum Weitererzählen holen wollte, trank sie ein Glas Sekt in einem Zug leer.

»Ich bin das typisch verwöhnte Kind einer modernen Gesellschaftsschicht, in der Hunger und Elend nie ein Thema waren. Schon seit Generationen nicht mehr. Es geht meiner Familie ausgesprochen gut. Bestenfalls der wieder aufkommende Antisemitismus stört das sorgenfreie Leben unserer Klasse. Ich selbst habe da weniger mit Ressentiments zu tun. Mein Vater dagegen, hoch dekorierter Weltkriegsteilnehmer, muss sich seiner Haut wehren. Der Verlag und sein Autorenstamm sind Ziel von Begehrlichkeiten. Bestimmte Kreise würden gerne übernehmen und den Verlag in völkische Hände legen. Die Schmähungen nehmen zu. Mein Vater hat in letzter Zeit ernsthaft an Verkauf gedacht. Mein jüngerer Bruder, der den Betrieb einmal leiten soll, hat sich vorgenommen zu kämpfen.«

Bruno Hofer selbst hatte in letzter Zeit verstärkt Angriffe auf jüdische Kollegen, Schreiber, Regisseure und Produzenten miterlebt. Verbale, aber auch körperliche Attacken wurden seitens rechter Kräfte gegen religiös und politisch Andersdenkende geführt.

Elisabeth Bergner, seine gegenwärtige Partnerin im Film, den sie in Potsdam-Babelsberg drehten, hatte ihm von meist anonymen Anfeindungen wegen ihrer jüdischen Abstammung berichtet.

Die Familienverhältnisse seiner Gesprächspartnerin waren alles andere als seine eigenen. Fräulein Braun brauchte er das nicht zu sagen. Valentin hatte sicherlich ausgiebig aus dem Nähkästchen geplaudert.

»Der besagte junge Autor ist inzwischen ein sehr bekannter und hoch geachteter Schriftsteller geworden. Namen werde ich nicht nennen. Er hat eine nette Frau und zwei Kinder. Ob er immer noch seinen romantischen Neigungen nachhängt, weiß ich nicht.«

Das Kempinski war wirklich eine ausgezeichnete Adresse, dachte Rosa nach dem Treffen auf dem Kurfürstendamm stehend. Sie betrachtete die Fassade des Gebäudes. Allerdings, so fand sie, war die kleine Weinstube am Schiffbauerdamm, die sie gestern Abend besucht hatte, in ihren Augen eine noch bessere Adresse. Vielleicht aber nur wegen des Polizisten an ihrer Seite.

Es war Rosa nicht entgangen, mit welchen Blicken Erich Malek sie den Abend über bedacht hatte. Aber was sollte das bringen? Eine Dirne und einer von der Polente? Und dann hatte sie diesen Polizisten auch schon angelogen. Genau genommen heute wieder. Sie hatte gesagt, sie wolle sich die Gegend um den Kurfürstendamm ansehen, und nun hatte sie sich mit Hofer getroffen und sogar Geld von diesem Mann angenommen. Womöglich sogar Blutgeld? In was war sie da hineingeraten? Um was war es bei dem Geschäft zwischen ihrem Strizzi und dem bekannten Schauspieler gegangen?

»Ein sehr nettes Hotel. Gleich in der Innenstadt«, hatte Rosa auf Nachfrage dem Schauspieler nur knapp von ihrer Herberge erzählt.

Einer Eingabe folgend erwähnte sie nicht den Namen der Pension. Auch weil die Inhaberin die Mutter eines Polizeibeamten war.

Einen weißen Duesenberg, Modell Convertible Coupé, der Rose vom Kempinski bis zur Pension Schlüter gefolgt war, hatte das Fräulein nicht bemerkt. Ebenso wenig einen uniformierten Chauffeur der sich, nachdem sie das Haus Schlüterstraße Ecke Mommsenstraße betreten hatte, die Adresse und den Namen der Inhaberin der Pension notierte.

Kapitel 14

Ein Kuss am Schiffbauerdamm und eine feine Gesellschaft am Alexanderplatz

Der Bericht des Gerichtsmediziners über den toten Gustav Krüger lag bereits am Morgen auf Maleks Schreibtisch. Ein Bote des

Instituts hatte ihn gebracht. Der Kriminalist hatte den Diensthabenden Mediziner um äußerste Eile gebeten. Wie er und sein Kollege bereits am Fundort der Leiche festgestellt hatten, wies der Mann drei Stichverletzungen auf. Gestorben war Krüger, wie die beiden Opfer vor ihm, durch Ertrinken.

»Unser Mörder sollte das nächste Mal eine Pistole nehmen, das erspart den Herren das Ertrinken«, frotzelte Klaus Winter.

Malek studierte weiter den Bericht. Auch Gustav Krügers Alkoholstand ließ einen vorherigen Besuch in einem Restaurant oder einer Kneipe vermuten.

Ob wieder das Petrieck als Ausgangsort infrage kam, konnte Malek nicht sagen. Diesmal war die Bestimmung des Tatorts nicht so einfach.

Krüger konnte auch nach dem Spreekanal in den Fluss gefallen sein. Vom Petrieck bis zur Kronprinzenbrücke waren es gute zwei Kilometer.

Nach dem Befund der Gerichtsmedizin beschäftigte sich Malek mit dem Tascheninhalt des Toten.

»Brieftasche mit – fünfzig Reichsmark, einige Visitenkarten und ein Brief.« Die Schreibmaschinenschrift war trotz des Kontaktes mit dem Wasser der Spree noch recht gut zu entziffern gewesen. Nach dem ersten Anschein war das Schreiben eine Aufforderung seitens des Wohnungsvermieters, in den Nachtstunden nicht so viel Lärm zu veranstalten. Herr Krüger feierte anscheinend gern und lautstark.

»Na ja, die Nachbarn dieses Herrn werden sich bedanken, da sie nun ruhige Abendstunden verleben werden«, nickte Malek und legte das Schreiben zur Seite. »Vielleicht ist der Täter ja in diesen Kreisen zu suchen. Ich denke mein Hauswirt hat auch schon einige Mordpläne gegen mich geschmiedet.« Malek pochte auf den Brief auf seinem Tisch. »So eine Aufforderung wird demnächst auch durch den Postschlitz in der Wohnungstür in meinen Flur flattern!«

Weiter hatten sich in den Taschen Krügers ein Schlüsselbund befunden, Kleingeld, eine Schachtel mit Streichhölzern und eine

Packung Zigaretten. Die Marke war noch gut lesbar: »Nestor Lord, alle Achtung, unser Freund hat einen guten Geschmack.«

Wie verabredet wartete Rosa Braun vor dem Haupteingang des Kriminalkommissariats. Malek hatte das Fräulein zum Mittagessen in ein Restaurant an der Kronprinzenbrücke eingeladen. Das Fiedler lag an der Nordseite der Spree auf der Höhe des Reichstagsgebäudes.

Ein anschließender Verdauungsspaziergang führte die beiden den Schiffbauerdamm entlang die Spree hinauf bis hoch zum Bahnhof Friedrichstraße. Unter der Stahlkonstruktion des Hochbahnhofs verlangsamte Rosa Braun ihren Schritt.

»Ich hoffe nur, dass es Ihnen auffällt, falls man mich entführt«, bemerkte Rosa nach einigen hundert gesprächslosen Metern, die Malek nur vor sich auf das Pflaster am Geländer des Ufers starrte. Ab und zu war der Kriminalist stehen geblieben und hatte Dinge mit dem Schuh angestoßen, die auf dem Weg lagen. Mal ein Stück Papier, mal einen Zigarettenstummel und mal einen verbogenen Kronkorken. »Und so richtig schmeichelhaft ist es auch nicht für eine Dame, wenn ein Kavalier die ganze Zeit neben seiner Begleitung nur vor sich auf den Boden stiert. Ungeachtet meines Berufes.«

»Es tut mir leid. Ja, Sie haben recht, ich bin ein ungehobelter Klotz. Ich war nur so in Gedanken an den Fall und dies hier ist der Weg, den die dritte Leiche genommen haben muss.«

Jetzt blieb das Fräulein stehen und schüttelte ungläubig den Kopf.

»Ich meine, natürlich im Wasser mit der Strömung getrieben wurde. Und mein Gedanke war, das Ufer nach etwaigen Spuren abzusuchen. Hinweise, die mich zum Tatort führen können. An den Ort, an dem das Verbrechen begangen wurde.«

»Ich verstehe. Und ich fungiere als was?«

In diesem Moment passierte ein Zug über ihnen die Brücke und ein ohrenbetäubender Lärm machte jede Unterhaltung unmöglich. Zwei in ihrer Ruhe gestörte Tauben flatterten auf und flogen zum anderen Ufer hinüber. Einem spontanen Einfall folgend, zog Malek Rosa Braun sanft an sich und küsste sie. Für einen Moment war das Fräulein irritiert, erwiderte dann aber die Zärtlichkeit. Als der Zug vorüber war, lächelte Rosa. »Jetzt weiß ich es ja ganz genau.«

Die Hand, die die von Malek berührte, wurde lächelnd festgehalten. So liefen die beiden weiter an der Spree entlang bis kurz vor dem Viadukt der Hochbahn. Hier, im Park von Schloss Monbijou, fand der Polizist, was er gesucht hatte. Vorsichtig nahm er erst einen, dann einen zweiten Stummel einer gerauchten Zigarette auf und betrachtet sie. Kurz vor dem Filter war noch die Marke zuerkennen.

»Das ist die Sorte, die wir in der Tasche des Mordopfers gefunden haben. Nestor Lord. Ob er zwei Zigaretten geraucht hat oder gemeinsam mit jemand anderem, vielleicht mit seinem Mörder, kann man nicht sagen. Aber hier sind Abdrücke von Männerschuhen.« Malek beugt sich tiefer, um die Spuren besser sehen zu können.

»Und von Damenschuhen.«

Malek sah Rosa fragend an.

»Hier, solche wie ich sie trage. Ist der letzte Schrei. So etwas fällt euch Männern natürlich gar nicht auf.« Die junge Frau trat vorsichtig neben einen der Abdrücke. Es stimmte. Es war beinahe dieselbe Sohle. Nur dass der erste Abdruck ein ganzes Stück größer war als der von Rosa Braun.

»Die Dame muss auf ganz schön großem Fuß leben.«

»Also könnte es ein Streit zwischen dem Zuhälter und seinem Mädchen gegeben haben. Aber wie passen die anderen beiden ins Spiel?«

Rosa Braun sah den Kriminalbeamten spöttisch an. »Dann bin ich ja doch verdächtig, Herr Kriminaler. Valentin war mein Zuhälter.«

Malek schüttelte den Kopf, zog Rosa erneut an sich heran und küsste sie.

Später beauftragte Erich Malek einige Kollegen Gipsabdrücke von den Fußspuren anzufertigen, die Zigaretten einzusammeln und die Gegend nach weiteren möglichen Objekten und Hinweisen abzusuchen.

Er selbst verbrachte den Abend und die Nacht mit Rosa Braun bei sich zu Hause. Nur gut, dachte Malek, dass seine Mutter noch vor zwei Tagen Großputz gemacht hatte. Sogar die Fensterscheiben blitzten.

Spät, kurz vor dem Einschlafen, betrachtete die Münchnerin ihren Freund, wie er ruhig und entspannt neben ihr lag.

Hätte sie dem Polizisten von ihrer Bekanntschaft zu dem Schauspieler Hofer erzählen müssen? Spätestens vor dieser Nacht? Und die Überlegungen, die Rosa angestellt hatte, über die Damenschuhabdrücke im Sand. Sie könnten von solchen Schuhen stammen, wie sie sie bei dem Schauspieler unter der Garderobe gesehen hatte. Weiter hatte Rosa spekuliert, ob die Dame, die bei Hofer während ihres Besuchs in der Wohnung weilte, vielleicht eine Prostituierte war. Eine wie sie selbst mit zahlungskräftigen Kunden. Und vielleicht könnte sogar der Besuch ihres Zuhälters in Berlin dieser Frau gegolten haben. Eventuell ging es bei den Schulden aus der Jugendzeit um eine Ablösesumme. Und nun, da Valentin tot war, musste der Schauspieler nicht mehr die ganze Summe bezahlen. Und die Zehntausendmark waren ein Trostpflaster für die Dirne aus München. Und auch ein Schweigegeld.

Es konnte auch sein, dass die Prostituierte nicht die Absicht hatte, mit Strobel mitzugehen, und ihn aus diesem Grund ermordet hatte. Was aber hatte diese Frau mit den beiden anderen Männern zu schaffen?

Erich Malek drehte sich auf die andere Seite. Rosa Braun lächelte und drückte sich an den Schlafenden heran.

Kurz bevor sie selbst einschlief, flog noch ein Gedanke durch die schon beginnenden Traumnebel: Hatte Bruno Hofer Valentin Strobel wegen dieser Frau getötet? Aber auch hier passten die anderen Zuhälter nicht ins Bild.

Da es sich nun eindeutig um Zuhälter handelte, die umgebracht wurden, wollte Kriminalkommissaranwärter Malek Nägel mit Köpfen machen. Aus diesem Grund saß auf dem Stuhl neben seinem Schreibtisch Ulrich Finke. Malek hatte ihn und andere Zuhälter auf das Revier bestellt. Die Adressen hatte er der Verbrecherkartei entnommen.

Finke war nun schon der vierte, der stoisch aus dem Fenster auf den Alexanderplatz blickte. Dann ging die Tür auf.

»Malek, was haben Se uns denn da aufs Präsidium geladen?!«, kam es von Otto Jansen. Maleks Chef stand breitbeinig mit den Armen in die Hüften gestemmt und einer Zigarre im Mund im Zimmer des Kriminalkommissaranwärters und lachte. »Eine feine Gesellschaft! Was um Himmels willen wollen Sie denn von denen?!«

Der Hauptkommissar deutete hinaus auf den Flur, der über und über mit Zuhältern jeglicher Art vollgestopft war. Eine ausgelassene Stimmung hatte sich unter den Berliner Luden breitgemacht, es wurde geraucht, sich lautstark unterhalten und eine Flasche Korn machte die Runde. In ausgesprochen guter Laune betrachtete man die bevorstehenden Vernehmungen als eine willkommene Gelegenheit, lange nicht gesehene Gesichter zu begrüßen und Neuigkeiten auszutauschen.

»Ich dachte, ich befrage mal die Betroffenen selbst und bevor ich mich durch den Kiez arbeite, bestelle ich die Aktenkundigen mal vor.«

»Dachten Sie?!«, lachte Jansen und verschluckte sich fast am Rauch seiner Zigarre. Ulrich Finke stimmte herzhaft in das Lachen des Polizisten mit ein. Nach einem Hustenanfall wurde der Kommissar ernst und sah Finke durchdringend an. Dann brüllte er den überraschten Mann vor sich an: »Was lachen Sie denn, Mensch, das hier ist eine ernsthafte Polizeiaktion! Hier gibt es für Brüder wie euch nichts zu lachen! Machen Sie, dass Sie rauskommen, und sagen Sie auch den anderen Ganoven, sie sollen sich verkrümeln! Kriegen tun wir euch alle, früher oder später, da könnt ihr Gift drauf nehmen! Oder ihr stecht euch gegenseitig ab! Raus!«

Ulrich Finke erhob sich, nahm Hut und Mantel und ging etwas eingeschüchtert mit einem tiefen Diener an dem Hauptkommissar vorbei. Mit der Klinke in der Hand wurde er schon wieder frech. »Na hab ick doch jleich jesacht, is allet nur 'n Missverständnis!«

Jansen hob die Hand und Finke drückte sich aus der Tür heraus. Draußen hörte man ein Gejohle und kurz darauf war es still auf dem Flur.

»Malek, Malek, Sie können doch nicht solche Burschen auf das Revier laden. Die machen sich einen Jux daraus. Reden tun die nicht und Sie haben den Spott. Na ja, Sie wollten sich Zeit ersparen, das ist richtig, aber in unserem Beruf dürfen wir mit Zeit nicht geizen. Und nicht mit den angenehmen Seiten des Lebens«, sprach der Kommissar und holte den Cognac aus seinem Büro. »Und, junger Kollege, wenn die da im Kiez eine Suppe miteinander kochen, lassen die ihr Süppchen auf ganz kleiner Flamme köcheln. Und den Deckel halten die auch ganz fest drauf. Unsereiner riecht da gar nichts«, sagte der Kriminalhauptkommissar und schenkte zwei Cognacs ein.

Kapitel 15

Ein gebildeter Verbrecher und ein Zitat von Johann Wolfgang von Goethe

Lisa hatte Hofer gebeten, ja beschworen, sein nächstes Opfer nicht wieder im Scheunenviertel zu suchen. Wenn es denn schon sein musste, sollte sich der Schauspieler doch in einer anderen Gegend umsehen. Plätze und Orte, wo Zuhälter und Dirnen zu finden waren, gab es in Berlin mehr als genug.

Wer kostengünstige Liebe suchte, fand sie im spärlichen Licht der Gaslaternen in der Gegend um den Schlesischen Bahnhof, auch »Dreigroschenbahnhof« genannt. Eine Absteige neben der anderen bot dem Gast, was er suchte und für den kleinen Geldbeutel erwarten konnte. In den Hinterzimmern von Kneipen drückten die Wirte ein Auge zu, wenn das zu entrichtende Salär durch die Damen stimmte. Keller in Wohnhäusern und sogar öffentliche Gebäude wurden von den Straßennutten als Orte der Liebe benutzt. So mancher Hausmeister verdiente sich mit dem Verkauf von Nachschlüsseln ein Zubrot.

Natürlich war es äußerst gefährlich, als Ortsunkundiger allein durch die Straßen zu wandern. Straßenraub war dort an der Tagesordnung, besonders in den Abendstunden. Wer seine zu dicke Brieftasche öffentlich zeigte, musste damit rechnen, in einer noch dunkleren Ecke bis auf das Hemd ausgeraubt zu werden. Und das war in einigen Fällen wörtlich zu nehmen.

Nicht direkt ausgeraubt, aber nach Strich und Faden beklaut konnte ein Spaziergänger im Westen der Stadt werden. Um den Kurfürstendamm blühte das Kleingaunerwesen und die Damen, die hier anschaffen gingen, wurden von Herren mit besserem Einkommen frequentiert.

Wie Lisa Bruno berichtete, waren die Möglichkeiten vielschichtig.

Doch Hofer war schon fündig geworden. Nach einigem Suchen auf der Grenadierstraße hatte er einen Burschen bemerkt, der nacheinander mehrere Häuser besucht hatte. In jedem war ein Bordell untergebracht. Eine der Damen bestätigte die Annahme des Schauspielers, dass der Mann der gesuchten Tätigkeit nachging.

»Herr von Treptin«, murmelte Bruno zufrieden.

Bis in die Kneipe mit dem Namen Mulackritze, in der Mulackstraße 15, unter Stammgästen nur »Ritze« genannt, hatte Bruno den Mann verfolgt. Nun konnte der Schauspieler in Ruhe seinen Plan ausarbeiten und sich in seinem Hotel in der Auguststraße in Dorothea Hirsch verwandeln.

Denn von Treptin würde ihm nicht weglaufen. Er hatte sich ein großes Bier bestellt und einige andere Zechbrüder hatten sich zum Kartenspiel hinzugesellt. Das würde die Aufmerksamkeit des Zuhälters eine ganze Weile in Anspruch nehmen. So konnte Hofer sicher sein, dass der Alkoholpegel des Luden bis in die späten Abendstunden noch steigen und ihm die Arbeit erleichtern würde.

Lisa saß in der Wohnung des Schauspielers wie auf Kohlen. Sie hatte die Anweisung bekommen, am Telefon auf ein Zeichen von Hofer zu warten, um sich später an einem zuvor vereinbarten Ort einzufinden. Ganz ähnlich wie bei der Tötung von Gustav Krüger sollte sie auch diesmal dem Schauspieler den Rücken decken.

Nun wartete das junge Mädchen in der großen Wohnung am Kaiser-Wilhelm-Platz allein und starrte auf den Fernsprecher.

»Du hast ja ein eigenes Telefon«, hatte Lisa überrascht ausgerufen, als sie das erste Mal in der Wohnung des bekannten Schauspielers Bruno Hofer gewesen war.

»Ich muss erreichbar sein. Im Film ändern sich oft Drehpläne und eine andere Szene wird vorgezogen oder verschoben.«

Die junge Frau dachte an den Tag, an dem sie sich mit Hofer im Café des Westens getroffen hatte. Eigentlich war es ja die junge Dame, die sie erwartet hatte, und dann hatte der Schauspieler vor ihr gestanden. Wie lange war das her? Drei Wochen? Es kam der Bedienung wie drei Jahre vor. Und hatte sie damals nicht gehofft, eine bessere Stellung zu finden, als jene im Petrieck? Dort war sie schon eine ganze Woche nicht mehr erschienen. Der Wirt, Friedrich Müller, war extra zu Lisa nach Hause gekommen, weil er sich Sorgen gemacht hatte. Dann aber, Lisa hatte ihm im schicken neuen Kleid die Tür geöffnet, war ihm klar geworden, dass seine Bedienung wohl eine bessere Arbeit gefunden hatte.

Viel hatte sie nicht erzählt, nur dass sie bei einer feinen Dame in Stellung wäre.

Als Hausmädchen wollte Lisa putzen und die Herrschaft bedienen. Nun hatte sie gar keine Arbeit, aber mehr Geld, als sie sich an jenem Tag vor den großen Fenstern des Spiegelgeschäfts am Kurfürstendamm vorstellen konnte. Mittlerweile ging sie in Hofers Wohnung ein und aus, als ob sie hier zu Hause wäre. Was die Potjeesche für ein Gesicht gemacht hatte, als Lisa in ihrem neuen Kleid, einer modischen Frisur und mit Absatzschuhen in Begleitung des bekannten Schauspielers vor ihr stand. Sie hatte die junge Frau partout nicht wiedererkannt. »Junges Fräulein«, hatte die Hauswartfrau Lisa genannt. Junges Fräulein.

Das Telefon läutete. Lisa griff sofort zum Hörer. »Ja, hallo, soll ich losgehen?«

Dass die andere Stimme sich nicht nach Hofer anhörte, sondern tief und sonor klang, konnte Lisa akustisch einordnen, dass es jedoch nicht der Schauspieler war, der an der anderen Seite der Leitung sprach, diese Information konnte das Gehirn nicht verarbeiten. Zu angespannt war der Denkapparat der jungen Frau.

»Hier ist Mücke, kann ich den Herrn Hofer bitte sprechen?«

»Soll ich jetzt losgehen?«, ignorierte die junge Frau die andere Stimme.

»Ich möchte mit Herrn Bruno Hofer sprechen«, forderte die Stimme energischer.

Endlich fügten sich die notwendigen Informationen in Lisas Gehirn zusammen: »Ach so, nein, Herr Hofer ist nicht im Haus.«

Zwei weitere Anrufe folgten, unter anderem der einer Frau, deren Stimme recht eifersüchtig klang. Kurz darauf ertönte endlich Bruno in der Leitung. Er bestellte sie zur Kaiser-Wilhelm-Brücke gegenüber dem Berliner Dom. »Aber halte dich nicht am Wasser auf und bleib in Deckung!«

Im Milieu wurde Alexander von Treptin der »Professor« oder in weniger schmeichelhafter Erweiterung auch »Nuttenprofessor« genannt. Natürlich war der letztere Titel nicht in unmittelbarer Nähe des Herrn von Treptin zu nennen.

Dorothea nannte den jungen Mann ihr gegenüber »mein Schöner«.

»Du bist wohl ein Dichter oder ein Gelehrter, mein Schöner. Dabei so stark und mit großem Willen, wie mir scheint.«

Alexander fühlte sich, verständlicherweise, aufgrund der charakterlichen gut gewählten Einschätzung der jungen Dame, geschmeichelt. Stammte der Zuhälter doch aus einer wohlhabenden Berliner Familie. Gestrauchelt, wie viele andere als Offizier nach dem Einsatz an der Front im Weltkrieg, verpasste er den Anschluss an die sich weiter entwickelnde Welt. Ihr Vermögen hatten die von Treptins während der Hyperinflation 1923 verloren. Somit gab es finanziell keinen Rückhalt mehr. Als Gigolo, als Eintänzer, verkehrte von Treptin Anfang der Zwanzigerjahre in den Tanzlokalen der sich rasch zur europäischen Metropole entwickelnden Stadt Berlin. Seine Bildung und die guten Umgangsformen und Manieren öffneten ihm den Zugang zu den Herzen und den Portemonnaies der meist betagten Damen der Gesellschaft.

Dann hatte der Bonvivant von den älteren Damen genug und verlegte sich auf jüngere Bekanntschaften. Und so baute sich Alexander von Treptin in kürzester Zeit eine Existenz als Zuhälter auf.

Von der Bekanntschaft mit Dorothea Hirsch versprach sich Treptin einen Aufschwung seiner nicht gerade glänzend gehenden Geschäfte. Ihre Lebensgeschichte, die ihm das hübsche Fräulein erzählt hatte, beeindruckte den Zuhälter nachhaltig. Natürlich war er sofort bereit, den edlen, tugendhaften Beschützer für Fräulein Hirsch zu geben.

Von dem flotten jungen Herrn vergangener Tage war allerdings nicht mehr viel übrig geblieben. Das Gesicht war von einigen heftigen Schlägereien um Revieransprüche arg gezeichnet. Und das linke Bein lahmte leicht aufgrund einer ehemaligen Schussverletzung, ebenfalls ein Überbleibsel einer Auseinandersetzung im Milieu.

»Wollen wir einen kleinen Spaziergang unternehmen? Es hat aufgehört zu regnen.« Fräulein Dorothea erhob sich von ihrem Stuhl und griff nach ihrem Mantel mit dem Pelzbesatz. Herr von Treptin eilte ihr zu Hilfe und musste, da er sich zu schnell erhob, feststellen, dass er schon ziemlich angetrunken war. Und obwohl ihm nicht nach einer Promenade war, willigte der Kavalier ein.

Die beiden spazierten zum Hackeschen Markt und nahmen den Durchgang Bahnhof Börse, danach die Neue Friedrichstraße und weiter zur Burgstraße. Dann führte der Weg an der Spree entlang bis zur Kaiser-Wilhelm-Brücke gegenüber dem Berliner Dom.

Hier lehnte sich Dorothea über die massive steinerne Brüstung und sah hinunter in das Wasser. Kein Schiff lag an der Anlegestelle und auch kein Festmacher behinderte den freien Strom des Flusses.

»Fallen Sie nicht ins Wasser, mein Fräulein«, hatte Alexander von Treptin die junge Dame an die Hüften gefasst.

Dorothea machte sich los und sah sich um, ob jemand in der Nähe war.

Alexander glaubte der konspirative Blick gelte dem bevorstehenden Stelldichein und als das Fräulein auf die Treppe zusteuerte, die hinunter zur Kaiser-Wilhelm-Brücke führte, stieg die Erwartung des Mannes auf ein schnelles Vergnügen.

Die Stufen waren vom Regen feucht und mit den Absatzschuhen eine rutschige Angelegenheit.

»Darf ich Ihnen meinen Arm zum Geleit bieten?« In Anspielung an Goethes »Faust« reichte der Mann der schönen Dame seinen Unterarm als Stütze. Obwohl die alkoholischen Getränke die Reaktionsfähigkeit des Zuhälters heruntergesetzt hatten, ließ er es sich nicht nehmen, die Dame zu geleiten.

»Bin weder Fräulein noch schön«, antwortete Dorothea ebenfalls mit dem bekannten Satz aus der Tragödie. Sie legte dankbar ihre Hand auf den Arm von Herrn von Treptin. Gemeinsam schritten sie die Stufen hinunter zum Ufer der Spree.

Herr von Treptin war selbstverständlich die Bedeutung des nächtlichen Spaziergangs hinunter an die Spree nicht verborgen geblieben.

Unter der Brücke wollte der galante Herr schließlich seiner neuen Eroberung zeigen, was für ein guter Liebhaber er war.

Ein spitzer Schrei, widerhallend unter dem Brückengewölbe, ließ Lisa ihre Deckung verlassen und hinüber zu den Steinstufen laufen. Gewartet hatte das Mädchen neben dem Eingang eines hochherrschaftlichen Wohnhauses. Da das Treppenhaus auch nachts beleuchtet war, hatte sie sich in eine der Nischen zwischen dem Portal und einer Säule aus Marmor gezwängt.

Nach dem Schrei hatte Lisa ihre Deckung verlassen und war zur Spree gelaufen.

Jetzt sah sie die Stufen hinunter und versuchte, etwas im Dunklen zuerkennen.

Unterdessen entließ der Schauspieler die Leiche des Herrn von Treptin mit den Worten Mephistopheles' in die Nacht: »Nun ist der Lümmel zahm!«

»Was schreist du denn hier herum?«, rief Lisa weniger künstlerisch und kletterte die glitschigen Stufen zu Bruno hinunter. Fröstelnd stand sie neben dem Schauspieler in Frauenkleidern und versuchte zu erkennen, ob sie noch etwas von dem Toten sehen konnte. Aber der Leichnam war bereits einige Meter die Strömung hinabgetrieben. Lisa klapperte mit den Zähnen.

»Du musst keine Angst haben, es ist alles vollbracht«, interpretierte der Schauspieler das Zittern Lisas falsch.

»Ich friere, ich habe keine Angst. Aber jetzt sollten wir hier verschwinden, bevor die Polizei kommt.«

Hofer legte eine Hälfte seines Mantels um die junge Frau und drückte sie an sich.

Lisa erstarrte. »Da ist Blut drauf«, zeigte sie mit dem Finger auf den Mantel des Schauspielers.

»Ach wie dumm, das geht nicht wieder raus.«

Lisa wunderte sich über Brunos Reaktion. Und noch mehr

über seine Absicht, das Kleidungsstück zur Wohlfahrt zu bringen.

»Aber das ist doch noch ein gutes Stück und er hält warm. Da wird sich eine arme Frau bestimmt drüber freuen. Und wenn man den Mantel wäscht, fällt der Blutfleck gar nicht mehr so auf. Und ich kaufe mir morgen einen neuen.«

»Bist du verrückt?«, fragte Lisa und zeigte dem Mann vor sich einen Vogel. »Damit irgend so eine Bettlerin durch die Straßen läuft und der Welt stolz den blutverschmierten Mantel von Bruno Hofer präsentiert?«

Zuerst musste Bruno über Lisa lachen, wie sie in ihrer empörten Art den Schauspieler zurechtwies. Dann musste er zugeben, dass es eine ziemlich dämliche Idee war. Der Mantel würde am Abend im Kamin der Villa in Wannsee Futter für die Flammen werden. Gemeinsam nahmen sie die Stufen hoch zur Burgstraße und zurück in das Hotel im Scheunenviertel. Mehrmals drehten sie sich um, ob sie verfolgt wurden. Aber alles war ruhig geblieben. Auch diesmal gab es keine Zeugen.

Im Hotel, während er sich abschminkte und sich von Fräulein Hirsch in Bruno Hofer zurückverwandelte, vermisste der Schauspieler seinen Lippenstift. Wie von Sinnen durchsuchte er erst seine Handtasche, das Bett und dann das Zimmer.

»Er ist weg!«, rief er, »das verdammte Ding ist weg!«

»Reg dich nicht uff. Jeb ick dir meinen«, amüsierte sich Lisa, obwohl sie gar nicht über solch ein Stück verfügte. »Oder koofst dir 'n neuen.«

»Du verstehst nicht. Was, wenn er mir am Ufer aus der Tasche gefallen ist? Wir müssen noch einmal zurück.«

»Jetzt, spinnst du? Im Dunkeln? Den finden wir doch nie. Und wenn da schon die Polente ist?«

Der Schauspieler ließ sich nicht abbringen.

Wie Lisa befürchtet hatte, liefen sie auf der Burgstraße geradewegs einem Schutzmann in die Arme.

»Na, Fräuleins, noch so spät auf der Straße? Ist nicht janz unjefährlich hier an der Spree um diese Uhrzeit, so ohne männliche Begleitung.«

»Meener Freundin is schlecht jeworden, Herr Wachtmeester, da wollten wa nur 'n bisken frische Meeresluft schnuppern.«

Im Gegensatz zu Bruno Hofer, der durch seine Erregtheit, seinen Lippenstift zu finden, kein Wort herausbrachte, zeigte Lisa eine Kaltblütigkeit, die wiederum Hofer beeindruckte.

»Na, dann ma jute Besserung«, wünschte der Polizeiwachtmeister und legte die Hand an den Schirm seiner Mütze.

Konnte er sich den Grund für die Übelkeit der Dame denken und auch welchem Gewerbe die beiden nachgingen?

Wieder im Hotel fand sich Bruno schließlich mit dem Verlust seines Lippenstifts ab. Auch weil er nicht mit Sicherheit sagen konnte, ob er den Stift nicht schon auf der Toilette in der Ritze verloren hatte.

»Hat eben irgendeine Frau das Ding verloren. Wie sollte man letztendlich auf mich kommen.«

Acht Stunden später, es war gegen sieben Uhr, führte Herr Scheibe seinen Dackel Fridolin Gassi. Beide liefen die Uferpromenade am Tegeler Weg in Charlottenburg auf Höhe der Schlossbrücke wie jeden Morgen entlang. Das Bellen Fridolins machte den älteren Herrn auf etwas aufmerksam, was mitten in der Spree trieb.

»Teufel noch mal, da schwimmt doch was.« Herr Scheibe konnte eine Hand erkennen, die aus einem schwarzen Bündel herausragte.

Bis kurz vor der Schleuse Jungfernheide trieb der Leichnam. Dort alarmierte Herr Scheibe Mitarbeiter des Schifffahrtsamtes. Diese zogen den Toten aus dem Wasser.

Kapitel 16

Eine Schuhnummer zu groß und ein Freund von Wasserleichen

Am selben Morgen hatte Erich Malek einen ziemlichen Brummschädel. Er hatte am Abend zuvor eine Flasche Weinbrand geleert. Das war selbst für einen so geübten Trinker wie ihn kein Pappenstiel.

Zu dem hausgemachten Kopfschmerz kam noch die lautstarke Auseinandersetzung seiner Nachbarn. Heinrich und Paula Mährlander waren Vater und Tochter und lebten wie Hund und Katze in der Wohnung über Malek. Dass sie nicht so einfach voneinander lassen konnten, war der Tatsache geschuldet, dass sie Eigentümer des Mietshauses waren, in dem Malek wohnte. Eine zweite, eigene Wohnung für das Fräulein Tochter war dem alten Herrn zu teuer. So musste Malek mit dem Gezänk über sich leben. Gegen beides, vor allem aber gegen den Schmerz in seinem Kopf, sollte ein Alka-Seltzer helfen.

Das Fräulein Braun hatte ihre Flasche Wein dagegen anscheinend sehr gut vertragen, signalisierte ihm das fröhliche Lied, gepfiffen aus dem Badezimmer.

»Frühstückst du?«, wurde die Melodie unterbrochen.

Trotz des Brummschädels rollte sich der Kriminalbeamte aus dem Federbett, schlüpfte in seine Kleider und stieg, wenn auch bedächtig, hinunter zum Bäcker, um frische Schrippen zu holen.

Nach der ersten Tasse Kaffee lichtete sich der Alkoholnebel langsam und Malek wurde gesprächig.

»Du bist also aufs Geratewohl nach Berlin gekommen. Hast dich einfach in einen Zug gesetzt und dir gesagt: Fahren wir mal hin und sehen, ob man den Strobel finden kann. – Berlin ist zwar ein Dorf, aber trotzdem, ganz schön optimistisch.«

»Optimismus ist in meinem Beruf Pflicht, Herr Kommissar.«

»Noch Kriminalkommissaranwärter.«

»Herr Kriminalkommissaranwärter.«

»Und, hattest du einen Plan, als du aus dem Zug gestiegen bist?«

»Für einen Kriminalkommissaranwärter bist du aber ganz schon neugierig.«

»Neugierde ist bei Polizisten Pflicht, Frau …«, musste Malek einen Moment überlegen, wie er seine Freundin anreden konnte.

»Frau Dirne, bitte«, lachte Rosa und Malek stimmte mit ein.

Später wurde er ernsthaft. »Willst du nicht hier bleiben, in Berlin, bei mir?«

»Du bist nicht nur neugierig, du bist auch noch einer von der schnellen Truppe. Lassen Sie mich doch erst einmal frühstücken, werter Herr Malek.«

»Bestimmt würde es dir in Berlin gefallen.«

»Und du beschützt mich?«, zwinkerte Rosa trotz des ernsten Gesichtsausdrucks ihres Freundes.

»Ich würde dich beschützen, ja gerne. Aber nicht so, wie du meinst. Ich würde gerne für dich sorgen. Ich kann dir auch alles kaufen. Kleider und Schuhe.«

Jetzt wurde auch Rosa ernst.

»Ich weiß, wie du es meinst, aber ich befürchte, die Schuhe, die du mir kaufen würdest, wären mir zu groß. Ich glaube da stecken ein paar mehr Frauen drin als nur die eine Rosa. Eine Hausfrau, eine Köchin und eine Mutter für deine Kinder, Herr Kriminalkommissaranwärter, habe ich recht?«

Über mögliche Kinder hatte Malek noch nie mit einer Frau gesprochen. Außer mit Luise. Doch die hatte ihn verlassen weil Malek zur Kriminalpolizei gegangen war. Aber er musste Rosa beipflichten. Und dass sie eine gute Mutter für seine Kinder wäre, konnte er ihr an den Grübchen in ihren Mundwinkel ablesen.

Dass Rosa schon zu tief in ihrem Lügengebilde feststeckte, beeinflusste die Entscheidung natürlich mit. Dass dieser Erich Malek ein Mann fürs Leben sein konnte, hatte sie schon früh erkannt. Hinter seiner sarkastischen Maske verbarg sich ein liebevoller Mann und, wenn es denn sein sollte, auch ein herzensguter Vater.

Aber Rosa fühlte sich nicht zum Mutterglück berufen. Auch wenn sie in einem Beruf arbeitete, der nicht gerade zu den angesehensten Geschäften gehörte, war sie doch ihr eigener Herr. Strobel hatte sie nie schlecht behandelt, besser gesagt, sie hatte sich nie schlecht behandeln lassen. Der Strizzi hatte seinen Anteil am Geschäft bekommen und war dafür in der Nähe, falls etwas passieren sollte. Falls ein Freier zudringlicher wurde als zulässig. Oder einer auch schon mal die Gage nicht bezahlen wollte.

»Ein Geldzurückgaberecht gibt es in diesem Gewerbe nicht«, hatte Rosa schmunzelt dem Polizisten ihr gegenüber verraten.

»Wenn es Ihnen nicht gefallen hat, beehren Sie uns nicht wieder!«, lautete die Aufschrift des Schildes im Eingangsbereich ihrer Dienstwohnung.

Das eine wie auch das andere war allerdings bei ihrer Kundschaft noch nie vorgekommen.

Malek war es wieder unangenehm. Am liebsten würde er nichts mehr von Rosas Vergangenheit hören. Vergangenheit?

»Wir arbeiten dort zu zweit. Das Haus liegt in einer ziemlich noblen Gegend von München. Meine Wohnung ist in einem weniger vornehmen Bezirk.«

Rosa erzählte freimütig, wer alles zu ihren Kunden gehörte. Dabei beschmierte sie ihr Brötchen mit Leberwurst, biss herzhaft hinein und ließ es sich schmecken.

Malek kam vorläufig nicht mehr auf das Thema und machte sich zum Dienst bereit. Rosa wollte die Stadt erkunden und unbedingt eine Fahrt mit einem der Berliner Doppeldeckerbusse unternehmen.

Am Mittag holte Fräulein Braun den Kommissaranwärter im Präsidium ab und gemeinsam gingen sie bei Aschinger essen.

Als Malek zurück auf seine Arbeitsstelle kam, wartete sein Chef auf ihn und bat den Kriminalisten in sein Büro.

»Ich habe gehört, Sie waren essen, Malek.«

»Bei Aschinger, ja«, bestätigte der junge Mann und ahnte, woher der Wind wehte. »Das Fräulein hat nichts mit dem Mordfall zu tun. Sie hat ein Alibi.«

»Seien Sie trotzdem wachsam. Wie ich gehört habe, ist das Fräulein kein unbeschriebenes Blatt. Machen Sie sich nicht Ihre Laufbahn kaputt.«

Malek ärgerte sich über den Tratsch im Präsidium. Natürlich hatte sich der Beamte über die Vorgeschichte von Rosa Braun in München informiert. Sie war zweimal wegen Prostitution verurteil worden.

»Aber seit 1927 ist es nicht mehr verboten.«

Otto Jansen schmunzelte. »Ich weiß, ich bin auch bei diesem Verein tätig. Tschüskin!« Der Hauptkommissar entließ seinen Kriminalkommissaranwärter mit einem aufmunternden Lachen.

Malek machte sich wieder an die Bearbeitung seines Falles. Dass er sich seinen Kollegen Winter einmal vornahm, war beschlossene Sache. Dieser Klatschtante wollte er einmal gründlich die Leviten lesen. Nur gut für Winter, dass er gerade für den Chef unterwegs war. So hatte Malek das Zimmer für sich allein.

Kurze Zeit später trat Kommissar Fritz Wandel ohne anzuklopfen in das Büro von Malek. »Mahlzeit, Malek, Sie sind doch ein Freund von Wasserleichen! Hier habe ich eine für Sie. Und sie hat auch ein paar hübsche Einstiche. Ganz Ihre Masche!« Wandel warf mit einer schwungvollen Armbewegung einen Aktendeckel auf den Schreibtisch des Kollegen. Dabei grinste er wie ein Honigkuchenpferd.

»Sie sollten Osterhase oder Weihnachtsmann werden. Ich liebe Überraschungen. Besonders nach dem Mittagessen. Dann werde ich wohl in das Leichenschauhaus fahren und mir den Kunden mal ansehen.«

Alexander von Treptin lautete der Name des Toten. Der Erkennungsdienst hatte den Mann nach einem Foto aus der Verbrecherkartei identifiziert. Ein Zuhälter.

Der Kriminalkommissaranwärter hatte den Polizeibericht kurz überflogen und musste dem Kollegen Wandel recht geben. Alles passte zusammen. Nur der Fundort nicht, weit entfernt von den anderen. Das konnte bedeuten, der oder die Mörderin hatten ihr Gebiet ausgeweitet oder die Leiche war länger getrieben, bevor sie gefunden wurde.

Seinen Mantel über dem Arm, die Aktentasche darunter und den Hut auf dem Kopf machte sich Malek auf den Weg.

Der Bus hielt direkt vor dem Berliner polizeilichen Leichenschauhaus in der Hannoverschen Straße sechs in Berlin-Mitte.

Der Leiter des Instituts, Professor Heine, begrüßte den Kriminalisten. »Ich dachte, ich sehe mir den Toten einmal persönlich an. Nicht, dass ich meinen Mitarbeitern nicht zutraue, alles richtig zu machen, aber da es nun schon der Vierte ist, den man in der Spree gefunden hat, könnte es nicht schaden, mal einen Blick darauf zu werfen. Dachte ich.«

Malek wusste das Engagement des Mediziners zu schätzen. Die vier toten Zuhälter hatten sich bereits zu einem großen Fall entwickelt. »Aber ich kann auch keinen anderen Befund erstellen. Nur dieser hier ist nicht ertrunken. Vor circa sechs oder sieben Stunden. Die Einstiche im Rücken waren diesmal tödlich.«

»Man könnte also sagen«, kombinierte Malek, »dass der Sturz in die Spree vom Täter oder der Täterin als zusätzliche Variante genutzt wird, falls die Messerstiche nicht oder nicht sofort zum Ableben führen.«

»So könnte man meinen, ja«, bestätigte der Arzt. »Aber hier musste der Mann nicht extra baden gehen«, lachte der Mediziner über seinen kleinen Scherz. Dann wurde er wieder ernst. »Haben Sie einen Verdacht? Ich meine, dass eine Frau für die Taten verantwortlich gemacht werden kann?«

»Wir haben Spuren an einem der vermeintlichen Tatorte gefunden.«

»Die Art der ausgeführten Messerstiche könnte auf eine Frau hindeuten. Allerdings ist das Fabrikat des Messers eher untypisch für eine Frau. Ich würde sagen, dass es sich um dasselbe

Messer handelt wie bei den drei Leichen zuvor. Darauf lassen auch die Einstichstellen und die Lage der Einstiche schließen. Sie sind waagerecht geführt worden«, deutete der Mediziner an. »Nicht von oben. Die Klinge schnellt heraus und man sticht zu. Oft bleibt dem Messerführer keine Zeit, die Waffe anders in die Hand zu nehmen. So«, demonstrierte Professor Heine, wie man von oben herab auf einen Körper einsticht. »Das ist die typische Haltung, wenn man mit einem Küchenmesser zusticht. Die gekränkte Ehefrau, die ihren Mann am Küchentisch von hinten erdolcht.«

»Oder wie in diesem aktuellen Fall eine Prostituierte, die sich an Zuhältern rächt. Nur eben mit einem Springmesser.«

Malek hatte sich nach dem Besuch im Leichenschauhaus mit den Kollegen Klaus Winter und Fritz Teichmann im Büro zusammengesetzt. Er dankte den beiden. Seinem Auftrag folgend hatten die Beamten am Fundort der Leiche an der Schleuse Jungfernheide den Weg auf beiden Ufern der Spree aufwärts nach Spuren abgesucht. Besonderer Dank galt den beiden Kollegen auch, weil sie ein ganz schönes Stück zu Fuß gehen mussten. Die Nase immer auf den Boden vor sich gerichtet. Aber so war klar geworden, dass sich der Mörder an den Radius der vorangegangenen Morde hielt. Der Mörder war im selben Umkreis tätig. Fündig waren die Mitarbeiter unterhalb der Kaiser-Wilhelm-Brücke geworden.

»Es sind dieselben Fußspuren wie die am Ufer gegenüber dem Pergamonmuseum – Damenschuhabdrücke. Die anderen müssen von Treptin stammen. Wir werden noch Vergleichsabdrücke nehmen. Und dann sind noch Spuren von einer dritten Person gefunden worden. Wieder Abdrücke von Frauenschuhen. Jedenfalls lässt die Schuhgröße darauf schließen. Eher zierliche Füße. Auch hier nehmen wir Abdrücke. Aber es scheint sicher, dass der Tatort unter der Kaiser-Wilhelm-Brücke liegt. Interessant ist das hier«, öffnete Fritz Teichmann eine kleine braune Pappschachtel.

»Ein Lippenstift.«

Malek schmunzelte. »Das sehe ich, Winter. Sogar Rot. – Fingerabdrücke?«

»Ein Daumenabdruck. Eine ziemlich große Hand.«

»Das passt zu den Schuhen. Zigarettenstummel?«

Beide Kriminalassistenten schüttelten beinahe synchron die Köpfe.

»Der Lippenstift könnte Zufall sein oder er ist der Dame aus der Handtasche gefallen, als sie das Messer gezogen hat. Mal sehen, was der Vergleich des Fingerabdrucks bringt. Vielleicht eine Bekannte.«

Nun galt es, eine mögliche Lokalität im näheren Umkreis ausfindig zu machen, in dem das Opfer am Abend vor seinem Tod gespeist und vor allem getrunken hatte. Malek brauchte nicht auf den abschließenden Befund des Gerichtsmediziners zu warten, um davon auszugehen, dass Alexander von Treptin in seinen letzten Stunden Alkohol getrunken hatte. Und wahrscheinlich waren die Promillewerte im Blut des Toten sehr hoch.

»Wenn wir von einer Täterin ausgehen, scheint es so zu sein, dass sie dafür sorgt, dass ihre Opfer reichlich Alkohol zu sich nehmen. So sind sie leichter zu überwältigen.«

Bei dem Gedanken an Alkohol genehmigte sich Malek einen Weinbrand.

Kriminalassistent Winter hatte die Aufgabe erhalten, die Gegend um den Tatort nach einer entsprechenden Lokalität abzusuchen, und war erfolgreich. Natürlich war die Laufarbeit als Retourkutsche von Malek für die Schwatzhaftigkeit des Kollegen gedacht gewesen.

Die Nachricht vom Tod des Zuhälters hatte sich bis zum Abend im Kiez herumgesprochen. Vielleicht bestätigte die Wirtin aufgrund des Polizeifotos auch deshalb so bereitwillig die Anwesenheit des Luden in ihrem Lokal.

Erich Malek selbst übernahm die Befragung der Wirtin in der Mulackritze.

»Sie haben meinem Kollegen erzählt, dass dieser Mann gestern bei Ihnen Gast war und getrunken hat?«

»Getrunken? Gesoffen hat der wie ein Loch. Mir war's ja recht, aber ob es der jungen Dame nachher noch gefallen hat?«

»Sie meinen, Herr von Treptin war gewalttätig.«

»Ich meine, der Herr von Treptin kannte gar nichts anderes als Brutalität. Das haben alle Mädchen erzählt. Deshalb hat es mich ja so gewundert, dass diese feine Dame so einfach mit ihm mitgegangen ist.«

»Kannten Sie die Frau?«

»Nee, muss eine von außerhalb gewesen sein. Sehr chic. Für unsere Mädchen zu chic.«

Malek bestellte die Wirtin für den nächsten Tag auf das Polizeipräsidium, damit sie einem Zeichner eine Beschreibung der jungen Frau geben konnte.

»Die Damen des Herrn von Treptin müssen warten«, sprach Malek zu sich selbst, obwohl ihm Winter am Schreibtisch gegenübersaß. Er legte den Bericht der Spurensicherung über den Fundort der Leiche beiseite. Der Kriminalist wollte sich nicht von seiner jetzigen Überlegung ablenken lassen.

Die Fußspuren am Ufer der Spree und die Reste von Zigaretten an dem Ort, wo Gustav Krüger vermutlich ums Leben gekommen war, brachten Malek ein erhebliches Stück weiter, auch wenn seine Überlegungen, dass eine Frau die Täterin war, noch nicht die offizielle Ermittlungsrichtung darstellten. Sprich, die Presse wurde nicht in diese Richtung hin informiert. Die Medien gingen immer noch nach von Streit unter Ganoven aus.

Die rote Farbe an einem der Zigarettenstummel stammte von einem Lippenstift. Es war dieselbe Farbe wie der sichergestellte Stift an der Kaiser-Wilhelm-Brücke. Die Abdrücke der Schuhe, die im Morast des Weges sichergestellt worden waren, passten zu einer Sohle, die dem Fabrikat der Marke Lilley & Skinner aus London zugeordnet werden konnten. Einem nicht ganz billigen

Damenschuh. Das hatte Kriminalassistent Fritz Teichmann im Auftrag von Erich Malek festgestellt und sich beim Abklappern diverser Schuhgeschäfte selbst seine Sohlen fast abgelaufen. Der Abdruck einer zweiten Sohle eines Damenschuhs an der Kaiser-Wilhelm-Brücke fand sich nicht am Monbijoupark.

Wer die Dame oder die Damen waren, die für Gustav Krüger anschaffen gingen, war nicht bekannt. Der Zuhälter hatte es verstanden, seine Geschäfte vor der Polizei gut zu verbergen.

Den entscheidenden Tipp hatte der Kriminalbeamte von Max bekommen. Max Kräutner war ein Polizeispitzel.

Getroffen hatten sich die beiden Männer am Vormittag in der U-Bahn. Im Gedränge fiel es nicht auf, wenn ein Beamter der Berliner Kriminalpolizei einem Kleinkriminellen begegnete.

Max Kräutner war ein schmächtiger kleiner Mann, der es auf der Brust hatte und nach einer Auseinandersetzung mit einem Konkurrenten das rechte Bein ein wenig nachzog. Wenn er nicht in einem der Abbruchhäuser unterkam, die der Erweiterung der U-Bahn Platz machen mussten, übernachtete er im städtischen Asyl in der Fröbelstraße. Seinen Lebensunterhalt verdiente sich der Endzwanziger mit dem Verkauf von Diebesgut aus seinen Einbrüchen und mit kleinen Hehlereien für andere Gauner. Und eben mit Informationen, die er der Polizei gab.

»Malek, Sie müssen mir versprechen, dass keiner erfährt, dass Sie das mit der feinen Dame von mir haben«, blickte Kräutner den Kriminalisten mit flehenden Augen an. »Die schlitzen mir uff. Von hier«, zeigte Max auf seinen Genitalbereich und fuhr mit der Hand langsam bis zu seinem Hals hoch, »bis hier.«

»Du weißt, dass du dich auf meine Verschwiegenheit verlassen kannst. Außerdem ist der Krüger tot.«

»Ja, aber die großen Fische wachsen nach wie Gras. Und wenn die so eene kleene Sprotte wie mir zur Brust nehmen …«

Erich Malek hatte sich seit den ersten Tagen als Kriminalassistent einen eigenen Kreis an Informanten aufgebaut. Es war Otto Jansens erster Rat an den jungen Polizisten gewesen. Der zweite hatte gelautet: »Niemals die Bouletten aus der Polizeikantine essen!«

Max hatte Malek berichtet, dass sich in letzter Zeit eine auffallend junge und hübsche Dame im Kiez bewegte. Und an dem Abend, vor dem Tod des Zuhälters, hatte Kräutner diese Dame mit eben jenem Krüger in der Münz-Glocke gesehen.

Die Angst von Max vor Racheakten war weniger darin begründet, dass er eine vermeintlich Neue an die Polizei verriet, als vielmehr darin, dass die Unterwelt in ihren Kreisen selbst für Ordnung sorgen wollte. Wenn sich Zuhälter derart heftig in die Wolle kriegten, wie es hier den Anschein hatte, mussten die Betroffenen selbst untereinander für Aufklärung und Ruhe sorgen.

»Das ist es ja, die wissen nicht, was los ist. Die rennen wie die aufgescheuchten Hühner im Kiez herum und keiner weiß nichts Genaues.« Immer wieder sah sich Max um, ob nicht eines der Hühner plötzlich hinter ihm auftauchte. »Es heißt, einer von außerhalb will das Revier übernehmen. Ein großer Fisch, womöglich ein Ausländer mit besten Beziehungen nach ganz oben, will das komplette Geschäft an sich reißen.«

Die letzten Gerüchte, die Kräutner ausplauderte, waren wirklich der Hysterie einiger Ganoven geschuldet. Malek war klar, dass es sich nicht um eine groß angelegte Übernahme von ausländischen Banden handelte. Wenn es anders gewesen wäre, hätten Hinweise aus anderen Quellen darauf hingedeutet. Die Berliner Unterwelt hatte zwar Strukturen des organisierten Verbrechens, war aber weit entfernt von Chicagoer Verhältnissen.

Hier hatte Max über das Ziel hinausgeschossen. Aber für normale Tipps, wie den Namen einer von Gustav Krügers Frauen, war der Spitzel allemal verlässlich.

»Fragen Sie mal die Ida. Ida Sonne«, hatte der Informant noch gerufen, kurz bevor die Türen der Bahn im Bahnhof Schönhauser Tor vor Malek zuschlugen. Dass sich Max freiwillig auf dem Präsidium einfinden würde, um das gezeichnete Porträt von dem Fräulein nach Angaben der Wirtin aus der Mulackritze noch zu vervollständigen, darauf musste Malek verzichten. »Nur über meene Leiche!«

Erich Malek sah Kräutner nach, wie er die Treppen herauf zur Lothringer Straße hinkte, und fühlte so etwas wie Mitleid über die Erscheinung des jungen Mannes. Irgendwann würde ihn einer von den großen Fischen zu fassen kriegen und diese kleine Sprotte zu Fischmehl verarbeiten. Ruckend setzte sich der Zug mit dem Kriminalisten in Bewegung und fuhr weiter in die Innenstadt.

»Nächste Station Alexanderplatz!«

Gerade hatte Malek das Präsidium betreten, als ihn der Wachhabende in sein Dienstzimmer rief.

Ein Wachtmeister der Schutzpolizei hatte eine Beobachtung zu melden.

»Wachtmeister Tenner«, grüßte der Polizist. »Ick habe von dem Mord an der Kaiser-Wilhelm-Brücke jehört. Da wo der Zuhälter erstochen worden sein soll. Ick habe nämlich an jenem Abend Dienst jetan. Auch an der Brücke. Da habe ick zwei Frauen beobachtet. Könnte um die Zeit des Mordes jewesen sein. Der eenen war schlecht jewesen.«

»Können Sie die Damen beschreiben?«

Tenner grinste. »Na ja, Damen vons Gewerbe, würde ick sagen. Sonst treibt sich da wenig Publikum herum. Die eene war ausgesprochen hübsch. So eine Große. Sehr hübsch. Hab mich noch jewundert, dass so wat uff'n Strich jeht. Die andere war kleen.«

»Könnten Sie einem Zeichner eine Beschreibung der Damen geben?«, hoffte Malek auf ein Porträt.

»Leider, Herr Kommissar. Es war ziemlich dunkel und dann warn die ja ooch schnell wieder weg. Wenn ick se sehen würde, könnte ick se beschreiben«, hob Tenner bedauernd seine Schultern.

Auch wenn Wachtmeister Tenner keine genaue Personenbeschreibung abgeben konnte, so bestätigte sich wenigstens die Vermutung, dass zwei Frauen am Tatort gewesen waren.

Sofort nach Fertigstellung des Porträts ließ Malek Wachtmeister Tenner einen Blick auf die Zeichnung werfen. Der Polizist erkannte die Dame als jene, die er auf der Kaiser-Wilhelm-Brücke gesehen hatte.

»Do-ro-the-aaa heißt dit Miststück, und so aufjetakelt, wie die war, kommt se aus dem Westen. – Ja, dit isse, wie aus 'm Jesichte jeschnitten«, zeigte Ida Sonne auf das gezeichnete Bild. »Wahrscheinlich eene von die Jelegenheitshuren. Eene von den schicken Damen, die vor Langeweile nich wissen, wohin mit ihrer Schönheit.«

Ida hatte den Kopf auf die linke Hand gestützt, mit der anderen löffelte sie Linsensuppe aus der Terrine. Wenn man die Frau betrachtete, kam man nicht auf die Idee, dass sie erst fünfundzwanzig Jahre alt war. Malek hätte sie auf über vierzig geschätzt. Und der Nachname »Sonne« konnte schon als kontercharakteristisch aufgefasst werden.

Dass Ida die Silben des namens Dorothea besonders lang zog, betonte die besondere Verachtung, die die Dirne für die vermeintliche Konkurrentin empfand.

Erich Malek hatte die Prostituierte im Dalles in der Neuen Schönhauser Straße dreizehn aufgespürt. Das Café Dalles war eine Art Suppenküche mit Wärmehallencharakter. Auf Jiddisch bedeutete der Name leeres Portemonnaie oder leerer Magen.

Das Licht fiel grell auf die Anwesenden. Da die Tische schon lange nicht mehr von verschütteter Suppe und Brotkrümeln gereinigt worden waren, unterließ es Malek, seinen Notizblock auf der groben Holzplatte abzulegen. Den Block auf seinem Knie liegend, notierte der Kriminalist die Aussage von Ida Sonne. Normalerweise sprach so eine wie Ida nicht mit so einem wie Malek, aber in diesem Fall schon: »Durch die Olle hab ick mir jetzt nen anderen Kerl eingehandelt. Der ist noch brutaler als Justav. – Schön war se ja. Dit muss man ihr lassen. Und dit Kleid und die schönen Schuhe, mein lieber Scholli. Nich billig der Firlefanz. Aber een Miststück isse trotzdem!«

Einen Beweis, dass diese Dorothea am Tod ihres Zuhälters

beteilig war, konnte Ida nicht liefern. Für sie zählte nur, dass diese feine Dame ihr den Beschützer ausgespannt hatte. »Und die Kunden, die hätt sie mir ooch abspenstig gemacht.«

Ab und zu schüttelte Ida Sonne ihren Kopf und blickte in die Suppenschüssel vor sich. »Linsen mit Speck nennen se die Erfindung. Linsen hab ick schon gesehn, Speck musste dir einbilden. Und dit Brot is hart wie Karnickeldreck.« Dann sah die Hure den Kriminalkommissar plötzlich mit hellwachen Augen an. »'ne Jänsehaut kannste kriegen, wenn ick bedenke, dass ick den beeden noch hinterherjeloofen bin. Inne Münz-Glocke sind se jejangen und haben feinen Likör jetrunken. Dann hat mir Justav durchs Fenster jesehen. Er hoch wie vone Tarantel jestochen, raus aus der Münze, mir nach und wollt mir verkloppen. Na, ick nischt wie weg. Aber dann bin ick zurück und da waren sie nich mehr drin jesessen. Später hat mir Justav wieder uffjegabelt und mir eene saftige Maulschelle jescheuert. Von wegen, dass ick ihn nachjeschnüffelt bin. Am nächsten Abend kam dit Miststück wieder. Justav is … Justav war ja ne Seele von Mensch, aber manchmal, wenn so der Trieb in ihm hochkam, hätt ick ihn uff'n Mond schießen können. Hinter jedem Rock ist er her und wenn die ooch nur een Been hatte wie die Liselotte. Richtig zum Fürchten. – Zum Park, da wo das Museum ist, hab ick se losjehen sehen, und wie ick hinterher …«, stockte Ida in ihrer Erzählung und starrte in ihre halb leere Suppenschüssel.

»Nee, kieck ma an, wat is'n dit?« Vorsichtig löffelte Ida ein kleines Stück Speck heraus und hielt es dem Kriminalisten hin. »Mensch, da schlägste ja lang hin. Muss ick ja wohl nen Kratzfuß vor die Köchin machen. Aber«, verschwand das Stück Fleisch im Mund von Ida und unter einem triumphierenden Lachen brachte die junge Frau heraus: »Siehste, wo keen Kläger is, is ooch keen Anjeklagter. Hab ick aus 'ner Jerichtsverhandlung. Wegen son ollen Kerl, der mir … ja, ja«, bemerkte die gesprächige Dirne den fordernden Ausdruck auf dem Gesicht von Malek. »Wie jesagt, ick wollte hinter die beeden hinterher und sehen, wat se im Monbijoupark machen. Na, ick konnt ma natürlich schon denken wat, ick kenn doch meinen Justav, aber da kam ’n Freier und ’s Geschäft jeht nu mal vor.«

Mit einem Kurzen, der Verdauung wegen, stieß die Dirne noch mit Malek auf ihren toten Beschützer an.

»Wenigstens eine halbwegs brauchbare Personenbeschreibung und einen Namen hat die Aktion eingebracht. Zwei Mark Fünfzig für eine Linsensuppe und ein Bier und zwei Schnäpse als Spesen. Sogar ein Stück Speck war in den Linsen«, amüsierte sich Malek, als er Klaus Winter davon berichtete. Und die Information von Max Kräutner schlug noch einmal mit fünf Mark für das Spesenkonto zu Buche.

Kapitel 17

Müller braucht eine neue Tresenkraft und Malek begegnet dem Golem

Noch am selben Nachmittag stattete Malek dem Petrieck einen erneuten Besuch ab. Trotz der Schweigsamkeit Müllers hielt Malek schon aus Gemeinheit dem Wirt eine Fotografie des letzten Toten vor dessen Gesicht.

Dieser ärgerte sich allerdings weniger über den Besuch des Kriminalisten als über die Kündigung seiner Bedienung. Während er Malek einen Weinbrand einschenkte, beklagte er sich: »Das dumme Aas hat doch einfach uffjehört. Direkt hinjejangen bin ick zu ihr nach Hause. Da steht se vor mir in een janz neuet Jewand und sagt, se habe jetzt 'ne bessere Stellung. Bei einer feinen Dame im Haushalt. Können Sie dit verstehen, Herr Kriminaler? Ick nich. Ick war immer so juut zu dit Mädel. Undank is der Welten Lohn. Na ja, Jott sei Dank hab ick ja dis Mariechen«, lächelte Müller einer jungen Frau zu, die mit Schrubber und Wischlappen bewaffnet aus der Toilette kam. »Dis Mariechen is 'ne Nichte meiner Frau. Bleibt de Fürsorje eben inne Familie.«

Wie zu erwarten, fiel dem Budiker beim Betrachten des Bildes von Alexander von Treptin nichts ein. Die Zeichnung, die nach Angaben der Wirtin aus der Mulackritze angefertigt wurde, ließ Friedrich Müller die Augenbrauen hochziehen.

»Sie haben diese Frau schon einmal gesehen? Ist Ihnen der Name Dorothea in Verbindung mit der Dame untergekommen?«

Müller konnte seine Überraschung nicht verbergen. Auch ohne dass er etwas sagte, wusste Malek, dass der Budiker die Dame kannte.

Also war sie der Schlüssel zu dem Fall.

Malek bedankte sich für den Weinbrand und setzte seinen Streifzug durch das Milieu fort. Aber wie ebenfalls zu erwarten gewesen war, waren die Mauern des Schweigens hoch und der Kriminalist konnte nicht mal einen kleinen Blick hinter die Kulissen werfen.

Einen besseren Einblick konnte ihm die Kriminalkommissarin Vera Klobe geben. Die junge Frau war seit Jahren bei der preußischen WKP und nachdem der Dienst bei anderen Abteilungen auch für Frauen geöffnet worden war, wechselte Frau Klobe zur Inspektion E., der Sittenpolizei.

Die WKP, die Weibliche Kriminalpolizei übernahm am Anfang vorrangig die Betreuung von kriminell und sexuell gefährdeten Minderjährigen. Außerdem war sie für Vernehmungen und Zeugenaussagen der entsprechenden Gruppe zuständig.

Jetzt führte Vera Klobe den Kollegen durch die Welt der Prostituierten, Zuhälter und Freier. Für außerhalb stehende Personen eine nahezu undurchdringliche Gesellschaft.

Frau Klobe war es auch, die Malek den Namen einer Dirne nennen konnte, die für das vierte Mordopfer anschaffen gegangen war.

Vor einem Haus in der Rosenthaler Straße blieb Erich Malek stehen. In diesen Mauern befand sich ein Bordell. Wie auch in einigen anderen Häusern dieser Straße und dieser Gegend. Einlass gewährte ihm eine ältere, mürrisch dreinblickende Frau, die sich auf einen Stock stützte. Der abweisende Blick verstärkte sich umso mehr, als Malek seinen Dienstausweis vorzeigte und eine der im Hause tätigen Damen sprechen wollte. Da sich der Kriminalist durch die Antwort der Alten, dass entsprechende Dame gerade beschäftigt sei, nicht abweisen ließ, forderte sie Malek auf, ihr zu folgen. Die personifizierte Kupplerin stieg mühsam die Treppen vor dem Polizisten herauf. Eine Hand stützte sich auf den Stock, mit der anderen zog sie sich am Geländer der steilen Treppe herauf.

Malek fragte sich, wie diese Frau es schaffte, bei ihrer Gebrechlichkeit mehrmals in der Stunde diesen Weg zu meistern. Oder die Geschäfte gingen so schlecht, dass der Weg nicht oft zu bewältigen war. Später sollte sich herausstellen, dass keines von beiden zutraf. Es gab genügend Kunden und die Alte war keineswegs so gehbehindert, wie es den ersten Anschein hatte.

Die Frau ließ den Beamten in einem Vorzimmer auf einer roten Couch Platz nehmen. Überhaupt war in diesem Raum alles rot. Rot bezogene Stühle, rote Teppiche, rot eingefärbte Vorhänge vor den verdunkelten Fenstern und natürlich rotes Licht.

Die Kupplerin hatte sich hinter einen kleinen Schreibtisch, einen Sekretär, gesetzt und blätterte aufmerksam in einem Buch.

In der schummrigen Beleuchtung konnte Malek zwei Frauen erkennen, die mehr oder weniger knapp bekleidet waren. Sie tuschelten und teilten vermutlich den vermeintlichen Freier unter sich auf. Ein Gast, der noch seine Beinkleider ordnend aus einem der angrenzenden Zimmer kam, trat an den Sekretär. Er wollte die Rechnung begleichen.

Ob die Alte dem Gast gesteckt hatte, wer der Mann auf der Couch war, oder ob der Gast selbst auf den Beruf des wartenden Menschen kam, war später nicht mehr zu rekonstruieren. Auf jeden Fall ergriff den Gast Panik, nachdem er einen Blick auf Malek geworfen hatte. Von der Alten mit großem Geschrei verfolgt, verließ er fluchtartig das Bordell. Natürlich ohne vorher seine Rechnung zu begleichen. Hier zeigte sich die doch erstaunliche Beweglichkeit der Alten.

Im selben Augenblick dieses Tohuwabohus stand ein junges, engelhaftes Geschöpf im roten Salon.

»Sie heißen Stumpf? Helene Stumpf?«, konnte sich Malek gerade noch erheben und die junge Dame vor sich ansprechen. Dann fand sich der Kriminalist unvermittelt dem Eunuchen gegenüber. Gehört hatte er von diesem Mann, war aber, aufgrund der Berichte, nicht sehr auf diese Begegnung erpicht.

Allerdings erinnerte sein Gegenüber Malek mehr an einen Golem, dessen bürgerlicher Name Karl Berger war, ehemaliger Kohlenträger bei der Firma Schmidtke und Co. aus Berlin. Bergers kleine braune Augen wirkten wie winzige Knöpfe an dem riesigen Kopf. Auch die Ohren waren, in Proportion zum gewaltigen kahlen Schädel, winzige herunterhängende Lappen. Seine Position als Zuhälter hatte der Mann lediglich seiner Körperkraft zu verdanken. Keines seiner Mädchen hatte er jemals angefasst. Daher sein Spitzname »Eunuch«.

»Ich wollte der jungen Dame nur eine Frage stellen, ich bin von der Po…!«, versuchte Malek, das auf ihn zukommende Unheil noch abzuwenden. Dann wurde ihm schwarz vor Augen.

»Sie dürfen ihm nicht böse sein. Er sorgt sich nur um uns. Und das vorhin war ein Missverständnis. Karlchen hatte gedacht, Sie machen Ärger. Wegen des Lärms auf der Treppe.«

Als Malek wieder zu sich kam, sah er in das hübsche Gesicht des Engels mit den blonden Locken. Der Engel saß an seiner Seite auf einem Kanapee in einem fast wohnlich eingerichteten Zimmer und hielt ihm die Hand. Mit der anderen presste er einen feuchten Lappen auf seine Stirn. Wie Malek später erfuhr, lag er im Aufenthaltsraum des Bordells, in dem die Mädchen dem Rot der anderen Räume für einige Zeit entkommen konnten.

Im Hintergrund starrten die Knopfaugen des Eunuchen.

»Wie kann man ihm böse sein«, versuchte Malek zu lächeln und spürte seine Kinnlade. »Wie hart hat er mich getroffen?«

»Nicht so schlimm. Karlchen kann härter zuschlagen. Ich glaube, er hat Rücksicht genommen, weil er geahnt hat, dass Sie ein Polizist sind. Das steht wenigstens hier, in Ihrem Ausweis.«

»Er muss mir aus dem Mantel gefallen sein.«

»Sagen wir, er ist gerutscht«, steckte der kleine Engel die Papiere mit einem schuldbewussten Lächeln wieder in die Manteltasche des Kriminalisten zurück. »Viel verdienen tut ihr bei der Polente wohl auch nicht. – Keine Angst, ich hab's nicht rausgenommen.«

Maleks Griff an seine Brieftasche wurde von der zarten Hand der jungen Frau gestoppt.

»Sie sind Helene Engel? – Ich meine Stumpf.«

»Ja.«

»Sie wissen, warum ich Sie suche?«

»Ich kann es mir denken.«

»Es geht um den Herrn von Treptin. Um dessen Tod.«

»Ja.«

»Sie waren für diesen Herrn tätig?«

»Hmmm.«

»Können Sie mir einen Hinweis geben, warum man ihn getötet hat?«

»Ich habe nicht die geringste Ahnung, Herr Polizist.«

»Sie sind dann, nach dem Ableben des Herrn von Treptin, zum Eunuch … ich meine, zu Herrn Karl Berger gewechselt?«

»Mhhh.«

Malek war es gleich nach der medizinischen Behandlung durch Helene Stumpf aufgefallen: Das sprichwörtliche »Gefrieren« der Stimmbänder, wenn es um Informationen aus dem Milieu ging, hatte eingesetzt. Die Einsilbigkeit der jungen Dirne wandelte sich erst in ein relativ offenes Gespräch, als Erich Malek die feine Dame erwähnte. Und da Helene sie nicht als Angehörige ihres Standes empfand, erzählte sie frei weg: »Eine ganz eigenartige Person. Passt gar nicht hierher, scheint sich aber bestens auszukennen. Ich glaube nicht, dass sie auf Freier aus ist. Es ist mehr so, als würde sie die Kerle irgendwie beobachten.«

Malek wollte in die Innenseite seines Mantels greifen und das Bild von Dorothea herausholen. »Darf ich Ihnen eine Zeichnung zeigen? Wir glauben, dass dies ...«

Der Engel nickte wieder unschuldig. »Ich habe das Bild gesehen, ganz zufällig als ...«

»... als mir meine Brieftasche aus dem Mantel gerutscht ist«, lächelte Malek die Dirne an. »Und, ist sie das?«

»Sie ist ganz gut getroffen. Die Haare sind aber schwärzer als auf dem Bild dargestellt. Richtig tiefschwarzes Haar hat die Frau. So wie die im Märchen. – Schneewittchen und der schöne Prinz.«

Helene Stumpf wurde nachdenklich. »Ich habe Alexander geliebt, nicht wie Sie denken. Ich bin eine zärtliche Frau.«

Malek kam Rosa in den Kopf. Und was war so verwunderlich an einer Liebe, die eine junge Frau für einen Mann empfand, der sich später als Halunke entpuppte? Als ein mieser Kerl dem sein »von« nicht zu einem edleren Menschen gemacht hatte.

Und wie war es mit einem Polizisten, einem Bullen, einem Erich Malek, der sich in eine Prostituierte verliebte?

Helene Stumpf machte sich für Malek überraschend an dessen Hose zu schaffen. Auf das fragende Gesicht des Kriminalisten antwortete die junge Dirne lapidar: »Als Schadensersatz sozusagen, für Karlchens Schlafmittel.«

Malek lehnte dankend ab.

Als der Kriminalbeamte sich verabschiedet hatte und die steile Treppe wieder hinabstieg, kam ihm die Puffmutter entgegen. Zufrieden zählte sie ein Bündel Banknoten. Vermutlich die eingetriebene Gage. Einen Blick hatte sie für den Bullen nicht übrig.

Zwei Tage später sah der Kriminalist das Gesicht des Zeche prellenden Gastes aus dem Puff wieder. Es gehörte einem Mitglied des Reichstages. Auf der Titelseite der Vossischen Zeitung prangte unübersehbar dessen Konterfei. Es ging um einen Korruptionsskandal im Landwirtschaftsministerium.

»Ein besseres Fahndungsfoto hätten sie gar nicht herausbringen können«, lachte Malek lauthals, als er das Bild seinem Kollegen Winter zeigte. »Kein Wunder, dass er die Zeche im Bordell prellt. Wenn der Skandal vorbei ist, muss er selbst anschaffen gehen. Der Arme!«

Anders als der »Eunuch« zeichnete sich der »Professor« durch besonders feine Manieren und einer hohen Bildung aus. Malek war dem Alexander von Treptin einige Male begegnet. Allerdings sollte man nicht von seiner besseren Herkunft auf sein Wesen schließen. Denn der »Professor« war brutal und wenig zimperlich, wenn es um die Durchsetzung seiner Interessen ging. Wohl drei Berufskollegen soll er beseitigt haben. Beweise gab es für diese Verbrechen freilich nicht.

Außer Helene Stumpf mussten sich noch zwei weitere Damen einen neuen Beschützer suchen. Der »Engel« hatte die Namen genannt. Viel mehr als die junge Dirne konnten die anderen Damen allerdings auch nicht zur Person der Dorothea beitragen.

Das Erscheinungsbild des »Nuttenprofessors« allerdings rundete sich aufgrund der Aussagen der Huren mehr und mehr ab, und Malek war froh, mit diesem Herrn nichts mehr zu tun zu haben.

Kapitel 18

Straßenrazzia im Scheunenviertel und eine Einladung auf das Polizeirevier

»Malek, Roder, Winter und Teichmann! Sie machen heute Überstunden!«

Kriminalkommissar Wilhelm Roder und Kriminalassistent Fritz Teichmann waren aus dem Büro neben dem von Malek und Winter gekommen und machten genauso lange Gesichter wie die Kollegen. Davon unbeeindruckt spann Otto Jansen seine Hiobsbotschaft weiter ab: »Heute Abend ist eine Straßenrazzia im Scheunenviertel angesetzt. Dragonergasse, Bülowplatz, Steinstraße und Mulackstraße. Sie beide, Malek und Winter, sind an der Mulackstraße Ecke Alte Schönhauser Straße eingeteilt. Roder und Teichmann, Sie übernehmen die Leitung Steinstraße. Entsprechende Kräfte werden vor Ort zu Ihnen stoßen. Beginn der Aktion ist um 21 Uhr. Sie sind eine halbe Stunde vorher vor Ort und sondieren das Terrain. Vor dem Einsatz nur zugreifen, wenn Ihnen ein wirklich Verdächtiger begegnet. Also den Prinzen von Albanien und den Reichskanzler und selbstverständlich auch nicht unser aller Chef, den verehrten Herrn Weiß, festnehmen, wenn sie vor Ihnen stehen. Jedenfalls nicht vor dem Signal zur Absperrung!«

Malek rutschte ein »Schei…benkleister« heraus.

»Sie haben wohl eine bessere Verabredung für den heutigen Abend, Herr Kriminalkommissaranwärter Malek? Wohl ein hübsches, junges Fräulein? Vielleicht fremd in der Stadt und einsam und hilflos? Wartet bestimmt auf einen starken Arm! Na, da wird die Braut noch ein wenig länger auf das Glück warten müssen. Ich kann Sie leider nicht vertreten. Ich bin nämlich eingeladen. Der Regierende und der Polizeipräsident haben in die Oper geladen. Wagner, ›Der Fliegende Holländer‹. Viel lauter

Gesang. Weiß der Teufel, warum ich da hingehe? – Vielleicht, weil ich nicht mit ein paar Gaunern in der Mulackstraße boxen will? – Und außerdem gibt es Freibier und Bouletten. Tschüskin, Männer, viel Erfolg!«

Kriminalhauptkommissar Jansen verließ lachend das Büro, während die vier Mitarbeiter mit langen Gesichtern zurückblieben.

Malek hatte noch in der letzten sprichwörtlichen Minute das Fräulein Braun telefonisch in der Pension seiner Mutter erreicht. Ihr gemeinsamer Kinoabend musste verschoben werden.

»Wer Sorgen hat, hat auch Likör!«, stießen die Dienstverdonnerten vor ihrem Einsatz an. Frei nach dem guten Wilhelm Busch nicht mit Likör, sondern mit dem guten Cognac des Chefs. Natürlich wussten die Herren Kriminalisten, wo der Alte den Schlüssel zu seinem Rollschrank versteckt hatte.

Der Grund, warum solche Razzien immer sehr kurzfristig angesetzt wurden, war der, dass man Verrat befürchtete. Wie es unter den Kriminellen Spitzel gab, so befanden sich auch in der Beamtenschaft Männer, die ihr Gehalt mit Gefälligkeiten aufbesserten. Und so ein Tipp an die Unterwelt war schon von einigem Wert.

So wurde die Hundertschaft der Schutzpolizei und Beamte in Zivil erst kurz vor einer bevorstehenden Aktion informiert.

Straßenrazzien sollten die Kriminellen aus der entsprechenden Gegend vertreiben. Allerdings war diese Art der Verbrechensbekämpfung in der Öffentlichkeit umstritten. Ebenso bei der Polizei. Die Gauner wurden zwar für eine Weile aus den Vierteln verbannt, sammelten sich aber nach kürzester Zeit wieder und organisierten sich neu. So waren sie für die Polizei schwerer zu überwachen. Politisch wirbelten solche Aktionen allerdings immer viel Staub auf und bescherten, wenn auch nur oberflächlich, Erfolge. Diese dienten den Politikern, sich beim Wahlvolk in ein gutes Licht zu setzen. Aber auch gleich nach den Wahlen, wie in diesem Fall, war diese Art Polizeipräsenz gut, um Entschlossenheit der Regierung zu demonstrieren.

Einige große und kleine Fische gingen bei solchen Razzien der Polizei immer ins Netz. Aber auch unbescholtene Bürger, die nur einen abendlichen Bummel durch das Berliner Nachtleben machten, wurden überprüft. Wer nun versehentlich keine Papiere bei sich trug, wurde mit all den Spitzbuben und Verbrechern auf die bereitgestellten Lastwagen der Schutzpolizei verfrachtet und zur polizeilichen Erkennung auf das Revier gebracht.

»Kommissaranwärter Malek«, stellte sich der Beamte vor und hielt seinen Dienstausweis einer Gruppe von gut gekleideten Menschen entgegen. Diese waren aus der Mulackritze gekommen und fanden sich unversehens in der Straßenrazzia wieder. Klaus Winter zeigte ebenfalls seine Legitimation.

»Darf ich bitte Ihre Papiere sehen, dies ist eine Razzia.«

Eine der Damen der kleinen Gesellschaft lachte vor Überraschung hysterisch los und ein Herr, in einen eleganten Gehpelz gehüllt, begann zu schimpfen.

»Was denken Sie sich, was glauben Sie, wer wir sind?«

»Ohne Ihre Papiere zu kennen, sind Sie für mich zu allererst ein Bürger, der aus einem fragwürdigen Etablissement kommt«, entgegnete Malek mir ruhiger Stimme.

Das Gesicht des Herrn lief rot an. Er schnappte nach Luft. »Ich bin Filmregisseur Heinrich Mücke und dies hier ist der bekannte und beliebte Schauspieler Bruno Hofer. Ich protestiere gegen diese Behandlung. Wir sind doch keine Kriminellen!«

»Regen Sie sich nicht auf, lieber Mücke, die Polizei macht doch nur ihre Arbeit.« Bruno Hofer langte in die Innentasche seines Mantels und reichte dem Polizeibeamten seinen Ausweis. Die anderen aus der Gruppe taten es dem Schauspieler gleich.

»Wir haben nach Drehschluss noch einen kleinen Bummel gemacht. Auf Künstler wirkt dieses Milieu recht anregend. Und in dem Film, an dem wir zurzeit arbeiten, geht es um eine zwielichtige Dame, die einem eleganten Herrn den Kopf verdreht. Ich selbst bin der Herr und meine charmante Begleitung hier ist die zwielichtige Dame. Darf ich vorstellen, Frau Elisabeth Bergner, meine reizende Partnerin in diesem Film. Bei ihr müssen Sie allerdings vorsichtig sein. Sie ist nicht die, die sie vorgibt zu sein. Natürlich nur laut Drehbuch. Im wahren Leben eine sehr liebreizende Frau und sehr gute Freundin.« Hofer nahm die Hand der amüsierten Dame neben sich und küsste sie. Malek fand den Namen der Schauspielerin in ihrem Ausweis bestätigt. Ebenso den des Schauspielers. Vom Gesicht kamen ihm der Mann und auch die Frau bekannt vor. Wahrscheinlich hatte er ihr Konterfei auf irgendeinem Titelblatt einer Illustrierten gesehen. Vielleicht sogar auf einer der Zeitschriften, die bei seiner Mutter in der Pension Schlüter für die Gäste zur Unterhaltung im Frühstückszimmer auslagen. Seine Mutter würde ihn jetzt vermutlich in den Arm kneifen, wenn sie neben ihm stehen würde, angesichts eines so berühmten UFA-Stars. Malek musste passen. Im Kino oder auf der Bühne hatte er weder die Frau noch den Mann gesehen.

Anders als Bruno Hofer. Dieser kannte den Namen des Kriminalisten und nun auch dessen Gesicht. In der Zeitung hatte Bruno die Aufklärung seines Falles verfolgt. Bei einer Pressekonferenz hatte Kriminalkommissaranwärter Erich Malek die bisherigen Erkenntnisse zu den Morden in letzter Zeit bekannt gegeben. Auch wenn es nicht viel war, was die Polizei wusste, so kannte Hofer dadurch den Wissensstand seines Gegenspielers. Und nun stand dieser Erich Malek in Person vor ihm und kontrollierte seine Papiere. Dass Bruno ausgesucht höflich zu dem Beamten war, lag nicht nur an seiner guten Kinderstube. Auch war ihm in diesem Augenblick bewusst geworden, welch ungeheure Möglichkeit sich durch diesen Zufall aufgetan hatte. Und ein grandioser Zufall war es, wenn nicht das Schicksal selber.

Andere Personen, die in die Fänge der Polizei gerieten, waren da weniger zur Mitarbeit bereit. Unter heftigem Widerstand führten drei Uniformierte einen Mann ab und schafften es mit Mühe, ihn in das bereitstehende Polizeiauto zu drängen. Von allen Seiten kamen jetzt Polizeibeamte, teils in Zivil, teils in Uniform mit dem Tschako auf dem Kopf, um Verdächtige zur

Überprüfung zu bringen. Einige, offensichtlich schwere Jungs, waren schon mit Handschellen gefesselt und blickten still und finster vor sich hin. Anders die Prostituierten in Begleitung der Schutzpolizei. Mit bunten Hüten und teils sehr freizügigen Kleidern schrien, strampelten und vereinzelt bissen sie auch die Beamten, um sich ihrer Zwangsvorführung zu widersetzen. Fluchen konnten die Damen vom horizontalen Gewerbe besser als Fuhrleute und Bauarbeiter.

»Das ist ja eine schöne Versammlung, die Sie sich da auf das Präsidium holen, Herr Kommissar«, lächelte Hofer den Beamten vor sich an. Malek hatte den Ausweis genau betrachtet, konnte aber keinen Grund zur Beanstandung finden. »Ja, Sie müssten erst einmal erleben, wie es in den nächsten Stunden dort zugeht. Das wäre bestimmt eine interessante Studie für Ihre Arbeit beim Film.«

»Wenn das eine offizielle Einladung ist, nehme ich diese gerne an«, zeigte sich der Schauspieler interessiert.

»Ich sehe da kein Problem. Notfalls nehme ich Sie fest!«

Die Umstehenden lachten. Der Regisseur Mücke lehnte dankend ab: »Ich für meinen Teil habe für heute genug von polizeilicher Arbeit gesehen.«

Auch die anderen Herrschaften zogen es vor, den Abend an der Bar im Hotel Kempinski in vertrauter Atmosphäre bei einem Glas Rotwein oder einem Sekt ausklingen zu lassen.

So schloss sich nur Hofer dem Kriminalbeamten an.

Inzwischen hatte sich die Straße geleert und nur einige Uniformierte säuberten in Reihe gehend die Trottoirs und Hauseingänge von weggeworfenen Messern, Schlagringen, Einbrecherwerkzeug, Kokainpäckchen und sogar von einigen Schusswaffen. Es war nicht von Vorteil, solche Dinge bei sich zu haben, wenn man sich vor dem Einstieg in die Lastwagen der Polizei einer Leibesvisitation unterziehen lassen musste.

Schließlich wurden die Dragonergasse, der Bülowplatz, die Steinstraße und die Mulackstraße für den Automobilverkehr und für die hinter der Absperrung wartenden Passanten wieder freigegeben.

Hofer kletterte zu Erich Malek auf den Rücksitz des Polizeifahrzeugs vom Typ Adler Standard, 6S Limousine.

Was wohl Lisa zu dieser Unternehmung sagen würde, fragte sich Bruno? Der Schauspieler spürte eine leichte Erregung wie vor einem wichtigen Dreh einer Szene im Studio. Es war Wahnsinn, was er machte. Er trat seinem Schicksal in den Allerwertesten und musste aufpassen, dass es nicht ins Stolpern kam und ihn mit in den Abgrund riss.

»Ich muss Ihnen gestehen, ich kenne keine Filme von Ihnen. Ich gehe nicht oft ins Kino. Ihr Bild ist mir aber schon ein Begriff. Man kommt kaum an den Zeitungen vorbei, die an den Kiosken aushängen. Ihr Bild ist nicht zu übersehen. Meine Freundin, ich meine, meine ehemalige Freundin Agnes, hat bestimmt jeden Film mit Ihnen gesehen. Man konnte richtig eifersüchtig werden. Doch dann hat sie einen jungen Burschen mit Namen Heinz bei sich aufgenommen. Wenn Agnes uns jetzt sehen könnte, dass Sie neben mir im Auto sitzen, ich denke, sie würde glatt wieder zu mir zurückkommen.« Malek lachte und wusste doch nicht, warum er diesem Mann seine halbe Lebensgeschichte erzählte.

Der Schauspieler blieb ernst und sah den Kriminalisten nur an.

Malek dachte, Hofer mache sich über die ehemalige Freundin des Polizisten Gedanken, doch er irrte.

»Ich freunde mich mit diesem Mann an und komme so an Informationen über meine eigenen Taten«, sollte Bruno später Lisa erzählen. Wie von Hofer erwartet, sah die junge Frau den Schauspieler an, als ob er einen »Dachschaden« hätte, wie sie es ausdrückte.

»Ich bin dem Beamten immer einen Schritt voraus. Ich kann planen und seine Überlegungen mit einbeziehen. Kolossal! Einfach kolossal!«

»Wir sind da, warten wir noch einen Moment, bis der große Schwung drinnen ist. Wir nehmen dann den Haupteingang.«

Malek unterbrach die Gedanken Hofers und zeigte auf dem Nebeneingang des Polizeireviers in der Dircksenstraße. Das große Tor war geöffnet. Die Lastwagen der Schutzpolizei parkten auf dem Hof und entluden ihre Passagiere. Es mussten mehrere hundert Menschen sein, die zur Überprüfung ihrer Personalien in das Gebäude geleitet wurden. Dazu hatten Polizisten in Uniform ein Spalier gebildet. Einzeln ging es zur Erkennung.

Auf dem Revier herrschte Betrieb wie in einem Taubenschlag. Auf den Gängen warteten unzählige Menschen. Wie bei so vielen Menschen aus dem Milieu nicht anders zu erwarten, begann sich ein Gemisch aus Körpergeruch und Alkohol zu verbreiten. Durch die Rauchschwaden der Zigaretten musste man sich regelrecht durchkämpfen. Lautstark unterhielt man sich, brüllte, weinte, lachte und vor allem fluchte auf die Polizei.

Eine Dame vom horizontalen Gewerbe hatte aus Ärger über ihre Festnahme Klaus Winter den Mantel zerrissen. Anderen Kollegen erging es schlimmer. Zwei gebrochene Nasenbeine, drei Veilchen, eine schwere Gehirnerschütterung und unzählige blaue Flecken zählten zu den Arbeitsunfällen der Polizeibeamten in dieser Nacht. Es waren überwiegend die bereits bekannten Schwerverbrecher, die sich ihrer Verhaftung durch Gewalt entziehen wollten. Zum Trost für die Beamten hatte auch diese Seite mit allerlei Blessuren ihren Obolus im alltäglichen Kampf um Recht und Gesetz entrichtet. Das Gros der Unterwelt allerdings ließ sich ohne größeren Widerstand abtransportieren.

»Ich danke Ihnen, Herr Kommissar«, reichte Bruno Hofer dem Polizisten die Hand. »Es war sehr aufschlussreich. Wenn ich einmal einen Kommissar in einem Film spiele, kann ich gut von Ihrer kleinen Demonstration zehren. Ich hoffe nicht, dass es einmal wirklich dazu kommt, dass ich hier als Verbrecher lande«, spuckte Hofer dreimal symbolisch aus und hob die Hand.

Malek lachte und bot dem Schauspieler weitere Unterstützung an, wenn das Thema aktuell werden würde.

»Dieses Angebot nehme ich sehr gerne an, vielleicht schon früher als Sie erwarten«, lief die Verabschiedung auf dem Polizeirevier genauso herzlich, wie Bruno sie sich gedacht hatte.

Die Männer reichten sich die Hand.

Malek schmunzelte.

»Sie benutzen das gleiche Rasierwasser wie mein Bruder. Und wie Heinz. – Heinz ist der neue Freund meiner ehemaligen Freundin.«

»Das ist mir aber unangenehm, dass mein Rasierwasser bei Ihnen Erinnerungen auslöst. Und wie ich aus Ihrem Tonfall heraushöre, sind es keine angenehmen.«

»Sie haben ein ausgezeichnetes Gehör.«

»Ich werde mir gleich morgen ein neues Rasierwasser zulegen.« Sie lachten.

Malek gab dem Wachposten an der Ausgangstür einen Wink, dass der Mann passieren konnte.

Am Morgen nach der Razzia und der ersten Begegnung mit dem Kriminalkommissar hatten Bruno und Lisa lange geschlafen und anschließend ausgiebig gefrühstückt. Die Sonne schien und es war ein herrlicher Sonntagvormittag. Da Lisa am Abend bei der Rückkehr des Schauspielers schon geschlafen hatte, berichtete Bruno ihr von der neuen Bekanntschaft.

Die junge Frau wurde ärgerlich über so viel Dummheit und wollte sich erheben, um sich anzukleiden. Genau diese Wildheit bewunderte Hofer an seiner neuen Freundin und zog sie wieder zu sich herunter auf das Sofa.

Bis in den Spätnachmittag liebten sich die beiden.

Dann zog sich Lisa einen seidenen Morgenmantel von Bruno über. Wie herrlich weich und fein dieser Stoff war. So etwas hatte die ehemalige Bedienung aus dem Petrieck noch nie angefasst.

Lisa hatte begonnen, sich an das neue Leben zu gewöhnen. Und mehr noch, sie genoss es, endlich einmal nicht herumgeschubst und ausgenutzt zu werden. Dieses Leben hielt noch etwas anderes als Gläser zu spülen und Kartoffeln zu schälen für sie bereit.

Und jetzt, wo es ihr das erste Mal in ihrem Leben so richtig gut ging, musste dieser dumme Kerl seine Spielchen mit der Polizei spielen. Aber war sie nicht auch eins seiner Spielzeuge?

Lisa stellte sich an das große Panoramafenster der Villa und blickte über den abschüssigen Rasen und die Büsche des Grundstücks hinunter auf den Wannsee. Segelschiffe dümpelten über das von der Sonne glitzernde Wasser und von der großen Anlegestelle machte sich ein Ausflugsdampfer auf große Fahrt die Havel nach Spandau hinauf.

Konnte sie Bruno nicht einfach sagen, ihn bitten, damit aufzuhören? Und dann? Was war dann? Dann konnte es sein, dass er sein Spielzeug nicht mehr haben wollte und es zurück in das Petrieck schickte.

Nein, das sollte nicht geschehen. Lisa beschloss in diesem Moment, so lange mitzuspielen, bis sie eine Position erreicht hatte, wegen der Hofer sie nicht mehr wie eine räudige Hündin fortjagen konnte. Wie auch immer diese Position aussehen würde.

Anders als bei ihrem ersten Beisammensein in dem schäbigen Hotel in der Spandauer Vorstadt machte Bruno der jungen Frau ein Kompliment: »Du bist wirklich eine großartige Liebhaberin. Woher weißt du so viel?«

»Dit is die Weddinger Schule. Jeder Handwerks- oder Arbeiterbursche will dir an die Wäsche. Wenn eener jut jenug aussieht, gehste mit. Er könnte dich am Ende vielleicht sogar heiraten. Dass die Kerls alle nur ihren Spaß haben wollen, begreifste ooch irgendwann. Und trotzdem, der nächste könnte es ja sein. Vielleicht bist du es ja?«, wandte sich Lisa zu Hofer um und lächelte ihn ironisch an.

Bruno wurde verlegen. Natürlich würde er dieses Mädchen nicht ehelichen. Auch wenn er zugeben musste, dass sie mehr von der Liebe verstand als all die anderen Frauen, mit denen er zusammen gewesen war. Aber die Filmproduktion würde solch eine Liaison nicht billigen. Seine Geliebte sollte sie bleiben. Das Geld, das Lisa im Petrieck verdient hatte, zahlte ihr Bruno und noch ein hübsches Sümmchen zusätzlich. So musste die junge Frau nicht mehr in die Gastwirtschaft gehen. Wie die Bedienung zuerst glaubte, brauchte sie dafür nicht einmal als Dienstmädchen zu arbeiten. Für diese Tätigkeit gab es neben der Köchin und der Hauswirtschafterin entsprechendes Personal.

Und Hofer würde ihr auch weiterhin Geld geben, vielleicht auch eine hübsche Wohnung einrichten und dafür sorgen, dass sie niemanden von ihrer Bekanntschaft erzählen würde. Schon gar nicht von ihrem Geheimnis. Hier hatte Bruno die Absicht, das junge Mädchen mehr einzubinden. So konnte er sich sicher sein, dass sie ihn nicht verriet.

»Ich habe gestern Abend einen widerlichen Burschen kennengelernt. In der Mulackritze kurz bevor wir in die Polizeikontrolle geraten sind. Und ich möchte, dass du ihn kennenlernst.«

»Ick soll wat?«

»Ich werde ihn dir vorstellen und dann kannst du alleine urteilen, ob wir ihn beseitigen oder nicht.«

»Ob wir ihn beseitigen? Wir?«

»Ich habe interessante Einzelheiten von diesem Kommissar erfahren. Er hat mir Tipps gegeben, wo man in diesen Kreisen am besten recherchiert. Als Begründung habe ich gesagt, ich möchte ein Drehbuch für einen Film schreiben. Es soll in diesem Milieu spielen. Er war sehr angetan von diesem Vorhaben.«

»Wat soll dieses Katz-und-Maus-Spiel? Reicht dir nicht mehr dit Gefühl, Macht über Leben und Tod eines Menschen zu haben? Muss es jetzt ooch noch eener von der Polente sein? Vielleicht sehnste dich auch noch nach 'n Strick um deinen Hals? Dit jenau könnte am Ende dieser Recherche stehen.« Lisa machte eine Handbewegung, als zöge sich ein Seil um ihren Hals fest, dabei ließ sie die Zunge heraushängen.

Nach dem Blick zu urteilen, mit dem Hofer die junge Frau sich gegenüber ansah, hatte sie genau ins Schwarze getroffen.

Was war nur mit diesem Mann los? Lisa verstand es nicht. Er hatte Erfolg, er war reich, lebte in einer prächtigen Villa am Wannsee und wurde von so vielen geliebt.

Bruno Hofer lehnte sich entspannt zurück und sah seine Freundin ruhig an. »Du solltest gut auf mich aufpassen, sonst könnte es sein, dass wir beide gemeinsam, Hand in Hand, die Stufen hinauf zum Henker schreiten.«

Kapitel 19

Ein Blumenstrauß als Entschuldigung und ein verliebter Freier

Erich Malek stand mit einem Strauß Blumen in der Hand im großen Flur der Pension Schlüter. Die Mutter hatte dem Sohn die Tür geöffnet und lächelte ob der Fauna in den Händen ihres Erichs. In diesem Moment kam Rosa Braun aus ihrem Zimmer.

»Nanu, Mutter und Sohn zusammenstehend wie die Verschwörer? Und was ist das?«, deutete die junge Frau auf die Blumen.

Rosa hatte ein wunderschönes Kleid an und Malek blieb, wie der Berliner sagt, die Spucke weg.

»Ich wollte mich entschuldigen, wegen gestern Abend. Aber Dienst ist Dienst und Schnaps ist Schnaps, wie unser Oller sagt. Ich bin also eigentlich unschuldig.«

»Ach weißt du, der Abend mit deiner Mutter war sehr schön und aufschlussreich. Jetzt habe ich einiges gegen dich in der Hand, Freundchen.«

Malek und Rosa saßen wieder in der kleinen Weinstube am Schiffbauerdamm. Die Blumen hatte Frau Malek in eine Vase gesteckt und auf den Tisch im Zimmer der jungen Frau platziert.

Der Kriminalist wollte dem Fräulein erklären, warum er am gestrigen Abend verhindert gewesen war, und holte dazu ein wenig weiter aus: »Weißt du, wer der Arabische Reiter ist? – Oder der Marquis de Sade? Nein? Ein französischer Graf, der viele Frauen verführt hat. Nein? – Aber den Flieger, der mit den tollen Kunststücken am Himmel, wirst du doch kennen?«

Malek versuchte, seiner Freundin einen überraschten Gesichtsausdruck zu entlocken. Aber nichts änderte sich an der Mimik von Rosa.

»Ich sehe schon, du bist genauso ein Kinomuffel wie ich. Bruno Hofer heißt der Herr, der diese Menschen im Film gespielt hat. Und das äußerst erfolgreich.«

Jetzt wurde das Fräulein Braun auf einmal sehr aufmerksam und Malek bekam einen überraschten Gesichtsausdruck.

»Ich sehe, du kennst diesen Herrn doch. Und ich kenne ihn jetzt auch. Genauer gesagt, seit gestern Abend. Aber ich bin ihm sogar persönlich begegnet. So leibhaftig wie ich jetzt dir gegenübersitze. Wir hatten eine Straßenrazzia im Scheunenviertel durchzuführen. Das ist nicht weit vom Alexanderplatz, wo unser Revier liegt«, erklärte der Kriminalist. »Und da ist uns dieser berühmte Schauspieler ins Netz gegangen. Na ja«, relativierte Erich Malek, »er war dort mit einigen Menschen vom Film unterwegs. Ich habe ihn mit auf das Präsidium genommen. – Nein, nicht als Gefangenen, als Besucher. So etwas ist für Künstler immer interessant.«

Während Erich sprach, überlegte Rosa, ob sie die Gelegenheit wahrnehmen und dem Kriminalisten von ihrer Begegnung mit dem Schauspieler berichten sollte. Aber dann musste sie Malek gestehen, dass sie ihn angelogen hatte. Und auf das Geld, das Hofer ihrem Strizzi geschuldet hatte, wollte sie auch nicht verzichten. Der Kommissar ihr gegenüber würde darauf bestehen, das Geld dem Schauspieler zurückzugeben. Man konnte davon ausgehen, dass es kein sauberes Geld war, das hier die Seiten gewechselt hatte. Rosa lächelte. Sie würde das Geld schon sauber kriegen. Da gab es doch dieses überaus schicke Kleid in dem Geschäft in der Kaufingerstraße in München.

»Wenn die Rosa schön brav ist, nehme ich sie vielleicht mit und stelle sie dem berühmten Schauspieler vor. So etwas habt ihr in eurem München ganz bestimmt nicht. Der soll eine traumhafte Villa am Wannsee besitzen. Das ist in Berlin die Gegend, wo die feinen Leute wohnen.«

»Ach, lassen wir das lieber. Ich kenne genug feine Leute. Mir sind privat die einfachen Menschen lieber.«

Irgendwie fühlte sich Malek von dem, was Rosa gesagt hatte, geschmeichelt. Obwohl der Ausspruch seiner Freundin nicht genau auf ihn gemünzt war.

Das schlechte Gewissen Rosas war nach einem Glas Rotwein und den zärtlichen Blicken, mit denen Malek sie bedachte, verdrängt.

Weniger begeistert war Rosa von dem weiteren Verlauf des Abends. Eine halbe Stunde hatten sie für sich, als plötzlich Kommissar Roder im Lokal stand. Nach einem kurzen Rundblick entdeckte er seinen Kollegen Malek und dessen Begleitung.

»Es tut mir sehr leid, junges Fräulein, aber ich muss Ihren Kavalier entführen.«

Auch wenn es der Kommissar nett in Worte gefasst hatte, konnte Malek die Enttäuschung Rosa förmlich ansehen.

»Ich bin in einer Stunde wieder hier«, versprach er.

»Dann bin ich nicht mehr hier«, antwortete die junge Frau kühl. »Ich nehme mir ein Taxi und fahre in die Pension.«

Roder zog sich diskret zurück. »Ich warte draußen im Wagen.«

»Bitte, Rosa, nimm meinen Schlüssel und warte in meiner Wohnung. Ich komme, so schnell ich kann!«

Die junge Frau wollte erst nicht, griff dann aber doch nach dem Schlüsselbund. Als Malek Geld aus seiner Brieftasche ziehen wollte, zischte sie ihn an: »Untersteh dich, Freundchen!«

Malek lächelte und lief zur Tür.

Rosa rief ihm nach: »Und such dir nächstens eine Kneipe, die deine Kollegen nicht kennen, hörst du!? Oder such dir neue Kollegen!«

Malek nickte und warf seiner Freundin einen Kuss zu.

Schon vor der Tür kam er noch einmal zurück. »Ach ja, wenn sich die Mährlanders über mir wieder streiten, der Besen steht hinter der Tür zur Speisekammer!«

Sie drohte ihm mit der flachen Hand und als er endgültig außer Sichtweise war, lächelte sie ihm nach.

Dass Malek Rosa verließ, obwohl er gar nicht im Dienst war, lag an einem abendlichen Anruf bei seiner Inspektion. Dieser Anruf eines Streifenpolizisten hatte seine Abteilung alarmiert. Der Grund war eine Messerstecherei in der Friedrichsgracht am Spreekanal. Ganz in der Nähe zum Petrieck. Ein Zuhälter war verletzt worden.

Dies sah ganz nach dem Szenario der letzten Morde aus.

»Vielleicht«, war Malek gespannt, »wurde unser Täter auf frischer Tat gestellt?«

Mit dem Wagen fuhren Malek, Roder und Winter zum Tatort. Die Schutzpolizei hatte abgesperrt und bildete eine Kette. Malek und seine Kollegen wurden durchgelassen. Neugierige machten hinter den Uniformierten lange Hälse und es wurde den neu Hinzugekommenen, weiter hinten, die nicht so einen guten Platz in der ersten Reihe hatten, lautstark berichtet, was geschehen war. Es war bereits eine stattliche Anzahl an Passanten zusammengelaufen, sodass die Polizei die entstehenden Gruppen immer wieder auflösen musste.

Ein Beamter in Uniform begrüßte die Kollegen, indem er die Hand an seinen Tschako legte. »'n Abend. Hauptwachtmeister Schulz. Ich war als Erster hier. Habe die Schreie gehört und bin von der Petristraße hergelaufen.«

Malek betrachtete den Tatort. Eine große Blutlache auf dem Pflaster zeugte von einer heftigen Auseinandersetzung. Der vermeintliche Täter, ein junger Mann, hockte mit angezogenen Beinen an der Brüstung der Fischerbrücke auf den Steinplatten. Er wirkte seltsam abwesend und starrte aus leeren Augen vor sich hin. Seine Hände und Teile seiner Kleidung waren blutverschmiert.

Hauptwachtmeister Schulz klärte über die Identität und den Verbleib des Opfers auf. Dazu übergab er dem Kollegen von der Mordinspektion den Ausweis des Mannes. »Ein gewisser Ulrich Finke, seines Zeichens Beschützer zweier Mädchen in der Dragonergasse, hat ordentlich was abgekriegt. Drei oder viermal hat, soll«, verbesserte sich der Beamte, »der da zugestochen haben. Finke ist ins St.-Hedwig-Krankenhaus gebracht worden. 'n alter Bekannter von uns. Von dem da«, erneut nickte Schulz in die Richtung des jungen Mannes, »wissen wir nichts. Keine Papiere und gesprochen hat er auch noch nicht. Nur Finke hat ihn identifiziert als jener welcher.«

Malek nickte. Seltsame Zufälle gab es. Vor ein paar Tagen hatte Finke noch neben seinem Schreibtisch gesessen und nun lag er mit einer schweren Verletzung, verursacht durch ein Messer, im Krankenhaus und rang vermutlich mit dem Tod. Was hatte Jansen ihm zugerufen: »Oder ihr stecht euch gegenseitig ab!«

So schnell konnte es gehen. Oder vielleicht auch nicht. Das galt es herauszufinden.

»Wo waren die Verletzungen?«, ahnte Malek schon in diesem Augenblick, dass der junge Mann, der an der Brückenbrüstung lehnte, nicht sein Mörder war.

»In der Bauchgegend.«

»Ist das das Messer?«, zeigte Winter, der hinter Malek aufgetaucht war, auf eine Klinge, die neben dem Blutfleck lag.

»Ja, ein ziemliches Käsemesser. Wohl aus Mutters Küchenschrank«, lachte Schulz auch ein wenig vor der Größe der Waffe schaudernd.

»Nicht die passende Tatwaffe für unseren Täter«, bemerkte Winter eher nebenbei und berichtete, dass er und Roder nach der Befragung der Umstehenden keine Zeugen für die Tat ermitteln konnten.

»Vielleicht in einer der Wohnungen. Ich schick zwei Schupos los, die können sich mal umhören. Aber wie es aussieht, hat der da zugestochen«, nickte Winter in Richtung des auf der Straße kauernden jungen Mannes.

Malek war enttäuscht. Hatte er doch gehofft, als Roder in der Weinstube erschienen war und von einer Messerstecherei berichtet hatte, er könne den Fall abschließen.

»Ja, vermutlich, aber unser Mann ist er nicht.«

Einer der Streifenpolizisten, die sich in der näheren Umgebung umgehört hatten, brachte eine ältere Dame zum Tatort auf die Brücke.

»Frau Leerhahn, hier«, stellte der Schupo die Frau an seiner Seite vor, »wohnt drüben in der Friedrichsgracht zwei und hat alles gesehen.«

»Na nu mal langsam mit die jungen Pferden, so schnell schießen die Preußen nicht«, relativierte die ältere Dame die Ankündigung des jungen Schupos. »Geschrei habe ich gehört, wie einer einen anderen bedroht hat: Ich mach dich tot, wenn du die Käthe nicht gehen lässt! Dann klang ein Lachen herüber. Als ich aus dem Fenster gesehen habe, lag da einer schon auf der Erde und ein anderer hat dagestanden mit einem Messer in der Hand.«

Noch am selben Abend führte Kriminalkommissaranwärter Erich Malek die erste Vernehmung mit dem jungen Mann. Er hatte Kommissar Wilhelm Roder hinzugezogen. Ihm war wohler, wenn ein erfahrener Kriminalist bei der Befragung anwesend war. Malek durfte hier keinen Fehler machen. Wenn es doch der Mörder von seinen vier Wasserleichen war, musste er unbedingt dingfest gemacht werden.

Doch schnell stellte sich heraus, dass Ernst Taufer, Gelegenheitsarbeiter, wohnhaft in Berlin-Köpenick, nicht der gesuchte Täter war. Allerdings hatte der Fünfundzwanzigjährige versucht, in die Fußstapfen des »Spreemörders« zu steigen.

»Ich hab die Kerle totgemacht«, sprach er mit fester Stimme

und blickte dabei zur Schreibkraft, die an einem Nebentisch sitzend die Aussage protokolierte.

»Ich kann Zuhälter nicht leiden«, klang das Motiv für die Taten im ersten Augenblick ziemlich banal, wurde aber im weiteren Verlauf der Vernehmung zunehmend glaubwürdiger. Zumindest was die Attacke auf Ulrich Finke anbelangte.

Aber schon bei den ersten Aussagen zu den Morden an der Spree verriet der junge Mann, dass er nicht im Geringsten in die Taten involviert sein konnte. Details, die er vermutlich aus der Presse entnommen hatte, stimmten nicht. Bis hin zu der Tatwaffe, mit der er Ulrich Finke attackiert hatte und mit der er die anderen Zuhälter erstochen haben wollte.

Schließlich kam heraus, dass es sich bei der Auseinandersetzung mit dem Zuhälter um eine Eifersuchtsszene gehandelt hatte. Taufer hatte sich in eine der Dirnen verliebt, die für Finke anschaffen ging. An diesem Abend auf der Fischerbrücke hatte der Gelegenheitsarbeiter den Luden zur Rede gestellt und verlangt, dieser solle das Mädchen gehen lassen. Als Finke, aus seiner Sicht verständlich, den anderen nur auslachte, stach Taufer zu.

Glück im Unglück für den jungen Mann war, dass Ulrich Finke überlebte und Taufer später nur wegen gefährlicher Körperverletzung angeklagt wurde. Hätte sich Ernst Taufer, besser präpariert und schlüssige Antworten im Verhör durch Erich Malek und Wilhelm Roder gegeben, wäre er womöglich am Galgen geendet.

Wie die Liebesgeschichte mit der Dirne ausgegangen war, hatte Malek nicht erfahren. Aber einmal mehr bestätigte dieser Fall Maleks Ansicht, dass die Liebe hinfiel, wohin sie fallen wollte.

Als er schließlich spät nach Hause kam, schlief Rosa bereits. Er musste sie aus dem Bett klingeln, da er ihr ja den Schlüssel mitgegeben hatte.

Am Morgen begleitete er seine Freundin zu seiner Mutter in die Pension. Frau Malek war überrascht und erfreut über das gemeinsame Frühstück.

Zeit den Vormittag gemeinsam zu verbringen, hatten beide

nicht. Malek musste wieder auf Verbrecherjagd und Rosa wollte einkaufen gehen.

Als ihr Freund gegangen war, kam das schlechte Gewissen aus der Weinstube zurück.

Kapitel 20

Fast ein Unglück und eine überstürzte Abreise aus Berlin

Was Rosa Braun dazu bewogen hatte, Bruno Hofer noch einmal zu treffen, konnte sie im Nachhinein nicht mehr sagen. Vielleicht ging es wirklich nur um mehr Geld? Vielleicht aber wollte die Münchnerin klare Verhältnisse schaffen. Sie glaubte, wenn Hofer die Wahrheit über seine Bekanntschaft mit Strobel aussagen würde, könnte sie mit Malek einen Neuanfang schaffen.

Dass die Situation gefährlich für sie werden könnte, daran hatte Rosa nicht gedacht. Obwohl sie das Milieu kannte. Aber wie konnte sie ahnen, dass der bekannte Schauspieler längst Teil dieses Milieus war?

»Entschuldigen Sie mich einen Augenblick«, bat der Schauspieler um etwas Geduld und zog sich zurück, nachdem er die junge Frau in sein Wohnzimmer am Kaiser-Wilhelm-Platz geleitet hatte.

Trotz des sommerlichen Vormittags waren die Fenster in der Wohnung von Bruno Hofer mit schweren Vorhängen verschlossen. Kein Lichtstrahl drang in die Räume. So gab künstliches Licht von der Decke des Zimmers nur spärlichen Einblick in die Welt des Schauspielers. Als Rosa das erste Mal in der Wohnung war, war nicht genug Zeit, sich umzusehen. Aber auch jetzt, in dieser sparsamen Beleuchtung, musste sich Rosa beim Betrachten der Bilder an der Wand anstrengen, etwas zu erkennen. Von den sechs Glühbirnen der Deckenbeleuchtung brannten nur zwei. So viel aber hatte sie erkannt, für einen Schauspieler Mitte dreißig, so urteilte sie, waren die Darstellungen allesamt zu bieder. Zu altmodisch. Wenn die Gemälde bestimmt auch nicht billig gewesen waren, empfand die junge Frau, dass sie eher die Wohnung eines älteren Herrn schmücken konnten. Eines Geheimrats. So einer wie Friedrich Mohrmann, einer ihrer Kunden. Der verwitwete Gelehrte kam regelmäßig zu Besuch und trank mit dem Fräulein Tee und Likör, wie früher fünfzig Jahre lang mit seiner Frau. Sogar einen Heiratsantrag hatte der gutmütige Herr der Dirne gemacht. Intim verkehren konnte der ältere Herr nicht mehr mit Rosa. Leider, wie er immer wieder beim Betrachten der jungen Frau betonte. Ausgesorgt hätte Rosa. Aber diese Art Sicherheit hätte sie mit dem Vermögen ihres Vaters auch gehabt.

»Dorothea!«, rief es unerwartet hinter Rosa und gleichzeitig verlöschte das Licht der Deckenlampe ganz. Als sich Rosa umdrehte, stand eine großgewachsene Frau hinter ihr, mit einem Messer in der Hand. Durch die Beleuchtung vom Flur her konnte die junge Frau die andere nur schemenhaft erkennen.

»Dorothea, lass es ein!«, forderte die Stimme jetzt energischer. »Dorothea!«

Nun konnte Rosa hinter der Dame eine zweite, anscheinend jüngere und viel kleinere Frau ausmachen, die die andere an den Armen packte. Mit festem Griff zog sie die Person von Rosa fort – hinaus in den Flur.

Jetzt erst erkannte Rosa Braun, dass das Gesicht der Frau nicht gründlich geschminkt war. Vor allem irritierten sie einige Stoppeln am Kinn.

»Die Zeit war zu kurz«, begann die Dame plötzlich zu wimmern. Von Schluchzen und einem Weinkrampf geschüttelt wurde Dorothea fortgeführt.

Entfernt hörte Rosa noch ein Klagen: »Ich habe versagt! Ich habe versagt! Hilf mir, hilf mir, es zu Ende zubringen! Du musst es tun, du musst es beenden!«

Nach einigen Augenblicken kam die junge Frau zurück und forderte: »Gehen Sie, gehen Sie jetzt, sofort! Es ist zu Ihrem Besten! Gehen Sie, schnell!«

Rosa nahm ihren Mantel von der Garderobe und verließ fluchtartig die Wohnung des Schauspielers.

Schon im Flur an der Haustür rief es noch hinter ihr her: »Herr Hofer fühlt sich nicht wohl. Er wird sich bei Ihnen melden!«

Wie sollte er sich melden, dachte Rosa auf der Straße stehend. Der Schauspieler hatte nicht einmal ihre Adresse. Die Erinnerung an die Ereignisse vor wenigen Minuten in der Wohnung ließ der jungen Frau ein Schauer über den Rücken laufen. War die Frau in der Wohnung von Bruno Hofer die Mörderin der Zuhälter? Also auch von Valentin Strobel?

In einem auf dem Weg liegenden Lokal kehrte Rosa ein und bestellte sich Cognac.

»Dorothea«, hatte die andere Frau geheißen. Dorothea, so hieß auch die Verdächtige von Malek. Und diese Frau war in der Wohnung von Bruno Hofer, eines bekannten Filmschauspielers.

Dann erinnerte sich Rosa an das schlecht rasierte Kinn der Frau. Eine Frau mit einem Damenbart war ihr bekannt, aber solch ein Wuchs konnte nur ein Mann haben.

»Dorothea ist ein Mann. Bruno Hofer ist Dorothea«, fiel jetzt der letzte Schatten von Rosas Augen.

»Fräulein Braun«, klopfte es an der Zimmertür. »Sie haben Besuch.«

Rosa hatte sich nach ihrer Rückkehr in die Pension Schlüter auf das Bett gelegt und die Augen geschlossen. Mit Rock und Bluse und Strümpfen bekleidet. Nur die Schuhe hatte die junge

Frau ausgezogen. Schlafen konnte sie nicht, dafür war sie innerlich zu aufgewühlt.

»Ja, bitte«, antwortete sie ungehalten.

Die Tür öffnete sich und völlig unerwartet stand die junge Frau aus Hofers Wohnung im Zimmer. Als Rosa etwas sagen wollte, schüttelte die Frau fast unmerklich den Kopf, sodass Frau Malek nichts von dieser als Drohung zu verstehenden Geste mitbekam.

»Möchten Sie eine Tasse Tee oder einen Kaffee?«, fragte die Pensionswirtin, bevor sie die Tür hinter sich schloss.

Rosa lehnte beides lächelnd ab.

»Sie sind in der Wohnung Hofers gewesen. Woher kennen Sie meine Adresse?«

»Mein Name ist Lisa. Lisa Paul«, stellte sich die junge Frau vor. »Bruno, ick meine Herr Hofer, hat Sie beobachten lassen. Von seinem Fahrer.«

Die junge Frau sah sich im Zimmer Rosas um. Ganz als sollte sie später dem Schauspieler berichten. Die folgende Botschaft klang wie auswendig gelernt. »Herr Hofer hat mich beauftragt, Ihnen mitzuteilen, dass Sie schweigen sollen, sonst würde er Mittel und Wege finden, Sie zum Schweigen zu bringen. Und nicht nur Sie, ooch den Polizisten.«

»Erich?«, ergänzte Rosa.

Es war also so, wie sie vermutet hatte. Spätestens durch den Besuch von Lisa Paul hatte sie den Beweis, dass Bruno Hofer der Mörder war. Und die Morde hatte er in Frauenkleidern begangen.

»Herr Hofer hat einen Mann beauftragt, den Polizisten in dem Moment zu töten, wenn ihm selber eine Verhaftung droht. Sozusagen 'ne Rückversicherung. Und von Ihnen weeß er ooch die Adresse in München. Über den Zuhälter, den er im Petrieck, ick meine, den er vor der Kneipe erstochen hat. Die beeden haben sich wohl von früher jekannt.«

So wie sich das junge Mädchen ausdrückte, vermutete Rosa, war es nicht über alle Einzelheiten der Bekanntschaft zwischen

Valentin, Bruno und ihr im Bilde. Der Plan allerdings, den sich der Schauspieler ausgedacht hatte, war von teuflischer Genialität.

»Es ist also besser für Sie, wenn Sie Berlin verlassen. Besser für Sie und besser für den Polizisten.«

»Malek«, wiederholte Rosa den Namen und am Klang der Stimme glaubte Lisa eine Verbundenheit herauszuhören, die mehr als zufällige Bekanntschaft signalisierte. So wurde auch die junge Frau weicher und fast hätte sie Rosa ihr Herz ausgeschüttet und sich ihre Verunsicherung von der Seele gesprochen. Und da lag einiges auf ihrer Seele.

»Ick weeß auch nicht so genau, wat der Bruno vorhat und wie er denkt. Es ist alles für mich so anders. So janz anders. Ick habe noch nie einen Menschen getroffen, der so ist wie er. Er jibt mir Geld und er behandelt mir anständig. Und dann hat er die Männer getötet und er scheint dabei so eine Art …« Lisa suchte nach einem passenden Wort. »Jedenfalls, sein Gesichtsausdruck ist derselbe, wie wenn er mit mir jeschlafen hat und wenn er die Männer abgestochen hat.«

Jetzt überkam Rosa erneut ein tiefer Schauer und sie wusste, dass sie, um das Leben ihres Liebhabers und ihr eigenes zu schützen, den Mund halten und noch in dieser Stunde abreisen würde.

Während Lisa weiter von Bruno Hofer und seinen perfiden Absicherungsplänen sprach, begann Rosa Braun ihren Koffer zu packen.

»Vergessen Se nicht, Bruno weeß von dem Polizisten, aber der weeß nichts von Brunos Doppelrolle. Hofer ist also im Vorteil. Er erfährt allet, wat er will. Außerdem hat er noch einen Spitzel im Polizeipräsidium.«

Die letzte Andeutung hielt Rosa für pure Übertreibung. Allerdings konnte sie sich nicht sicher sein, ob es nicht vielleicht doch so war. Sie durfte Malek auf keinen Fall in Gefahr bringen. Und dieser Schauspieler würde sich ohnehin über kurz oder lang von alleine an den Galgen bringen. So wie er mit dem Feuer spielte.

Dass ihre Liebschaft sowieso eher auf dünnem Eis stand,

erleichterte Rosa die Abreise nach München. Wenn sie ihre Rückkehr auch nur mit schwerem Herzen antrat.

Den Abschiedsbrief, den Rosa Erich schrieb, zeigte sie Lisa auch nach deren eindringlicher Aufforderung nicht.

Bei ihrem Abschied von Frau Malek überreichte sie ihr das Schreiben an ihren Sohn.

»So plötzlich müssen Sie abreisen? Das ist aber schade. Da wird Erich aber sehr traurig sein. Ich hoffe, Sie haben keinen Ärger?«, fragte die Pensionswirtin geradeheraus mit einem Seitenblick auf Lisa.

»Nein, ich habe nur Nachricht aus München. Angelegenheiten erfordern meine sofortige Rückkehr. Leben Sie wohl, Frau Malek.«

Rosa wollte der älteren Frau die Hand reichen, aber Elisabeth Malek umarmte das Fräulein.

»Ich würde mich freuen, wenn wir uns wiedersehen. Mein Sohn bestimmt auch«, zwinkerte Frau Malek.

»Ja, ich melde mich wieder.«

Lisa begleitete Fräulein Braun bis zum Anhalter Bahnhof und wartete, bis sie in den Zug nach München eingestiegen und abgefahren war.

Den Bericht, den seine Freundin von ihrem Besuch und der sofortigen Abreise von Fräulein Braun nach ihrer Rückkehr in die Wohnung erstattet hatte, ließ den Schauspieler seine Erregung vom Vormittag wieder ein wenig vergessen.

»Ich muss mich mehr kontrollieren. Um ein Haar hätte ich eine Dummheit gemacht«, gestand er Lisa noch ein wenig später. »Wenn du nicht gewesen wärst. Es ist nicht auszudenken. – Glaubst du, man kann ihr vertrauen?«

Lisa zuckte mit den Schultern. Wie konnte sie darauf eine Antwort geben?

Hofer hatte inzwischen seine Selbstsicherheit wiedergefunden. »Wir müssen abwarten. Solange ich diesen Kriminalbeamten kontrollieren kann, ist alles gut.«

»Erich«, nannte Lisa den Namen des Polizisten.

»Ja, Erich Malek. Kriminalkommissaranwärter. Gleich morgen werde ich mich bei ihm melden, um herauszufinden, ob er etwas weiß. Ob das Frauenzimmer geredet hat. Also, Lisa, wenn ich mich morgen Nachmittag nicht melde, kannst du schon einmal einen Kuchen backen mit einer Feile drin!«, lachte Bruno und hielt seine Hände vor das Gesicht, als wären sie die Gitter einer Gefängniszelle.

Kapitel 21

Zwei ratlose Kriminalisten und ein Abschiedsbrief

Die Dienststelle lag wie verlassen da. Nur noch in zwei Büros brannte Licht. Der Leiter der Abteilung A brütete über einem Fall und im Nachbarzimmer zermarterte sich Erich Malek den Kopf über das vierte Opfer, das der oder die Täterin in die Spree gestoßen hatte.

Otto Jansen rief Malek zu sich in sein Büro. Als dieser an seinem Schreibtisch stand, sah der Chef seinen Beamten lange an.

»Ich muss Ihnen gestehen, ich komme mit dem Attentäter nicht weiter. Ärgerlich, ist aber so.« Mit dieser Bemerkung warf der Vorgesetzte seinen Aktenordner, den er gerade noch studiert hatte, von sich. Dieser landete krachend auf dem Schreibtisch. Dann lehnte sich Jansen in seinen Stuhl zurück und fragte: »Und Sie?«

Malek war etwas überrascht, seinem Chef in ausgesprochener Plauderlaune gegenüberzustehen.

»Um Himmels willen, Malek, stehen Sie nicht so da, wie die Zapfsäule an der Tankstelle unten am Alex. Nehmen Sie Platz, und Mensch, Malek, erklären Sie mir doch mal, was da los ist? Als ich Ihnen den Fall zugeteilt habe, dachte ich, es würde sich um einen einfachen Streit in Ganovenkreisen handeln. Und jetzt?« Der Hauptkommissar schob eine zusammengefaltete Zeitung ein Stück in Richtung Malek. »Haben Sie schon die B. Z. gelesen?«

Der Kommissaranwärter schüttelte den Kopf, griff nach der Zeitung und nahm Platz.

»Angst in der Unterwelt!«, las der Kriminalbeamte laut die Überschrift der B. Z. am Mittag.

»Ich habe schon davon gehört. Na ja, ein bisschen übertrieben. So richtig habe ich noch keinen von den Ganoven vor Angst schlottern sehn.«

»Ja, aber könnte da was dran sein?« Der Hauptkommissar meinte die Unterschrift unter der Schlagzeile: »Gibt es den Rächer wirklich?! Wer ist der Geheimnisvolle, der Berlins Straßen vom Verbrechen säubern will!? Ist es ein Verrückter?«

Seit einigen Tagen kursierten in Berlin Gerüchte, die Morde würden von einem Menschen verübt, der sich der »Rächer« nennt. Dieses Gerede kam auf, da die Opfer, die in der Spree gefunden wurden, ausnahmslos Schwerverbrecher waren. Nun hatte die Presse dieses Gerücht aufgenommen. Binnen weniger Tage war der »Nuttenrächer« in aller Munde. Es wurden bereits Kurzgeschichten in Zeitungen abgedruckt, die die Morde zum Inhalt hatten. Gezeichnete Figuren stellten den vermeintlichen »Rächer« dar. Er wurde als schwarz maskierter Held mit wehendem Umhang dargestellt. Ähnlich dem Hauptdarsteller Douglas Fairbanks in dem amerikanischen Spielfilm »Das Zeichen des Zorro«.

Erich Malek betrachtete die Zeichnung. Bei aller Übertreibung und Hysterie – konnte denn etwas dran sein, an der »Rächer-Variante«? Aber, hielt Malek die Zeichnung etwas von sich weg, musste es denn ein Rächer sein? Ein Mann? Konnte es keine Frau sein, die Rache nahm? Rache an Männern, die Frauen Gewalt antaten. Die sie schlugen und demütigten. Was, wenn es eine Frau war, die sich an den Zuhältern rächte? Entweder sich oder eine andere Gedemütigte. Somit war die Rächer-Darstellung gar nicht so verkehrt.

Aber war eine Frau in der Lage, so kräftige Männer auf diese Weise zu töten?

»Was wenn man Ihre Vermutung der Presse mitteilt, dass der Mörder eine Mörderin sein könnte?«, nahm Jansen die Theorie Maleks auf. »Würden wir damit nicht die Aufmerksamkeit gegenüber dem Täter erhöhen? Oder der Täterin? Wir stellen klar, dass es sich um einen Menschen aus Fleisch und Blut handelt. Jetzt laufen alle vor diesem Phantom weg und verkriechen sich in ihren Löchern.«

Der Hauptkommissar übertrieb etwas. Die Unterwelt verfiel keineswegs in Panik. Die Geschäfte liefen weiter, sie mussten weiterlaufen.

»Also ich befürchte, dass wir den Damen keinen Gefallen tun, wenn wir der Presse gegenüber erwähnen, dass es möglicherweise eine Frau ist, die die Kerle umbringt. Es könnte sein, dass eine zusätzliche Welle an Brutalität diese Frauen trifft. Sie sind jetzt schon den Aggressionen ihrer Zuhälter und den Freiern ausgesetzt, das …«

»Ja, ja, Sie haben recht, Malek. Das wäre wie ein Freibrief für die Herrschaften.« Hauptkommissar Jansen winkte ab und fingerte gleichzeitig zwei Zigarren aus der Kiste in der untersten Schublade seines Schreibtisches. Eine reichte er dem jungen Kollegen, die andere steckte er sich selbst ins Gesicht. »Und bringen Sie mal den Schnaps, wir sollten uns einen kleinen Denkanstoß genehmigen. – Nein, nicht den ollen Weinbrand!«, rief Jansen Malek zurück, der in sein Büro wollte. »Den guten! Meinen Cognac aus dem Regal. Sie wissen ja, wo der Schlüssel liegt. Ich muss bei Gelegenheit mal 'ne neue Flasche kaufen. Hier scheint es sehr durstige und vor allem anspruchsvolle Mäuse zu geben.«

Die Männer tranken. Otto Jansen wurde nachdenklich. »Malek, ich habe Sie natürlich nicht nur so aus Jux und Dollerei gefragt. Da oben«, Jansen richtete seinen Blick zur Decke seines Büros, »wird man auch unruhig. Der Minister will Ergebnisse sehen. Und auch der Weiß macht mir ordentlich Druck unter meinen vier Buchstaben. Der Polizeivizepräsident hat genug andere Probleme, Sie wissen das. Dieser Doktor, dieser Joseph Goebbels, setzt ihm zu, wo er nur kann. Was unser Chef jetzt gar nicht gebrauchen kann, ist eine Aufruhr in Verbrecherkreisen. Die braunen Herrschaften warten nur auf solch einen Anlass.« Hauptkommissar Jansen hieb mit der Faust auf den Tisch. »Umso mehr ärgert es mich, dass ich auch nicht mit dem Attentäter weiterkomme.«

Schon seit geraumer Zeit hatte sich der Attentäter, der auf den Polizeivizepräsident geschossen hatte, nicht mehr gerührt. Es hatte eine Geldforderung gegeben, deren Übergabe aber gescheitert war.

Malek fragte: »Warum meldet er sich nicht mehr? Hat er aufgegeben?«

»Wenn ich das wüsste. Seit der gescheiterten Geldübergabe auf dem Rummelplatz gibt es kein Lebenszeichen. Ich meine, außer den Briefen, die eingetrudelt sind.«

Malek verstand, was sein Chef mit »Lebenszeichen« meinte. Es gab keinen weiteren Anschlagsversuch.

»Das macht mir ja Sorgen. Wenn er jetzt plötzlich wieder ohne Vorwarnung zuschlägt, und diesmal vielleicht treffsicherer, können wir nichts machen. Der Vizepräsident ist auch nicht bereit, besondere Sicherheitsmaßnahmen zu gestatten. Also keine Leibwächter. Und sein Büro wird auch nicht weiter überwacht. Sein Haus wird wenigstens observiert. Da gibt es kaum Möglichkeiten für einen Anschlag. Aber hier in der Stadt … Er könnte von jedem Dach oder aus irgendeinem Fenster schießen.«

Der vom Erpresser angegebene Übergabeort für seine Geldforderung lag auf einem Rummelplatz mit dem Namen »Onkel Pelles Nordmarkt« im Berliner Bezirk Wedding. Rings um den

Vergnügungspark ragten die Mietskasernen der Arbeiter und Arbeitslosen in den Himmel. Neben Losbuden, bei denen man als Hauptpreis einen halben Ring Wurst oder ein Viertelpfund Butter oder ein Pfund Kaffee gewinnen konnte, drehte sich ein Kinderkarussell und ein Hippodrom mit abgehalfterten Gäulen. Ein etwas seltsam anmutendes Theaterzelt, das alle halbe Stunde ein rührseliges Liebesstück aufführte, versprach für genau diese Zeit eine Ablenkung von den eigenen Sorgen und Problemen. Dann lockte noch ein Haus der Sensationen. Diese, ebenso eine aus Zeltplanen aufgestellte Illusionsbude, lockte mit Attraktionen wie einer Frau mit drei Brüsten, einem Mann, der die Zukunft voraussagen konnte, und einem Kunstschützen, der im Weltkrieg laut Werbetafel an die fünfhundert Franzosen treffsicher füsiliert hatte.

Das Geld wurde von Otto Jansens Leuten, wie vom Erpresser gefordert, in braunes Packpapier mit einer Schnur verschnürt unter dem Kinderkarussell hinterlegt. Noch bevor der Rummel für das Publikum geöffnet wurde. Die Polizisten legten sich an verschiedenen Positionen auf die Lauer. Den ganzen Tag harrten die Beamten aus und beobachteten das Paket mit dem Geld. Aber nichts geschah. Und auch nach Betriebsschluss rührte sich nichts. Der Platz blieb verlassen bis weit in die nächsten Morgenstunden.

Schließlich blies der Kriminalhauptkommissar die ganze Aktion ab.

Während seine Männer das Karussell und die nähere Umgebung nach etwaigen Verstecken und Einstiegen des Erpressers akribisch absuchten, stand Jansen in der Mitte des Platzes und drehte sich, die grauen Häuserfassaden um sich herum betrachtend, im Kreis. Dabei sprach er zu Malek: »Womöglich wohnt er in einem der Häuser und konnte alles genau betrachten. Dann hat er gewusst, dass wir die ganze Zeit hier waren. Und Bullen erkennt in der Gegend hier schon ein Steppke von drei Jahren.«

Otto Jansen goss die Gläser nach und zündete seine Zigarre erneut an. Sie war ihm ausgegangen.

»Ich bin mir sicher, dass es einer ist, der im Krieg dem Vaterland gedient hat, und nun, aus welchen Gründen auch immer, mit seinem Leben unzufrieden ist. Es muss eine Verbindung zu unserem Vizepräsidenten geben. Ein möglicher Untergebener, der sich damals oder heute von Herrn Weiß schlecht behandelt fühlt. Warum sollte er sonst auf ihn schießen?«

»Und vor allem, er wollte nicht treffen. Das deutet auf einen Untergebenen hin«, führte Malek die Überlegung seines Chefs fort. »Ein Soldat schießt nicht so einfach auf seinen Vorgesetzten. Zumindest nicht, wenn es ihm nicht befohlen wurde.«

»Zum Beispiel bei einem Aufstand. Einem Putsch oder einer Revolution«, machte sich Otto Jansen Notizen.

»Allerdings«, setzte der Kriminalbeamte nach, »muss so einer, egal ob schon im Krieg aktiv oder später, trainieren. So ein Talent muss gepflegt werden. Der begabteste Musiker muss auf seinem Instrument üben und um die Kunstfertigkeit eines Liebermanns zu erlangen muss der Pinselstrich ständig vervollkommnend werden. Er muss also irgendwo schießen und er muss eine Waffe besitzen oder an Waffen herankommen.«

Otto Jansen nickte nachdenklich und kniff die Augen zusammen. »Und wo trainiert man als Scharfschütze?«

»Bei einem Schützenverein!«

»Sehr richtig. Dann viel Vergnügen bei der Suche.«

Der kurzen und knappen Aufgabenverteilung folgte noch eine, wie von Jansen nicht anders zu erwarten, spröde Belobigung: »Malek, Sie sind Ihr Geld wert.«

Um seine Theorie von der mordenden Frau zu überprüfen, wollte Malek am Abend mit Rosa üben. Es musste festzustellen sein, ob eine Frau einen schwereren Mann an den Beinen packen und so weit hochheben konnte, um ihn über ein Geländer zu hieven.

Malek freute sich schon auf Rosas Gesicht und stellte sich

vor, wie sie ihn vor dem Bett an den Beinen umklammern und in die imaginäre Spree werfen würde.

Malek musste schmunzeln. Natürlich wusste er, wie das Experiment enden würde, und hoffte, dass sein altes Bett diesen Kampf überstünde.

Doch es kam anders.

Als Malek nach Dienstschluss in die Pension seiner Mutter kam, war Rosa Braun abgereist.

»Rosa hat dir einen Brief da gelassen«, überreichte Frau Malek ihrem Sohn ein verschlossenes Kuvert. »Und dann war da noch eine Stunde vor ihrer Abreise ein junges Mädchen bei Rosa zu Besuch. Sie schienen sich zu kennen. Sie haben sich ungefähr eine halbe Stunde in ihrem Zimmer unterhalten und dann kam Rosa und hat mich um die Rechnung gebeten. Das junge Mädchen machte mir den Eindruck, dass sie nicht aus allzu vornehmen Kreisen stammt. Trotz ihrer recht guten Kleidung.«

»Muttchen, du solltest zu uns kommen. Solch eine Schnüffelnase könnten wir gut gebrauchen.« Trotz des kleinen Scherzes konnte Malek seine Aufregung und die zu erwartende Enttäuschung nicht verbergen. Wie hatte seine Mutter Fräulein Braun genannt? »Rosa.« Sie mochte sie also auch.

Lange hatte Erich Malek auf dem Bett in dem Zimmer gesessen, in dem Rosa gewohnt hatte. Ihr Parfüm lag noch in der Luft und auch das Schreiben, das in seinem Schoß ruhte. duftete nach ihr.

Mein lieber Malek,

nun muss ich doch fort. Ich wäre gerne, sehr gerne geblieben, aber es geht nicht. Du weißt, dass es nicht geht. Nicht gut gehen würde. Wir passen, so glaube ich, zusammen wie die Faust aufs Auge. Und trotzdem würde einer von uns am Ende doch mit einem blauen Auge sitzen bleiben. Und, wenn ich ehrlich bin, ich möchte das nicht sein. Du bestimmt auch nicht. Du hast deine Arbeit und deine Spitzbuben, die du zur Strecke bringen musst. Und ich? Wie würde ich in dein Leben passen? Welche Rolle würde ich ausfüllen? Immer wäre die Antwort nicht so leicht zu finden, wie die, die du mir einmal unter der Brücke des Bahnhofs Friedrichstraße gegeben hast. Auch wenn es eine sehr persönliche und sehr schöne war.

Ich muss gehen und bitte dich um Entschuldigung, dass ich ohne ein persönliches Wort gehe. Aber es würde mir das Herz zerreißen. Ich könnte dein fragendes Gesicht nicht ertragen und so ziehe ich die feige Flucht dem ehrlichen Gespräch vor.

Ich liebe Dich,

Rosa.«

»Und was soll mein Herz sagen?«, ließ sich Malek auf das gerade frisch bezogene Bett fallen und schlief den Rest der Nacht in seinen Kleidern.

Nicht mal eine Adresse hatte er von Rosa. Und was hätte das genützt?, fragte er sich selbst. Sollte er nach München fahren, vor ihr auf die Knie fallen und sie bitten, seine Frau zu werden?

Um nach Hause zu fahren und sich umzuziehen, fehlte Malek die Zeit. Hauptkommissar Jansen hatte um acht Uhr eine Dienstbesprechung angesetzt. So aß er eine Schrippe und trank eine Tasse Kaffee im Stehen bei der Mutter in der Küche.

»Verdammt!«, fluchte Malek so laut, dass einige Fahrgäste in der Straßenbahn pikiert von ihm abrückten. Natürlich würde er nach München fahren und auf die Knie fallen würde er auch.

Auf einmal fiel ihm ein, was seine Mutter erwähnt hatte. Als Rosa beschlossen hatte abzureisen, war eine junge Frau bei ihr. Die Mutter hatte sie so beschrieben. »Sie hatte so eine unschöne Narbe an der Stirn. Schade für ein sonst sehr hübsches Mädchen. Aber irgendein junger Mann wird sie trotzdem lieben lernen und so wird sie auch glücklich werden.«

Liebe, gute Mutter, dachte Malek zärtlich und wünschte sich, die Welt würde mehr auf die Mütter hören!

Woher die Narbe an der Stirn der jungen Frau stammte, wusste Malek. Ein fehlgeleitetes Bierglas. Was die Bedienung aus dem

Petrieck mit Rosa zu tun hatte, konnte sich Malek beim besten Willen nicht erklären. Vielleicht konnte Lisa Paul es ihm erklären. Ihre Adresse hatte er sich vom Wirt des Petrieck besorgt.

Zu seiner Enttäuschung war Lisa allerdings schon einige Tage nicht mehr von ihrer Familie gesehen worden. Eine neue Stellung bei einer betuchten Dame war der einzige Hinweis, den die Mutter dem Kriminalisten geben konnte. Dasselbe hatte ihm auch schon Friedrich Müller erzählt.

Vorerst musste Malek sich damit zufrieden geben, Rosa einen Brief zu schreiben und sie um Aufklärung über die junge Frau zu bitten.

Von einer Reise nach München konnte gar keine Rede sein. Jansen hatte nur den Kopf geschüttelt. Solange sich kein Fortschritt in der Dr.-Weiß-Sache und bei dem Nuttenrächer zeigte, war jeglicher Urlaub für seine Mitarbeiter ausgeschlossen.

Dass die Inspektion chronisch unterbesetzt war, wusste der Kriminalkommissaranwärter selbst. Und da Rosa sich so einfach wieder aus seinem Leben verabschiedet hatte, konnte er seine Zeit auch für die Verbrecherjagd nutzen.

Also machte er sich auf den Weg, die entsprechenden Schützenvereine in und um Berlin zu besuchen, in denen möglicherweise der Attentäter übte. Aber auch hier waren die Mitglieder nicht gerade gut auf die Behörden zu sprechen. Gewalttätige Auseinandersetzungen mit Schusswaffen hatten, gerade im Umfeld der Reichstagswahl, das Klima in Berlin und Deutschland verschlechtert. Nach Meinung der Bürger wurde zu wenig gegen diese Art von Gewalt getan.

Dass linke politische Kreise den Schützenvereinen eine Mitschuld an diesen Auseinandersetzungen gaben, lag an der konservativen Ausrichtung vieler Vereine. Dass diese sich gegen den Vorwurf wehrten, an der Gewalt auf den Straßen eine Mitschuld zu tragen, allein durch den Umgang mit Schusswaffen in ihren Vereinen, war verständlich. So wurden die gegenseitigen Beschuldigungen vor allem in der Presse ausführlich dargestellt und die Stimmung in der Bevölkerung weiter angeheizt.

Und da kam ein Polizist und stellte Fragen nach einem einzelnen Schützen.

»Auf wen ist geschossen worden? – Auf einen Bürger? Auf *einen*! So so, dann lesen Sie mal Zeitung, junger Mann«, empfahl ein Vorstandsmitglied einer Schützengilde.

Insgeheim musste Malek dem Mann recht geben. Aber der Kriminalist durfte keine konkreteren Angaben zu dem Attentat machen. So versuchte er es Adresse für Adresse. Schützenverein um Schützenverein, aber die Reaktionen blieben die gleichen.

Kapitel 22

Aufruhr auf dem Polizeipräsidium und ein riskanter Plan

Als Malek am Morgen zum Dienstantritt auf das Präsidium am Alexanderplatz kam, fand er auf dem Gang zu seinem Büro einen Aufruhr vor. Zuerst dachte er, ein Krimineller würde sich seiner Verhaftung erwehren, dann aber hörte er auffallend hohe Stimmen.

Der bekannte Schauspieler Bruno Hofer war von einigen jungen Fräuleins umringt. Sie plapperten und lachten und hielten ihm Schreibblöcke hin, auf die er für jedes Fräulein persönliche Widmungen und seine Unterschrift zu leisten hatte.

Malek blieb in einigen Metern Entfernung stehen und betrachtete halb belustigt, halb ärgerlich die Szene. Waren es doch allesamt Schreibkräfte aus dem Revier, die den bekannten Darsteller umlagerten.

»Es tut mir leid, Herr Kommissar, ich hatte nicht erwartet, auch hier so viele Filmverrückte zu treffen«, entschuldigte sich der Darsteller bei Malek in dessen Büro.

»Die jungen Damen sind ja wohl mehr nach Ihnen verrückt«, relativierte der Kriminalist schmunzelnd.

»Ich hatte gerade in der Gegend zu tun und da dachte ich, ich nehme Ihr Angebot an und sehe mich auf Ihrer Dienststelle einmal um. Natürlich, wenn Sie sehr beschäftigt sind.«

»Ich muss gestehen, ich habe zwar viel zu tun, aber allein das Weiterkommen mit meinem aktuellen Fall will nicht gelingen. Also kann ich auch gut mit Ihnen eine kleine Führung durch mein Reich machen. Es ist natürlich nicht mein Reich. Der Herrscher in diesen ehrfurchtsvollen Hallen, die sich Inspektion A nennen, ist Hauptkommissar Jansen. Otto Jansen. Ein waschechter Hamburger. Ein norddeutscher Polizist vom alten Schlag. Das soll keineswegs abwertend sein. Ich habe sehr viel von diesem Mann gelernt und denke, auch in Zukunft mir den einen oder anderen guten Rat zu holen.«

Auf ihrem Rundgang führte Malek Hofer durch weitere Abteilungen des Präsidiums. Besonders interessierte den Schauspieler die Inspektion E.

»Ich glaube den Zuschauer im Film regt besonders das Sittliche an. Hier kann er sich mit Erotik umgeben, gepaart mit Brutalität«, führte Hofer aus und Malek nickte überrascht über die Betrachtungen des Mannes.

»Wenn der normale Mann oder die normale Frau von Prostituierten und Zuhältern hört, schwingt da auch immer das eigene Verlangen mit. Und irgendwie ist doch jeder Geschlechtsakt ein Spiel mit der Gewalt.«

Erich Malek hörte aufmerksam zu, konnte aber die Ansichten des Schauspielers nicht teilen. Ein Schauspieler eben. Und was das Publikum im Film sehen möchte, würde dieser wohl am besten verstehen.

Bruno indes war sich seit Betreten des Präsidiums der Gefahr, in der er sich befand, nicht bewusst gewesen. Jetzt erst bemerkte er, wie dünn der Faden war, auf dem er balancierte. Wenn der Kommissar nur ein wenig von dem fühlen würde, was Bruno empfand, auf der Stelle hätte er ihm Handschellen angelegt.

Dass die Prostituierte aus München nicht geredet hatte, davon konnte Hofer ausgehen. Der Kommissar war vertrauensvoll wie immer und, wie Bruno fand, auch ein wenig unkonzentriert.

In einem hatte der Schauspieler recht, Malek war abgelenkt durch seine Gedanken an Rosa. Er konnte in ihrem Wesen nichts Brutales oder Gewalttätiges finden.

Sie setzten ihren Rundgang durch das Präsidium fort.

In den Block mit den Arrestzellen konnten sie nur einen kurzen Blick von außen werfen. Diese Abteilung war für Besucher gesperrt. Dann langten sie in den Räumen des Erkennungsdienstes an.

»Hier waren Sie schon einmal. Erinnern Sie sich?«

Bruno erinnerte sich sehr wohl. Dann gingen die beiden Männer in das Allerheiligste. Es war der Raum mit der Verbrecherkartei.

»Hier drin sind alle schweren Jungs aufgeführt. Jeder, der in Berlin mal mit dem Gesetz in Konflikt gekommen ist, hat hier seine Akte. Geordnet sind sie nach spezifischen Merkmalen. Zum Beispiel gibt es eine Kartei für Mörder, eine für Einbrecher, Räuber, Taschendiebe und eine von der Sitte.«

Malek nahm den entsprechenden Kasten aus dem Regal und stellte ihn auf einen Tisch. Der Kriminalist bot Hofer Platz an und setzte sich selbst neben den Schauspieler.

»Das hier sind im Augenblick meine engsten Kunden. Zuhälter und vorbestrafte Prostituierte. Mein Mordfall dreht sich um diese Verbrechergruppe.«

»Geht es dabei um den Fall, den man derzeit in allen Zeitungen lesen kann?«, fragte Bruno, bemüht sich seine Aufregung nicht anmerken zu lassen, und blätterte dabei ganz zwanglos in den Karteikarten. Was der Kommissar natürlich nicht ahnen konnte, war, dass Hofer in diesem Augenblick sein nächstes Opfer aussuchte. Das Gefühl, welches er dabei empfand, konnte er Lisa später gar nicht beschreiben. Eine Mischung aus hochgradiger Erregung und einem gleichzeitigen Angstzustand, der ihn einer Ohnmacht nahe brachte.

»Der hier, ist einer der schlimmsten«, unterbrach Malek das lockere Durchblättern und zog eine der Karteikarten aus dem Kasten. Zwei Fotografien prangten am oberen linken Rand der Karte. Eine zeigte das Profil und die andere bildete das Gesicht von Wilhelm Kanter frontal ab. Eine Nummer war jeweils unter dem Foto eingeblendet.

»Dieser Kerl ist eine der wichtigsten Figuren der Berliner Unterwelt. Das ist ein Schwerkrimineller, wie er im kriminalistischen Handbuch steht.« Auf einer an der Karte angehefteten Liste waren die ihm nachgewiesenen Straftaten aufgeführt. »Von einfacher über schwere Körperverletzung, Diebstahl, Raub bis zu versuchtem Mord hat der Bursche alles auf dem Kerbholz. Vermutlich hat er auch Menschen getötet. Aber in diese Richtung konnte ihm nie etwas nachgewiesen werden. Insgesamt hat er zwanzig Jahre gesessen. Schon als Fünfzehnjähriger wurde er das erste Mal verurteilt.«

Ohne dass Malek es sehen konnte, zwinkerte Hofer dem Bild von Wilhelm Kanter zu. Der Schauspieler hatte sein nächstens Opfer gefunden.

»Ja, hier spielen wir nun Räuber und Gendarm«, schloss Malek seine Führung durch das Archiv des kriminellen Berlins ab.

Anschließend statteten Erich Malek und Bruno Hofer der Alt-Berliner Kneipe Zur letzten Instanz einen Besuch ab. Diese Gaststätte lag in der Nähe des Alexanderplatzes hinter dem Gebäude des Amtsgerichts.

»Ich darf eigentlich gar nicht über aktuelle Fälle mit Außenstehenden sprechen«, wehrte sich Malek gegen die Nachfragen des Schauspielers.

»Aber ich bin doch kein Außenstehender. Ich bin ein Künstler. So wie Sie ein Künstler Ihres Faches sind. Und somit sind wir beide aus dem gleichen Holz geschnitzt.«

Malek tat sich trotzdem schwer, Hofer interne Informationen über den Fall zu geben. Bruno akzeptierte die Verschlossenheit des Polizisten letztendlich. Auch weil er den Bogen nicht überspannen wollte. Womöglich stutzte der Kriminalist über allzu viel Neugierde.

Schließlich begleitete der Kriminalkommissaranwärter seinen Gast nach ihrem Rundgang durch die Welt der Verbrechen und dem Besuch in der »letzten Instanz« zurück zum Alexanderplatz. Hier pulsierte das Leben.

Fußgänger, Automobile, Omnibusse und Fahrradfahrer schlängelten sich über eingeschränkte Wege durch die von unzähligen Bretterwänden eingezäunte Baustelle der neuen U-Bahn-Linie unter dem Alex.

Malek sah Bruno Hofer nach, wie er winkend in das Menschen- und Fahrzeuggemenge eintauchte und im nächsten Moment verschwunden war.

Der Darsteller hatte beschlossen, mit der Stadtbahn zurück in seine Villa zu fahren. Dafür nahm er den Zug und stieg am Bahnhof Friedrichstraße in die Wannseebahn um.

Lisa hatte auf den Schauspieler in dessen Villa gewartet. Sie hatte sich Sekt von Magda, der Haushälterin, servieren lassen und probte schon einmal die mondäne Welt.

Magda hegte wenig Sympathie für das junge Mädchen. Im Grunde konnte sie sich nicht erklären, was Hofer an ihr fand. Sicherlich störte sie sich auch an dem frechen Auftreten Lisas ihr gegenüber. Der Hausherr hatte Magda aufgetragen, die junge Frau zuvorkommend zu behandeln und ihr jeden Wunsch von den Lippen abzulesen. Und Lisa Paul genoss diesen Luxus. Wann immer sich eine Gelegenheit ergab, kommandierte sie die Angestellten herum. Magda, die Köchin, eine Putzfrau, die dreimal in der Woche kam, und den alten Gärtner Fritz. Nur bei Brunos Fahrer Robert hielt sie sich zurück. Bei dem großen, breitschultrigen Mann mit den groben Gesichtszügen musste sie mit körperlichem Widerspruch rechnen. Also ging sie Robert aus dem Weg.

Die Köchin hielt das Essen warm, allerdings verspätete sich Hofer wieder, dieses Mal aus einem anderen Grund als die üblichen Verzögerungen bei Dreharbeiten im Filmstudio.

Beim gemeinsamen Essen klärte Bruno Lisa darüber auf, warum er zu spät kam. Dass ihr Liebhaber in das Präsidium zu diesem Polizisten gegangen war, konnte sie nicht verstehen. In dem nun folgenden Gespräch zweifelte Lisa endgültig am Verstand des Schauspielers.

»Wilhelm Kanter?«, glaubte Lisa sich verhört zu haben.

»Lisa, du musst mir die Adresse von diesem Menschen beschaffen. Und wo er verkehrt. Natürlich wusste die Erkennungsabteilung, wo dieser Herr polizeilich zu erreichen ist. Ich meine aber nicht, wo er wohnt. Ich brauche einen Ort, wo er üblicherweise verkehrt.«

»Wo er verkehrt?«

»Wo er sich aufhält. Lokale und so. Restaurants. Im Alten Museum bei den Griechen wird er sicherlich nicht anzutreffen sein«, brachte Bruno die ironische Bemerkung an, die aber von Lisa nicht verstanden wurde.

»Wat soll der denn ooch im Alten Museum bei die Griechen?«

Bruno Hofer schob Lisa einen Zettel mit dem Namen von Kanter über den Tisch.

»Du weeßt schon, wer dit is?«, schüttelte das junge Mädchen ungläubig den Kopf. »Der ist richtig jefährlich.«

»Deshalb sollst du dich ja über ihn erkundigen. Natürlich vorsichtig.«

»Bin ick lebensmüde?«

»Nein, du hilfst mir meinen Plan zu erfüllen.«

Lisa fragte lieber gar nicht erst nach diesem Plan.

Kapitel 23

Eine Feier mit einem Überraschungsgast und ein Toter, der nicht sterben will

»Schon seit fünf Wochen keine Aktivitäten, soll heißen, kein neuer Mord.« Erich Malek war einerseits froh, dass es kein weiteres Opfer gab, andererseits lagen ihm die anderen Toten und der nicht aufgeklärte Fall schwer im Magen.

Der Kriminalist führte seine Mutter zur Feier ihres Geburtstages aus. Der Sohn hatte das Tandler gewählt.

»Heinz hat keine Zeit«, blickte Frau Malek auf den großen weißen Teller vor sich. Er war so blank, dass sich ihr Gesicht darin spiegelte. Malek sah seiner Mutter die Enttäuschung über die Absage ihres jüngsten Sohnes an.

Malek vermutete, dass sein Bruder bei einer Veranstaltung der NSDAP war. Wahrscheinlich planten er und Walter Bodemann wieder irgendwelche Schweinereien.

Dass der Bruder von »Häubchen«, Walter Bodemann, ebenfalls ein Nationalsozialist und in derselben SA-Gruppe wie Heinz aktiv war, brauchte seine Mutter nicht zu wissen. Ein Hausverbot für Walter, noch durch den Vater von Malek ausgesprochen, verhinderte den Kontakt zwischen ihm und Elisabeth Malek. Walter war als junger Mann bei einem Diebstahl in der Pension erwischt worden. Nachdem Klara glaubhaft versichert hatte, dass sie nichts mit der Straftat ihres Bruders zu schaffen gehabt hatte, durfte sie ihre Stellung behalten. Auch sie hatte daraufhin die Bindung zu ihrem Bruder gelöst.

Auf eine Anzeige verzichteten die Maleks damals.

Malek enthielt sich eines Kommentars über seinen Bruder der Mutter gegenüber. Von Dienst wegen kannte er die ständigen Reibereien zwischen den Nationalsozialisten und den Kommunisten. Auch um seiner Mutter den weiteren Abend nicht noch mehr zu verderben, schwieg er.

Diese sah sich vorsichtig um, als befürchtete sie unangenehm aufzufallen, und schüttelte den Kopf.

»Aber Junge, kannst du dir das denn auch leisten?«, fühlte sich Frau Malek in dieser feinen Gesellschaft nicht ganz wohl.

»Für dich ist mir doch keine Bratwurst zu teuer und den Senf gibt es ja hier umsonst!«

»Hat sich Rosa gemeldet?«, wechselte Frau Malek für ihren Sohn überraschend das Thema. Er war unangenehm berührt. »Das Mädchen wollte sich melden. Komisch, ob etwas passiert ist?«

»Was soll denn passiert sein?«

»Na, weiß man's? Und wenn du ihr einmal schreibst. – Du bist bei der Polizei, du wirst ihre Adresse schon herausbekommen.«

»Mutter, wenn Rosa etwas für mich empfinden würde, hätte sie sich schon gemeldet. Dann wäre sie gar nicht weggefahren«, sagte Malek.

Die Mutter schüttelte über so viel Starrsinn den Kopf. »Dein Vater war genauso. Wenn er etwas nicht wollte, konnte man partout nichts machen.«

»Kommissar Malek, guten Abend«, sprach ihn unerwartet eine Stimme von der Seite an.

Malek erhob sich, weniger überrascht, Bruno Hofer in diesem Lokal zu treffen, als über den Zufall, dass er ausgerechnet heute mit seiner Mutter hier zu Gast war. Er stellte die ältere Frau vor.

»Meine Mutter, Frau Malek. Herr Hofer. Ich glaube, Mutter, diesen Herrn muss ich dir nicht weiter vorstellen.«

»Es ist mir eine große Freude, Sie kennenzulernen, Frau Malek.« Hofer nahm die dargebotene Hand und deutete einen Handkuss an.

»Ich habe dir erzählt, Mutter, dass ich Herrn Hofer bei einer Razzia kennengelernt habe.«

»Und dann war Ihr Herr Sohn so freundlich, mir seine Welt zu zeigen.«

»Die, wie ich schon sagte, von Hauptkommissar Otto Jansen regiert wird.«

Die Herren lachten.

»Möchten Sie einen Augenblick Platz nehmen?«, lud Frau Malek Hofer ein. Ein leichtes Zittern ihrer Stimme verriet ihre Aufregung über die Begegnung mit dem berühmten Filmdarsteller.

»Leider bin ich mit einigen Leuten von der Filmproduktion hier. Aber vielleicht haben wir ein anderes Mal Gelegenheit, ein wenig zu plaudern.«

»Meine Mutter hat heute Geburtstag«, wies Malek Hofer auf den Anlass ihres Besuches hin.

»Na, dann herzlichen Glückwunsch, gnädige Frau.« Hofer verbeugte sich und deutete abermals einen Handkuss an. »Ich muss sagen, dass Sie schon so einen erwachsenen Sohn haben, sieht man Ihnen nun wirklich nicht an.«

Elisabeth Malek schmunzelte. »Na, ob mein Erich erwachsen ist, darüber lässt es sich streiten.«

»Mutter, also weißt du«, schüttelte Malek den Kopf. Die Empörung war natürlich nicht ganz ernst gemeint.

Malek wandte sich an Hofer: »Wir haben uns eine ganze Weile nicht gesehen, Herr Hofer. Ich dachte schon, Sie wären mir böse.«

»Ich Ihnen böse? Aber weshalb denn?«

»Na, weil ich Ihr Ansinnen abgelehnt habe, Ihnen Informationen über meine aktuelle Arbeit zu geben.«

»Aber, Herr Kommissar, nein, ich habe doch Ihre Beweggründe verstanden.« Jetzt lachte der Schauspieler herzhaft und steckte den Polizisten an. »Ich stelle mir vor, wie Sie denken, dass ich während meiner Theatertournee mit verschränkten Armen schmollend in meinem Automobil auf dem Rücksitz gesessen und gegen Sie gegrollt habe.« Jetzt schlug Hofer einen beleidigten Ton an und ließ die Unterlippe herunterhängen. »Dieser böse Polizist, wollte nicht mit mir spielen.«

Erich Malek war überrascht. Sie waren auf einer Tournee? Das habe ich nicht gewusst. Da waren Sie also gar nicht in der Stadt.«

»Das hat eine Tournee so an sich«, lächelte Hofer. »Wir waren fünf Wochen mit dem Stück ›Die Liebe steht vor der Tür‹ unterwegs. Es hält, was der Titel verspricht«, wandte sich Hofer an Frau Malek und lächelte. »Leider zu oft Provinz. Aber Klappern gehört zum Handwerk und ist Werbung für den neusten Film. Und dann tut es auch mal ganz gut, aus dem täglichen Trott herauszukommen. Zu Hause, Filmproduktion, zu Hause, Filmproduktion und so weiter und so weiter. Aber ich will Sie nicht länger von Ihrer Geburtstagsfeier abhalten. Und meine Bekannten warten auch schon«, wies Hofer mit dem Kopf zu einem Tisch, an dem mehrere Menschen zu ihnen herüberblickten.

»Ich komme mir ein wenig albern vor«, sah Frau Malek verlegen auf die weiße Tischdecke, »wie ein Backfisch. Aber könnte ich so eine Unterschrift von Ihnen bekommen?«

Hofer lächelte und fasste in die Innentasche seiner Jacke. Eine Fotografie kam zum Vorschein. »Sie meinen ein Autogramm. Aber sehr gerne, Frau Malek.«

»Ihr Bild bekommt einen Ehrenplatz, gleich an der Anmeldung in meiner Pension.«

Hofer schrieb eine Widmung auf die Fotografie und reichte sie Frau Malek.

»Solch ein Bild von Ihnen habe ich schon einmal im Petrieck gesehen. Die Kneipe auf der Fischerinsel.«

»Das kann gut sein, es ist ein beliebter Treff von Prominenten. Es ist dort so schön anders.«

Malek wollte noch fragen, wann der Schauspieler das letzte Mal dort gewesen war, doch Hofer bedauerte: »Ich muss wieder an meinen Tisch. Der etwas korpulente Herr, rechts neben der Dame mit dem Fuchs über den Schultern, ist der Finanzier meines aktuellen Films. Diese Herren glauben, dass sie, wenn sie die Studios und die Gagen zahlen, auch ein Recht auf die Gesellschaft des Stars haben. Zu jeder Tages- und Nachtzeit. – Und er hat recht«, lächelte Hofer verschmitzt.

»Viel Vergnügen noch. Ich melde mich in den nächsten Tagen bei Ihnen, Herr Malek.«

Die Männer gaben sich die Hand. Vor Frau Malek machte der Schauspieler eine vollendete Verbeugung.

Später schickte Hofer noch eine Flasche Sekt mit Empfehlung an den Tisch der beiden Maleks.

Noch in derselben Nacht, als Malek seine Mutter nach dem doch noch recht amüsant verlaufenden Abend in die Pension begleitete, stand Bruno Hofer in einigem Abstand vor dem Restaurant Dionysos am Schiffbauerdamm. Er beobachtete durch das Fenster des Lokals sein nächstes Opfer. Wilhelm Kater.

Einige verspätete Zuschauer eilten zum Theater am Schiffbauerdamm, das in unmittelbarer Nähe zum Restaurant lag.

An diesem Abend stand die »Dreigroschenoper« auf dem Spielplan. Bruno Hofer selbst war vor wenigen Tagen bei der Premiere am 31. August 1928 im Theater anwesend und hatte bei einem Umtrunk hinter der Bühne mit dem Dichter Berthold Brecht und dem Komponisten Kurt Weill gefachsimpelt.

Ein weiterer Gast der Aufführung, ein gewisser Hans Albers, hatte schon ziemlich viel getrunken und sich im Gefühl der Inszenierung hinter der Bühne mit Bruno Hofer angelegt. Angeblich hatte ihm dieser durch Intrige eine Rolle bei einem Film abspenstig gemacht.

Eine für Hofer irrwitzige Behauptung, da er selbst schon länger ein Star war, als dieser Provinzschauspieler überhaupt mimte. Von der Qualität der Schauspielkunst einmal ganz abgesehen.

Nicht ahnend, dass Bruno Hofer näher an dem Szenarium der »Dreigroschenoper« dran war, als man sich vorstellen konnte, provozierte Albers, bis zwei Mitglieder des Bühnenpersonals die beiden Schauspieler recht unsanft trennten.

Albers hatte bei jenem Zusammentreffen nicht ganz falsch gelegen mit seiner Behauptung, Hofer hätte gegen ihn intrigiert.

Vor allem im Umgang mit männlichen Darstellern war der Schauspieler nicht zimperlich, wenn es darum ging, Konkurrenten auszuschalten. Wenn Bruno neben der Schauspielkunst noch etwas anderes hervorragend beherrschte, dann war es die Kunst der Intrige.

Aber in den letzten Wochen auf der Theatertournee waren diese Bestrebungen seine Karriere zu erhalten und voranzubringen einem anderen Gefühl gewichen. Bruno Hofer war ungewöhnlich zurückhaltend vor allem seinen Kollegen auf der Bühne gegenüber gewesen. Zu deren Überraschung.

Selbst die unausweichlichen, zu einer Theatertournee gehörenden Bühnenkoller des einen oder anderen Darstellers tangierten Hofer nicht.

Er war mit einem Problem beschäftigt, das er bisher nicht kannte. Dass Bruno auf seiner Tournee nahezu Entzugserscheinungen wegen der fehlenden Gelegenheiten Zuhälter zu bestrafen hatte, war ihm das ein oder andere Mal auf der Bühne bewusst geworden. Unkonzentriert am Text und bei seinen Gesten mit den Partnern hatte er ein regelrechtes Kribbeln in den Fingern gespürt. Ganz wie Lisa es ihm einmal vorgehalten hatte.

Jetzt, vor dem Dionysos mit dem Blick auf Wilhelm Kanter, der nichts ahnend von seinem durch Hofer beschlossenen, bevorstehenden Tod, ausgelassen trank und speiste, fühlte der Schauspieler eine behagliche Wärme durch seinen Körper strömen.

Bruno hatte die Rächer-Variante der Presse und der Straße nun schon fast vollständig als Rechtfertigung für sich und sein Handeln übernommen. Es war von Anfang an sein Plan gewesen, diesen Verbrechern das Handwerk zu legen. Davon war der Schauspieler jetzt überzeugt. Es war seine Berufung.

Wilhelm Kanter war einer der gefährlichsten Männer im Milieu. Er besaß drei Bordelle und war Beschützer von mindestens zwanzig Damen. Eine genaue Zahl hatte bisher niemand ermittelt. Durch seine Damen war Kanter zu erheblichem Wohlstand gelangt. Die Skrupellosigkeit, die dem Mann dazu verholfen hatte, legte er während des gemeinsamen Essens mit Fräulein Dorothea mehrmals an den Tag.

»Bei mir sind Sie sicher. Wer nicht spurt, bekommt Papas starken Arm zu spüren. Und wenn alles nichts hilft, regelt das hier garantiert jedes Problem«, klopfte Kanter auf die sichtbare Beule in seinem Jackett. Kanters Waffenschein legitimierte ihn, so offen eine Waffe zu tragen. Als Inhaber einer privaten Detektei und eines Bewachungsunternehmens hatte er diesen ganz legal bei den Behörden beantragt und ausgestellt bekommen.

Man konnte davon ausgehen, dass der Zuhälter dem einen oder anderen Beamten sein Gehalt aufgebessert hatte, um trotz seines Strafregisters, diesen Schein zu erhalten und zu behalten.

»Sie beziehen natürlich ein Einzelzimmer in meinem besten Laden. Dort verkehren nur Herren der oberen Gesellschaft. Namen darf ich natürlich nicht nennen. Oder ziehen Sie Hotelbesuche vor? Ich habe beste Beziehungen zu den elegantesten Häusern der Stadt.«

Für Kanter war es ausgemachte Sache, dass das Fräulein Dorothea in einem seiner Etablissements verkehren würde. Den Nachnamen der Dame wollte der Bordellbesitzer nicht wissen. Welchen Grund sollte es auch sonst geben, dass ihn so eine vornehme Dame in seinem Stammlokal einfach ansprechen würde und als Begründung angab: »Ich würde Sie gerne kennenlernen.«

Die Verabredung war schnell und bereitwillig getroffen. Natürlich wählte Wilhelm Kanter das beste Lokal aus, das Berlin zu dieser Zeit zu bieten hatte. Man traf sich im Dionysos am Schiffbauerdamm.

Dass er, Wilhelm Kanter, das nächste Opfer des Rächers sein sollte, auf diese Idee wäre er nie und nimmer gekommen. Die Unterwelt zitterte vor ihm und seinen Leuten. Und einen Rächer, wie er in den Zeitungen dargestellt wurde, gab es nach Meinung von Kanter nicht.

Ein Stunde später spazierten Kanter und das schöne Fräulein auf dem Spreeufer am Schiffbauerdamm. Eine Vollmondnacht. Das Licht der Leuchtreklamen verhinderte die Sicht auf den wolkenlosen Sternenhimmel. Wie die Male vorher lenkte Bruno sein Opfer ab, und als sich Kanter umdrehte und zum Fluss hinuntersah, zog der Schauspieler sein Messer und stach dreimal zu. Und genauso wie bei seinen ersten Taten war das Opfer von dem Angriff so überrascht, dass es nicht reagierte, und erst, als Kanter über die Brüstung fiel, stieß dieser einen Schrei aus. Dann war alles still.

Bruno sah sich um, ob es Zeugen gab. Niemand war zu sehen. Wo sich Lisa in diesem Augenblick aufhielt, konnte der Schauspieler nicht sagen. Wahrscheinlich hatte sich das Mädchen in einen Hauseingang gedrückt und wartete auf das Zeichen von Hofer. Aber Bruno winkte nicht wie verabredet.

Etwas stimmte nicht. Etwas war anders, das spürte er. Was war es? Natürlich, es gab kein Aufschlag auf das Wasser. Es war eher ein dumpfer Aufprall zu hören. Bruno beugte sich über die Brüstung und erschrak bis ins Mark.

Wilhelm Kanter war nicht in die Spree gefallen. Er war auf einem Steg gelandet, der Passagieren von Ausflugsdampfern das Einsteigen ermöglichte. Gute drei Meter tiefer. Dort lag er und starrte Bruno aus weit geöffneten Augen an.

Plötzlich spürte Hofer eine Hand auf seiner Schulter und glaubte, sein Herz würde stehen bleiben. Um zu schreien, war seine Kehle zu ausgetrocknet. So schnellte er herum und hätte beinahe das Messer in seiner Hand vergessen und es Lisa in den Bauch gerammt. Jetzt erschrak das Mädchen, stolperte beim Zurückweichen über die Bordsteinkante der angrenzenden Straße. Mit einem unterdrückten Schmerzensschrei landete sie mit ihrem Hinterteil auf dem Pflaster. So blieb sie sitzen und starrte dabei Bruno an.

»Bist du verrückt, was tust du?«, schnaubte Bruno, so leise er konnte.

»Ick wollte sehen, wat ist. Ist er hinüber? Schwimmt er?«

Bruno reichte Lisa die Hand, half ihr, sich hochzuziehen, und ließ sie selbst über die Uferbrüstung sehen.

»Mist, mein Absatz ist abgebrochen«, bemerkte die junge Frau erst jetzt den defekten Schuh. Dann stieß sie einen kurzen, spitzen Schrei aus.

»Himmel, der lebt ja noch.«

»Was?«, tat es Hofer seiner Freundin nach und schaute ebenfalls hinunter auf Wilhelm Kanter. Hatte er doch beim ersten Blick gedacht, die Augen wären in Todesstarre geöffnet. Aber jetzt waren sie geschlossen und man hörte ein leises Stöhnen.

»Oh Gott, oh Gott, der macht uns doot, wenn er hochkommt. Der macht uns doot!«, wandte sich Lisa ab und begann zu jammern und zu schluchzen.

»Beruhige dich, der kann nicht laufen, der kann sich nicht mal bewegen. Sieh hin«, zwang der Schauspieler das Mädchen, sich noch einmal den Schwerverletzten anzusehen.

»Aber er lebt. Wat, wenn ihn jemand findet und er in ein Krankenhaus kommt?«

Bruno Hofer erlangte seine Beherrschung wieder und bekam seine erste Angst in den Griff. Nachdem er sich erneut vergewissert hatte, dass niemand in der Nähe war, ging er entschlossen zu einer Eisengittertür, die den Weg die Treppen hinunter zu dem Steg verschloss. Er öffnete den Riegel und wollte hinuntersteigen. Stimmen von der Weidendammer Brücke näher kommend vereitelten die Aktion. Schnell lief er zu Lisa, hakte sich bei dem Mädchen unter und so langsam und beherrscht wie möglich liefen sie den zwei Menschen, die sich näherten, entgegen.

Lisa versuchte, unauffällig zu gehen. Durch den abgebrochenen Hacken sah es aus, als würde sie das Bein ein wenig nachziehen.

Das Messer hatte Bruno noch bereit, um sich etwaiger Zeugen zu entledigen.

Aber die nächtlichen Spaziergänger, ein junges Pärchen, gingen, ohne auf Bruno und seine Begleiterin und auch nicht auf den Steg unterhalb der Kaimauer zu achten, in ein Gespräch vertieft vorüber. Daraufhin ließ Hofer die Klinge zurück in das Heft fahren und verstaute das Messer in seiner Handtasche.

Auf der Weidendammer Brücke blieben er und Lisa stehen. Von hier aus konnten sie den im sterben liegenden Mann beobachten. Der Schein der Lichtreklame des Theaters am Schiffbauerdamm fiel auf das Wasser der Spree und reflektierte die Kaimauer und tauchte auch den Rumpf und die Beine Wilhelm Kanters in ein grün-rotes Licht.

Aus dem Bahnhof Friedrichstraße kamen Passanten und Bruno wandte sich mit seiner Begleiterin ab, um nicht die Aufmerksamkeit auf das gegenüberliegende Ufer zu lenken.

»Ick muss noch meenen Hacken holen. Kann der Schuster bestimmt wieder anleimen.«

Hofer schüttelte den Kopf und hielt Lisa fest.

Es machte keinen Sinn, noch einmal zurückzugehen. Aus dem Theater kamen vereinzelt Menschen. Es war Pause und einigen Besuchern hatte die Vorstellung wohl nicht gefallen. Sie verließen den Platz vor dem großen Gebäude. Andere blieben davor stehen, rauchten und unterhielten sich. Sektgläser funkelten.

Bruno sah keine Möglichkeit, zurück zu Kanter zu gehen und ihn von seinen Schmerzen zu befreien. Und auch den abgebrochenen Hacken würden sie liegen lassen müssen.

So liefen Hofer und Lisa die Friedrichstraße hinunter zum Gendarmenmarkt. Hier warteten um diese Zeit Benzindroschken. Das Mädchen wurde in einen Wagen gesetzt und der Fahrer bezahlt. Bruno blieb noch einen Moment und atmete die kühle Luft ein. Er musste nachdenken.

Falls Wilhelm Kanter die Attacke wider Erwarten überleben sollte, wäre es um Dorothea Hirsch geschehen. Das hieß, sie musste sterben. Natürlich nicht wie Lisa in ihrer Panik gedacht hatte, dass Kanter ihnen etwas antun würde. Nein, Bruno selbst müsste für das Ende der Frau sorgen.

Dass der Verbrecher alle Mittel, die ihm zur Verfügung standen, in Bewegung setzen würde, um das Fräulein zu finden, war Hofer klar. Und er würde gnadenloser zuschlagen als die Polizei.

So war es das Beste, Fräulein Hirsch würde freiwillig aus dem Leben scheiden. Nur, wer sollte dann die Arbeit fortsetzen? Eine andere Frau? Eine Ältere? Eines stand fest. Sie oder er mussten nahe genug an einen Zuhälter herankommen. »Vielleicht ein Priester?«, musste Hofer lächeln. Aber so ein Lude hätte mit einem Geistlichen ungefähr so viel am Hut wie eine Jungfrau mit einem Kind.

Aber alle Überlegungen, die der Schauspieler noch in dieser Nacht anstellte, waren eigentlich überflüssig. Denn Wilhelm Kanter starb in derselben Nacht.

Kapitel 24

Ein Messer, das man nicht sieht, und ein Zeuge mit Verdauungsproblemen

Montagmorgen kurz nach Dienstbeginn war es wieder Fritz Wandel, der Malek die Nachricht von der nächsten Leiche überbrachte. Wandel machte dabei ein gespielt trauriges Gesicht. »Leider, es ist keine Wasserleiche. Aber«, spielte er jetzt den freudig Erregten, »in seinem unteren Rücken findet man drei wunderschöne Einstiche, und der Gute wurde zumindest in der unmittelbaren Nähe der Spree gefunden. Und um Ihnen noch eine Freude zu machen, der Tote heißt Wilhelm Kanter. Der dürfte Ihnen ein Begriff sein.«

»Also doch noch«, antwortete Malek auf die flapsigen Bemerkungen Wandels. Der Polizist hatte sich schon innerlich auf das Ende der Mordserie eingestellt. Malek fiel wieder ein, dass er vor einigen Wochen von diesem Mann die Karteikarte in den Händen gehalten hatte. Es war an dem Tag, als ihn der Schauspieler Hofer hier im Präsidium besucht hatte. Seltsame Zufälle gab es.

»Da hat der Rächer ja mal ein ganz hohes Tier erwischt. Der Olle ist schon informiert und hat Ihnen den Kanter zugeteilt. Na dann, viel Spaß, Malek!«, wünschte Fritz Wandel und verließ das Büro des Kollegen.

Malek nahm Kommissar Wilhelm Roder mit zum Tatort.

»Der Schütte ist noch nicht da«, bedauerte der Pförtner. »Der kommt erst am Nachmittag und bleibt dann bis Spielschluss.«

Malek entschloss sich, am Nachmittag zum Theater zurückzukehren und Hermann Schütte zu dem Fund der Leiche zu befragen.

Bevor er jetzt umständlich mit der Straßenbahn zu dessen Wohnort fuhr, konnte er den Mann auch ebenso hier vor Ort vernehmen. Vom Präsidium waren es zwei Stationen mit der Stadtbahn bis zur Friedrichstraße.

Gegenüber den Kollegen von der Bereitschaft, die als Erste am Tatort eingetroffen waren, hatte Schütte ausgesagt, den Mann auf dem Steg unterhalb des Schiffbauerdamms gefunden zu haben. Da hatte er noch gelebt.

Bis zum Eintreffen der Ambulanz war der Zuhälter jedoch verstorben.

Erich Malek besah sich den Tatort von oberhalb der Brüstung. Eine Blutlache zeigte den Ort, wo Wilhelm Kanter gelegen haben musste.

»Seltsam, seltsam«, brummelte Malek, sodass Roder ganz genau hinhören musste. »Der Mann ist nicht ins Wasser gefallen. Ob das beabsichtigt war? – Ich denke es war ein Versehen. Der Mörder oder die Mörderin hat sich vor der Tat nicht mit den Örtlichkeiten bekannt gemacht. Und hier ist die Uferbefestigung höher als an den anderen Tatorten.«

Wilhelm Roder pflichtete seinem Kollegen bei: »Das war sicher ein ganz schöner Schrecken, dass der Kanter nicht ins Wasser gefallen ist. Könnte ich mir vorstellen. So wie die Sanitäter angegeben haben, waren vermutlich seine Beine gebrochen. Sonst hätte er dem oder der Mörderin eventuell noch gefährlich werden können.«

»Die Obduktion wird zeigen, ob er sich mit den Messerstichen im Rücken noch auf einen Kampf hätte einlassen können.«

Malek und Roder fuhren zum Alexanderplatz, um dort Mittag zu essen.

Vorher statteten sie der Spurensicherung einen Besuch ab.

Kollege Lutz Meyer berichtete: »Wir haben am Tatort ein Programmheft für die ›Dreigroschenoper‹ gefunden. Von gestern Abend. Die Fingerabdrücke stammen nicht aus der Kartei. Dann einen abgebrochenen Absatz eines Damenschuhs. Ferner diverse Zigarettenstummel und eine Eintrittskarte für den Friedrichstadtpalast. Allerdings für die Vorstellung von gestern. Auch keine verwertbaren Fingerspuren. Dann lag noch ein Butterbrotpapier mit Leberwurstresten im Rinnstein vor der Brüstung. Es sieht so aus, als habe sich der Täter vorher noch gestärkt.«

Malek ging nicht auf die scherzhafte Bemerkung Meyers ein und betrachtete die Gegenstände, die auf einem weißen Leinentuch ausgebreitet vor ihm lagen.

Die Zigarettenreste stammten von einer anderen Sorte als die, die sie am Monbijoupark gefunden hatten. Das Verwertbarste war der abgebrochene Absatz. Obwohl Meyer Maleks Erwartung dämpfen musste.

»Der Absatz passt eher zu einem kleinen Schuh. Und es ist nicht die Marke Lilley & Skinner. Kommt aus einheimischer Produktion. Ein einfacher Damenschuh. Massenware.«

»Trotzdem, zwei Frauen«, fasste Roder kurz zusammen.

»Ja, und um die Herren noch ein wenig aufzumuntern, der Absatz passt zu einer der Formen, die an der Kaiser-Wilhelm-Brücke genommen wurden.«

»Jetzt müssen wir nur noch die passende Dame zu dem Absatz finden«, frotzelte Wilhelm Roder.

Den Schuh an sich zu suchen, zum Beispiel bei einem Schumacher, diesen Gedanken verwarfen die Beamten sofort wieder. Das wäre dann doch eine zu große Rennerei und bei den vielen

Handwerkern in der Stadt eine Suche wie nach der sprichwörtliche Nadel im Heuhaufen.

Am Wannsee hatten Bruno und Lisa am Esszimmertisch Platz genommen.

Zuerst wirkte Hofer wie sonst. Er goss ihnen beiden Rotwein ein, rückte das Besteck auf der Serviette zurecht und sah gedankenversunken in den Wein.

Für Lisa völlig unerwartet bekam Bruno plötzlich einen seiner Tobsuchtsanfälle. Objekt seiner Wut war der Schauspielkollege Hans Albers. »Wie habe ich damals ausgesehen, hinter der Bühne und die ganzen Kollegen drum herum. Wie eine dumme Gans hat mich dieser Schmierenkomödiant aussehen lassen. Da reden die Leute bestimmt noch Jahre drüber. Den Hund mach ich kalt! Der Albers muss sterben. Der ist doch auch bloß ein Zuhälter!« Ein Schluck Rotwein besiegelte den soeben beschlossenen Plan.

Das Grinsen des Schauspielers, das den Hass in seinem Gesicht ersetzte, machte Lisa noch mehr Angst als dessen Worte.

In der kurzen Nacht zuvor hatte Bruno Schüttelfrost geplagt. Er hatte Lisa gestanden, dass die Ungewissheit, ob Kanter wirklich sterben würde, ihn an die Grenzen seiner Psyche gebracht hätte. Erst am Vormittag, als die Nachricht vom Tod des Zuhälters über den Rundfunk verbreitet wurde, hatte er aufgeatmet.

Dann, beim Mittagessen, waren die grässlichen Bilder der vergangenen Nacht wie weggewischt. Bruno echauffierte sich beim Löffeln der Suppe über den Schauspieler Albers und dessen unmöglichem Verhalten am Abend der Theaterpremiere.

»Natürlich, ich werde mich um diesen Menschen kümmern und ihn vor aller Augen entlarven. So werden die Leute die richtige Seite dieses Kerls kennenlernen.«

Als Magda die Kartoffeln und das Fleisch auftischte, schwieg Hofer. Doch als die Haushälterin das Esszimmer verlassen hatte, tobte er weiter: »Was für ein arroganter Fatzke, wenn der glaubt, eine große Karriere vor sich zu haben, hat er aber mit Zitronen gehandelt.«

»Na, dann brauchst du dich ja nicht um ihn zu kümmern«, versuchte Lisa Bruno von seiner Absicht abzubringen.

Hofer sah sie eine ganz Weile stumm an. Dann schüttelte er den Kopf. »Davon verstehst du nichts. Was sein muss, muss sein!« Mit diesen Worten erhob sich Bruno, schob geräuschvoll den Stuhl zurück und ließ die Tür zum Wohnzimmer hinter sich ins Schloss fallen.

Zehn Minuten später erschien er wieder im Esszimmer und nahm Lisa an die Hand und zog sie mit sich hinauf ins Schlafzimmer.

Malek hatte sich nach dem Mittagessen mit dem Fundort von Kanters Leiche beschäftigt. Im Grunde war der Zuhälter nicht an den Kiez um die Fischerinsel und das Scheunenviertel gebunden. Bei seiner Macht tätigte er in allen einschlägigen Bezirken Berlins seine Geschäfte. Der Standort der drei Bordelle war bekannt. Außer in der Spandauer Vorstadt in der Mitte Berlins betrieb Kanter auch eines im Osten, in der Gegend um den Schlesischen Bahnhof herum, und ein sehr elegantes nahe Kurfürstendamm, also im Westen. Entsprechend der Lage waren auch die Preise für die Damen.

»Sozusagen, für jeden Geschmack und für jeden Geldbeutel etwas dabei«, nickte Klaus Winter anerkennend.

»Das Imperium des Wilhelm Kanter. Ich hatte mir überlegt«, erklärte Malek, »dass Kanter nicht unmittelbar im Kiez ermordet wurde. Der Mann hat sich nicht mehr selber um die alltäglichen Dinge des Bordellgeschäfts gekümmert. Und im Kiez um das Scheunenviertel hat er sich auch nur noch selten gezeigt. Er war halt schon etwas Besseres und ist auch in Lokalitäten verkehrt, die seinem Geldbeutel angemessen waren. Und der Mörder wird ihn dort angesprochen und wie bei den anderen für einen ordentlichen Alkoholpegel gesorgt haben, bevor er …«

»Das heißt, unser Mann kann sich in entsprechenden Lokalitäten bewegen ohne aufzufallen.«

»Ja, ich werde mich später noch in der Nähe der Friedrichstraße mal umsehen und unser Porträt zeigen«, nahm Malek die Zeichnung, steckte sie in seine Aktentasche und sah auf die Uhr über der Tür zu seinem Büro. »Wo bleibt Roder? Wir wollten zusammen zum Schiffbauerdamm.«

»Roder muss für den Alten Besorgungen machen. Ich soll Sie zu Ihrer Zeugenbefragung begleiten.«

Einem Einfall folgend wählte der Kriminalkommissaranwärter die Telefonnummer, die Hofer hinterlassen hatte. Es war die aus der Villa des Schauspielers am kleinen Wannsee. Bruno war auch gleich am Telefon und überrascht, aber hocherfreut, von dem Kriminalisten zu hören.

Der erste Schrecken, Malek wüsste Bescheid, verging sofort wieder, als ihn der Kriminalist einlud: »Möchten Sie einmal bei einer Zeugenbefragung dabei sein?«

Natürlich sagte Hofer sofort zu.

»Sonst hätte er mich ja gleich von hier abgeholt«, erklärte er Lisa, während er sich ankleidete.

Die Geliebte lag noch in dem großen Bett und betrachtete den Schauspieler. Sie wusste nicht, ob sie die Abgebrühtheit des Mannes bewundern oder sich vor ihr fürchten sollte. Ihr selbst steckte der Tod Kanters noch in den Knochen. Dieses leise Stöhnen wollte ihr nicht aus dem Gedächtnis. Bruno dagegen genoss diese skurrile Situation sichtlich. Er lächelte sich beim Binden seiner Krawatte im Spiegel an und pfiff und sang die Melodie der Moritat von Mackie Messer aus der »Dreigroschenoper«.

»… doch das Messer sieht man nicht!«

Hofer war in weniger als einer Dreiviertelstunde vor dem Polizeirevier am Alexanderplatz. Gemeinsam fuhren Erich Malek und Bruno Hofer mit dem Duesenberg des Schauspielers zum

Theater am Schiffbauerdamm, um den Mann zu befragen, der Wilhelm Kanter gefunden hatte. Den Pförtner.

Klaus Winter kletterte zu Hofers Fahrer nach vorn.

Hermann Schütte war begeistert, Bruno Hofer in seiner kleinen zugigen Pförtnerloge begrüßen zu dürfen.

»Wenn ich das meiner Frau erzähle, dass Sie hier waren, lässt die sich glatt von mir scheiden.«

Auch Hofer war erfreut, vor dem Theater zu stehen. Nicht nur, weil er hier einige Male Theater gespielt hatte, auch weil dies der Ort war, an dem er sich das erste Mal in Frauenkleidern vorgestellte hatte.

»Sie haben den Mann gefunden?«, stellte Malek die erste Frage an Schütte.

»Ich habe einen kleinen Verdauungsspaziergang gemacht. Die Leberwurst, die meine Frau mir auf die Stulle schmiert, liegt immer so schwer im Magen. Und ein bisschen Seeluft an der Spree wirkt da Wunder«, lächelte Hermann Schütte, um Verständnis für seine kleine Dienstverfehlung bittend. »Und wenn die Vorstellung läuft, habe ich kaum was zu tun. Bei mir geht's immer vor dem ersten und nach dem letzten Vorhang raus und rein. – Jedenfalls bin ich rüber an die Anlegestelle und wo ich da so meine Pfeife auf dem Geländer ausklopfe, höre ich ein leises Wimmern. So als ob irgendwo ein kleines Kind weint, das nachts Bauchschmerzen hat und nicht einschlafen kann. Mein Junge, der Hans, hat öfter solche Schmerzen gehabt. Der Arzt konnte nie was finden. Na ja, nu isser auf'n Dampfer. Christliche Seefahrt. Kommt ganz schön rum der Junge. Wenn ich Briefmarken sammeln wür…«

»Und dann haben Sie den Mann, also Wilhelm Kanter gefunden«, half Winter, dem Pförtner wieder anzuknüpfen.

»Wie der hieß, wusste ich nicht. – Aber ja, ich dachte, das kann doch gar nicht sein, mit einem Kind, um die Uhrzeit, und da habe ich mich über das Geländer gebeugt und da lag er.«

Schütte berichtete weiter, wie er durch das Gitter auf die Steintreppe getreten und vorsichtig die feuchten, mit Moos bewachsenen Stufen hinuntergeklettert war. Zuerst hatte der Pförtner gedacht, der Herr wäre die Stufen hinabgestürzt, durch den glitschigen Stein ins Straucheln gekommen. Dann erinnerte sich Schütte an das verriegelte Gittertor.

»Wieso einer über das Geländer klettert und dann gute drei Meter herabstürzt, konnte ich mir nicht erklären. Dann habe ich die verrenkten Beine bemerkt. Ganz seltsam lag der da.«

»Aber er hat noch gelebt?«, erkundigte sich Malek. »Hat er noch etwas gesagt?«

Hatte er bei der Schilderung des Pförtners noch einen gewissen Nervenkitzel gespürt, merkte Bruno jetzt, wie ihm langsam schlecht wurde. Mit einem Seitenblick schielte er nach einer Fluchtmöglichkeit. Seinen Wagen hatte er in der Markthallenstraße unweit des Großen Schauspielhauses parken lassen. Mit einem schneller Spurt könnte er den Polizisten entkommen.

»Der Herr konnte nur noch etwas murmeln.« Hermann Schütte machte eine kurze Pause, als ob er über das Gemurmelte nachdenken musste. Es war aber ein Lastwagen, der auf den Hof des Theaters wollte und Schüttes Aufmerksamkeit auf sich zog. Er trat vor sein Häuschen und ließ die Schranke hoch. Er grüßte den Fahrer militärisch, indem er zwei Finger der rechten Hand an seine Mütze legte. Dann schloss er die Sperre wieder.

»Dorothea, hat er gesagt. Nur Dorothea«, erklärte der Pförtner nach getaner Arbeit.

»Weiter nichts?«, war Winter enttäuscht.

»Weiter nichts. Dann ist er gestorben.« Hermann Schütte wurde nachdenklich. »Es war wie im Krieg. Der Kamerad lag da unten im Granattrichter, ich hatte seinen Kopf ein wenig angehoben und er flüsterte nur: Mama. – Mama, nichts weiter. Dann ist er gestorben. Bauchschuss.«

Malek, Winter und Bruno Hofer ließen den Mann mit seinen wiederkehrenden Erinnerungen in seinem Kabuff zurück.

»Dorothea«, wiederholte Malek. »Das ist, als ob die Täterin ihre Visitenkarte zurückgelassen hat. Und ein Geständnis. Jetzt müssen wir nur noch die Person zu dem Geständnis finden.«

Hofer wollte etwas sagen, enthielt sich aber sicherheitshalber eines Kommentars.

»Das war's dann«, wollte sich Malek von Hofer verabschieden.

In diesem Moment kam der Pförtner den drei Herren nachgelaufen. Schütte hielt Erich Malek am Ärmel seines Jacketts fest. »Mir ist noch etwas eingefallen. Ich weiß nicht, ob das wichtig ist?«, druckste der Pförtner herum. »Aber ich habe eine gute Stunde, bevor ich den Mann gefunden habe, noch etwas beobachtet.«

Wieder wurde Kriminalassistent Winter ungeduldig. »Na, dann sagen Sie schon, was Sie gesehen haben, Mann.«

Hermann Schütte ging wieder vor seine Pförtnerloge. Hier zeigte er den drei Männern mit dem ausgestreckten Arm, was er in Richtung Spree bemerkt hatte. »Da waren noch zwei Frauen. Ungefähr an der Stelle, wo ich später den … na, den Mann gefunden habe. Und die …«, machte der Pförtner wieder eine Pause, sodass Winter fast der Geduldsfaden riss. »Die haben wohl gestritten. Miteinander. So doll, dass eine rückwärts hingefallen ist. Auf die Straße. Dann haben sie sich wohl wieder vertragen und haben herunter auf die Spree gesehen.«

»Um welche Uhrzeit war das?«, wollte Malek wissen.

»So um 21.30 Uhr. Der zweite Akt war fast zu Ende. Ich habe den Applaus gehört, zur Pause. Dann sind ja auch bald die ersten Besucher aus dem Haupteingang gekommen. Da bin ich wieder zurück in meine Loge.«

Malek erinnerte sich, welche Todeszeit der Arzt angegeben hatte. Es war ungefähr gegen 22 Uhr. Der Pförtner hatte sein Häuschen um 21.30 Uhr verlassen und die zwei Frauen gesehen.

Malek zog die Phantomzeichnung, die nach Angaben der Wirtin aus der Mulackritze angefertigt worden war, aus seiner Aktentasche.

»Mensch, dis könnte se sein«, kratzte sich Hermann Schütte am Hinterkopf.

Nicht weniger verblüfft reagierte Bruno Hofer auf das Porträt. »Darf ich einmal sehen? So sieht also Ihre Tatverdächtige aus. Respekt. Wer hat denn da so genaue Angaben gemacht?«

»Eine Wirtsfrau in einem Lokal, das die vermutliche Täterin vor einem der begangenen Morde besucht hatte«, gab Malek kurz Antwort und steckte die Zeichnung wieder in seine Ledertasche.

Bruno Hofer fuhr Maleks Kollegen Winter zurück ins Präsidium. Der Kommissaranwärter selbst wollte noch ein wenig in der Gegend bleiben. Er musste nachdenken, und das konnte er in diesem Moment alleine am besten.

Nach ein paar Schritten fiel dem Kriminalisten die offene Tür zum Restaurant Dionysos auf.

»Wilhelm Kanter, ja sicher, ein Stammgast.« Der Wirt des Speiselokals erinnerte sich sofort an den Mann, den sie in der Nacht gefunden hatten. Und auch dessen Begleiterin glaubte der Wirt anhand der Zeichnung wiederzuerkennen. »Ja, er war gestern Abend bei mir. Hat gegessen und getrunken. Und nicht zu knapp. Immer vom Feinsten. Sie Champagner und er Schnaps. Vom besten. Ich habe den Kanter, glaube ich, noch nie so voll gesehen. Die Dame an seinem Tisch hat ihm aber auch ordentlich zugesprochen. Man konnte meinen, die hat es auf etwas abgesehen, so hat sie den Kanter animiert zu trinken. Sie verstehen schon, die Marie. Die Brieftasche des Herrn. Sein Geld«, versuchte der Wirt gegenüber dem vermeintlich begriffsstutzigen Kriminalbeamten deutlicher zu werden. Aber der Kriminalist hatte verstanden. Wenn auch die Absicht der Frau seiner Meinung nach, eine andere war als die, die der Wirt der Dame unterstellte.

Allerdings relativierte der Mann seine Vermutung: »Ich glaube aber, die Dame hätte den Kanter nicht wirklich beklaut, außer wenn sie vielleicht lebensmüde gewesen ist.«

Die Personenbeschreibung der Frau deckte sich mit der des Pförtners und der der Dirne Ida Sonne. Allerdings erwähnte weder der Wirt noch die Hure eine zweite Frau. Also musste die Dame auf der Straße gewartet haben. Dass an der Kaiser-Wilhelm-Brücke Fußspuren einer zweiten Frau gefunden worden waren, bestätigte die neue Erkenntnis, dass eine weitere Frau an den Morden beteiligt war. Und sei es nur, dass sie Schmiere gestanden hatte. Der abgebrochene Absatz.

An den Namen Dorothea konnte sich der Gastronom nicht erinnern. Er habe ja auch noch andere Dinge zu tun, als die Gäste zu beobachten. Und überhaupt, was seine Gäste beruflich machten, ginge ihn wirklich nichts an.

Malek dankte und verabschiedete sich. Natürlich war es jedem Gaststättenbesitzer lieber, wenn die Kundschaft ehrlich war und das Lokal nicht in Verruf brachte. Der Kriminalist musste an Friedrich Müller aus dem Petrieck denken und schmunzelte.

Als der Kriminalbeamte an diesem Spätnachmittag in das Büro kam, lag der Obduktionsbefund über die Todesursache von Wilhelm Kanter auf seinem Schreibtisch.

Wie Erich Malek vermutet hatte, war die Todesursache Verbluten, verursacht durch die zugefügten Messerstiche. Wilhelm Kanter hatte sich außerdem beide Beine gebrochen.

Kapitel 25

Begegnung im Adlon und eine illustre Trauergemeinde

Für Bruno Hofer konnte es nicht besser laufen. Es gab keine Spur und nicht den geringsten Hinweis, der in seine Richtung zeigte.

Im Gegenteil ging Erich Malek nun, nach eigenen Angaben, von einer Frau als Mörderin aus.

Unbeeindruckt von Lisas Einwänden, welche ihn von seinem Vorhaben abhalten sollten, dem Schauspieler Hans Albers eine Lektion zu erteilen, machte er sich ans Werk, seine Absicht umzusetzen.

Gleich am nächsten Tag brachte Hofer dessen Adresse in Berlin heraus. In der Lennestraße sieben in Tiergarten bewohnte der Schauspieler eine Wohnung. Sogar Albers Lieblingsrestaurant recherchierte Bruno. Dies war nicht besonders schwer, da es stadtbekannt war, dass Hans Albers im Hotel Adlon zu speisen pflegte. Noch mehr ein Grund für Bruno diesen Mann zu hassen, da er das Kempinski am Kurfürstendamm bevorzugte.

Wie Bruno unterrichtet war, drehte Albers einen Film in Babelsberg. Das hieß, er spielte eine eher unwichtige Nebenrolle. Einen Abteilungsleiter in einem Warenhaus. Die weibliche Hauptrolle war mit Olga Tschechowa besetzt. Sicherlich hatte sich Albers schon an die Tschechowa herangemacht. Aber die war ein anderes Kaliber. Da würde sich dieser Schmierendarsteller die Zähne ausbeißen.

Seine eigene Abfuhr, die er von der Schauspielerin erhalten hatte und einen damit verbundenen peinlichen Auftritt vor einigen Jahren, schob Bruno auf ein Übermaß an Alkohol in jener Nacht.

Am folgenden drehfreien Tag ließ Bruno Hofer seinen Wagen von morgens bis zum Mittag vor dem Haus des konkurrierenden Schauspielers parken. Robert, sein Chauffeur, las in aller Ruhe seine Zeitung, während Hofer nervös auf dem Rücksitz vorgebeugt mit den Fingern auf der Lehne des Vordersitzes trommelnd den Eingang im Auge behielt.

Kurz vor zwölf erschien Albers. Sich nach einem Taxi umsehend, unterschrieb er lächelnd für zwei junge Frauen Fotografien von sich. Bruno hatte die zwei in seinem Eifer gar nicht bemerkt. Noch ein Grund mehr, den Rivalen zu hassen. Vor seiner Haustür am Kaiser-Wilhelm-Platz kehrte nur die alte Schröder die Straße und steckte ihre Nase in die Angelegenheiten fremder Menschen.

»Allerdings«, lächelte Bruno in den Rückspiegel von Robert, »hat einmal so ein junges Ding bei mir auf dem Sofa gesessen. Weiß der Teufel, wie die da reingekommen ist.«

Der Fahrer nickte ebenfalls verständnisvoll in den Spiegel, ohne zu wissen, was sein Chef meinte.

»Vielleicht war es ja die Schröder, die sie reingelassen hat. Na, dann sei ihr verziehen. – Achtung!«, rief Hofer und zeigte auf die Benzindroschke, die auf der anderen Straßenseite hielt. »Fahren Sie dem Wagen nach«, kommandierte der Schauspieler. Robert startete den Duesenberg und fuhr hinterher.

Was Bruno Hofer mit dieser Verfolgungsfahrt bezweckte, war ihm selber nicht klar. Und vielleicht hatte Lisa ja recht, Albers war nur ein kleiner, schlechter Provinzschauspieler, der ihm, Bruno Hofer, nie und nimmer das Wasser reichen konnte. Aber da hatte sich jetzt so ein Gedanke in Hofers Kopf festgesetzt, der mit Zuhältern und Nutten nichts gemein hatte. Nicht vorrangig. Es ging ums Töten. Jemanden umzubringen und nicht erwischt werden. Nicht von dem kleinen Kommissar und auch nicht von jemand anderem.

Und dann musste der geniale Plan einfach umgesetzt werden.

Was, wenn man den Schauspieler Hans Albers aus Hamburg, zu Dreharbeiten in Potsdam-Babelsberg in Berlin weilend aus dem kalten Nass der Spree fischen würde? Gerichtet von dem Nuttenrächer. Welch ein Skandal sich dann anbahnen würde. War der Mann neben seiner Tätigkeit auf der Bühne und im Film noch in jenem anderen Gewerbe tätig gewesen? Hatten die Schurkenrollen auf ihn abgefärbt? War er am Ende nichts weiter als ein gemeiner Zuhälter, ein Lude?

Ein, zwei Mädchen würden sich finden, die behaupteten, dieser Albers hätte ihre Zuneigung ausgenutzt und sie auf den Strich geschickt. Solche Frauen gab es und Hofer würde ihnen ein kleines Vermögen zahlen für ihre Aussagen. Lisa würde den Kontakt einfädeln und sie bezahlen.

Was für eine herrliche Intrige!

Am Abend saßen er und Lisa in den bequemen Ledersesseln vor dem Kamin. Magda hatte ordentlich Holz aufgelegt und eine behagliche Wärme füllte den Raum. Die Nächte wurden langsam kühler.

Bruno sprach über seine Verfolgungsfahrt am Mittag. »Der Kerl ist wirklich ins Adlon gegangen. Na, ich hinterher und habe mich in der Lobby des Hotels in einen der Ohrensessel gesetzt. Hinter einer Zeitung verborgen, konnte ich Albers im Restaurant beobachten.«

Lisa konnte sich ein Schmunzeln nicht verkneifen. Hofer war so in seiner Erzählung gefangen, dass er die Geste nicht bemerkte. Gott sei Dank.

Brunos Miene verfinsterte sich wieder. »Dann kommt doch so ein dämlicher Hoteldetektiv und zerstört meine Tarnung. – »Oh, entschuldigen Sie, Herr Hofer, ich habe Sie nicht gleich erkannt. Ich dachte, Sie wären ein Dieb oder ein Räuber und würden die Hotelgäste auskundschaften.«

Magda brachte ein paar Süßigkeiten. Aber weder Hofer noch Lisa hatten Appetit. Bruno goss sich einen Cognac ein und trank ihn in einem Zug aus.

»Und dann passierte natürlich, was passieren musste. Albers tauchte auf und sprach mich an: ›Herr Hofer, ich dachte mir schon, dass ich Sie hier treffe. Ich hatte Ihren Wagen bemerkt. Vor meinem Haus. Und dann waren Sie in dieselbe Richtung gefahren. Ich kann Ihnen übrigens den Hummer nach Art des Hauses empfehlen. Hoffentlich haben Sie unseren kleinen Disput aus dem Theater neulich nicht allzu ernst genommen. Ich wünsche noch einen schönen Tag.‹ Dann zog der Schauspieler seine Tweetkappe und schlenderte lächelnd aus dem Hotel. Er muss sterben«, schloss Hofer seine Schilderung der Ereignisse mit tonloser Stimme ab.

Lisa schüttelte ihren Kopf.

»Gestern bist du noch fast zusammengebrochen und heute schmiedest du schon wieder solche Pläne.«

Lisa Paul überlegte, zur Polizei zugehen. Nicht nur die Gedanken Hofers wurden ihr immer fremder und unheimlicher, wenn sie sie überhaupt verstehen konnte, auch das Wesen und die Sprache des Schauspielers wandelten sich. Zumindest zeitweise. Was trieb diesen äußerst erfolgreichen Mann dazu, einem anderen Schauspieler hinterherzuspionieren? Um sich dann auch noch wie in einem billigen Groschenroman von dem Verfolgten ertappen zu lassen.

»Sitzt mit einer Zeitung vor der Nase und denkt, man kann ihn nicht sehen.« Lisa konnte sich das Verhalten Brunos nicht erklären.

Dann gab es wieder Gelegenheiten, an Abenden bei Hofer hier in seinem Haus, mit Gästen aus Film, Kunst und Politik, da glänzte der Mann mit Charme und einer Liebenswürdigkeit, dass Lisa Schauer über den Rücken liefen.

Und dabei stellte Bruno sie den Gästen wie selbstverständlich als liebe Freundin vor, wohl wissend, dass man hinter seinem Rücken über das einfältige Mädchen reden würde.

Lisa konnte nicht anders, als Bruno die Frage zu stellen: »Warum bist du heute so und morgen wieder anders?«

Hofer wurde auf einmal ganz ruhig. Er musste nicht lange über eine Antwort nachdenken. Anscheinend hatte er sich selber solche Gedanken gemacht.

»Kennst du die Geschichte von Dr. Jekyll und Mr. Hyde? – Nein, woher auch. Es ist ein Buch, eine Novelle des schottischen Schriftstellers Robert Louis Stevenson mit dem Titel: ›Der seltsame Fall des Dr. Jekyll und Mr. Hyde‹.«

Hofer erzählte kurz den Inhalt dieser Novelle, von dem gutmütigen Arzt, der sich von Zeit zu Zeit in eine menschliche Bestie verwandelte. Wie bei dem beschriebenen Dr. Jekyll wandelte sich in diesem Moment auch Hofers Gemütsverfassung. Freudig erregt lief er in seine Bibliothek und kam mit einem Buch zurück.

»Lisa, du Goldstück, du hast mir eine wundervolle Idee gegeben. Hier ist die Novelle von Stevenson und weißt du, was wir daraus machen? – Einen Film! Ja, wir schreiben ein Drehbuch und das muss der olle Lang einfach machen.«

Von Stund an wurde über den Tod des Rivalen vonseiten Hofers nicht mehr gesprochen.

Aber auch zu dem anvisierten Filmprojekt sollte es nicht kommen. Und das weniger weil der Regisseur Fritz Lang nicht von der Idee Hofers begeistert gewesen wäre, vielmehr forderte das Katz-und-Maus-Spiel mit dem Kommissaranwärter Erich Malek mehr und mehr Raum ein.

Malek selber schöpfte keinen Verdacht, dass der Schauspieler ein Doppelspiel mit ihm trieb. Aus diesem Grund hatte er Bruno Hofer von der Beisetzung Wilhelm Kanters erzählt.

Die Beerdigung Wilhelm Kanters geriet zu einem Treffen der größten Unterweltgestalten Berlins. Alles, was Rang und Namen hatte, war versammelt. Aber auch viele kleine Fische schwammen um die großen herum. Es war nicht anders als bei anderen Berufsgruppen. Man musste sehen und gesehen werden. Kontakte knüpfen, gehörte hier wie dort zum Handwerk. Vertreter der Ringvereine und andere Abordnungen des Milieus waren versammelt.

Erich Malek, sein Kollege Klaus Winter und der Schauspieler Bruno Hofer betrachteten aus einiger Entfernung diese Veranstaltung auf dem Dorotheenstädtischen Friedhof. Beäugt ihrerseits mit missbilligenden Blicken der Trauergemeinde.

Die Trauerrede hielt der »schöne Karl«. Im Milieu zu Lebzeiten des Verstorbenen dessen größter Konkurrent. Dies hielt Karl Dressler nicht von einer unverhohlenen Drohung gegen den Mörder ab. Dass man notfalls selbst zugreifen würde, falls die Polizei nicht in der Lage wäre, den Täter dingfest zu machen, ließ Malek aufhorchen. Normalerweise mieden diese Kreise die Justiz und ihre Einrichtungen wie der Teufel das Weihwasser.

Aber »dingfest machen« würde wohl in dieses Fall nicht bedeuten, den Täter der Amtsgewalt zu übergeben.

Auch Hauptkommissar Otto Jansen war beunruhigt, nachdem ihm sein Kommissaranwärter die Ereignisse auf dem Friedhof geschildert hatte.

»Wir müssen sehen, dass wir so schnell wie möglich den oder die Täterin finden, Malek. Sonst haben wir womöglich bald Fälle von Selbstjustiz von irgendwelchem Lumpenpack. Da wird dann schnell mal fremde Wäsche gewaschen und auf die Leine des Rächers mit draufgehangen. Das kommt in der Presse und bei der Bevölkerung verständlicherweise gar nicht gut an. Von den beunruhigten Politikern habe ich Ihnen schon berichtet.«

Kapitel 26

Mordversuch in neuer Maske und ein Feuilletonchef ist amüsiert

Bruno hatte nach dem beinahe schiefgegangenen Angriff auf Wilhelm Kanter hin und her überlegt, ob er noch einmal als Dorothea Hirsch auftreten sollte. Außer der Zeichnung des Kommissars existierte keine wirkliche Beschreibung der jungen Frau. Und auch wenn das Bild nicht schlecht gezeichnet war, eine Detailgenauigkeit ließ es vermissen. Öffentlich ausgehangen war der Steckbrief ebenfalls nicht. So war die Bevölkerung nicht in die Überlegungen der Polizei über eine mögliche Täterin eingeweiht. Und wenn ein Steckbrief die Runde machen würde? Aber dass einer der Luden die junge, attraktive Frau aufgrund der Zeichnung wiedererkennen würde, wenn sie vor ihm stünde, war eher unwahrscheinlich.

Allein Lisa Paul überredete ihn, sich als Dorothea Hirsch zumindest eine Weile von der Straße und dem Milieu fernzuhalten.

Den bekannten Schauspieler ganz von seinem Vorhaben abzubringen, konnte indes die ehemalige Bedienung nicht.

Eine runde Brille, ein schwarzes Toupet und einen gepflegten Schnauzbart, dazu eine Pfeife, ein gespitzter Bleistift, ein Notizblock und schon war aus Bruno Hofer Heinrich Loser geworden, Chef des Feuilletons bei der Vossischen Zeitung.

Bruno Hofer hatte sich nach dem Mord an Wilhelm Kanter eine neue Maske zugelegt.

Nach reiflichen Überlegungen war ein Mann von der Presse am ehesten in der Lage, nahe genug an einen Zuhälter heranzukommen. Verschiedene Personen hatte Bruno ausprobiert. Einen Priester, noch einmal eine Frau, diesmal eine ältere Dame, die auf der Suche nach ihrer verlorenen Tochter war, ein anderer Lude, der eines seiner Pferdchen abzugeben hatte, und einen Vertreter von der Presse. Die Wahl fiel schließlich auf den Journalisten.

Um seine neue Verkleidung auszuprobieren, bestellte Hofer Lisa in das Romanische Café. Dort nahm er am Nebentisch Platz und ließ sich einen Kaffee bringen. Dann blätterte er in einer Zeitung. Schmunzelnd bemerkte er, dass es die Vossische Zeitung war, die er vom Haken neben dem Kleiderständer genommen hatte.

Da Lisa die Gegenwart des Schauspielers nicht bemerkte, erhob sich Hofer nach einer Weile und nahm an ihrem Tisch Platz.

»Darf ich Sie zu einem Gas Sekt einladen, mein Fräulein?«

»Nein, danke, ich warte auf jemanden.«

Jetzt erst beugte sich Bruno vor und blickte Lisa tief in die Augen.

Als sie nach dem Glas Sekt im Romanischen Café auf dem Kurfürstendamm standen, zeigte sich Lisa verblüfft.

»Das ist wirklich beeindruckend. Aber, warum denkst du, kannst du als Journa…«, konnte die junge Frau den Satz nicht zu Ende sprechen, da sie keine Ahnung hatte, was Bruno vorhatte.

»Die Eitelkeit. Die Eitelkeit verschafft mir den Kontakt zu diesen Herren«, erklärte Bruno dem Mädchen seine Überlegungen. »Ich werde ihnen vorspielen, dass ich einen Artikel über den Rächer schreiben will. Dazu würde ich gerne ihre Meinung hören. Sozusagen aus erster Hand.«

»Meine Meinung ist, dass der Nuttenrächer ein Verrückter sein muss«, kippte Ewald Wendrich den doppelten Korn hinunter und schüttelte dabei den Kopf.

»Kein normaler Mensch interessiert sich für Dirnen. Ich meine, außer wenn man ein dringendes Bedürfnis hat«, lachte der Zuhälter.

Wie Bruno Hofer Lisa berichtet hatte, war er einem der Ganoven aus dem Scheunenviertel gefolgt. Nach einer gründlichen Recherche wurde Ewald Wendrich als Zuhälter ausgemacht.

In der Kneipe Zur goldenen Nuss, Dorotheenstraße Ecke Friedrichstraße, hatte der Schauspieler in der Maske des Journalisten den Mann angesprochen. Ein spendiertes Bier und ein Doppelkorn brachen das erste Eis. Dann folgte Schmeichelei auf Schmeichelei und schon bald hatte der Schauspieler den Luden, wo er ihn haben wollte.

»Mein Name ist Heinrich Loser, ich komme von der Vossischen. Von der Zeitung«, fügte Hofer noch an, da sein Gegenüber nicht zu wissen schien, was die Vossische war.

»Ahh, ein Schreiberling«, fiel jetzt der Groschen bei dem Zuhälter. »Aber du wirst mich doch nicht auf die Rolle nehmen?«, verfinsterte sich das Gesicht des Kupplers.

Man hatte im Milieu seit den Morden an den Kollegen einige schlechte Erfahrungen mit der Presse gemacht.

»Ich möchte nur wissen, was die Herren so denken. Gibt es Vermutungen oder sogar Beweise, wer hinter diesen abscheulichen Taten steckt?« Bruno Hofer zog ein Bündel Banknoten aus seiner Jackentasche und schob es Wendrich über den Tisch.

»Ja, ja abscheulich und hinterlistig, ja, das ist es.« Mit flinken Fingern griff der Lude nach dem Geld und steckte es in die Innentasche seiner Jacke. Dann winkte er den Journalisten näher zu sich. »Es wird geredet, dass das Schwein ein verrückter Doktor ist. So eine Art Mabuse. Er soll mit einer Frau zusammenarbeiten. Die ist auch verrückt. Eine ehemalige Hure. Der soll von dem Doktor ein neues Gehirn eingepflanzt worden sein.«

Bruno hatte Mühe, nicht in Gelächter auszubrechen, ob der haarsträubenden Geschichten, die der Kerl von sich gab. Und irgendwie faszinierte ihn die Vorstellung des Luden, er, Bruno Hofer, wäre ein Dr. Mabuse, zumal er Rudolf Klein-Rogge, der Darsteller des Dr. Mabuse selbst kannte. In kürzester Zeit hatte der Schauspieler den Verbrecher für sich eingenommen. Vier weitere Biere und ebenso viele Schnäpse taten ihr Übriges.

Man spazierte hinunter zum Monbijoupark an die Spree, an die Stelle, an der der dritte Mord geschehen war. Hofer, alias Heinrich Loser, wollte das Flair und den Nervenkitzel eines wahrhaftigen Tatorts für seine Leser einfangen.

»Und dann noch mit so einem einflussreichen Mann, wie Sie es sind.«

Heinrich Wendrich fühlte sich geschmeichelt und begann, dem Mann von der Presse den Tatort zu zeigen. Genaueres wusste er auch nicht, da er noch nie an diesem Ort gewesen war. Aber dem Schreiberling würde er für seine Moneten schon etwas bieten.

»Aber was machen Sie denn da?«, drehte sich Wendrich für Bruno zu früh um und blickte geradewegs in die Klinge, die soeben aus dem Heft gefahren war. »Du Schwein, du bist der Nuttenrächer! Du bist Dr. Mabuse!«

Bruno wusste, dass er sofort zustechen musste. Allein er konnte nicht. Es war etwas anderes, einem Menschen das Messer von Angesicht zu Angesicht in den Leib zu rammen, als ihn von hinten zu erstechen. Auch wenn dieser ein Zuhälter, ein Mensch übelster Sorte war, der keine Skrupel hatte, selbst zuzustechen, so war er doch ein Mensch.

Es war Fleisch, es war Blut, es war Leben.

Dass Wendrich im nächsten Augenblick selber ein Messer in der Hand hielt, wunderte daher den Schauspieler nicht.

So sah also sein Ende aus. Das Ende von Bruno Hofer, gefeierter Schauspieler und Liebling von zehntausenden Frauen. Wie wohl die Schlagzeile am nächsten Morgen aussehen würde? »Bruno Hofer tot! Erstochen am Ufer der Spree.«

Und dann gingen die Spekulationen los. Was tat der Mann dort um diese Uhrzeit? In Maske und Kostüm? Was hatte er dort zu suchen? War er in kriminelle Machenschaften verwickelt? War es der Treffpunkt mit einer verbotenen Liebe? Womöglich mit einer Minderjährigen?

Die Spekulationen würden ins Kraut schießen, aber die wahren Umstände würden verborgen bleiben. Lisa würde schweigen und auch sein Mörder lieferte sich nicht selbst der Polizei aus. So blieben die Umstände des Todes von Bruno Hofer wahrscheinlich im Dunklen. Dass schon der Nachruf über das künstlerische Schaffen des berühmten Schauspielers vor seinem geistigen Auge auftauchte und in Form eines Beitrages der Wochenschau im Kino erschien, machte das nun unweigerliche Ende seines Lebens erträglicher. Er dachte noch daran, was er einmal gehört hatte: Kurz bevor man starb, lief das eigene Leben wie ein Film vor dem eigenen geistigen Auge ab. Bei ihm müsste, so wie er gelebt hatte, das Leben nicht nur ein paar Sekunden, sondern nahezu in Spielfilmlänge ablaufen.

Das Geräusch eines dumpfen Schlages holte den bekannten Darsteller wieder zurück in die Wirklichkeit. Leise stöhnend brach Ewald Wendrich vor Bruno zusammen.

Lisa stand mit einem massiven Ast hinter dem auf dem Bauch liegenden Zuhälter und starrte Hofer an.

»War dit jetzt richtig?«, stammelte sie und ließ das Holz fallen.

»Goldrichtig«, erwiderte Bruno. Er nahm die junge Frau in den Arm und küsste sie.

Nach einigen Sekunden der Orientierungslosigkeit nahm der Schauspieler das Messer des Opfers, das dieser nach dem Schlag auf seinen Kopf hatte fallen lassen, in die Hand.

»Muss dit sein? Hat er nicht schon jenuch?«, versuchte Lisa den Mann von seinem Vorhaben abzubringen.

Aber Bruno hatte sich schon entschieden und stach, ohne auf Lisas Frage einzugehen, dem Zuhälter mehrmals in den Rücken. Dann warf er die Waffe in einem hohen Bogen in die Spree.

Ein kurzes Aufbäumen nach jedem Stich und Wendrich rührte sich nicht mehr.

Seinem Schema folgend, dass die Opfer des Rächers in der Spree gefunden wurden, überlegte Bruno, wie er den Toten in das Wasser bekommen würde. Aber selbst mit Lisas Hilfe wären sie zu schwach, den großen, schweren Mann über das Geländer zu heben. Also fasste er ihn gar nicht erst an.

»Wir kriegen den Kerl nie über die Brüstung«, sagte er zu Lisa. »Aber das ist jetzt auch egal.«

»Ist er tot?«, wollte das Mädchen wissen und stupste den Zuhälter mit der Spitze ihres Schuhs in die Seite.

Da sich Wendrich nicht bewegte, entschied Hofer: »Der ist mausetot.«

Bruno hakte sich bei Lisa ein und gemeinsam liefen sie, langsam und bemüht unauffällig zu erscheinen, den Uferweg entlang bis kurz hinter die Eisenbahnüberführung und zum Hackeschen Markt. Dort mischte sich das Paar unter die abendlichen Besucher des Scheunenviertels.

Im Hotel in der Auguststraße, in der schon Dorothea Hirsch abgestiegen war, wandelte sich Heinrich Loser wieder in Bruno Hofer. Und Hofer hatte im Zimmer auf dem Bett sitzend beschlossen, dass der Chef des Feuilletons bei der Vossischen Zeitung sich ab sofort wieder nur mit Kunstausstellungen, Literatur sowie mit Theater- und Kinopremieren befassen würde.

Erich Malek musste einige Irrwege gehen, bis er die richtige Tür zum richtigen Krankenzimmer fand. Dass ein Schutzmann vor der Tür wachte, erleichterte ihm schließlich, Ewald Wendrich zu finden.

»Die Wache draußen«, begann Wendrich mühsam zu sprechen, »ist nur da, weil ich ein wichtiger Zeuge bin. Der Oberstaatsanwalt will nicht, dass ich noch einmal von dem Nuttenrächer angegriffen werde.«

Oberstaatsanwalt Dr. Walter Elster hatte Malek informiert, dass er angeordnet hatte, den überaus wichtigen Zeugen der Anklage zu beschützen. Wendrich selbst wollte den Polizisten nur darauf aufmerksam machen, dass er diesmal ausnahmsweise nicht als Angeklagter zu betrachten war.

»Die Macht der Gewohnheit«, erklärte der Zuhälter dem Polizisten. »Sonst treffe ich auf Leute Ihres Berufes immer in …«, kreuzte er seine Handgelenke und zeigte so an, dass er üblicherweise einem Polizisten in Handschellen gegenübersaß. Dann kam er auf den gestrigen Abend zu sprechen, als er dem bekannten Gewaltverbrecher gegenüberstand.

»Ich habe nämlich den Nuttenmörder gesehen. Von Angesicht zu Angesicht. Und einen Namen habe ich auch.«

Malek konnte sich denken, dass Wendrich schon mit dem Staatsanwalt gesprochen und den Namen des Nuttenrächers sehr teuer verkauft hatte. Vermutlich wurden ihm einige Strafverfahren erlassen.

Der Kriminalist indes ging immer noch fest davon aus, dass sein Mörder eine Frau war.

Dass Herr Wendrich das Geschlecht der Mordopfer verwechselte und statt der Zuhälter die Dirnen als Opfer des Mörders darstellte, schrieb der Kommissar dem Gesundheitszustand des Mannes zugute.

»Wie hat er denn ausgesehen? Und sind Sie sich ganz sicher, dass es ein Mann war?«

Wenn Ewald Wendrich etwas kannte, dann war es der Unterschied zwischen Weiblein und Männlein.

»Herr Kommissar, er hat einen Bart getragen und eine Brille«, schüttelte Wendrich anhand von solchen Beweisen den Kopf.

Dass der Mann überhaupt noch am Leben war, verdankte er einer, wie der behandelnde Arzt bewundernd feststellte, »eisernen Konstitution«. Gefunden hatte den Zuhälter ein Zeitungsjunge, der eine Abkürzung durch den nächtlichen Park genommen hatte. Über den Namen des Nuttenrächers, den ihm Oberstaatsanwalt Dr. Elster nannte, musste Malek schmunzeln. Und natürlich wusste auch Elster, dass er bei Ewald Wendrich mit Tomaten gehandelt hatte.

Heinrich Loser, Leiter des Feuilletons bei der Vossischen Zeitung, saß Malek schmunzelnd in seinem Büro gegenüber. »Zum Glück arbeite ich lange bis spät in die Nacht. Meine Frau kann ein Lied davon singen. Aber nun bin ich doch froh über die viele, schlecht bezahlte und undankbare Arbeit.«

Herrn Losers Alibi konnte die halbe Belegschaft der Zeitung bestätigen.

»Dieser Hundsfott nimmt doch einfach meinen Namen und sticht einen Zuhälter ab.« Heinrich Loser schlug sich halb ärgerlich und halb belustigt auf den Oberschenkel. »Aber die Idee dieses Kerls, eine Reportage über die Morde aus Sicht der Betroffenen, also der Zuhälter, zu schreiben, ist schon ziemlich gut. Nur leider würde ich, wenn ich jetzt diese Idee weiterverfolgen würde, wohl kaum noch einen Gesprächspartner unter den Betroffenen finden.«

»Für unsere Ermittlungen bedeutet das, er ist kein ungebildeter Mann. Wenn der Täter den Namen des Feuilletonchefs der Vossischen Zeitung kennt.«

»Nun, ich fühle mich geschmeichelt. Das sollte Ihr Mörder mal meinem Chef erzählen. Und einigen einflussreichen Abonnenten, die so ihre eigene Meinung vom Feuilleton haben.«

»Fällt Ihnen jemand ein, der einen Groll gegen Sie haben könnte? Der versucht, Ihnen auf diese Weise etwas anzuhängen?«

Wieder schmunzelte der Journalist. »So ungefähr die halbe Kulturgesellschaft von Berlin. Aber mal im Ernst«, wandelte sich Losers Gesichtsausdruck. »So auf Anhieb fällt mir niemand ein. Wenn ich es recht betrachte, kann man durch solch eine Aktion ganz schön in Schwierigkeiten geraten. Gerade ich als Zeitungsmann weiß, wie schnell der Name in Verruf kommen kann. Und irgendetwas bleibt immer hängen. Und wenn ich nicht bei der Kultur, sondern bei der Politik wäre, könnte ich mir schon einige Neider vorstellen, die solche Gerüchte gerne weiter am Kochen halten.« Jetzt grinste der Journalist wieder provokant. »Aber so nimmt mich sowieso niemand ernst!«

»Wendrich hat ausgesagt, dass der Angreifer eindeutig ein Mann war. Aber«, hob Malek seinen Zeigefinger, »es war eine zweite Person anwesend. So die Untersuchungen am Tatort. Neben zwei Männerspuren fanden sich auch die von Frauenschuhen. Sie passen zu denen, die wir bereits kennen. Die Sohlenabdrücke von Wendrich sind identifiziert. Nur das zweite Paar Sohlen passt nicht ins Bild. Die Frau hat dem Opfer wahrscheinlich die Beule an seinem Hinterkopf verpasst.«

So ganz konnte Kriminalkommissar Roder den Ausführungen seines Kollegen nicht folgen.

»Ich dachte, wir gehen von einer Frau aus, die die Herrn Beschützer des horizontalen Gewerbes um die Ecke bringt?«

»Ja, genau das ist es, was meine hübsche Theorie für den Chef über den Haufen wirft«, musste Malek vorerst eingestehen.

»Vielleicht hat sich unsere Frau ja auch als Mann verkleidet?«

»Malek, Malek, Sie greifen nach einem Strohhalm«, rief Wilhelm Roder lachend Malek hinterher, der das Büro verließ. »Womöglich ist Ihr Mann ja auch eine Frau, die eigentlich ein Mann ist!«

Kapitel 27

Eine geliehene Dirne und ein Polizist der kein Zuhälter ist

Malek machte mit hochgeschlagenem Kragen und den Hut tief ins Gesicht gezogen einen abendlichen Schaufensterbummel auf der Friedrichstraße. Auf dem nassen Asphalt spiegelten sich die bunten Reklamen der Geschäfte und das Licht der Straßenlaternen. Passanten eilten mit Regenschirmen bewaffnet an ihm vorbei und flohen vor dem Nieselregen in die Cafés und Geschäfte der Einkaufsstraße.

»Man müsste die Verbrecher mit einbeziehen.«

Malek verfolgte diesen Gedanken weiter: »Was, wenn man dem Rächer eine Falle stellt? Man müsste ihm ein neues Opfer förmlich präsentieren.«

Unwillkürlich fasste sich Malek an sein Kinn. Die Folgen des Faustschlags von Karl Berger spürte er noch immer. »Natürlich, der Eunuch!«

Der Kriminalist blieb stehen und nahm seinen Hut ab und fuhr sich durchs Haar.

In den Auslagen eines Friseurgeschäfts wurde für Pomade, Rasierseife, Kämme und Bürsten in allen Größen und Formen geworben. Der Friseur glättete einem Kunden sorgfältig das Haar und betrachtete den nachdenklichen Mann vor seinem Schaufenster mit professionellem Blick. Zu volles, um sich für ein Toupet zu interessieren und noch zu kurzes Haar für einen Schnitt. Was also betrachtete der Mann?

Malek konnte seine Überlegungen dem Figaro nicht mitteilen, denn jetzt erhellte sich sein Gesicht und er lief schnellen Schrittes zur U-Bahn-Station NORD-SÜD und fuhr mit der Bahn bis Schönhauser Tor, dann weiter zu Fuß in die Rosenthaler Straße und die steile Treppe hinauf.

Diesmal musste Malek nicht auf Helene Stumpf warten, weil sie mit einem Kunden beschäftigt war. Sie saß mit einer Kollegin in ihrem Aufenthaltsraum und trank Kaffee.

»Sie wollten mir doch einen Gefallen tun«, platzte es aus dem Polizisten heraus.

»Ja, aber darf ich erst meinen Kaffee austrinken«, wunderte sich die junge Frau über den Kriminalisten.

»Nein, nein ich meine einen anderen Gefallen. Wir müssen auch mit dem Eu… ich meine mit Karl Berger sprechen.«

»Es tut ihm leid, das habe ich Ihnen doch …«

Malek zog sie an ihrem Arm aus dem Zimmer. »Wo finden wir Karl jetzt?«

»Um diese Zeit ist er meist bei Knötzsch in der Hankestraße.«

Zehn Minuten später saßen Helene Stumpf und der Kommissar dem Eunuchen in der Destillation von Wilhelm Knötzsch gegenüber.

»Ich würde mir gerne Ihre Freundin ausborgen«, versuchte Malek einen, wenn auch nach dem ersten Augenschein, unglücklichen Ansatz einer Erklärung seines Vorhabens. Für den Kriminalisten gänzlich unerwartet, nickte Karl Berger dennoch. Er hatte sofort verstanden, auf was der Beamte der Mordkommission hinauswollte. »Ein interessanter Schachzug, wenn auch recht unkonventionell. Aber wer soll denn den Zuhälter spielen? Sie meinen doch nicht, dass ich …?«

»Nein, nein, natürlich nicht Sie. Es muss ein Polizist sein. Ein Kollege von mir.«

Erich Malek hatte auf einmal verstanden, dass Karl Berger den Unbedarften und Naiven nur spielte. So kam er wahrscheinlich leichter und ohne größere Schwierigkeiten durch das harte Leben eines Zuhälters. Und jetzt begannen die kleinen Knopfaugen zu funkeln. »Sie wollen den Kerl auf frischer Tat ertappen. Aber was ist, wenn er sich auskennt? Was, wenn er aus dem Milieu ist?«

Der Einwand von Berger war berechtigt.

»Ich gehe davon aus, dass der Mann nicht aus dem Milieu ist. Er sieht sich um, er sucht sich seine Opfer aus, aber er hat keine

Informationen über eure Kreise. Er tötet nur, weil er kurz vorher erfährt, dass sein Opfer Zuhälter ist.«

Nun müsste Malek nur noch die Genehmigung für sein Vorhaben bekommen.

Karl Berger jedenfalls war bereit, an diesem Experiment teilzunehmen, und seiner Helene würde er den Plan schon erklären. Diese brauchte eine ganze Zeit, um die Hintergründe des Treffens ihres Freundes mit dem Polizisten zu begreifen.

Kriminalassistent Fritz Teichmann war der Lockvogel. Er war ein kräftiger, junger Bursche und kein Feigling. Also jemand, der wusste, auf was er sich da einließ. Außerdem war er noch nicht lange bei der Inspektion A. Das hieß, er war im Kiez noch ein weitgehend unbeschriebenes Blatt.

Fritz Teichmann hatte sich vor einem halben Jahr aus Magdeburg nach Berlin versetzen lassen. In der Stadt an der Elbe hatte er seine Ausbildung abgeschlossen und wollte sich nun in der Großstadt seine ersten Sporen verdienen.

»Und wenn die Stumpf mein Mädchen ist, kann ich dann auch mit ihr …«

»Das müssen Sie mit dem Eunuchen ausmachen, Teichmann. Und natürlich mit Ihrer Verlobten«, musste Malek die vergnügliche Vorstellung seines Kollegen auf ein Techtelmechtel mit der Dirne richtigstellen. Genauso wie die Einnahmen, die Helene Stumpf mit ihrer Tätigkeit verdiente.

»Sie spielen nur den Zuhälter. Leben müssen Sie weiterhin von Ihrem mickrigen Gehalt«, ergänzte Otto Jansen und fügte noch eine Warnung an: »Seien Sie bloß vorsichtig, Teichmann. Und ich meine nicht nur wegen des Mörders. Sie bewegen sich nicht gerade in Gesellschaft von Chorknaben.« Otto Jansen hatte, wenn auch mit einer gehörigen Portion Unbehagen, dem ungewöhnlichen Ansinnen seines Kriminalisten zugestimmt. Natürlich hatte er sich vorher die Rückendeckung seiner Vorgesetzten eingeholt. Auch einen Schwanz an guten Ratschlägen und Ermahnungen gab der Chef dem jungen Mann mit auf den Weg.

»Und vor allen, Teichmann, bleiben Sie sauber. Halten Sie sich aus allem heraus, was auch nur auf weiteste Entfernung illegal riecht.« Kriminalhauptkommissar Jansen betonte noch einmal, dass diese ganze Aktion selbstverständlich freiwillig wäre und Teichmann jederzeit aussteigen konnte.

Um den Mörder emotional anzufüttern und auf die richtige Spur zu locken, hatte Malek eine fingierte Meldung in der Vossischen Zeitung platziert. Hierin hatte ein junger Zuhälter vor einem Journalisten mit der Aufforderung geprahlt, er würde den Rächer schon zur Strecke bringen, wenn er ihn zu fassen bekäme. Auf einem Foto war Fritz Teichmann mit dem Decknamen »Hans S.« und unter der Berufsbezeichnung »Beschützer« abgelichtet.

Der erste Tag im neuen Leben des Zuhälters Hans S. verlief nicht so leicht wie gedacht. Ein Beamter ist ein Beamter und in Deutschland noch mehr als in anderen Ländern. So musste Teichmann sich zwingen, bei vielem, was im Kiez als normal galt, wegzusehen und sprichwörtlich beide Augen zuzudrücken.

»Hab dich nicht so, du bist jetzt einer von uns«, versuchte Helene Stumpf ihrem neuen Beschützer wenigstens die Grundbegriffe des Milieus beizubringen. »Dich erkennt ja der naivste Freier vom Land als einen von der Polente.«

Besonders die Gewalt unter einigen Zuhältern und gegenüber deren Mädchen war für Teichmann schwer zu ertragen.

Noch schwerer war es allerdings, den Sonderauftrag seiner Verlobten beizubringen.

Malek selbst musste Luise versichern, dass die Bekanntschaft zwischen der Dirne Helene und ihrem Fritz rein beruflich war.

Kapitel 28

Ein Mord auf offener Straße und ein verwechseltes Opfer

Fast hätte sich Bruno mit dem Rasiermesser in die Wange geschnitten, so überrascht war er vom Auftauchen Lisas hinter sich. Lautlos hatte sie in der Tür vom Schlafzimmer zum Bad gestanden und ihn angestarrt.

»So kann man sich leicht die Kehle aufschlitzen«, blinzelte der Schauspieler und setzte die Klinge neu an.

»Sie haben den Karl totgemacht.«

»Welchen Karl?«, fragte Bruno, ohne seine Rasur zu unterbrechen.

»Karl Schmidt.«

»Karl Schmidt, wer?«

Jetzt sah Bruno über den Spiegel Lisa hinter sich an. Er bemerkte, wie ihr Tränen über die Wangen liefen.

»Der Karl war mein …«, stockte die junge Frau und sah auf den Mann vor sich, der nur in Unterhose bekleidet war.

Lisa bekam ein schlechtes Gewissen, dass sie gleichzeitig zu Hofer und Karl eine Beziehung unterhalten hatte, ohne dass Bruno davon wusste.

Beide Verhältnisse waren nicht miteinander zu vergleichen. In die Affäre mit Hofer war Lisa eher hineingeschlittert. Und sie genoss die Vorzüge, die sich durch den Reichtum Brunos für sie ergaben.

Mit Karl war das anders. Karl liebte sie. Obwohl sie sich dieser Gefühlsregung erst jetzt bewusst wurde.

Ob sie beide, sie und Karl, eine gemeinsame Zukunft gehabt hätten, darüber hatte sich Lisa in letzter Zeit immer öfter Gedanken gemacht.

Das Leben in der Villa war schön und leicht. Bruno kümmerte sich um sie und sorgte dafür, dass sie sich bildete. So hatte sie sich schon das Berlinern etwas abgewöhnt. Bücher sollte sie lesen und die Tageszeitung. Auch wenn sie sich für das meiste, was darin zu lesen stand, nicht interessierte. Die Klatschspalten mochte sie am liebsten. Nicht selten war Hofer Gegenstand eines Artikels. Sogar in der Villa waren eine Journalistin und ein Fotograf gewesen. Vor drei Wochen filmte die Wochenschau Bruno in seinem Garten vor dem Wannseepanorama.

Lisa hatte aus dem Schlafzimmer hinter der Gardine zugesehen. Vor die Kamera sollte sie nicht, Bruno fand es zu riskant, dass sie in der Öffentlichkeit an seiner Seite auftauchte. Im Privaten, bei Festen und anderen Gelegenheiten im Haus, machte der Schauspieler kein Geheimnis aus Lisa und wie sie zueinander standen.

Karl Schmidt hatte wohl geahnt, dass seine Freundin mehr für Hofer war als ein Dienstverhältnis, und auch die Verstrickungen seiner Freundin in die mysteriösen Gewalttaten des Schauspielers hatte Karl mit gemischten Gefühlen verfolgt. Aber er hatte geschwiegen.

Das jedenfalls glaubte Lisa. Oder hatte Karl Hofer doch zur Rede gestellt? Konnte es sein, dass er bei Bruno vorstellig geworden war und, im guten Glauben Lisa damit einen Gefallen zu tun, auf ihn eingewirkt hatte?

Mit dieser Erkenntnis keimte eine neue Vermutung in ihr auf.

»Steckst du dahinter? Hast du etwas mit seinem Tod zu tun?«

Der Schauspieler wusch sich die Seife aus seinem Gesicht, trocknete sich ab und kam zu Lisa herüber.

Unerwartet zärtlich nahm er die junge Frau in den Arm und drückte sie fest an sich. So standen sie fast fünf Minuten still im Schlafzimmer. Dann löste sich Bruno von Lisa und nahm sie an die Hand. Gemeinsam gingen sie hinunter in das Wohnzimmer. Hier schenkte Hofer sich und Lisa einen Cognac ein. Sie setzten sich auf die Couch.

»Ich nehme an, dieser Karl war ein Freund von dir?«, begann Bruno behutsam das Gespräch. »Und er ist ermordet worden.«

»Ich war bei meiner Familie und da haben sie es erzählt.«

»Und weshalb denkst du, ich hätte mit seinem Tod etwas zu tun?« Bruno ahnte, weshalb Lisa auf diesen Gedanken gekommen war.

Jetzt sprach Lisa sehr leise und der Schauspieler konnte ihr schlechtes Gewissen an ihrem Tonfall heraushören. »Weil ich dem Karl von dir und den Zuhältern erzählt habe.«

Auf einen Wutausbruch Hofers gefasst, schloss das junge Mädchen die Augen und senkte den Kopf. Aber auch in diesem Moment täuschte sich Lisa in der Reaktion Brunos. Er strich ihr stattdessen beruhigend über das Kopfhaar.

»Das war nicht richtig, aber ich nehme an, du hast dem Jungen getraut.«

Obwohl Bruno diesen Karl nicht kannte, ging er von einer gleichaltrigen Freundschaft aus. Dass Lisa zu Karl ein Liebesverhältnis unterhalten hatte, ahnte der Schauspieler.

»Wann ist dein Karl denn getötet worden und wo?«

»In unserer Straße, vor seinem Haus, gestern am frühen Morgen.«

In der Zeitung hatte nichts gestanden. Zumindest konnte sich Bruno Hofer an keine entsprechende Meldung erinnern. Es konnte natürlich auch gut sein, dass er über solch eine Nachricht einfach hinweggelesen hatte.

»War dein Freund ein Nationalsozialist?«

Lisa sah Bruno mit einem empörten Gesichtsausdruck an. »Karl ist in der KPD. Er ist – er war Kommunist.«

»Dann ist der Mord wahrscheinlich von einem Nationalsozialisten verübt worden. Die Polizei weiß nichts?«

Lisa hob die Schultern. »Meine Mutter hat nur erzählt, dass man den Karl vor seiner Haustür tot aufgefunden hat. Niemand hat etwas gesehen.«

Noch einmal kam Bruno auf Lisas Geständnis zurück. Aber auch jetzt blieb er ruhig. »Hast du sonst wem von uns erzählt? Deiner Mutter oder einem deiner Geschwister?«

»Nein, nur dem Karl.«

Bruno erhob sich. »Ich muss mich jetzt fertig machen, ich habe eine Verabredung mit einem Filmproduzenten in der Stadt. Anschließend will ich zum Polizeipräsidium gehen und sehen, ob ich den Malek treffe. Vielleicht weiß der, was deinem Karl passiert ist.« Ohne ein weiteres Wort stieg Hofer die Treppe zum Schlafzimmer hinauf.

Lisa blieb auf der Couch sitzen.

Ganz geheuer kam ihr die Reaktion Brunos auf ihr Verhältnis zu Karl Schmidt nicht vor. So gar keine Vorwürfe oder einen Wutausbruch? Ob der Schauspieler doch etwas mit dem Tod ihres Freundes zu tun hatte?

Wieder liefen Lisa Tränen über das Gesicht.

Nach dem geschäftlichen Gespräch im Romanischen Café ließ sich Hofer wie angekündigt zum Polizeipräsidium am Alexanderplatz fahren. Dort traf er den Kriminalisten Erich Malek an.

»Ich weiß, es kommt Ihnen sicherlich ungewöhnlich vor, aber ich wusste keine andere Stelle, an die ich mich hätte wenden können«, leitete Bruno seine Frage nach dem Tod von Karl Schmidt ein. »Es ist eine Angestellte von mir. Dieser Karl Schmidt war ihr Bekannter.«

Malek versicherte Hofer, dass es kein Problem wäre, sich für den Schauspieler zu erkundigen.

Am Abend desselben Tages hatte Malek eine, wenn auch nicht vollständige Erklärung für den Tod von Karl Schmidt eingeholt. Schmidt wurde, wie Lisa schon bekannt war, vor seiner Haustür von Passanten am frühen Morgen tot aufgefunden. Die Gerichtsmedizin hatte fünf Wunden in der Brust festgestellt, die vermutlich durch Messerstiche verursacht worden waren. Wer als Täter infrage kam, darauf konnten die Kollegen Malek keine Antwort geben.

Politische Hintergründe konnten nicht ausgeschlossen werden. Karl Schmidt war aktives Mitglied in der Kommunistischen Partei Deutschlands.

»Es könnte aber auch eine Liebesbeziehung der Grund für den Tod des Mannes sein«, hatte Malek Hofer gegenüber am Telefon erwähnt. »Mord aus Eifersucht eines Kontrahenten. Ihre Hausangestellte soll sich bei den Kollegen melden. Vielleicht kann sie etwas zu dem Fall beitragen.«

Für Bruno war die Nachricht Maleks mehr als beunruhigend. Hatte er vordergründig nichts mit dem Tod Karl Schmidts zu tun, konnte eine Untersuchung des Falles ihn dennoch in die Bredouille bringen. Es war eine Frage der Zeit, dass die Polizei Lisa vernehmen würde, um dann zu erfahren, dass die junge Frau bei ihm in der Villa in Wannsee lebte und gleichzeitig mit Schmidt verbandelt gewesen war.

Bruno ärgerte über sich selbst, den Kriminalisten überhaupt angesprochen zu haben. Was ging ihn der Tod dieses Jungen an?

So war er – anders als am Mittag – Lisa gegenüber am Abend nicht mehr so gelassen.

»Kann es sein, dass dein Karl sich auch noch anderweitig umgesehen hat?«

»Was meinst du mit umgesehen?«

»Hat er noch eine andere Freundin gehabt? Und kann es sein, dass die einen Verehrer hatte, der hinter diese Liaison gekommen ist und den Karl aus Eifersucht abgestochen hat?«

Lisa war von der Fragestellung Brunos völlig überrascht.

»Meinst du, es war gar nicht politisch?«

Bruno dachte nach.

Das wäre verrückt, wenn die Polizei über den Tod dieses jungen Mannes und über seine Geliebte auf ihn und seine Taten kommen würde. »Von hinten durch die kalte Küche«, lachte er schief. »Und wenn nicht wegen der Zuhälter komme ich in Verdacht, aus Eifersucht einen Menschen getötet zu haben. Absurd. Absurd und absolut filmreif!«

Lisa konnte dem Mann und seiner Spekulation nicht folgen.

Dass sie sich bei der Polizei melden sollte, war ihr selber unangenehm. Hoffentlich verplapperte sie sich nicht während der Befragung.

Dass Hofer nicht der Mörder von Karl Schmidt gewesen sein konnte, erklärte er Lisa. Er hatte um die fragliche Zeit einen Drehtag in Babelsberg.

»Das können dir mindestens achtzig Menschen bestätigen.«

Über das Verhältnis seiner Geliebten zu dem jungen Mann wurde nicht wieder gesprochen.

Die ganze Aufregung verpuffte gleich am nächsten Tag so schnell wie sie gekommen war.

Hofer hatte noch die halbe Nacht überlegt, wie er und Lisa aus der Geschichte herauskommen konnten. Dann kam er auf die Ausrede, seine Hausangestellte hätte sich getäuscht. Es wäre ein anderer junger Mann als ihr Bekannter. Sie trügen nur denselben Namen.

Malek telefonierte am Morgen mit dem Schauspieler.

»Sie haben mich doch wegen dieses jungen Arbeiters angesprochen, der im Wedding erstochen wurde und den ihre Hausangestellte kannte. – Der Tod von Karl Schmidt war letztlich einer tragischen Verwechslung geschuldet.«

Hofer ahnte, welch seltsame Wendung das Schicksal wieder einmal nehmen würde.

»Schmidt Karl. Und der Name ist auch gleichzeitig die Lösung für den Fall. Schmidt meine ich.«

Der Schauspieler war so in seine Gedanken versunken, dass er nur mit einem Ohr zuhörte.

Malek dachte, der Schauspieler sei noch nicht richtig wach, und entschuldigte sich nachträglich für die frühe Störung.

»Aber nein, Herr Malek, ich weiß es zu schätzen, dass Sie mich in Kenntnis setzen. Und ja, ich habe die halbe Nacht gedreht, auf dem Studiogelände in Babelsberg.«

»Ich wollte Ihnen auch nur mitteilen, dass es eine Namensverwechslung war. Ein anderer Schmidt war das Ziel des Anschlags. Und ein Anschlag, ein politischer Anschlag war es. Nur dass das Opfer ein anderer sein sollte.«

Bei der weiteren Schilderung des Polizeibeamten musste Bruno unwillkürlich lächeln.

»Der getötete Mann hatte denselben Nachnamen wie der Schmidt, den ihre Angestellte kannte, die gleiche Größe, die gleiche Haarfarbe und das ungefähre Alter des anvisierten Opfers, und er wohnte im Nachbarhaus, nur«, machte Malek eine Pause und die abschließende Erklärung für den Mord an Karl Schmidt spiegelte die ganze Absurdität der gegenwärtigen politischen Verhältnisse wider, »er war Kommunist. Der geständige Täter hat ausgesagt, dass er nach dem Namen gefragt und dann sofort zugestochen hat.«

Da hatte es eine einfache Verwechslung der Person gegeben und es hatte das Leben eines Gesinnungsgenossen gekostet.

Jemand hatte den Mann niedergestochen, weil er glaubte, es wäre der Schmidt, der bei den Nationalsozialisten aktiv war, und hatte den Schmidt getötet, der Kommunist und so ein Genosse von ihm war.

»Hätte der Mann seine Uniform getragen, wäre die Verwechslung nicht passiert«, fügte Malek mit einem bitteren Unterton an.

Hofer setzte noch an Sarkasmus nach: »Ja, es wäre besser, diese Leute würden nur in ihren Uniformen herumlaufen. Zumindest die, die Schmidt, Müller oder Krause heißen. Guten Tag, Herr Malek«, verabschiedete sich Bruno von dem Kriminalkommissaranwärter.

Bruno war froh, dass Lisa nun nicht mehr zur Polizei brauchte.

Dass ihr Freund aufgrund einer Verwechslung sterben musste, machte für Lisa den Verlust noch schwerer.

Kapitel 29

Ein ärgerlicher Kriminalist und ein Schauspieler in seiner besten Rolle

Ein Brief von Rosa brachte, neben einigen persönlichen Erklärungen, auch eine Entwicklung im Fall des Nuttenrächers. Ein gemeinsamer Bekannter von Rosa und ihrem verstorbenen Strizzi hatte ihr in München gesagt, dass Strobel ihm erzählt hatte, er wolle in Berlin einen Freund aus alten Jugendtagen besuchen. Dieser wäre inzwischen ein sehr erfolgreicher Schauspieler. Namen wurden zu Maleks Bedauern nicht genannt. Nur, dass dieser Herr neben einer Wohnung noch eine große Villa am Wannsee bewohnte. Und ein eigenes Automobil samt Chauffeur sollte dieser Schauspieler sein Eigen nennen.

»Ein Duesenberg, Modell Convertible Coupé und der Name des Fahrers lautet Robert.«

Dass die Verbindung zu dem bekannten Schauspieler Bruno Hofer in demselben Augenblick die Kombinationsgabe des Kriminalisten reizte, war mehr einer Intuition geschuldet als kriminalistischer Arbeit. Aber könnte es nicht sein, dass Hofer den Strobel wirklich gekannt hatte und nun ihn, den Kommissar, ausgefragt hatte? War es am Ende diese Geschichte, die der bekannte Schauspieler in ein Drehbuch fassen wollte? Hatte Hofer den Polizeibeamten nur als Informanten benutzt? Und was, wenn Bruno Hofer und Valentin Strobel wirklich Jugendfreunde gewesen waren?

Zwei Stunden nach diesen ersten Überlegungen stieg Kriminalkommissaranwärter Erich Malek aus dem Dienstwagen der Fahrbereitschaft.

Ein Telefonat mit der Haushälterin in der Villa Hofers hatte den Kommissar nach Babelsberg geführt. Hier hielt sich der Darsteller zu Dreharbeiten auf.

Das Gelände der Ufa-Filmgesellschaft lag weitgehend unbespielt da. Zurzeit wurde keiner von den großen Monumentalfilmen gedreht, die noch vor einigen Jahren das gesamte Filmgelände mit Schauspielern, Statisten, Kameraleuten, Spielleitern und Dramaturgen bevölkerten. Überall hatten große Scheinwerfer herumgestanden, waren gigantische Kulissen verschoben worden und es war Feuer und Dampf aus ächzenden Maschinen erzeugt worden. »Metropolis« und »Die Nibelungen« von Fritz Lang hießen die großen Werke, die von Babelsberg aus versuchten, die cineastische Welt zu erobern.

»Ja, ich gestehe«, richtete sich der Schauspieler gerade auf und hielt dem Kriminalbeamten lachend seine Arme hin, dass dieser Handfesseln anlegen konnte.

Hofer hatte einige Minuten auf dem Kanapee in seiner Garderobe zwischen zwei Einstellungen geruht. »Ich hatte dem Strobel die Adresse des Petrieck genannt. Ich wollte mich an einem möglichst unauffälligen Ort treffen. Verstehen Sie, dieser Mensch passte nicht mehr in mein jetziges Leben.«

»Was wollte denn Valentin Strobel von Ihnen?«, fragte Malek weiter.

»Geld, Herr Kommissar. Er wollte sich Geld borgen. Was sonst. Wenn man ein erfolgreicher Schauspieler ist, treten häufig Menschen in ihr Leben, die meinen, aus irgendwelchen unerfindlichen Gründen, einen Anspruch auf finanzielle Hilfe zu haben. Sie sollten meine tägliche Post durchstöbern. Bettelbriefe sind an der Tagesordnung. Valentin hat sich ganz plötzlich an unsere Freundschaft erinnert. Allerdings«, relativierte Hofer gleich, »war diese Freundschaft nicht wirklich das, was der Name ausdrückt.«

»Und Sie haben Strobel, an diesem Abend in diesem Lokal getroffen?«

Um sich ein wenig mehr Zeit zu verschaffen und sich eine Ausrede einfallen zu lassen, klingelte Hofer nach der Garderobiere. »Entschuldigen Sie, Herr Kommissar, aber ich muss kurz etwas klären.« Dann nahm er ein künstliches Haarteil von dem Perückenkopf und als Frau Schneider, die Garderobiere, in den Raum kam, hielt Bruno ihr das Kunsthaar hin. »Frau Schneider, könnten Sie sehen, ob man das Bündchen hier am Rand nicht ein wenig weiter macht. Es drückt doch ganz schön. Vielen Dank. Sie sind ein Schatz.«

Auf der Stirn von Bruno Hofer bildeten sich kleine Schweißperlen. Zum Glück war der Kriminalist in diesem Moment nicht so aufmerksam. Und auch die vielen Scheinwerfer im Dachbereich der großen Halle vergossen ihr Licht und die entsprechende Wärme heizte das Studio und die Garderoben auf. So entledigte sich auch der Kommissar seines Jacketts.

Erich Malek war äußerst ärgerlich über das Verhalten des Schauspielers. Er fühlte sich ausgenutzt und hinters Licht geführt. Was bildete sich dieser Mensch ein, sich einfach über das Gesetz zu stellen, weil er glaubte, als Künstler im Namen der Kunst sich dieses Recht einfach herausnehmen zu können?

»Sie hätten mir von Ihrer Bekanntschaft erzählen müssen. Und aus einer tragischen Mordserie eine Geschichte für das Kino zu machen, ist, zumindest zu dieser Zeit, sehr unpassend.«

Hofer musste seine ganze schauspielerische Kraft und Erfahrung zusammennehmen, um keinen Fehler zu begehen. Der Kriminalist hatte sich schon selbst, durch sein eigenes Denken, von der richtigen Fährte abgebracht. Nun musste Bruno ihn nur weiter in diese Richtung lenken.

»Sie müssen verstehen, dass dieser und die weiteren Tode mich sofort als Schauspieler interessierten. Als dann auch noch die Berichte über einen Rächer aufkamen, war für mich die Geschichte eines großen Filmes geschrieben. Sehen Sie sich draußen um, Herr Kommissar«, erhob sich Hofer von seinem Sofa und forderte den Beamten auf, ihm zu folgen. Direkt vor der Tür der Garderobe standen sie mitten in dem Filmset, das für die Produktion »Die Verführungskünste der Madame D.« aufgebaut war. Malek glaubte zwischen den Kulissen stehend in das Zeitalter des Rokoko zurückversetzt zu sein. Alles wirkte wie die Epoche dieses leichtfüßigen, feinsinnigen Lebensgefühls gepaart mit der Verherrlichung des absolutistischen Herrschers. Nur die weiß geschminkten Antlitze des Adels, mit ihren pompösen Gewändern, zusammenstehend mit den braun gebrannten Gesichtern von Bauernkindern, Mägden und Knechten in Lumpenkleidung in einer Drehpause einträchtig plaudernd, passten nicht in das Bild. Solche Szenen wären zur damaligen Zeit undenkbar gewesen.

»Dafür, für das alles hier, Herr Malek, dafür habe ich nicht ganz die Wahrheit gesagt. Nur zum Ruhme des Films. – Und für das Publikum, das abends, nach einem langen, schweren Arbeitstag gespannt in den Kinosesseln auf das wartet, was wir ihnen zu erzählen haben. Die Menschen wollen unterhalten werden. Sie wollen Liebe erleben, Trauer, Wut und Angst. Wir verzaubern die Menschen und manchmal ängstigen wir sie. Ja, auch der Schrecken gehört zum Leben und zum Film. Und ein Schauspieler muss dabei alles geben, was er geben kann. Er muss bereit sein, sich für das Publikum aufzugeben, sich zu opfern.«

Ein wenig war Malek von der dramatischen Schilderung Bruno Hofers über seine Sicht dieser Filmwelt überrascht und sie befremdete ihn auch ein wenig. War es nicht einfach nur Theater? Theater auf Zelluloid? Aber das sagte er dem Schauspieler lieber nicht. Und bei aller Befremdung über die Welt des Bruno Hofer betrachtete Malek diese aus Schminke, Kostümen, Pappmaschee und Gips geschaffene Illusion mit größter Faszination.

Bruno wiederum beobachtete die Reaktion des Polizisten.

Nach einem Rundgang über das Filmgelände saßen der bekannte Schauspieler und der Kriminalkommissaranwärter bei eine Tasse Kaffee in der Kantine der Filmproduktion. Hier wimmelte es von Elfen, Rittern, Hafenarbeitern und Soldaten in Kriegsuniform.

Hier trafen alle Filmwelten, die in den Studios gleichzeitig entstanden, aufeinander. Schauspieler, Regisseure, Drehbuchautoren, Filmarchitekten und Produzenten saßen gemeinsam zum Plausch und Meinungsaustausch an dem im Grunde wenig einladenden Kantinenmobiliar. Die Beleuchtung war eher einer Bahnhofshalle zuzuordnen als einem Ort, an dem Filmgeschichte geschrieben wurde. Hier wurden neue Produktionen besprochen und Karrieren gestartet. Aber auch das Ende von so manch einer Schauspielkarriere wurde zwischen Kaffeetassen, Biergläsern, Würstchen und Spiegeleiern besiegelt. Der Kriminalist dachte an seinen Vorgesetzten und an dessen guten Ratschlag und fragte sich, wie hier wohl die Bouletten schmeckten.

Malek musste die Aussage von Hofer über den besagten Abend noch vervollständigen und schrieb die Angaben in seinen Notizblock.

»Nach dem überraschenden Besuch bei Ihnen zu Hause vor Ihrer Wohnung hatten Sie sich mit Valentin Strobel im Petrieck getroffen.«

»Nein, ich hatte mich nur verabredet. Ich hatte den Strobel verpasst. Ich kam leider zu spät zu unserer Verabredung. Wie ich dann erfahren habe, hatte Valentin inzwischen das Lokal mit einer Dame verlassen. Das erschien mir nicht ungewöhnlich. Und dann dachte ich, der wird sich schon wieder melden. Dass er es nicht getan hat, darüber war ich dann auch erleichtert. Dass ihm etwas zugestoßen sein könnte, daran habe ich nicht gedacht. Ich habe auch viel zu tun, wie Sie ja mitbekommen haben. Und man sitzt nicht zu Hause und wartet auf solch einen Menschen. Aber wenn ich bedenke, bei allem, was der Strobel auf dem Kerbholz hatte, war es trotzdem kein schönes Ende.«

»Sein Leben durch Gewalt zu verlieren, ist nie schön. Ob man ein ehrbarer Bürger ist oder ein Gauner wie Ihr Freund einer war. Hat denn der Herr Strobel erwähnt, ob er noch andere Geschäfte in Berlin tätigen wollte?«

»Nein, dafür blieb an meiner Wohnungstür nicht die Zeit.«

»Und die Dame, können Sie über die etwas sagen?«

»Leider auch nicht. Ich vermute, der Valentin hat sie dort im Petrieck kennengelernt. Mit den Frauen hat er es schon immer leicht gehabt. Auch früher schon. Und immer war er ein Haldodri, mit den Weibern«, zwinkerte Hofer dem Polizisten zu.

Malek musste an Rosa denken.

»Verstehen Sie mich nicht falsch, Herr Kommissar, oder halten mich bitte nicht für gänzlich gefühllos, aber diese Geschichte hat mich nun einmal gepackt. Ich verspreche Ihnen, ich werde kein Drehbuch oder etwas Ähnliches verfassen, solange der Täter nicht gefasst ist.«

Malek musste lächeln. »Was wollen Sie wissen?«, erriet der Kriminalist, was der Schauspieler mit seiner Beteuerung erreichen wollte.

»Dieser junge Bursche, dieser Zuhälter, der in der Zeitung zitiert wurde, dass er den Rächer zur Strecke bringen würde. Was ist da dran? Kennen Sie den Mann?«

Jetzt musste Malek lachen, sodass sich Hofer verwundert am Kopf kratzte.

»Habe ich etwas so Lächerliches gefragt?«

»Aber nein, Herr Hofer, es ist nur so, dass dieser Zuhälter gar keiner ist. Er ist ein Polizeibeamter. Er spielt den Lockvogel. Es ist ein Mitarbeiter von mir. Er und die Dirne sind nur zum Schein ein Paar. Es ist ein Versuch. Zugegeben ein wenig ungewöhnlich, aber vielleicht führt es ja zum Erfolg.«

»Nun bin ich aber wirklich überrascht«, musste Bruno dieses Mal nicht einmal lügen. Und fast tat ihm der junge Kommissar leid, dass er so freiwillig unwissentlich Informationen herausgab, die ihm, Bruno Hofer, so überaus nützlich waren.

Erich Malek vertraute ihm. Warum auch nicht. Die Geschichte, die Hofer ihm aufgetischt hatte, war absolut glaubwürdig. Und dann, der bekannteste Schauspieler in Deutschland ein Mörder? Sogar ein Serienmörder?

Als Bruno sich diese Frage in seinem Kopf gestellt hatte, erschrak er. War er das wirklich? – Nein, ein Serienmörder war einer, der aus niederen Beweggründen Menschen tötete. Ein kranker Mensch. Er war nicht krank. Wie sollte er krank sein und tagtäglich seiner Arbeit nachgehen? Stundenlang konzentrierte er sich vor der Kamera und hatte gar keine Zeit, um krank zu sein.

Eine Lautsprecherdurchsage holte Bruno wieder zurück in das Geschehen um ihn herum.

Worüber hatte Malek noch einmal gesprochen? – Ach ja, die Falle, die der Kriminalist stellen wollte.

»Einem geschenkten Gaul sieht man nicht ins Maul!«

Dass er, wie von der Polizei beabsichtigt, durch die Aussage des jungen Mannes, der, wie er jetzt wusste, nur einen Zuhälter spielte, angezogen und sich provoziert fühlte, ärgerte den Schauspieler. Hatte Hofer doch gedacht, er habe sich und seine Gefühle unter Kontrolle. Aber auch diese Gefühlswallung hatte sein Gutes, so ging Bruno nicht in die gestellte Falle des Kommissaranwärters.

»Ich glaube, man hat gerade Ihren Namen ausgerufen, Herr Hofer«, machte Malek den Schauspieler auf die Durchsage aufmerksam.

»Ja, danke, es geht weiter, ich muss wieder ins Studio, die nächste Szene wird gedreht. Möchten Sie mitkommen und ein wenig zusehen?«

Der Kriminalbeamte verneinte und deutete auf den Wagen der Fahrbereitschaft, der auf ihn wartete, um ihn zurück ins Präsidium nach Berlin zu bringen.

»Der Chef macht mir die Hölle heiß, wenn ich den Wagen zu lange in Beschlag nehme. Wir sind Beamte und haben unsere Dienstvorschriften.«

Hofer lachte und schlug dem Kommissar freundschaftlich auf die Schulter. »Dann mache ich Ihnen einen Vorschlag. Sie lassen Ihren Dienstwagen alleine nach Berlin zurückfahren und sehen sich die Dreharbeiten an. Danach gehen wir gemeinsam Essen und anschließend bringt Sie mein Duesenberg zurück zum Revier. Na, wie hört sich das an?«

»Sehr gut, trotzdem, ich habe noch einen Beruf und einen sehr kniffligen Fall zu lösen. Ich werde Ihr Angebot ein anderes Mal gerne annehmen. Auf Wiedersehen.«

Die Männer reichten sich die Hände. Malek ging zu seinem Fahrzeug und stieg ein. Auf dem Rücksitz winkte er dem Schauspieler zu.

Bruno Hofer sah dem Polizeiauto nach, bis es die Schranke zum Filmgelände passiert hatte und außer Sicht war.

Es war alles gut gelaufen. Zwar um Haaresbreite, aber dank seiner schauspielerischen Leistung hatte er den Polizisten überzeugt. Selbst wenn einiges etwas zu dick aufgetragen war, wie die Schminke im Gesicht des Schauspielers, um vor dem Licht der Kamera zu bestehen. So musste auch die Lüge dick aufgetragen werden, um vor der Wahrheit zu bestehen.

Nach seiner Rückkehr aus Babelsberg hatte Erich Malek die Wahl in seine Wohnung zu fahren oder bei sich in Neukölln in der Kneipe Jonaseck noch ein Bier zu trinken. An beiden Orten konnte er sich nicht konzentrieren. Im Jonaseck würde er Bekannte treffen, die ihn in Gespräche verwickelten, und zu Hause würde Rosa sich in seine Gedanken schleichen und ihn auch nicht zur Ruhe kommen lassen.

Also blieb er, wo er war.

Das Präsidium hatte sich geleert. Kaum jemand war in den Büros oder auf den Fluren unterwegs.

Es ärgerte den Kriminalbeamten, dass seine einzige gegenwärtige Alternative, seinen ersten eigenen Fall zu lösen, nur mithilfe einer Falle gelingen könnte. Irgendwie kam ihm diese Lösung unehrlich vor. Vor allem da Kriminalassistent Teichmann dafür seinen Kopf herhalten musste.

So hatte Malek eine Flasche Weinbrand bereitgestellt und eine Zigarre und Streichhölzer neben den Aschenbecher gelegt. Er wollte einmal in aller Ruhe die Fakten seines Falles durchgehen.

Vor sich auf seinem Schreibtisch lagen die Akten der getöteten Zuhälter. Dazu noch alles Schriftliche, was er über die Prostituierten der Herren finden konnte. Die Damen hatten in einigen Fällen ein ähnlich langes Strafregister wie die Luden.

Malek hatte sich eine Holztafel bringen lassen. An diese hatte er die Bilder der Ermordeten befestigt. Dank der Verbrecherkartei hatte er entsprechend hübsche Konterfeis der Herren.

Es gab, soweit bekannt, untereinander keine verwandtschaftlichen Bindungen und von Freundschaft konnte man auch nicht ausgehen.

Die Ermordeten zählten bei ihrem Tod alle ähnlich viele Lenze. Ende dreißig, Anfang vierzig, sozusagen auf dem Höhepunkt ihres Schaffens. Wie lange betrieb man dieses Geschäft überhaupt? Und was dann? Kannte Malek einen Kuppler, der in Rente war? Er stellte sich einen ehemaligen Luden bildhaft vor, der mit anderen greisen Zuhältern im Tiergarten Schach spielte oder Tauben fütterte. Eher vergiftete, grinste Malek die Fotografien an. Aber nein, bei der Beschäftigung wurde niemand in Ruhe alt. Wenn man nicht vorher abgestochen, erschossen oder sonst wie um die Ecke gebracht wurde, raffte die meisten der Alkohol hin. Was diese Brüder soffen, dagegen war selbst er ein Waisenknabe.

Auf diese Erkenntnis trank Malek einen Weinbrand.

Gab es Zusammenhänge, außer dass sie in der gleichen Branche tätig waren?

Wo konnte ein weiterer Anknüpfungspunkt liegen?

Hatten diese Herren so etwas wie ein Privatleben? Waren sie Spieler und hatten ihre Schulden nicht bezahlt? Malek war sich sicher, dass, wenn dem so wäre, etwas davon an die Öffentlichkeit gedrungen wäre. Und solche Angelegenheiten lösten die Herrschaften auf andere Weise, als sich mit Messern abzustechen. Auch wenn diese anderen Methoden nicht weniger rabiat waren.

Hatte eine Hure sich gerächt? Eine, die von den Verbrechern geschlagen und missbraucht und dann einfach weggeschoben worden war? In der Vergangenheit gab es mehrere Fälle, bei denen sich eine Frau an einem Zuhälter gerächt hatte. Aber gleich an fünf? Hin und wieder wechselte eine Frau von einem Luden zu einem anderen. Wenn sie Pech hatte, wurde sie von allen schlecht behandelt. Irgendwann war dann das Maß voll. Aber so weit Malek ermittelt hatte, gab es in seinen Fällen keine entsprechende Hure, die für alle Opfer angeschafft hatte.

Dann blieb noch ein Freier als Verdächtiger. Vielleicht wurde er von einem der Zuhälter betrogen oder sogar zusammengeschlagen und hatte nun einen Groll auf die gesamte Zunft.

Eine Möglichkeit wäre es, Strafanzeigen, die in letzter Zeit von Privatpersonen gegen Zuhälter eingegangen waren, zu überprüfen. Und auch Gerichtsverfahren. Vielleicht käme ein Verdächtiger dabei heraus.

Otto Jansen würde sich über Maleks Antrag für mehr Kollegen freuen.

Und dass es ein Zufall war, dass die Verbrecher ermordet wurden? Jemand, der einfach nur töten wollte, der Spaß am Morden gefunden hatte? Der erste, der Strobel, konnte noch aus einem einfachen Streit heraus umgebracht worden sein. Dann hatte der Täter oder eben die Täterin Gefallen an der Ermordung anderer gefunden.

Es gab Frauenmörder, Täter, die sich an Kindern vergingen, in Brandenburg hatte es einen Serienmörder gegeben, der nur alte Frauen getötet hatte. Warum sollte es nicht einen geistig gestörten Menschen geben, der Zuhälter mordete?

Und bei Zuhältern hielt sich die moralische Empörung der Bevölkerung in Grenzen. Im Gegenteil, die Öffentlichkeit sympathisierte mehr oder weniger mit dem Mörder. Man musste nur eine beliebige Zeitung aufschlagen. Die Blätter erfreuten sich daran, dass es den Zuhältern an den Kragen ging.

Die zuständigen Irrenanstalten mussten besucht und nach Hinweisen von Ärzten auf mögliche Täter überprüft werden.

Malek schmunzelte.

Hauptkommissar Otto Jansen würde sicher seinen Kriminalkommissaranwärter für verrückt erklären, wenn dieser noch mehr Personal anforderte.

Kapitel 30

Ein Fallensteller tappt in eine Falle und ein Eintopf wird nicht aufgewärmt

Der nächste Schritt führte den Schauspieler am folgenden Tag wieder in das Scheunenviertel. Diesmal als Bruno Hofer. Ein Auftritt als Dorothea Hirsch erschien dem Schauspieler zu riskant. Er musste erst einmal das Terrain sondieren. Zudem war dem Kriminalbeamten, der den Zuhälter mimte, die Zeichnung von Dorothea sicherlich bekannt.

Lange musste Hofer nicht nach dem Polizisten alias Hans S., dem Zuhälter, Ausschau halten. Wie dieser aussah, wusste Hofer von dem Bild in der Zeitung. Jetzt, wo er ihn ansah, glaubte er, ein typisches Polizistengesicht zu erkennen.

An der Ecke Mulackstraße und Rückerstraße stand Fritz Teichmann in einem Hauseingang an die Tür gelehnt. In einigen Metern Entfernung erkannte Hofer auch Helene Stumpf. Ihr Konterfei war ihm aus der Polizeikartei bekannt. Die Dirne wurde von einem Freier angesprochen und verschwand mit ihm zwei Häuser weiter in einem Hauseingang.

»Sind Sie wieder einmal auf der Suche nach Motiven?«, sprach ihn der junge Mann unvermittelt an.

Die eigene Überraschung nutzend und seine geplante Begegnung mit Teichmann blitzschnell überdenkend, folgte der Schauspieler einem ersten Impuls: »Sie wissen, wer ich bin?«

»Natürlich, Bruno Hofer, ich habe Sie sofort erkannt. Ich habe Sie mit Kriminalkommissaranwärter Eich Malek gesehen, auf dem Polizeirevier. An dem Abend, wo die Razzia hier im Scheunenviertel gelaufen war.«

Da Hofer anscheinend den jungen Mann nicht unterbringen konnte, offenbarte der Polizist seine wahre Identität.

»Sie denken, ich bin ein Zuhälter, was? Aber auch wenn es so aussieht, das hier ist nur Verkleidung«, zeigte Teichmann auf seinen schon etwas abgetragenen Anzug mit Hochwasserhosen und auf die schmutzigen Gamaschen über den ungeputzten Schuhen. Rasiert war der Kriminalist auch nicht und eine Zigarette steckte in seinem Mundwinkel.

Mit der Hand vor dem Mund verriet der junge Mann: »Mein Name ist Fritz Teichmann, ich bin Kriminalassistent bei der Inspektion A. Ich bin ein Kollege von Kommissar Malek.« Unvermittelt beugte sich der junge Mann ganz dicht zu Hofer heran, flüsterte und tat weiter geheimnisvoll. »Aber, ich bin hier nicht als Polizeibeamter. Ich spiele eine Rolle. Ich bin praktisch ein Schauspieler wie Sie.«

»Na, vielleicht ein wenig übertrieben, die Maske«, musste Hofer über das doch sehr strapazierte Klischee der Kostümierung des Polizeibeamten schmunzeln. Man könnte meinen, der Ausstatter Teichmanns hatte die Aufführung der »Dreigroschenoper« gesehen.

Indes war Bruno über den Verlauf der Begegnung mit dem Kriminalisten mehr als erfreut. Fast hätte er laut gesagt: »Das läuft ja wie geschmiert!«

So überließ er dem Polizisten die weitere Gestaltung der Handlung.

»Sie sind ein wirklich guter Schauspieler. Gemeinsam mit meiner Luise habe ich einige Filme von Ihnen gesehen. Man könnte richtig gehend eifersüchtig werden, wie sie für Sie schwärmt«, lachte Teichmann und wurde dann ein wenig verlegen. »Ich weiß, es ist vielleicht unpassend, hier auf der Straße und in dieser Situation, aber ich möchte die Gelegenheit nicht verstreichen lassen und …«

Jetzt lachte Hofer, »Sie möchten ein Autogramm?«

Teichmann strahlte über das ganze Gesicht. Hätte er auch nur im Entferntesten geahnt, welche Gedanken der Schauspieler in diesem Moment hinter dem erfrischend ehrlichen Lachen verbarg, das Strahlen wäre ihm vergangen. Darauf, dass Hofer so ein guter Schauspieler war, wäre er nicht gekommen.

»Eine Kunst des Darstellers besteht darin, eine Geste, eine Handlung, ein Gefühl glaubhaft auszudrücken und dabei an etwas ganz anderes zu denken.« Dies hatte Bruno einmal von seiner ersten Schauspiellehrerin gelernt. Und er hatte es gut gelernt, wie er spätestens jetzt unter Beweis stellen konnte. Gute alte Ruth Reiter.

Davon wusste der Kriminalist vor ihm natürlich nichts. Denn während er so locker mit dem Polizisten plauderte, sperrte Bruno den Polizisten im Geiste schon zu Hause, in seiner Villa, in den Keller. In welche Richtung sich sein Drehbuch noch entwickeln würde, wusste der Schauspieler nicht. Nur so viel, dass der Assistent von Kommissar Malek ihm bei seinen weiteren Handlungen im Weg stehen würde. Und diese Begegnung und die Vertrautheit, mit der Fritz Teichmann Bruno Hofer begegnete, war wie eine weitere Fügung des Schicksals.

Das entsetzte Gesicht und die Vorwürfe, die Lisa Bruno machen würde, wenn er mit dem Kriminalbeamten in der Villa auftauchte, konnte sich der Schauspieler ausmalen. Doch was sollte er tun? Hatte er eine Wahl? Hatte Malek ihn nicht herausgefordert? Natürlich könnte Bruno Teichmann ohne große Anstrengung unter einem Vorwand zur Spree locken, ihm das Messer in den Rücken stechen und ihn wie die anderen in den Fluss werfen. Und dann? Das war ein schneller, billiger Sieg.

Bruno konnte gar nicht anders, als den jungen Mann mit sich in die Villa zu nehmen, ihm ein Schlafmittel in den Cognac zu mischen und ihn an Händen und Füßen gefesselt auf der alten Matratze vom Dachboden liegend im Keller einzuschließen.

Die kurz aufflammende Erinnerung an eine Fotografie in der Zeitung und den Gedanken an einen geistesgestörten Serienmörder, der seine Opfer so zunächst auch gefangen hielt, bevor er sie tötete, verdrängte Bruno gleich wieder.

Er würde nicht mit Teichmann »Mensch ärgere dich nicht« spielen und mit Haferbrei füttern wie dieser Irre aus Bernau.

»Ich habe leider keine entsprechenden Karten bei mir. Aber wenn Sie ein Stündchen Zeit hätten, könnten wir mit meinem

Wagen in meine Villa am Wannsee fahren. Dort habe ich jede Menge Autogrammkarten und auch noch einige andere Exponate, die Sie als Filmfreund vielleicht interessieren würden.« Bruno hatte die Angelschnur ausgeworfen und im nächsten Moment zappelte der Fisch schon am Haken.

»Ich habe Zeit«, erklärte Teichmann kurz. Konnte doch die Ergreifung des Nuttenrächers bestimmt noch ein, zwei Stunden warten. Das war das Angenehme an seiner augenblicklichen Tätigkeit, er musste keine Bürostunden einhalten und nicht auf die Uhr sehen.

»Ich muss nur ein Telefonat führen und meinen Fahrer kommen lassen. Warten wir doch dort drüben, in dem Lokal.«

Nachdem Teichmann einer Kollegin von Helene Bescheid gegeben hatte, dass er eine Stunde fort sein würde, gingen er und Bruno Hofer in die Mulackritze.

Als Helene Stumpf zurückkam und erfuhr, dass Teichmann nicht da war, war sie froh, endlich von der Straße zu kommen. Lieber machte sie noch ein paar Stunden in ihrer gewohnten Umgebung, im Bordell in der Grenadierstraße.

Dass Helene für einige Zeit auf der Straße arbeiten musste, gefiel ihr offensichtlich gar nicht. So misslaunig wie sie auftrat, fand sich kaum ein Freier, der mit der Dame eine der nahe gelegenen Absteigen besuchte.

Die Absteigen waren oft private Wohnungen, die an Huren untervermietet wurden. In solchen Absteigen gingen die drittklassigen Dirnen ihrem Geschäft nach, oft schon für drei Groschen pro Freier. So war es verständlich, dass Helene Stumpf lieber in ihrer Stube anschaffen ging.

Die Straße war unumgänglich, um den Täter auf Teichmann als Zuhälter aufmerksam zu machen. Er musste sich in der Öffentlichkeit zeigen. Und da der Kriminalassistent mehr oder weniger auf sich allein gestellt war, war ein regelmäßiger Kontakt mit Malek, um Neuigkeiten auszutauschen, nicht möglich.

Drei Tage lang hatte sich Kriminalassistent Teichmann nicht mehr an dem vereinbarten Treffpunkt gezeigt. Malek wurde langsam unruhig. Auch weil die Presse von dem verdeckten Einsatz Wind bekommen hatte und schon einen sechsten Mord witterte. Obendrein gaben die Zeitungen den wahren Namen und die Identität des potenziellen Mordopfers preis. Dass es sich diesmal um einen Polizisten handeln sollte, wirbelte besonders viel Staub auf. Auch im Milieu. Befürchtete man nun noch mehr Razzien und Schikanen durch die Polizei. Eine Abordnung der führenden Ringvereine wurde sogar beim Polizeipräsidenten vorstellig und beschwerte sich über die unlauteren Methoden der Ordnungsmacht.

Die Journalisten waren nicht die Einzigen, die über den möglichen Tod des Lockvogels spekulierten.

Menschen aus seiner Nachbarschaft sprachen Erich Malek auf der Straße an. Eine Mischung aus Anteilnahme und Sensationslust ließen die abenteuerlichsten Geschichten um die Morde an den Luden und das Verschwinden des Kollegen kreisen. So hatte der Fleischermeister Zabel aus der Hermannstraße eine Geheimverschwörung von ausländischen Mächten ausgemacht. Das Ziel war eine Destabilisierung der deutschen Gesellschaft und eine Herbeiführung einer neuen Inflation zum Zweck der Finanzhoheit dieser Mächte. Welche Mächte dies waren, dazu wollte sich der Metzger nicht äußern. Der »Bonbon« mit dem Hakenkreuz, hinter dem Revers seiner Anzugjacke verborgen, verriet es Malek. Weniger International klang die Theorie von Frau Schacht aus dem Nebenhaus: »Dis sind die Zeiten. Et jibt keene Moral nich mehr. Wir brauchen wieder einen Kaiser. Unter Wilhelm jab et so wat nich.« Dass sich die gute Frau, zumindest in dem letzten Punkt, gewaltig täuschte, wusste niemand besser als der Kriminalist.

Malek war froh, am späten Abend nach dem Dienst die Haustür hinter sich zumachen zu können, seine Pantoffeln anzuziehen und sich noch ein wenig vor dem Radiogerät mit einem Glas Rotwein zu entspannen.

Mit Agnes hatte Malek am allerwenigsten gerechnet. Dass die junge Frau vor seiner Haustür in der Jonasstraße stand, überraschte und freute ihn gleichzeitig.

»Ich habe von deinem Fall gelesen, Malek. Du bist ja direkt eine Berühmtheit. Gibt es denn Neuigkeiten von diesem Polizisten, der sich als Zuhälter ausgegeben hat?«

Eines konnte der Kriminalbeamte mit Sicherheit sagen, dass in der ganzen Zeit, die er mit Agnes Quast zusammen war, sie sich nicht ein einziges Mal für seine Arbeit interessiert hatte.

»Nachtigall, ick hör dir trapsen!«, sprach eine leise Stimme in Maleks Verstand die Warnung aus, die das Herz des Mannes nicht hören mochte. Und so kam das andere Sprichwort zum Tragen, das da lautete: »Vorsicht ist die Mutter der Porzellankiste.«

Malek bat seine Verflossene in die Küche. Gewarnt durch den ersten Fehler, den seine ehemalige Geliebte gemacht hatte, dass sie ihm Interesse vorgespielt hatte, war er jetzt umso mehr auf der Hut. Dass er die Unterhaltung in die eher sachliche Küche verlegte, hatte den Grund, dass seine Verteidigung im Wohnzimmer auf tönernen Füßen stehen würde. Da war die Couch, der Weinbrand, die schummrige Beleuchtung, das Radiogerät – begann nicht gerade die Unterhaltungssendung »Mit Musik geht alles leichter«? – und dann …

»Ich habe mich falsch verhalten, es tut mir leid«, ging Agnes direkt zum Angriff über. Damit hatte die junge Frau gleich eine volle Breitseite auf sein Gemüt abgeschossen. Ohne dass Malek von seiner Seite auch nur den ersten Schuss abgeben konnte, feuerte Agnes ein zweites Mal: »Es war ein großer Fehler.«

Dass die junge Verkäuferin ein bestechendes Lächeln hatte und zudem noch das bezaubernde Kleid mit dem hübschen Dekolleté trug, das Malek ihr noch im Frühling dieses Jahres gekauft hatte, ließ ihn beinahe weich werden. Doch dann passte irgendetwas nicht ins Bild.

Während Agnes von der schönen Zeit sprach, die sie zusammen verbracht hatten, und es doch eigentlich keinen Hinderungsgrund geben würde, dort wieder anzuknüpfen, dachte der

Kriminalist fieberhaft nach. Auf einmal wusste er, was ihn irritierte. Es war der unpassende Geruch an Agnes seidenem Tuch, das die junge Frau kunstvoll um ihren Hals gewunden hatte. Malek trat an Agnes heran und schnupperte. Nach einigen tiefen Zügen durch die Nase kam ihm die Erinnerung wieder. Es war der Duft von Heinz' Rasierwasser. Diesen hatte der Polizeibeamte an jenem Morgen eingesogen, als er vor Agnes' Haustür gestanden hatte. Maleks Bruder und Bruno Hofer benutzten das gleiche.

»Hast du dich mit deinem *Bruder* verkracht? Und jetzt suchst du Trost?«

Seine ehemalige Freundin sah ihn erst fragend an, dann erhellten sich ihre Gesichtszüge, und Malek wusste, dass er richtig lag.

»Weißt du, Agnes, meine Mutter behauptet steif und fest, dass Eintopf immer besser wird, desto öfter man ihn aufwärmt. – Ich halte das für ein Ammenmärchen.«

Agnes lächelte. Eines musste Malek seiner ehemaligen Freundin lassen, begriffsstutzig war sie noch nie. Und er musste auch zugeben, dass sie den Zeitpunkt für ihre Rückkehr mit geradezu teuflischer Treffsicherheit gewählt hatte. Sie wusste, dass Malek genau in diesem Moment für Aufmerksamkeit und auch Zärtlichkeit empfindsam war. Nur dass Agnes nichts von Rosa wusste. Rosa war die große Unbekannte in Agnes' Plan.

Eigentlich schade, dachte Malek, und bei jedem anderen Mädel hätte er wahrscheinlich nachgegeben. Aber heute und hier nicht. Zu präsent waren ihm seine Tränen in der Straßenbahn nach dem letzten Besuch bei ihr.

Die Anteilnahme, die Agnes Quast dem Kriminalbeamten nur vorgeheuchelt hatte, war bei Maleks Chef echt. Nur klang der Ton des Vorgesetzten etwas rauer.

»Haben Sie gelesen?!«, blickte Hauptkommissar Jansen finster auf seinen Kriminalkommissaranwärter herunter und warf die Morgenausgabe des Berliner Tageblatts auf Maleks Schreibtisch. Klaus Winter zog es vor, vor dem nun unweigerlich folgenden Donnerwetter in Deckung zu gehen. Er schob so unauffällig wie es ging seinen Stuhl von sich und verließ auf leisen Sohlen das Büro.

»Machen Sie wenigstens die Tür hinter sich zu, wenn Sie schon das Weite suchen!«, schimpfte Jansen Winter hinterher. Dieser war offensichtlich doch nicht so unsichtbar, wie er geglaubt hatte, nickte nur beflissentlich und schloss die Bürotür hinter sich.

»Malek, die machen uns fertig. Mal ganz abgesehen davon, dass Teichmann ein hervorragender Kollege war und auch als Mensch einen großen Verlust darstellt.«

Wer sie fertigmachen würde, erklärte der Hauptkommissar nicht. Vermutlich die Polizeiführung. Dass Jansen den Kollegen Teichmann schon als ermordet ansah, fasste Malek als seine ganz persönliche Schuld auf. Dass Otto Jansen so etwas wie den Anfang einer fertigen Trauerrede in seinem Kopf hatte, erstaunte den Kriminalist.

»Na, lass mal den Kopf nicht hängen, Malek. Wir wussten, welches Risiko Teichmann eingegangen war. Und er wusste es auch. Schlimm ist nur, dass wir nicht wenigstens seine Leiche gefunden haben. So schießt das Kraut der Spekulationen noch höher. – Und dass er sich mit der Kleinen, wie heißt sie noch mal, abgesetzt hat?«, probierte der Kommissar noch eine andere Variante. Eine Hintertür.

»Helene Stumpf. Aber nein, ich glaube nicht.«

»Warum nicht? Man kommt sich näher und über einundzwanzig sind die beiden auch. Das heißt, wie alt ist denn überhaupt die Dirne? Mensch, Malek, hoffen wir, da droht uns nicht auch noch Ärger.«

Malek konnte seinen Chef in dieser Hinsicht beruhigen, und auch dass Teichmann und Helene Stumpf durchgebrannt waren, schloss der Kriminalist aus. Otto Jansen gab noch nicht auf: »Na ja, wo die Liebe hinfällt. Und dieser, ihr Beschützer, hätte wohl auch ein Wörtchen mitzureden, bei der großen Liebe! Da kann man sich vorstellen, dass das Glück lieber irgendwo unerkannt untertaucht.«

Dass Hauptkommissar Jansen anstelle des vermutlichen gewaltsamen Todes des Kollegen, erstochen und ertrunken in der Spree, lieber eine romantische Flucht von zwei Liebenden sah, ließ ihn, den sonst so raubeinigen Kriminalisten, menschlicher erscheinen.

Aber es half nichts, sie mussten vom Tod Teichmanns ausgehen.

»Ich werde wohl eine Presseerklärung aufsetzen müssen.« Der Hauptkommissar zog sich in sein Büro zurück und Malek wusste nun, dass der Chef diese Erklärung schon eine ganze Weile in seinem Kopf mit sich herumtrug.

Kapitel 31

Kinderstube eines Kriminalkommissaranwärters und Besuch in einer anderen Welt

Eigentlich wollte Malek nach der Ansage seines Chefs, jetzt nach Dienstschluss, nach Hause in seine Wohnung fahren und sich die dreiviertelvolle Flasche Weinbrand zu Gemüte führen, die noch auf dem Küchenschrank stand. Hoffentlich würde der Alkohol seine dämpfende Wirkung voll entfalten. Denn das Gemüt des Kriminalisten brauchte dringend eine Betäubung. In den letzten Wochen lief wirklich alles schief, was nur schieflaufen konnte. Sein erster eigener Fall war zu einem Skandal geworden. Der Mörder lief frei herum und eine wirklich heiße Spur hatte er nicht. Zudem war Fritz Teichmann vermutlich tot, ermordet worden. Dann war auch noch die Frau, die er liebte, eine Prostituierte, und die hatte ihn auch gleich wieder verlassen. Und schließlich hatte er seiner ehemaligen Geliebten endgültig den Laufpass gegeben.

Der Brief, den Rosa geschickt hatte, ließ keine Hoffnung aufkommen, dass sich die beiden wiedersehen würden. Jedenfalls nicht, wenn Malek sich nicht auf Rosa zubewegen würde.

Sollte er den Beruf wechseln? Er musste zugeben, in der kurzen Zeit, in der sie zusammen waren, musste er bei drei Verabredungen früher weg und zwei Mal sogar absagen. Lediglich der erste Abend in der kleinen Weinstube fand sein geplantes romantisches Ende bei ihm zu Hause auf dem Sofa.

Malek überlegte, ob er sich versetzen lassen sollte. Als Innendienstbeamter in irgendeiner Schreibstube hätte er geregelte Arbeitszeiten. Am Wochenende und vor allem an den Abenden wäre er ein guter und solider Ehemann. Und wie zur Bestätigung seiner unsteten Polizistenlebensweise kam der Kriminalist nicht aus dem Präsidium fort.

»Malek, Malek. Hilf mir!«, flehte und jammerte eine Stimme den Gang des Polizeipräsidiums hinter dem Kriminalkommissaranwärter her. Es war Georg. Wieder einmal hatten sie den Transvestiten festgenommen und wollten ihn in eine Zelle stecken.

Malek drehte sich um und hielt die Schutzpolizisten auf, die den zartgliedrigen Jungen grob an den Armen gepackt zum Arrest bringen wollten.

»Ihr könnt ihn loslassen, Kollegen«, befreite der Kriminalist den jungen Mann von seinen Fesseln. »Georg Waren hat eine amtliche Genehmigung, Frauenkleider zu tragen.«

»Aber er hat sich nicht ausgewiesen«, rechtfertigte einer der Polizisten sich und seinen Kollegen. »Wir haben ihn bei einer Kontrolle am Nollendorfplatz überprüft und da hat er nichts gesagt.«

Georg Waren besaß einen polizeilich anerkannten Transvestitenschein, der ihn als solchen auswies und dem Besitzer das öffentliche Tragen gegengeschlechtlicher Kleidung erlaubte. Malek und er waren alte Bekannte.

Es war vor vier Jahren. Malek war noch ein einfacher Schupo gewesen und hatte seinen Tag- wie Nachtdienst im Kiez um den Friedrich-Karl-Platz in Berlin-Charlottenburg versehen. Bei Wind und Wetter musste er auf die Straße. Besonders hart war es in der Winterzeit. Eine Stunde laufen, eine Stunde Pause. Die Füße und Hände aufwärmen auf der Wache. Dann wieder eine Stunde laufen, eine Stunde Pause. Ab und zu gab es mal ein Schnäpschen und eine Molle beim Spitzbart. Der Wirt hatte ein mitfühlendes Herz für Polizisten. Da viele Beamte auch nach Dienstschluss zu ihm in die Wirtschaft kamen, konnte der Budiker die Aufwärmschnäpse als Werbung verbuchen.

Es war nicht viel los um den Friedrich-Karl-Platz herum. Zwischen der Spandauer Straße am Schloss Charlottenburg und dem Kaiserdamm lebten einfache Leute. Von Kriminalität blieb der Kiez weitgehend verschont. Mal ein betrunkener Kohlenträger, der mit ein paar Zechbrüdern in Streit geraten war, oder Eheleute, die sich lautstark zankten.

Dann kam der Tag, als Malek in die Danckelmannstraße sechzehn gerufen wurde.

Die korpulente Hauswartfrau hatte den Schutzpolizisten an der Ecke Christstraße angesprochen und ihn buchstäblich am Ärmel seiner Jacke zum Haus Nummer sechzehn gezogen. »Kommen Se, Herr Wachtmeester, kommen Se! Da wird eener massakriert. Jedenfalls schreit der, als ob man ihm den Hals abschneidet.«

Noch bevor Malek das Haus betrat, beauftragte er einen der Umstehenden, auf dem Revier anzurufen oder jemanden vorbeizuschicken, damit man das Überfallkommando verständigte. »Sicher ist sicher«, sagte sich der junge Polizist.

Wie recht er mit seiner Maßnahme hatte, stellte sich dann im ersten Stock des Vorderhauses heraus.

In der geöffneten Tür stand ein Mann, mit einem Brotmesser bewaffnet, und erwartete die Polizei. Messer, Hose, Hemd und Schuhe waren blutverschmiert. Durch die offene Tür konnte Malek ein paar nackte Füße erkennen, die aus einem der Zimmer auf den Flur gestreckt lagen.

»Den mach ich kalt!«, waren die ersten Worte, mit denen der Mann Malek begrüßte.

»Das Schwein mach ich tot! Und jeden, der mich daran hindern will auch! Mich betrügt niemand!«

Polizeiwachtmeister Erich Malek bemerkte, wie seine Knie anfingen zu zittern. Zwar nur ganz leicht, aber es machte ihm deutlich, dass hier besondere Vorsicht angebracht war.

Es handelte sich um ein Eifersuchtsdrama. Nur waren es keine Eheleute, sondern ein Homosexueller, der sich mit einem Jüngeren eingelassen hatte.

Malek wollte den Mann vor sich beruhigen und sprach als unterhalte er sich über das Wetter. Dabei knöpfte er den obersten Knopf seiner Uniformjacke auf. »Ich kenne den Knaben, der ist schon öfter unangenehm aufgefallen. Erst vor einer Woche mussten wir ihn aus einer Kneipe in der Knobelsdorfstraße herausholen. Er hatte einen Gast versprochen mit ihm – Sie da«, wandte sich der Polizist unerwartet zu den neugierig hinter ihm wartenden Hausbewohnern um und zeigte auf einen jüngeren Herrn in einem Morgenmantel, »Sie kennen doch das Lokal. Wie heißt die Kneipe noch mal?«

Der angesprochene junge Mann hatte ungläubig auf sich selbst gezeigt und mit den Schultern gezuckt.

Malek drehte sich wieder zu dem Mann in der Tür. »Na, ist auch egal, aber Sie, Herr Bertram«, las der Beamte den Namen vom Türschild, »sollten sich nicht unglücklich machen wegen dem da.«

»Er hat gesagt, er war bei keinem anderen. Aber sein Lächeln hat ihn verraten.«

»Er hat gelächelt? – Na, ich weiß nicht. Vielleicht war es ja auch nur ein zärtliches Lächeln. Also meine Freundin Luise, immer wenn sie ein schlechtes Gewissen hat, verhärten sich ihre Gesichtszüge. Sehen Sie, so.« Malek verzog sein Gesicht, als ob er in eine Zitrone gebissen hätte. Herr Bertram legte den Kopf schief.

»Der normale Mensch kann nämlich nicht lügen, ohne dass man es ihm ansieht. Glauben Sie mir, ich kenne jede Menge Gauner. Das Letzte, was ein wirklicher Lügner tut, wenn er lügt, ist lächeln. Da hat Sie Ihr Gefühl aber ganz schön getäuscht, Herr Bertram. Dass meine Freundin nicht ganz ehrlich zu mir war, hat sie dann später zugegeben. Regelrecht entschuldigt hat sie sich. Also denken Sie nur, was wäre geworden, wenn ich mich auf ihr Lächeln verlassen hätte?« Maleks Taktik, Herrn Bertram zu beruhigen, hatte funktioniert. Obwohl er selbst nicht ganz verstand, was er da erzählt hatte.

Der Herr ließ das Messer sinken und brach in Tränen aus. »Ich bin so verliebt in den Kerl. Er hat gesagt, ich wäre der Einzige. Ich wäre seine große Liebe.«

Malek nahm die Waffe des Mannes an sich und übergab den wie ein Schlosshund heulenden Bertram in die Obhut seiner Kollegen vom Überfallkommando, die in diesem Moment die Treppe heraufgekommen waren. Mit den Beamten kam ein Arzt in die Wohnung.

Georg Waren lag auf dem Rücken und atmete kurz. Sein Kleid war völlig zerrissen und die Schminke in seinem Gesicht zerlaufen. Er war in der Bauchgegend mit dem Messer verletzt worden.

Sanitäter trugen den jungen Mann auf einer Trage hinunter.

Die Hauswartfrau, die Malek zum Tatort geführt hatte, nahm den Polizisten, bevor er das Haus verließ, zur Seite.

»Sagen Se mal, Herr Wachtmeester, Ihre Freundin ist aber wohl ooch 'ne janz ausjekochte, wa.«

Malek entschuldigte sich in Gedanken bei seiner Luise. Sie war natürlich ganz das Gegenteil. Manchmal hätte sich Malek ein wenig mehr Verrücktheit an ihr gewünscht. Aber Luise war die perfekte Hausfrau und Mutter. Obwohl sie keine gemeinsamen Kinder hatten, ja nicht einmal verheiratet waren, und Luise mit beidem warten wollte, bis ihr Erich Oberwachtmeister werden würde.

Kurz bevor der Sanitätstransporter mit dem schwerverletzten Georg Waren losfuhr, stieg Malek noch einmal zu dem jungen Mann hinein.

»Nun mal ehrlich, haben Sie den Herrn Bertram belogen?«

Da Waren nicht sprechen konnte, lächelte er Malek an.

Der Polizist lächelte zurück und entließ den Krankenwagen in die Nacht.

Nachdem sein Vorgesetzter den Bericht von Wachtmeister Erich Malek gelesen und weitere Zeugen befragt hatte, schlug er seinen jungen Kollegen für eine Laufbahn bei der Kriminalpolizei vor.

Luise hatte, nachdem Malek ihr verkündet hatte, dass er zu Kripo gehen würde, ihre Verbindung zu ihm gelöst. Zu gefährlich war die Arbeit in ihren Augen als Kriminalbeamter. Und auch der Umgang, den ihr Erich dann haben würde, entsprach nicht ihren Vorstellungen für ein gemeinsames Leben.

Wenn man es ganz genau betrachtete, hatte Luise, aus heutiger Sicht, recht. Was für Gestalten sich im Umfeld des Kriminalisten tummelten, zeigte sein aktueller Fall.

Malek legte dem jungen Mann in Frauenkleidern die Hand auf die Schulter. »Georg, du musst dir angewöhnen, deine Bescheinigung bei dir zu tragen. Sonst kommst du immer wieder in Schwierigkeiten.«

Jetzt lächelte Georg Waren wieder, wie er es damals in dem Krankenwagen getan hatte. »Und dann, wer nimmt mich dann noch mit auf diese glänzende Ritterburg? Und welcher Held rettet mich aus den Armen meiner Feinde?«

»Georg, du bist plemplem!«, stellte Malek dem jungen Mann ein endgültiges Zeugnis über dessen Geisteszustand aus und den beiden Schutzmännern gab er lapidar die Order: »Schmeißt ihn raus!«

Zuvor steckte er ihm noch einen Zehnmarkschein zu. »Für die Elektrische und für einen Happen zu essen.«

Das Lächeln des jungen Mannes munterte auch den schwer geprüften Kriminalbeamten auf.

Noch den übertrieben weiblichen Gang Georgs im Kopf blieb Malek nach einigen Metern stehen. »Natürlich«, breitete er die Arme aus, als wolle er den entgegenkommenden Beamten der uniformierten Polizei hier mitten auf dem Gang des Polizeipräsidiums an sich drücken. Dieser machte einen Bogen und entfernte sich kopfschüttelnd.

»Es muss ja gar keine Frau sein. Es kann ja auch ein Mann in Frauenkleidern sein. Ein Transvestit!«

Und wieder musste Malek in eine neue, von der breiten Masse der Bevölkerung kaum wahrgenommene Welt im großen Kosmos der Stadt Berlin eintauchen. Obwohl sich der Zeitgeist seit dem Ende des Weltkrieges stark gewandelt hatte, gab es noch viele, vor allem in konservativen Kreisen, die mit gleichgeschlechtlichem Leben ihre Probleme hatten.

Diese Welt fand Malek zwischen dem Nollendorfplatz und Winterfeldplatz, teils in Schöneberg, teils im Berliner Bezirk Wilmersdorf gelegen.

Aber wo sollte der Kriminalist beginnen?

Die Recherche in diesem Umfeld gestaltete sich nicht viel weniger mühsam als im kriminellen Milieu. Nur hier schwiegen die Menschen, weil sie sich vor Repressalien durch die Polizei und die Behörden schützen wollten. Sie wollten einfach ihr Leben leben, wie es ihnen gefiel, und nicht wie es den bürgerlichen bis konservativen Kreisen der Gesellschaft passte. Diese stempelte Homosexuelle männlichen wie weiblichen Geschlechts und Transvestiten als abartig ab. Entsprechende Gesetze beschnitten die freie Entfaltung, wo es nur ging. So waren hier wie dort Polizisten keine allzu gern gesehen Gäste.

Trotz aller Widerstände hatte sich um den Nollendorfplatz eben solch eine Gesellschaft entwickelt.

Malek lief die Winterfeldstraße entlang bis zur Ecke Zietenstraße. Vor dem Lokal Kleist-Kasino blieb er stehen. Die Bar hatte nur in den Abendstunden geöffnet. Die Tür war tagsüber versperrt und auch durch den Nebeneingang kam man nicht hinein.

»Da müssen Se kommen, wenn die offen haben«, erteilte ein älterer Herr mit einer qualmenden Pfeife im Mundwinkel hängend diesen überaus hilfreichen Rat. »Aber Se müssen uffpassen. Da is nischt wie's scheint. Männchen sind Weibchen und Weibchen sind Männchen. Oder beedet in einem.«

Erich Malek nutzte die Wartezeit und befragte Angestellte

und Gäste in anderen Lokalen, die von Transvestiten besucht wurden. Neben dem Kleist-Kasino gab es noch die Silhouette, das Eldorado, und wer sich inkognito die bunte Welt ansehen wollte, ging in die Weiße Maus, ein Kabarett, in dem man, um unerkannt zu bleiben, eine weiße oder schwarze Maske trug. Besonders beliebt bei Transvestiten waren das Mikado, das Monokel, und in der Geisbergstraße fand sich das Lokal Schattenbild. Aber auch dort hatte der Kriminalist mit seiner Zeichnung von Dorothea keinen Erfolg. So setzte er seine Hoffnung auf die Vorstellung im Kleist-Kasino.

Der Geschäftsführer des Lokals, das Barpersonal und die Kellner konnten auf der Zeichnung niemand Bekanntes erkennen. Auch den Stammgästen war eine Frau oder ein Mann mit Namen »Dorothea« nicht bekannt.

Zwischen den einzelnen Programmnummern schlängelte sich Malek durch die Reihen der Zuschauer und zeigte seine Zeichnung. Über den vereinzelt geäußerten Spott der Gäste sah der Kriminalist hinweg.

Ob Otto Jansen die doch sehr überteuerten Cognacs als Spesen anerkennen würde, war sich Malek nicht sicher. Und doch, in Gesellschaft einer durchweg mondänen Zuschauerschaft trank es sich recht angenehm. Malek war überrascht, was sich alles amüsierte und in einigen Fällen auch herumpöbelte. Es fanden sich Menschen aus unterschiedlichen Schichten.

Je mehr der Alkoholpegel stieg, desto ausgelassener wurden die Damen und Herren im Zuschauerraum. Eine Dame an seinem Nebentisch allerdings saß wie regungslos und betrachtete Malek abschätzig. Sie war im Garçonne-Stil gekleidet. Provokativ zog sie an einer Zigarettenspitze und blies den Rauch in Richtung des Polizisten. Ob es aus Antipathie, weil sie den Bullen als einen solchen ausgemacht hatte, oder nur einfach Frechheit war, konnte Malek nicht sagen. Er entschloss sich, mit einer ordentlichen Zigarre zurückzuschlagen.

Auf der Bühne wechselten sich Gesangs- und Sprechnummern ab. Besonders amüsant fand Malek den Auftritt von Cläre

Waldorf. Eine aus dem Berliner Nachtleben nicht mehr wegzudenkende Größe.

Anschließend sang eine junge Frau eine Parodie auf die Sängerin Meta Seinemeyer. Gar nicht mal so schlecht, fand der Kriminalist. Obwohl ein Urteil seinerseits nicht wirklich Bestand hatte, hatte er doch die wahre Seinemeyer nie auf einer Bühne singen gehört.

Malek genehmigte sich noch eine letzte Zigarre zum letzten Cognac, bevor er den Heimweg antrat. Dies sollte das Vergnügen des Abends abrunden. So bald würde sich der Kriminalkommissaranwärter solch ein Vergnügen nicht wieder leisten können. Jedenfalls nicht von seinem Gehalt.

»Na, wie fanden Sie mich?«, beugte sich ein smarter junger Mann quer über den Tisch zu Malek und hielt seine Zigarette in ein brennende Streichholz.

»Ich weiß nicht«, war sich der Kriminalist einer Bekanntschaft nicht bewusst.

Der junge Mann trug einen schicken Smoking und hatte das schwarze Haar mit Pomade streng geglättet. Ein Monokel vor das rechte Auge geklemmt, lächelte er den Kriminalkommissar an. Malek wollte bereits einem Annäherungsversuch eine Absage erteilen.

»Wollen Sie sagen, ich bin Ihnen gar nicht aufgefallen? Jetzt bin ich aber enttäuscht«, spielte der junge Mann den Beleidigten. »Ich war die Meta Seinemeyer!«

Jetzt stutzte Malek.

»Sie waren das auf der Bühne?«

»Aber ja, Schätzchen, glaubst du die Seinemeyer würde sich für die paar Mark, die es hier gibt, persönlich den Hintern wund rutschen?«, lachte der junge Mann.

»Sie sind ein Schauspieler!«

»Na ja, wir wollen es nicht übertreiben. Wenn ich eine gute Tunte bin, kann ich schon zufrieden sein.« Wieder lachte die Meta Seinemeyer. »Wie sieht es denn mit einem Gläschen Sekt aus? Oder hast du heute nicht deine Spendierhosen an?«, fragte der junge Mann und hob die Tischdecke, um nach den Beinkleidern des Gastes zu sehen.

»Dorothea ist kein Mann, der eine Frau sein möchte, er spielt eine Frau. Er ist ein Schauspieler!«

Der Trubel rings um den Kriminalisten entfernte sich. Die Stimmen im Publikum und die Musik von der Bühne wurden leiser und leiser. Gleichzeitig hob sich vor Maleks Bewusstsein Vorhang für Vorhang, und vor seinen Augen fiel Schleier für Schleier. Ein Hinweis nach dem anderen fügte sich zu einem Bild zusammen. Nicht nur das übermäßige Interesse Hofers an seinem Fall hätte den Kriminalisten aufhorchen lassen müssen, auch die Zeit als der Schauspieler auf Theatertournee war und währenddessen kein Zuhälter einen gewaltsamen Tod fand. Dann die Fotografie, die er seiner Mutter gegeben hatte, und das Bild im Petrieck. Die Begegnung mit der jungen Dame vor dem Lokal und das Rasierwasser. Warum hatte sich Malek nicht nach einem entsprechenden Damenparfüm erkundigt? Spätestens als er an Hofer denselben Duft festgestellt hatte.

Ein weiterer Gedanke begann an seinem Gedächtnis zu nagen. Er selbst hatte Hofer von der Aktion mit Teichmann und der Dirne berichtet.

Malek winkte der Bedienung, zahlte sein Getränk, bestellte ein Glas Sekt und schob der Seinemeyer einen Zehnmarkschein über den Tisch. Der junge Mann nahm den Geldschein und rief verblüfft: »Für einen Hunderter erzähle ich dir noch glatt die Lebensgeschichte von der Seinemeyer! Und für noch einen meine eigene!«

Kapitel 32

Besuch zu später Stunde und Flucht mit tödlichem Ausgang

Ein Taxi brachte Malek zur Pension Schlüter. Sein Schlüssel verschaffte ihm Zutritt. Ohne die Mutter aufzuwecken, nahm er die Fotografie Bruno Hofers behutsam von der Wand, schlug sie mit Brotpapier aus der Küche ein und verließ die Pension so lautlos, wie er gekommen war.

Weiter ging es zum Polizeirevier am Alexanderplatz. Dort alarmierte er eine Streife, die den Kriminalassistenten Klaus Winter ebenfalls ins Präsidium transportierte.

Winter sollte in dieser Nacht nicht der einzige Beamte bleiben, der um seine Nachtruhe gebracht wurde. Lutz Meyer vom Erkennungsdienst wohnte glücklicherweise nicht weit vom Präsidium und wurde von einem Streifenpolizisten informiert.

»Ich war schon im Schlafanzug. Malek, das kostet Sie aber was. Außerdem«, sah Meyer Malek ernst an, »wir müssen Teichmann finden, dafür ist keine Stunde die falsche.«

»Sie müssen mir einen Fingerabdruckvergleich machen, hier, von dem Lippenstift und von diesem Foto. Es müsste ein Daumenabdruck vorhanden sein.«

»Das ist doch der Stift von der Kaiser… und das ist doch dieser Filmschau…«

»Ja, es eilt«, drückte Malek Meyer die Fotografie und den Lippenstift in die Hände.

Eine halbe Stunde später hatte der Kriminalist Gewissheit.

Kriminalkommissar Wilhelm Roder hatte Nachtdienst und übernahm die offizielle Leitung der Aktion. Als Kriminalkommissaranwärter musste Malek bei einer Verhaftung einen dienstranghöheren Beamten an seiner Seite haben.

Der zuständige Staatsanwalt Rohr wurde ebenfalls aus dem Bett geläutet. Die telefonische Erklärung Maleks reichte dem Beamten, und die Dringlichkeit der Aktion veranlasste ihn, einen Haftbefehl in Aussicht zu stellen.

Jetzt passte alles zusammen. Was für ein Trottel war Malek gewesen. Das nahe liegendste hatte er übersehen. Er verkehrte in Schauspielerkreisen und hatte nicht die Masken erkannt, die dort zum Alltag gehörten. Eine Maskerade.

Auf dem Weg zu Bruno Hofers Villa fuhren der Wagen der Fahrbereitschaft und ein Auto der Streifenpolizei über den Kaiser-Wilhelm-Platz. In der Stadtwohnung des Schauspielers war alles still. Ein Beamter öffnete die Wohnungstür und die Räume wurden durchsucht. Wie angenommen, wurde niemand angetroffen.

Einen blutverschmutzen Damenmantel und ein paar Damenschuhe des Fabrikats Lilley & Skinner stellten die Beamten sicher.

Malek gab Befehl, wieder in die Wagen zu steigen. Nun ging es die Rheinstraße hinunter über die Potsdamer Straße bis zum Wannsee.

In der Villa in der Großen Seestraße brannte noch Licht, als die Fahrzeuge davor hielten.

»Umso besser«, sagte sich der Kriminalbeamte. »Dann haben wir dich.«

Den Ärger über Bruno Hofer und dass er den Beamten so schamlos ausgenutzt und belogen hatte, hatte Malek schon auf der Hinfahrt heruntergeschluckt. Diesem hatte ein Gefühl der Erleichterung Platz gemacht. Neben dem Lippenstift, dem Damenmantel und den Schuhen hoffte er, dass bei einer Hausdurchsuchung in der Villa, noch weitere Beweise wie eine Perücke zum Vorschein kommen würden. Von der Tatwaffe ganz zu schweigen. Am allerwichtigsten wäre ein Hinweis auf den Aufenthaltsort des vermissten Kollegen Teichmann.

Inzwischen war auch Staatsanwalt Rohr mit einer Benzindroschke eingetroffen. Das Gesicht des verschlafenen Staatsbeamten drückte die Erwartung auf einen Fahndungserfolg aus. Er musste am morgigen Tag der Presse die überstürzte nächtliche Aktion erklären. Und dass die Verhaftung mächtig viel Staub aufwirbeln würde, war allen Beteiligten klar. Bruno Hofer war nun wahrlich kein Unbekannter. Wenn es schiefgehen würde, würden etliche Verantwortliche den Kopf des Staatsanwalts fordern. So hatte sich Rohr dabei ertappt, wie er hinter Malek und den anderen Polizisten herlief und heimlich die Daumen drückte.

Ein Kiesweg führte rechts und links an ausladenden Rasenflächen direkt zum Haupteingang des Hauses. Die Schuhe der Beamten knirschten unter den weißen Steinen.

Rechts an der Toreinfahrt zum Grundstück stand ein kleineres Haus. Höchstwahrscheinlich die Wohnung des Chauffeurs, vermutete Malek. Die Parkmöglichkeit stand allerdings leer. Robert schien mit dem Duesenberg Hofers unterwegs zu sein.

Ein Beamter wurde um das große Haus herumgeschickt, um die Terrasse zu überwachen.

»Kennen wir uns nicht, junges Fräulein?«, musterte Malek die Frau, die ihm und seinen Kollegen die Haustür öffnete und die Beamten in das Wohnzimmer bat. Die Verlegenheitsröte, die Lisa ins Gesicht stieg, brachte den Kriminalisten fast von seiner ersten Ahnung ab. War sie ihm aus den Ermittlungen aus dem Scheunenviertel bekannt? Eine Prostituierte? Oder vielleicht eine Kellnerin aus einer der unzähligen Kneipen des Viertels? Aber so schüchtern konnte keine Bedienung aus einer verruchten Kaschemme sein. Und doch musterte Malek die Frau, die in seiner Vorstellung anstatt des schicken Hosenanzugs ein graues Kleid und einen schmutzigen Kittel darüber trug. Und anstelle des modernen Kurzhaarschnitts hatte sie gebundene Haare, von denen ein, zwei Strähnen in die schwitzende Stirn baumelten.

»Sie sind Lisa, die Bedienung aus dem Petrieck.«

Die junge Frau reagierte nicht. Sie sah ihn nur abwartend an.

»Sie sind die zweite Frau«, bemerkte Malek und wusste, dass Lisa auch auf diese Frage nicht antworten würde. Nicht nur äußerlich hatte sie sich verändert. Hofer hatte sie sicherlich auf solch einen Besuch vorbereitet. Sie war nun nicht mehr die kleine Bedienung.

»Wir möchten Herrn Bruno Hofer sprechen.«

»Ich komme gleich herunter, Herr Kommissar, nur noch einen Augenblick!«, rief es vom oberen Stockwerk des Hauses das Treppenhaus herunter. »Kommen Sie herein, Erich, kommen Sie herein!«

Einer der begleitenden Schutzpolizisten wollte schon die große, geschwungene Freitreppe hinaufstürmen, um eine mögliche Flucht des Delinquenten zu verhindern. Erich Malek hielt den Mann zurück.

»Wenn ich ehrlich bin, habe ich Sie schon erwartet, Herr Kriminalkommissar Malek. Eigentlich schon etwas früher, wenn ich es ganz genau nehme, Erich«, plauderte Hofer ausgelassen, als stünde er neben den Polizisten im Erdgeschoss. Bruno sprach ohne Anzeichen einer Erregung in seiner Stimme. Hier kam wohl die Ausbildung des Schauspielers zum Tragen. »Ich habe der Gesellschaft einen Dienst erwiesen. Ich habe Gesindel beseitigt, für das sonst viele Tausende von Steuereinnahmen aufgewendet worden wären. Nein, nein, einen Dank fordere ich nicht von der Gesellschaft. Auch nicht von den Damen der Herren. Obwohl ich, das muss ich bekennen, nicht ganz sicher bin, dass diese unsere Gesellschaft meine guten Taten wirklich zu schätzen weiß.« Hofer lachte lauthals und der besagte Polizist wollte wieder die Stufen hinaufstürmen. Wieder hielt ihn Malek zurück.

»Was tut er da oben?«, wandte sich Kommissar Roder flüsternd an Lisa.

»Er verwandelt sich«, lächelte die junge Frau die Beamten der Berliner Mordkommission an.

Malek wusste, was Lisa Paul meinte. Die Kollegen Roder und Winter waren sich immer noch nicht ganz im Klaren, was sich hier, zu dieser nachtschlafenden Zeit, tat und was im Stockwerk über ihnen vorging. Zu unwahrscheinlich war das Szenario mitten in der Nacht in der Villa eines der bekanntesten Schauspieler Deutschlands zu stehen.

So erkundete der Kriminalassistent Winter schon einmal die unteren Räume der Villa. Dazu schob er die große Glastür beiseite und blieb erstaunt über die Größe des Wohnzimmers stehen. Malek gab den beiden Beamten in Uniform den Auftrag, sich ebenfalls in den unteren Zimmern der Villa umzusehen.

Dann erschien Bruno Hofer am oberen Absatz der geschwungenen Treppe.

»Guten Abend, Herr Kommissar.«

Jetzt wusste Malek, dass er richtig gelegen hatte. Aber damit hatte selbst er nicht gerechnet. Wenn er es nicht gewusst und Hofer ihn nicht mit seiner normalen männlichen Stimme begrüßt hätte, er würde nicht glauben, dass diese attraktive Dame der Schauspieler Bruno Hofer war.

»Kompliment, Herr Hofer. Ich verstehe, dass sich die verstorbenen Herren von Ihnen hatten einfangen lassen.«

Hofer schritt die Stufen herunter in die Empfangshalle.

Ein Seitenblick des Schauspielers fiel auf einen Polizeibeamten, der den Mantel und die Schuhe aus der Wohnung am Kaiser-Wilhelm-Platz trug. Ein weiterer Blick traf Lisa, die den Kopf schüttelte.

»Ja, Liebes, ich konnte mich noch nie von lieb gewordenen Dingen trennen. – Herr Malek, Herr Kriminalkommissaranwärter Malek, wie ich sehe, haben Sie auch schon meiner Wohnung einen Besuch abgestattet. Ich hoffe, Sie haben nicht vergessen, das Licht auszumachen.«

Malek zeigte dem Schauspieler einen Durchsuchungsbefehl. Ohne darauf zu sehen, ging Bruno Hofer voran in das Wohnzimmer.

»Darf ich Sie und Ihre Kollegen zu einem Gläschen einladen? Einen Sekt, ein Bier oder einen Cognac?«

Malek wählte den Cognac. Staatsanwalt Rohr nahm ebenfalls dankend an. Die anderen Beamten lehnten ab.

Man nahm Platz. Die große Couch und die Sessel um den niedrigen Tisch waren so ausgerichtet, dass man durch das große Panoramafenster in die Nacht und auf den im Dunkeln liegenden Wannsee blicken konnte. Vereinzelt leuchteten Positionslichter von festgemachten Segel- und Motorbooten. Das grüne und rote Licht reflektierte auf der Wasseroberfläche. Auch die Randbeleuchtung der Promenade an den Landungsbrücken für die Ausflugsdampfer am gegenüberliegenden Hafen schimmerte auf den seichten Wellenbergen des Sees.

»Ein herrlicher Blick, finden Sie nicht auch, Herr Kommissar?«

Ohne auf die eigentliche Frage einzugehen, bemerkte Malek: »Und das alles haben Sie aufgegeben für ein paar Zuhälter, die sowieso irgendwann entweder vor einem irdischen Richter oder durch einen Kollegen aus dem Milieu ins Jenseits geschickt worden wären und vor dem Himmlischen gestanden hätten.«

Hofer lächelte und ließ sich von Lisa ein Glas Sekt reichen. »Nun, da habe ich ja nur ein wenig nachgeholfen.«

Dem Kriminalist war von vornherein klar gewesen, dass er von diesem Mann keine schlüssige Antwort auf das Motiv für die von ihm begangenen Morde erhalten würde. Zu unstimmig war das Verhältnis seines großen Erfolgs als Schauspieler zu den Taten eines, ja, Malek war sich jetzt sicher, eines kranken Menschen. Eines Wahnsinnigen.

Was Lisa Paul in dieser Geschichte für eine Rolle spielte, war ihm allerdings nicht klar.

»Herr Kommissar«, unterbrach Malek eine Stimme in seinem Rücken. »Diesen Mann haben wir unten im Waschkeller gefunden. Er sagt, er wäre ein Polizist. Er hat aber keine Papiere bei sich.«

Malek drehte seinen Kopf und sprang im nächsten Moment von der Couch auf. »Mensch, Teichmann, ja um Himmels willen, wo kommen Sie denn her?«

Fritz Teichmann zuckte entschuldigend mit den Schultern. Er sah schlecht aus. Dunkle Augenränder verrieten, dass der Mann in der letzten Zeit wenig Schlaf gehabt haben musste. Die Haare waren ungewaschen und ungekämmt. Auch sein Anzug war zerknittert, und das Oberhemd zeigte deutliche Spuren von Schmutz.

»Teichmann, wir dachten schon, Sie wären als Leiche in Richtung Nordsee unterwegs«, lachte Erich Malek und man spürte, dass dem Kriminalisten eine große Last von der Seele fiel. Malek gab einem Beamten den Auftrag, eine Ambulanz zu bestellen und Fritz Teichmann so schnell wie möglich in ärztliche Behandlung zu bringen.

»Was haben Sie sich dabei gedacht?!«, brüllte der Kriminalbeamte Hofer an, nachdem Teichmann aus dem Wohnzimmer geleitet worden war. Hatte der Kriminalbeamte noch in den letzten Minuten ein gewisses Verständnis für Hofer, als kranken Menschen gehabt, hatte er jetzt nur noch Verachtung für diesen Kerl übrig.

»Was hatten Sie vor, wollten Sie meinen Kollegen auch töten? Haben Sie auf den richtigen Zeitpunkt gewartet? Bruno Hofer, Sie sind ein Sadist!«

Der Schauspieler blieb gelassen und für Malek noch unfassbarer erzählte er, wie er Fritz Teichmann in seine Villa gelockt und in den Waschkeller eingesperrt hatte.

»Ich muss gestehen, ich hatte noch keine Pläne für Herrn Teichmann. Natürlich war er mir im Weg und natürlich hätte ich Ihren Kollegen früher oder später, wie soll ich es sagen?«

Malek winkte ab. Er hatte kein Interesse, sich die perfiden und krankhaften Fantasien Hofers weiter anzuhören. Dazu war in den bevorstehenden Vernehmungen noch genug Zeit.

»Es tut mir natürlich leid, dass ich der Polizei und Ihnen im Besonderen so viel Unannehmlichkeiten bereitet habe. Ich kann mir vorstellen, wie viele Sorgen Sie sich um Ihren Kollegen gemacht haben. Und die Presse ist ja auch nicht gerade sanft mit Ihnen umgegangen. Aber trösten Sie sich, ich kenne diese Schreiberlinge«, lächelte Hofer.

Ohne einen weiteren Blick auf den Schauspieler erhob sich Erich Malek von der Couch und ging durch die Glastür hinaus auf die Terrasse. Er brauchte frische Luft. Über der Stadt lag ein wundervoll anzusehender Sternenhimmel. Klaus Winter folgte ihm.

Wilhelm Roder trat kurze Zeit später ebenfalls zu den Kollegen auf die Terrasse. »Ich habe Bruno Hofer vorläufig festgenommen. Was denken Sie über ihn, Malek?«

»Ich werde wahrscheinlich nie verstehen, wie solch ein Mann so etwas tun konnte.« Jetzt stieg der Ärger über Hofers Katz-und-Maus-Spiel wieder in ihm auf. »Am liebsten würde ich den Kerl da unten in das Boot setzen, an Händen und Füßen gefesselt, und ein Loch in den Boden bohren. Dann ein Schubs, und Herr Bruno Hofer treibt in die Mitte des Wannsees und verschwindet auf Nimmerwiedersehen. Atschö!«, winkte der Kriminalist der imaginären Szene nach. Malek hatte auf einen ziemlich verrotteten Angelkahn gezeigt, der an dem nicht weniger vermoderten Anlegesteg festgemacht war.

»Ich glaube im Keller ist Werkzeug, ich gehe es schon mal holen. Und diese scheußliche schwarze Plastik im Zimmer, sollten wir dem Schauspieler auf den Rücken binden, dann geht er schneller unter!«, erklärte Roder voller Elan und rieb sich vergnügt die Hände. Durch die Aufheiterung seines Kollegen fasste sich auch Malek wieder und zog ein paar Handketten aus seiner Jackentasche, die er im Polizeifahrzeug eingesteckt hatte. »Und die hängen wir um seinen Hals.«

Als Malek zurück in das Wohnzimmer trat, erhob sich der Schauspieler. Staatsanwalt Rohr blieb sitzen. Unschlüssig und mit der Situation überfordert trank er erst einmal seinen Cognac aus.

»Wenn Sie gestatten, werde ich mich jetzt von der liebreizenden Dorothea zurück in Bruno Hofer verwandeln.«

Malek nickte nur. Er hatte genug von den feinsinnigen Bemerkungen des Schauspielers.

»Sie gehen mit und passen auf, dass Herr Hofer keine Dummheiten macht«, erteilte er einem der uniformierten Beamten den Befehl.

Hofer stieg graziös die Treppe zu seinem Schlafzimmer hinauf. Malek hatte nur ein Kopfschütteln für den Schauspieler übrig.

Die weiteren Vernehmungen wollte der Beamte im Präsidium führen. Es gab eine Menge Einzelheiten zu erfragen. Allerdings graute es den Kriminalisten vor dieser Vernehmung. Er hatte schon mit vielen Verbrechern zu tun, dieser war aber etwas Besonderes.

Die Beweise und vor allem sein Geständnis brächten ihn für lange Zeit, für sehr lange Zeit, ins Zuchthaus. Da würde auch ein noch so gewiefter Advokat, den sich Hofer sicherlich nehmen würde, nichts daran ändern. Bestenfalls erklärte man ihn für unzurechnungsfähig und er entkäme der Todesstrafe.

Ein Advokat, ein Rechtsanwalt? Malek stutzte. Seltsam, warum hatte so ein gerissener und einfallsreicher Mann nicht sofort nach seinem Rechtsbeistand gerufen? Sein Blick fiel auf das schwarze Telefon auf der Anrichte neben einem Ohrensessel.

»Gibt es oben auch noch einen Fernsprechapparat?«, wollte er die junge Frau fragen, aber Lisa war nicht mehr im Raum.

»Wo ist die Frau hin?«, fragte er Klaus Winter. Der legte ein Buch, das er sich angesehen hatte, in den großen schweren Eichenschrank zurück und nickte in Richtung Flur. »Sie wollte Kaffee machen.«

»Da, da draußen laufen sie!«, schrie in diesem Augenblick einer der Schutzpolizisten. Er hatte Bruno Hofer und Lisa Paul durch den Garten huschen sehen. Die Schatten verschwanden in einer dichten Hecke. »Die gehen stiften!«

Der Beamte, der Hofer in sein Schlafzimmer begleiten sollte, kam die Treppe hinunter. Sein schuldbewusstes Gesicht verriet Malek, dass dieser sich durch die Maskerade des Schauspielers hatte täuschen lassen.

»Ich dachte, einer Dame beim …«, kam der Mann nicht zu seiner Erklärung.

Klaus Winter rief dazwischen: »Sie müssen durch den Keller raus sein«, und spurtete auf die Wohnungstür zu.

Malek gab Order: »Alle zu den Wagen. – Sie«, zeigte er auf einen Beamten in Uniform, »bleiben hier, falls sie zurückkommen. Aber Vorsicht, der Mann ist gefährlich!«

Der Polizist kratzte sich ungläubig unter seinem Tschako. »Welcher Mann?«

Erich Malek konnte die Frage nicht mehr hören. Er war mit den anderen Beamten durch den Vordereingang über den Kiesweg des Gartens zur Straße unterwegs.

Im Auto gab der Kriminalist die Anweisung sofort loszufahren. Mit aufheulendem Motor ging die Fahrt los.

Klaus Winter setzte zur naheliegenden Frage nach dem »wohin« an, wurde aber von Malek schon in dessen Gedankengang eingeweiht. »Die flüchten über den Nachbarsgarten und wenn mich mein Animus nicht ganz trügt wartet in der nächsten Straße der Duesenberg mit Hofers Fahrer Robert.«

Die nächste Kurve nahm das Polizeiauto mit quietschenden Reifen, und wie Malek richtig vermutet hatte, tauchte das Fahrzeug des Schauspielers in den Scheinwerfern ihres Wagens auf.

»Da sind sie!«, rief Winter und schlug dem Fahrer von hinten auf die Schulter. »Tempo, Tempo, Mann, dass sie uns nicht entkommen!«

Hinter dem Auto mit den Kommissaren klingelte die Alarmglocke des zweiten Polizeifahrzeugs.

Der weiß lackierte Duesenberg war in der Dunkelheit gut zu erkennen. Das Regenverdeck war geschlossen. So konnte man nicht sehen, wer auf welchem Platz saß.

»Gott sei Dank sind kaum Menschen um diese Uhrzeit auf den Straßen. Dieser Verrückte fährt ohne Rücksicht auf Verluste«, war Malek bemüht, sich im Fond festzuhalten, um nicht gegen die Seitentür zu prallen oder mit dem Kopf an die Innendecke des Adler zu stoßen.

»Wie sind die denn rausgekommen?«, wollte Winter wissen. Dann gab er sich selbst eine Erklärung. »Vielleicht gibt es so etwas wie einen Geheimgang vom Schlafzimmer hinunter in die Küche und dann in den Keller? Gerissen genug ist der Kerl.«

»Schei…benkleister!«, fasste sich Malek an die Stirn und dem Fahrer rief er zu: »Halten! Halten Sie an!«

Der Wagen stoppte, so schnell die Bremsen es zuließen. Das andere Polizeifahrzeug wäre fast aufgefahren. Der Duesenberg entfernte sich. Malek sprang aus dem Fond und lief zu dem zweiten Wagen. Nach knapp zehn Sekunden war er zurück, stieg ein, schloss die Tür und gab Anordnung die Verfolgung wiederaufzunehmen. Der Fahrer gab Gas. Der zweite Wagen wendete und entfernte sich.

»Was war denn?«, wollte Klaus Winter wissen.

»Was, wenn uns der Hofer geleimt hat?«

»Geleimt?«

»Ja, wenn er gar nicht in dem Automobil da vorne sitzt. Er könnte sich mit seinem Chauffeur abgesprochen haben. Es könnten zwei Kleider und Perücken existieren. Auch hat der Chauffeur ungefähr dieselbe Größe wie sein Chef. Dann ein Rollentausch. Hofer verlässt kurz das Zimmer, geht hinunter in den Keller und trifft dort Robert, den Fahrer. Die junge Frau stößt zu ihnen und dann rennen sie und Robert gemeinsam quer über den Rasen.«

»Das stimmt«, pflichtete Wilhelm Roder Malek bei. »Aber warum schleichen sie nicht am Rand der Hecke entlang, anstatt über den Rasen wie auf einem Präsentierteller abzuhauen?!«

»Sie wollten, dass wir sie sehen und verfolgen«, hatte nun auch Winter die Zusammenhänge begriffen.

»Bruno Hofer muss jetzt nur noch in aller Ruhe seine Sachen packen und sich eine Mietdroschke kommen lassen.«

Das Gesicht von Malek verfinsterte sich. »Ich hoffe, der Polizist, den ich zurückgelassen habe, ist auf dem Posten, wie ich es ihm geraten habe.«

»Wo ist eigentlich Staatsanwalt Rohr?«, fragte Klaus Winter.

»Scheibenkleister«, wiederholte Malek. »Den haben wir ganz vergessen. Der wird auch noch in der Villa hocken.«

»Die Kollegen müssten jeden Moment wieder an der Villa sein.«

»Was jetzt?«, fragte der Fahrer.

Malek überlegte, dann schlug er dem Mann vor sich auf die Schulter. »Weiter, zur AVUS, Hofer will in die Innenstadt. Es ist der schnellste Weg. Dort gibt es Bahnhöfe. Wenn er erst einmal in einem Zug sitzt, dann gute Nacht.«

Der Fahrer erhöhte das Tempo. Sie bogen in den Kronprinzessinnenweg ein, der zur Auffahrt auf die AVUS führte.

»Wenn er auf der AVUS ist, wird es knapp, der hat ganz schön was unter der Haube«, unkte der Fahrer des Polizeifahrzeugs.

»Holen Sie alles raus, was drin ist«, spornte ihn Winter an.

Dann rasten sie schon die AVUS hinauf. Zum Erstaunen aller tauchte der Duesenberg des Schauspielers vor ihnen aus der Dunkelheit auf.

»Vielleicht sind die Ventile nicht richtig eingestellt«, mutmaßte der Fahrer. »Also wenn das mein Chauffeur wäre, dem würde ich mal ordentlich eins hinter die Löffel geben.«

Malek war natürlich froh, über die vermeintliche Nachlässigkeit des Chauffeurs und doch kam ihm die verhältnismäßig langsame Fahrt des Wagens vor ihnen komisch vor.

Nach einigen Minuten kam linkerhand der Funkturm in Sicht. Seit 1926 das neue Wahrzeichen Berlins. Rechts ging es in die Neue Kantstraße. Auch hier war um diese Uhrzeit nicht viel Betrieb auf den Straßen. Auf der Kantstraße, Höhe Stuttgarter Platz, überquerten ein paar Nachtschwärmer die Straße und mussten einen gehörigen Satz machen, um nicht von dem Duesenberg Hofers erfasst zu werden.

Am Bahnhof Zoo war schon mehr Trubel, und Malek erwog, die Verfolgung abzubrechen, um keine Menschenleben zu gefährden.

»Mach mal langsam«, klopfte er schließlich seinem Fahrer auf die Schulter. »Nicht, dass uns noch einer vors Auto läuft. Wir werden den Hofer schon noch bekommen.« Das Polizeifahrzeug verlangsamte sein Tempo, wie der Kriminalkommissaranwärter angeordnet hatte. Alle Insassen vermuteten nun, dass der Wagen des Schauspielers bald außer Sichtweite kommen würde.

Aber weit gefehlt. Auch der Duesenberg drosselte die Fahrt und schien auf die Verfolger zu warten.

»Da wird ja der Hund in der Pfanne verrückt«, lehnte sich Winter nach vorne zwischen die Vordersitze, als könne er so besser sehen.

Jemand streckte den Kopf aus dem Fenster des vor ihnen fahrenden Wagens und sah zurück zum Polizeifahrzeug.

»Das ist Hofer«, stieß Malek perplex aus. »Das ist er!«

Der Schauspieler hatte die Perücke abgenommen, damit sie ihm nicht vom Wind fortgerissen werden konnte. Die Ohrringe glänzten und blitzten im Licht der vorbeihuschenden Straßenlaternen. Ein Lächeln lag auf seinem Gesicht.

Roder fragte: »Was sollen wir jetzt machen?«

»Wir bleiben dran. Anscheinend will er, dass wir ihm folgen. Dann können wir es auch im Rahmen der Straßenverkehrsordnung tun.« Erich Malek lehnte sich zurück und schüttelte den Kopf. Was hatte diese Hofer vor? Was war das für ein Spiel?

Nun ging die Fahrt im gemäßigten Tempo weiter über die Budapester Straße, über den Landwehrkanal, die Hofjäger Allee gen Norden und dann rechts am großen Stern in die Charlottenburger Chaussee. Jetzt konnte man das Brandenburger Tor sehen und weiter im Hintergrund in der Ferne das erleuchtete Berliner Rathaus.

Erich Malek versuchte, während der nun beschaulichen Fahrt, einige Dinge vor seinem geistigen Auge ins Licht zu rücken, die ihm an diesem Fall zu unbeleuchtet geblieben waren. Da war das junge Mädchen, das vor ihm in dem weißen Auto neben Hofer dahinfuhr. Lisa Paul.

Was hatte sie bewegt, sich auf das kriminelle Spiel an der Seite des Schauspielers einzulassen? Ging es nur um Geld?

»Sie hatte so eine unschöne Narbe an der Stirn. Schade für ein junges Mädchen«, hatte seine Mutter eine junge Frau beschrieben, die bei ihr in der Pension war.

Zweimal hatte Malek sie befragt. Was hatte solch ein Mädchen an der Seite des großen Filmstars zu suchen? Und heute war sie sogar als Gastgeberin in der Villa Hofers aufgetreten. Zugegebenermaßen hatte sie sich verändert.

Und dann hatte Lisa Rosa besucht. Kurz vor ihrer Abreise. Malek erschrak. Was hatte Rosa mit dieser jungen Frau zu tun? Und wenn Rosa Lisa kannte und Lisa Hofer? Der nächstliegende Gedanke führte Rosa zu Hofer. Sie kannten sich. Sie hatten sich in Berlin getroffen. Rosa hatte ihn angelogen. Sie hatte ihn hinters Licht geführt. Wusste sie von Hofers Morden? Das Unwohlsein, das den Kriminalisten bei Rosas Begegnung mit der jungen Frau hatte, wuchs sich zu regelrechten Schmerzen aus.

Nachdem sie das Brandenburger Tor passiert hatten, kam Malek die Gerissenheit des Schauspielers in den Sinn. Hofer hatte für den Fall seiner Verhaftung alles bis ins Kleinste geplant. Der Wagen stand nicht in der Garage, und die junge Frau hatte die Kriminalbeamten so lange mit ihrer Anwesenheit abgelenkt, dass der Schauspieler in aller Ruhe die Vorbereitungen für seine Flucht treffen konnte.

Malek fragte sich, angesichts der Vorausschau seitens des Schauspielers, wo und vor allem was am Ende dieser Fahrt geschehen würde?

Jetzt erst einmal fuhr dieser seltsame Konvoi die Straße unter den Linden entlang, überquerte die Friedrichstraße und die Schlossbrücke. Rechts tauchte das Stadtschloss auf, in dem das Schlossmuseum untergebracht war. Linker Hand vor ihnen erhob sich wuchtig der Berliner Dom.

Plötzlich beschleunigte Hofers Wagen wieder, bog hinter der Schlossbrücke in die Straße am Lustgarten ein und brauste in Richtung Hackescher Markt davon.

Maleks Fahrzeug musste einen entgegenkommenden Brauereiwagen mit Pferdegespann vorbeilassen.

Winter fluchte: »Müssen die zu nachtschlafender Zeit ihr Bier ausfahren?«

Schließlich folgte der Adler der Polizei dem Duesenberg von Hofer. Als sie in die Museumstraße einbogen, dachte der Kriminalkommissaranwärter an den Tatort des dritten Verbrechens. Und nun konnte sich Malek denken, wohin Hofer wollte.

»Monbijoupark«, gab er seinem Fahrer die Anweisung. Aber schon im nächsten Augenblick sah der Kriminalist wie der Duesenberg hielt und Hofer in Frauenkleidern aus dem Auto sprang. Lisa verließ den Wagen auf der anderen Seite. Dann fuhr der Wagen weiter.

Der Schauspieler trug wieder die Perücke. Lisa Paul folgte ihm über das Rasenstück neben dem Berliner Dom zur Spree hinunter.

Sofort, als der Wagen der Polizei hielt, verließen Malek und Winter das Fahrzeug und nahmen die Verfolgung auf.

Der Fahrer und Roder folgten auf Maleks Anweisung dem Duesenberg.

»Nur falls es diesmal ein echtes Ablenkungsmanöver ist«, rief Malek Winter im Laufen zu. Dieser nickte.

Durch den Vorsprung, den der Schauspieler durch das Fahrmanöver seines Chauffeurs herausgeholt hatte, konnte Malek und sein Kollege nur noch aus der Entfernung Zeugen der letzten Inszenierung des berühmten Darstellers werden.

Bruno Hofer und Lisa Paul waren an der Spree angekommen. Es war schräg gegenüber dem Ufer, an dem der Zuhälter Gustav Krüger zu Tode gekommen war. Hier blieben sie stehen und Bruno nahm die Perücke ab. Dann zog er ein Messer aus seiner Handtasche. Er reichte die Waffe seiner Freundin.

Lisa weigerte sich, das Messer zu nehmen und zuzustechen.

Die junge Frau schlug die Hände vor ihr Gesicht und verbarg die Augen vor dem entsetzlichen Anblick.

Bruno stach sich selbst mit verrenktem Arm in die rechte Hüftgegend. Dreimal fuhr die Klinge in das Fleisch. Wie seine Opfer gab der Schauspieler keinen Laut von sich. Wenn auch der verzerrte Gesichtsausdruck zeigte, dass er ungeheure Schmerzen haben musste.

Malek war auf dem abschüssigen Rasenstück stehen geblieben und auch Winter verlangsamte seine Schritte. Den Polizisten war klar geworden, dass diesem Mann nicht mehr zu helfen war.

Bruno Hofer zog sich am Geländer hoch und mit einer schwungvollen Bewegung ließ er sich in die Spree fallen.

Jetzt liefen Malek und Winter zu der Stelle, an der Lisa immer noch mit den Händen vor dem Gesicht stand und Hofer über die Brüstung geklettert war.

Die beiden Beamten lehnten sich über das Eisengitter. »Da vorne, da schwimmt er. Ist er tot?«, rief Winter und zeigte in die Dunkelheit.

Die Kriminalbeamten starrten angestrengt auf das schwarze Wasser der träge dahin fließenden Spree.

Erich Malek war sich nicht sicher, ob er einen Schatten auf der Oberfläche treiben sah.

»Wir müssen die Schutzpolizei alarmieren. Sie müssen den Flussverlauf absuchen.«

Diese Aufgabe übernahm Klaus Winter und lief los, um eine öffentliche Fernsprechzelle zu suchen.

»Sie können die Hände wieder herunternehmen. Es ist alles vorbei«, wandte sich Malek an Lisa Paul. Gleichzeitig suchte er den feuchten Boden um die Stelle ab, an der sich Hofer das Messer in den Oberkörper gestochen hatte. Aber der Kriminalist fand keine Waffe. »Er hat sie bei seinem Sprung ins Wasser mitgenommen.«

»Nun ist er tot«, ließ sich Lisa leise vernehmen. »Er wollte sterben, weil man ihn sonst ja sowieso totgemacht hätte.«

Erich Malek betrachtete die junge Frau vor sich aufmerksam. »Ich muss Sie vorläufig festnehmen, Sie stehen unter dem dringenden Verdacht der Beihilfe zum Mord.«

»Ja, das hat der Bruno auch gesagt. Und dann hat er noch gesagt, ich solle nichts sagen.«

»Da hat Ihnen der Herr Hofer einen guten Rat gegeben.« Malek hätte zu gerne die junge Frau an Ort und Stelle über ihren Besuch bei Rosa befragt. Aber er wusste, dass sie auch hierzu schweigen würde. Hofer hatte ganze Arbeit geleistet. Aus dem ärmlichen Mädchen im Petrieck war eine selbstbewusste und kriminelle Frau geworden.

Kapitel 33

Eine Festnahme auf dem Rummelplatz und das Ende einer Erpressung

Trotz intensiven Suchens wurde die Leiche von Bruno Hofer nicht gefunden.

»Eine Schiffsschraube könnte den Herrn in kleine Teile zerlegt haben«, legte Klaus Winter ein seltsam diabolisches Lächeln auf. »Oder, eine Verehrerin hat sich den Herrn aus dem Wasser gezogen. Und nun muss der Ärmste den Rest seiner Jahre im Jenseits, bis zur allgemeinen Wiederauferstehung, an einem Tisch sitzen und sich Geschichten vom Kino anhören! Geschieht ihm recht!« Lachend widmete sich der Kriminalassistent wieder seiner neuen Aufgabe.

Otto Jansen hatte nach Abschluss des Falles Bruno Hofer alle verfügbaren Kräfte wieder auf den Attentäter, der auf den Polizeivizepräsidenten geschossen hatte, angesetzt.

Nach wochenlanger Untätigkeit war wieder ein erneuter Anschlag verübt worden. Diesmal hatte es der Schütze geschafft, trotz intensivster Bewachung und Beobachtung der Umgebung, auf das Büro des Dr. Weiß zu schießen. Getroffen wurde zum Glück nur eine Vase auf dem Bücherregal hinter dem Schreibsessel des Präsidenten.

Geschossen wurde aus einem Dachfenster eines Hauses gegenüber dem Polizeiamt Charlottenburg am Kaiserdamm. Einer ungefähren Schusskanalbestimmung folgend wurden die entsprechenden Häuser durchsucht. In der Regenrinne unterhalb des infrage kommenden Fensters wurde eine Gewehrpatronenhülse gefunden. Kaliber und Form passten zu dem Geschoss im Dienstzimmer des Polizeivizepräsidenten. Der Schütze konnte vermutlich das Repetieren der Hülse aus dem Gewehr auf das Dach und in die Regenrinne nicht verhindern.

Dass Bernhard Weiß zum Zeitpunkt des Schusses nicht in seinem Büro anwesend war, fasste Jansen erneut als Warnung auf.

»Der Kerl hätte, wenn er dieses Mal wirklich ernst machen wollte, gut und gerne warten können, bis der Polizeivizepräsident in seinem Stuhl Platz genommen hatte. Wenn er das Versteck so gut gewählt hat, dass er ungestört zum Schuss kam, wäre es wahrscheinlich auf ein paar Stunden oder ein paar Tage nicht angekommen.«

Nun musste Winter als Schriftexperte einen erneut eingegangenen Erpresserbrief mit den älteren Schriftproben vergleichen.

Malek saß über dem Abschlussbericht seines ersten Falles. Unlustig, wegen des unbefriedigten Ergebnisses seiner Ermittlungen, erhob er sich und lief im Büro auf und ab.

»Sie sollten sich eine Stelle im Zoo im Raubtierhaus suchen, da können Sie ungestört in Stellvertretung eines Löwen hin und her tigern«, spottete Klaus Winter.

»Ist das das Kuvert, mit dem der letzte Brief gekommen ist?«, blieb Malek neben dem Arbeitsplatz von Winter stehen und betrachtete den Umschlag. Dann verglich er die vorherigen Schreiben miteinander. Als Nächstes nahm er sich ein Postleitzahlenbuch zur Hand und suchte die entsprechenden Angaben des Stempels auf der Briefmarke heraus.

»Komisch, die fünf hier sind in Berlin-Mitte aufgegeben worden. Das hier wurde im Wedding abgestempelt.«

»Na und?«, fragte Winter, ohne wirklich auf die Überlegungen seines Kollegen zu achten.

»Warum hat der oder die Erpresser fünf Briefe bei einem Postamt in Mitte aufgegeben und diesen einen im Wedding?«

»Vielleicht hat er den Wohnort gewechselt?«

»Und ist dann wieder zurückgezogen? Der aus dem Wedding ist laut Datum der dritte Brief gewesen?«

Jetzt sah Winter zu Malek auf. »Dann war es bestimmt Unachtsamkeit.«

Die beiden Beamten gingen zu ihrem Chef und Malek trug seine Beobachtung vor. Die Überlegungen Maleks prüfend, legte Hauptkommissar Jansen seine Stirn in Falten.

»Da hätten wir auch früher drauf kommen können«, schüttelte Jansen den Kopf. »Na, manchmal liegt das Nahe doch so fern.« Er erhob sich, legte seine Zigarre in den Aschenbecher und besah sich die große Karte von Berlin, die an der Wand hinter seinem Schreibtisch hing. »Ich weiß nicht, ob es den anwesenden Herren aufgefallen ist, aber in dem Postbezirk, in dem der Brief aufgegeben wurde, liegt der Rummelplatz Onkel Pelles Nordmarkt.« Otto Jansen sah von einem Kriminalisten zum anderen.

Klaus Winter wollte nicht, aber er musste grinsen.

»Schön, dass Sie es mit Humor nehmen, Winter.« Jansen nahm wieder Platz und kramte in seinen Unterlagen, die sich auf seinem Arbeitsplatz türmten. Dann fand er, was er gesucht hatte. Es waren die Protokolle von den Befragungen der ehemaligen Scharfschützen, die bei der Reichswehr gedient hatten.

Der Beamte blätterte in den Unterlagen. »Ich habe doch irgendwo gelesen, wo war das … hier!«, hielt Jansen inne und schlug mit der flachen Hand auf den Tisch, dass es knallte und die Zigarre aus dem Aschenbecher kullerte. Der Kommissar nahm den Glimmstängel in den Mund. »Hier, Hermann Katter, Alter: 36 Jahre, wohnhaft in der Cheruskerstraße, in Schöneberg, arbeitet auf einem Rummelplatz. Und wie, meine Herren, könnte dieser Rummelplatz heißen?«

»Onkel Pelles Nordmarkt«, antwortete Winter kleinlaut. Jansen schüttelte den Kopf. »Und wo war die Geldübergabe?«

»Onkel Pelles Nordmarkt«, war es jetzt an Malek den vorwurfsvollen Blick des Hauptkommissars zu empfangen.

»Meine Herren, meine Herren, da fließt noch viel Wasser die Spree hinunter, bis Sie ausgewachsene Kriminologen sind. Und das Alibi, das seine Ehefrau ihm gegeben hat, hätte man auch einmal hinterfragen können. Es soll schon vorgekommen sein, dass liebende Ehefrauen ihren Ehegatten zu einem Alibi verholfen haben. Und eine Schriftprobe der Dame wäre auch im

Bereich des Möglichen gewesen. Aber das lässt sich ja nachholen. Sie, Roder, und Sie, Winter, fahren in die Cheruskerstraße und holen uns die Eheleute Katter zu einer Vernehmung auf das Präsidium. Wir nehmen von beiden die Fingerabdrücke für den Vergleich mit den Erpresserschreiben. Und die Schriftprobe von der Frau. – Roder, nehmen Sie sich noch vier weitere Beamte mit. Ich will keine böse Überraschung!«

Die beiden Kriminalisten machten sich auf den Weg, froh aus der Schusslinie zu sein.

Jansen goss sich demonstrativ einen Cognac ein, ohne seinem Mitarbeiter ein Glas anzubieten. Nach dem Genuss des Getränks wurde der Chef versöhnlicher. »Na, ich will mal Gnade vor Recht ergehen lassen. Es gab in den letzten Wochen viel Arbeit. Und Sie hatten mit den Wasserleichen ja auch alle Hände voll zu tun, und die Poststempel schreibe ich Ihrem Konto gut.«

Otto Jansen griff zum Telefon und veranlasste das Notwendige, um eine eventuelle Verhaftung durchzuführen.

Wieder war es Staatsanwalt Rohr, der Haftbefehl und Durchsuchungsbeschlüsse für den Rummelplatz und die Wohnung der Katters ausstellen musste.

Eine Dreiviertelstunde später erschienen Roder und Winter wieder im Büro. Zwischen ihnen stand Else Katter. Die Frau musterte den Hauptkommissar mit einem feindseligen Blick. Dieser blieb gelassen.

»Hermann Katter war nicht in der Wohnung. Seine Frau schweigt. Eine Nachbarin meint, ihr Mann wäre zu seinem Arbeitsplatz gefahren. Auf den Rummel.« Dass Wilhelm Roder während seines Berichts über die Frau neben sich sprach, als wäre sie nicht anwesend, lag an ihrer abweisenden Haltung.

»Nehmen Sie mal die Fingerabdrücke«, ordnete Jansen auch über die Frau hinweg, als ob sie Luft wäre. »Wenn sie sich weigert, eine Schriftprobe abzugeben, werden wir sicherlich später bei einer Hausdurchsuchung entsprechende Dokumente finden. Wenn die Fingerabdrücke mit denen hier auf den Umschlägen und den Erpresserbriefen übereinstimmen, unterschreibt der Staatsanwalt die Hausdurchsuchung.« Jansen wedelte mit den Briefkuverts des Erpressers.

Wilhelm Roder wollte Frau Katter unter den Arm fassen und sie zum Erkennungsdienst begleiten. Sie wehrte sich und blieb stehen.

Wie von Otto Jansen beabsichtigt, zeigte Else Katter auf seine Anordnung hin eine Regung. Der Hauptkommissar las es ihr förmlich im Gesicht ab, dass sie begriffen hatte, überführt worden zu sein. Ein Geständnis lag nahe.

Die weitere Reaktion von Frau Katter überraschte die Kriminalbeamten allerdings.

»Mein Mann hat mich gezwungen, die Briefe für ihn zu schreiben und zur Post zu bringen. Ich hatte keine Ahnung, dass er auf den Weiß geschossen hat. Erst danach hat er mir erzählt, was er vorhatte.«

Der Hauptkommissar ließ einige Zeit vergehen. Dann sprach er sehr freundlich: »Warten Sie doch bitte im Büro nebenan, Frau Katter. Herr Winter, begleiten Sie die Dame bitte. – Möchten Sie eine Tasse Kaffee, Frau Katter, einen Schnaps?«

»Einen Kaffee, sehr gerne.«

»Herr Roder, kümmern Sie sich bitte darum.«

Als Klaus Winter und Frau Katter das Büro verlassen hatten und die Tür geschlossen war, schlug sich Otto Jansen vor Vergnügen auf sein Knie.

»Das klappt ja bestens. Sie liefert uns ihren Mann auf einem silbernen Tablett. Jetzt müssen wir nur so viele Details über die Anschlagsversuche wie möglich aus der Frau herausbekommen, und die hauen wir ihrem Mann dann um die Ohren.«

Malek machte ein skeptisches Gesicht. »Ich glaube, sie lügt. Ich denke, sie will sich herausreden und belastet ihren Mann.«

»Sie merken aber auch alles, Herr Kriminalkommissaranwärter. Natürlich will sie die ganze Schuld auf ihren Alten abschieben. Soll sie, umso mehr Beweise haben wir gegen Hermann Katter. – Bevor ich zu ihr rübergehe, Roder, wenn Sie der Dame den

Kaffee gebracht haben, fahren Sie und Winter mit einem weiteren Beamten in Zivil zu dem Rummelplatz.«

Der Kriminalist sah auf seine Taschenuhr, die er an einer Kette aus seiner Weste zog. »Jetzt macht der Rummel wahrscheinlich gerade auf. Winter weiß, wie Katter aussieht, lassen Sie ihn nicht aus den Augen, bis wir kommen. Aber unauffällig. Greifen Sie nur zu, wenn es den Anschein hat, dass er stiften gehen will. Vorsicht, der Mann kann mit Waffen umgehen.«

Zur weiteren Freude Otto Jansens erzählte Else Katter bereitwillig vom ersten Anschlag über die misslungene Geldübergabe bis zum zweiten Anschlag auf den Polizeivizepräsidenten. Stets darauf bedacht zu betonen, dass sie selbst nicht anwesend war.

»Wie gesagt, das alles hat mir mein Mann immer erst erzählt, als es schon passiert war. Ich konnte es nicht verhindern.«

Ein Detail, der genaue Standort des Schützen bei dem zweiten Anschlag, spielte dem Hauptkommissar einen handfesten Beweis in die Hände. Die leere Gewehrpatronenhülse war genau an dieser Stelle gefunden worden, die Else Katter beschrieben hatte. Wenn die Kriminalisten nun auch noch das passende Gewehr in die Hände bekommen würden, wäre Hermann Katter überführt.

Trotz ihrer Unschuldsbeteuerung wurde Frau Katter wegen Beihilfe an einem zweifachen Mordversuch und versuchter Erpressung vorläufig in Haft genommen.

Otto Jansen rief zum Aufbruch.

»Jetzt werden wir uns mal den Herrn Katter persönlich zur Brust nehmen. – Trotzdem, die Fingerabdrücke der Frau Katter nicht vergessen«, mahnte der Hauptkommissar. »Ordnung muss sein, Malek. Nicht dass uns nachher noch einer Schlampigkeit vorwirft«, ging die Anspielung an den jungen Kollegen an seiner Seite.

Als die Lastwagen des Überfallkommandos am Rummelplatz eintrafen und die Schutzpolizei das Gelände weiträumig absperrte, störte sich kaum ein Besucher an dem Aufmarsch. War man im Wedding polizeiliche Aktionen wie diese gewohnt. Meist politisch bedingt, da man entweder kommunistische oder nationalsozialistische Aufmärsche und Kundgebungen schon im Keim ersticken wollte. Und oft gingen solche spontanen Demonstrationen von Bierzelten aus wie diesem, das auf Onkel Pelles Nordmarkt Besucher anlocken sollte.

Kriminalhauptkommissar Otto Jansen führte den Trupp an. Die Kräfte wurden geteilt und vor die einzelnen Zelte postiert.

Klaus Winter wartete vor dem Zelt, in dem Hermann Katter gerade seine Vorstellung hatte.

Gemeinsam betraten sie das Haus der Sensationen.

»Da ist er«, flüsterte Malek Jansen ins Ohr.

»Ja, ich sehe, er hat ein Gewehr und schießt auf eine junge Frau. Ist das denn legal?«

Malek musste innerlich über die Bemerkung seines Hauptkommissars schmunzeln.

Hermann Katter schoss auf alles, was sich ihm vor die Flinte wagte. Meist waren es junge Mädchen, die sich todesmutig, angeblich unentgeltlich, auf das Holzbrett vor die Zielscheibe begaben. Sie hielten Luftballons in ihren Händen, die Hermann Katter vom anderen Ende des Zeltes, mit seinem Gewehr anvisierte und treffsicher zerschoss.

Ganz so unentgeltlich begab sich natürlich keines der jungen Dinger vor die Waffe von Katter. Alle zwei Stunden fand sich eine Frau bereit, natürlich rein zufällig, sich dem Gewehrfeuer des Schützen auszusetzen. Die Gage wurde vom Besitzer des Hauses der Sensationen, hinter dem luftigen Etablissement, ausgezahlt. Dazu mussten die weiblichen Freiwilligen eine Erklärung unterschreiben, dass sie im Schadensfall keine Ansprüche gegen das Unternehmen erheben würden.

Otto Jansen wartete bis zum letzten Schuss und bis Hermann Katter sein Gewehr abgestellt hatte. Dann ging der Hauptkommissar zu dem Mann und eröffnete ihm, dass gegen ihn der Verdacht des Mordversuchs und der versuchten Erpressung bestand und dass er vorläufig festgenommen war. Ohne die geringste Gegenwehr ließ sich der Mann mit gesenktem

Kopf abführen. Die Waffe Katters wurde als mögliche Tatwaffe sichergestellt.

Auf der Rückfahrt zum Präsidium sah Otto Jansen aus dem Fenster des Dienstfahrzeugs. Ohne den Blick auf seinen jungen Kollegen zu richten, sagte er: »Sie hätten mal nachfragen sollen, als was der Mann denn auf dem Rummelplatz arbeitet. Als Kunstschütze, Malek, als Kunstschütze.«

Wie Winter auf die Frage Maleks nach dem Posteinwurf im Wedding richtig vermutet hatte, hatte Frau Katter den Brief aus Zeitdruck beim Postamt um die Ecke abgegeben und nicht, wie ihr Mann es gesagt hatte, unbedingt in Berlin-Mitte.

Eine Schriftprobe ergab, dass die Frau die Erpresserbriefe geschrieben hatte. Sie musste mit einer Anklage wegen Beihilfe rechnen.

Die Strafe würde allerdings milde ausfallen, da Else Katter vor Gericht gegen ihren Mann aussagte.

Dieser war verständlicherweise aus allen Wolken gefallen, als er von der Aussage seiner Frau gegen ihn erfahren hatte.

Wie sich die Beamten schon gedacht hatten, stammte die ursprüngliche Idee für die Erpressung und die Schüsse auf Bernhard Weiß von Else Katter. So ihr Mann bei seiner Vernehmung. Da Aussage gegen Aussage stand und Hermann Katter nachweißlich geschossen hatte, folgte das Gericht den Angaben Else Katters.

Katter hatte nie die Absicht, Dr. Bernhard Weiß zu verletzen oder gar zu töten. Der Polizeivizepräsident war an der Front im Weltkrieg sein Vorgesetzter gewesen.

Nun war der Fall des Attentats auf den Polizeivizepräsidenten aufgeklärt, ohne dass die Öffentlichkeit etwas davon mitbekommen hatte. Anders als bei Maleks erstem eigenen Fall.

Kapitel 34

Eine Leiche trinkt Kaffee auf dem Markusplatz in Venedig und ein Fräulein braucht einen neuen Beschützer

Dass Malek seinem Chef und dessen Vorgesetzten keinen Täter, zumindest keinen lebenden präsentieren konnte, ärgerte nicht nur die entsprechenden Herren. Auch der Kriminalist selbst war äußerst unzufrieden mit dem Ergebnis. Natürlich, ein Schuldiger war gefunden worden, und der Trubel und das Echo in der Presse waren enorm, aber es würde eben niemand auf der Anklagebank des Justizgebäudes in der Turmstraße in Moabit sitzen. Und es würde kein Verurteilter den Rest seines Lebens in einer Zelle im Zuchthaus Tegel für seine Taten büßen müssen. Abgesehen davon, dass man Hofer wahrscheinlich wegen Geistesgestörtheit in eine Irrenanstalt eingeliefert hätte.

Dass die Öffentlichkeit froh war, dass der Rächer nun überführt und aus dem Leben geschieden war, konnte man nicht feststellen. Im Gegenteil, es erschienen weitere Gruselgeschichten und Reportagen in den Zeitungen und sogar ein Groschenroman nahm sich die Figur des Rächers als Serienmörder zur Leitfigur. Vergleiche mit Gestalten aus entsprechenden Kinofilmen wurden angestellt. Vor allen die Figur des »Dr. Mabuse« wurde gern herangezogen.

Die Anhängerschaft des Schauspielers und Kollegen aus der Filmbranche waren allerdings tief geschockt. So etwas hätte niemand für möglich gehalten. Und auch Erich Malek rätselte noch lange über das wahre Motiv von Bruno Hofer. Wie kam ein so erfolgreicher Mann dazu, solch schreckliche Taten zu verüben?

Bruno Hofer hatte vor seiner möglichen Verhaftung ein ausführliches Geständnis verfasst. Dass dieses Bekenntnis fast die Länge eines Romans hatte und mehr einer Autobiografie ähnelte, sprach Malek dem künstlerischen Wesen des Toten zu. Geschäftstüchtig, wie der Schauspieler war, hatte er eine Abschrift an einen Verlag geschickt. Der versiegelte Umschlag mit dem Manuskript sollte erst nach dem Ableben des Schauspielers geöffnet und veröffentlicht werden.

Nach dem Abschluss der Ermittlungen wurde das Manuskript in Buchform ein großer Erfolg. Die Einnahmen hatte Bruno Hofer einer Organisation zukommen lassen, die sich um gefallene junge Frauen kümmerte.

Geltungssucht war wohl das Hauptmotiv Hofers. Einmal mehr, da sich der Schauspieler in seinem Geständnis dahin gehend geäußert hatte, dass er die Absicht hatte, nach weiteren Morden, einen Film über die Geschehnisse zu drehen. Hofer in der Hauptrolle als Mörder. Bei der Premiere wollte sich der Darsteller dann selbst entlarven und dem staunenden Publikum als wahren Täter präsentieren.

Durch dieses Buch und durch das große Interesse an dem Fall in der Gesellschaft verstummten natürlich auch nicht die Theorien, dass der Schauspieler noch am Leben war.

Dass Bruno Hofer noch lebte, davon war auch Erich Malek überzeugt. Handfeste Beweise konnte er allerdings genauso wenig liefern wie für den Tod des Schauspielers.

Dass es technisch möglich gewesen war, nach der vorgetäuschten Selbsttötung zu verschwinden, dafür gab es einige Hinweise. So existierte unterhalb der Stelle, an der Hofer in die Spree gesprungen war, in der steinernen Uferbefestigung eine etwa fünfzig Zentimeter hohe Einbuchtung. Diese hatte Malek am Tag nach dem Selbstmord des Schauspielers bei einem Erkundungsgang von der anderen Seite der Spree aus entdeckt.

Otto Jansen hatte seinen jungen Kollegen in sein Büro gebeten. Hier hörte er aufmerksam den Ausführungen Maleks zu.

»Wir haben natürlich nur flussabwärts nach dem Toten gesucht. Wenn er einfach unter uns in diese Buchte hineingekrochen ist und abgewartet hat, bis sich die Lage beruhigte? Dann musste er sich nur noch trockene Sachen anziehen, die er schon vor längerer Zeit dort deponiert haben könnte, um sich dann in aller Ruhe aus dem Staub zu machen. Jemand könnte ihm mit einem Seil geholfen haben, sich hochzuziehen. Womöglich sein Fahrer Robert. Er wurde erst Stunden später festgenommen, als er zurück zu Hofers Villa kam. Den Kollegen war er vorher entwischt. Ein echter Fahrkünstler.«

»Und das Bündel, das Winter gesehen haben will?«

»Eben, es könnte ein Bündel gewesen sein. Alte Kleidung, zusammengebunden und ebenfalls unter dem Ufer verborgen. Im richtigen Moment ins Wasser geworfen und schon treibt eine hübsche Leiche die Spree hinunter. Jedenfalls im Dunkeln. Und wenn man aufgeregt ist und eine Leiche sehen will, sieht man eine Leiche.« Malek berichtete auch von anderen Ungereimtheiten: »Mir ist am Verhalten des jungen Mädchens aufgefallen, dass sie die ganze Zeit die Hände vor die Augen geschlagen hatte. Sie verharrte fast in einer Krampfstarre. Es hatte den Anschein, als ob ihr Hofer geraten hatte, dies zu tun. Wie den Rat, nicht auszusagen. So konnte sie nicht als Augenzeugin vernommen werden. Und auch die äußert dramatische Handreiche des Messers an die junge Frau, dass sie das Werk vollenden sollte. Alles Mumpitz. Das war Theater, wie sie es am Ku'damm spielen. Sie haben geprobt und Hofer ist ein ausgezeichneter Schauspiellehrer. Und dann, nachdem alles vorbei war, hat sie nicht einen Blick riskiert. Ich meine, ihr Liebhaber und Gönner hatte sich gerade schwer verletzt und in den Fluss gestürzt. Dann schaut man doch wenigsten kurz mal hin, ob man noch etwas von ihm sehen kann. Und so zart besaitet ist diese junge Frau nicht. Ich gehe davon aus, dass sie bei mindestens drei Morden anwesend war. Die Schuhgröße passt zu den sichergestellten Spuren. Passende Schuhe haben wir nicht gefunden«, musste Malek bekennen und er wusste, dass dies kein Beweis vor Gericht sein würde.

»Für zwei Morde haben wir Zeugenaussagen. Na gut«, fing Malek den skeptischen Blick seines Chefs auf. »In dem einen Fall ist nicht gesagt, dass die junge Frau von der Wirtin aus der

Mulackritze gesehen wurde. Wachtmeister Tenner hat Dorothea wiedererkannt, an Lisa Paul konnte er sich nicht erinnern. Der Schütte, der Pförtner am Schiffbauerdammtheater, hat Lisa Paul bei einer Gegenüberstellung als die zweite Frau identifiziert. Wenn er sie auch aus einer ziemlichen Entfernung gesehen hat«, fügte der Kriminalist abermals nach einem prüfenden Blick von Otto Jansen hinzu. »Und hundert Prozent sicher war er sich auch nicht.«

»Ja, die Zeugen. Der eine hat das gesehen, der andere das.«

»Dann das Messer. Am Ort des Geschehens ist es mir gar nicht aufgefallen, erst später als ich drüber nachdachte. Die Tatwaffe war bei allen Morden ein Springmesser. Das Messer, das Hofer aus seiner Handtasche zog, hatte eine feststehende Klinge. Und dann habe ich es nicht am Tatort gefunden. Er muss es mit in die Spree genommen haben. Sehr ungewöhnlich. Wenn man zusticht und sich verletzt, gibt es eine Reflexhandlung, das Messer danach fallen zu lassen. Hier nicht. In unserem Fall wollte der Getroffene nicht, dass die Waffe gefunden wird. Wahrscheinlich hätte sich das Messer als Theaterrequisit entpuppt. Und mit Requisiten kannte sich Hofer aus. Er selbst hatte mir solch ein Exemplar bei einem Besuch im Studio gezeigt. Ich kann mir vorstellen, dass irgendwo in einem Studio in Babelsberg ein Messer mit einer versenkbaren Klinge fehlt.«

»Sie deuteten an, dass Ihnen die Flucht dieses Schauspielers gleich komisch vorkam.«

»Ja, schon als wir auf das Gelände der Villa kamen. Hofer war die Ruhe selbst. Er plauderte mit uns, als ob wir von einer Zeitung kämen, um ein Interview über einen neuen Film mit ihm zu machen. Ich gebe zu, ich habe mich ein wenig einlullen lassen. Hätte ich mehr Sorgfalt walten lassen, wäre Hofer nicht durch den Keller entkommen.«

»Wenn hinter allem, was dieser Herr vorhatte, wie Sie sagen, ein Plan steckte, hat er bestimmt auch Alternativen bereit gehabt.« Der Hauptkommissar schüttelte den Kopf und entlastete seinen jungen Kollegen.

»Ich glaube auch. Und die Verfolgung kam mir ebenfalls irgendwie spanisch vor. Als der Duesenberg seine Fahrt verringerte, schwante mir, dass Hofer etwas vorhatte. Zu diesem Zeitpunkt dachte ich noch, er wolle seinen Abgang möglichst groß inszenieren. So wie sein Leben. Und als er das Messer zog, glaubte ich, wir werden Zeugen von dem tragischen Ende eines großen Schauspielers. Aber es stimmt nicht. Wir sollten Zeugen für seine vorbereitete Flucht sein. Dieser Mann wollte Leben und nicht am Galgen enden, wie Lisa Paul sich ausgedrückt hatte: … weil man ihn sonst ja sowieso totgemacht hätte!«

»Und Sie meinen, Bruno Hofer sitzt jetzt irgendwo draußen in einem Café und freut sich, dass er der Polizei ein Schnippchen geschlagen hat?«

»Nein, nicht Bruno Hofer. Dorothea trinkt einen Kaffee und einen Cognac. – Aber sie wird sich nicht viel Zeit lassen. Vermutlich steckt eine Fahrkarte erste Klasse mit dem Express nach Zürich oder nach Italien in ihrer Handtasche.«

»Ich verstehe«, nickte Jansen, »und dann sitzt ein gut situierter Herr in einem Café in Zürich oder ein Signore in Venedig auf dem Markusplatz.«

»Und trinkt dort seinen Cognac.«

Otto Jansen musste zugeben, dass die Theorie des Kriminalkommissaranwärters einen gewissen Charme hatte. Aber auch den Wink mit dem Zaunpfahl hatte der Hauptkommissar verstanden. Er nahm seine Flasche Cognac und zwei Gläser aus dem Regal und goss sie voll.

»Na ja, man kann nicht alles haben. So oder so, gute Arbeit. Prösterchen, Malek, auf ihren ersten, eigenen, abgeschlossenen Fall!«

Wie erwartet schwieg Lisa Paul zu den von Bruno Hofer begangenen Morden. Kein geringerer als der bekannte Staranwalt Dr. Rupert Leinen vertrat die ehemalige Bedienung aus dem Petrieck.

Pikanterweise war Leinen auch der Rechtsbeistand des durch Hofer zu Tode gekommenen Wilhelm Kanter. Da keine Verwandten von Kanter eine Nebenklage im Prozess von Lisa Paul anstrebten, sah Dr. Leinen keinen Grund, nicht auf die Seite der Angeklagten zu wechseln. Dass Hofer für die nötigen Mittel zur Verteidigung gesorgt hatte, war Malek bewusst.

Dr. Rupert Leinen kündigte auch an, dass das Fräulein für die Dauer ihres Prozesses das Recht auf Schweigen für sich in Anspruch nehmen würde.

Ein Besuch Maleks im Petrieck und ein Gespräch mit dem Wirt über seine ehemalige Bedienung brachte ihn auch nicht hinter das Geheimnis Lisa Pauls.

Was hatte die junge Frau getrieben, Hofer auf seinem Weg zu begleiten? Ging es nur um Geld oder war da echte Zuneigung, wie die Mutter von Lisa bei einer Befragung ausgesagt hatte.

Friedrich Müller indes war von Lisa schier begeistert. Vor allem von ihrer Prominenz. Jedem, der es hören wollte oder auch nicht, erzählte er die Geschichte der jungen Frau. Eine Fotografie von Lisa in Handschellen, nach ihrer Verhaftung vor dem Polizeipräsidium stehend, aus einer Zeitschrift ausgeschnitten hing an der Wand; an der die Prominenten Gäste seines Lokals ausgestellt waren.

An manchen Tagen kam der Budiker nicht mit dem Bierzapfen hinterher, wenn er gleichzeitig den Interessierten von den Besuchen Bruno Hofers als Dorothea Hirsch in seinem Lokal berichtete. Und auch die toten Zuhälter bekamen einen würdigen Platz in den Chroniken Müllers. Selbst die, die nie einen Fuß über die Schwelle des Petrieck gesetzt hatten.

Das Petrieck entwickelte sich zu einem regelrechten Wallfahrtsort für Anhänger des Grusels, und Friedrich Müller als waschechter Berliner wusste diesen Umstand in bare Münze umzuwandeln.

Drei Tage später läutete das Telefon auf dem Schreibtisch von Malek. Die Telefonistin verband eine aufgeregte Frauenstimme mit dem Kommissar.

»Du musst unbedingt kommen, Erich. Es ist etwas passiert!«

Der Kommissar ließ alles stehen und liegen und nahm sich einen Wagen der Fahrbereitschaft. Später würde ihm schon ein Grund einfallen, warum er diesen Dienst in Anspruch genommen hatte.

Der Wagen wartete vor dem Haus in der Schlüterstraße.

So schnell hatte Malek noch nie die Treppe hinauf zur Pension seiner Mutter genommen.

»Mein Junge, du bist ja schneller als die Polizei erlaubt«, lächelte die Mutter den Sohn an. Das laute Poltern des Steins von seinem Herzen ließ das gesamte Gebäude erzittern. Er betrachtete Frau Malek von oben bis unten, drehte sie einmal um sich selbst und sah ihr in die Augen. »Mach mal den Mund auf und sag A«, wollte er noch in den Hals der Frau sehen.

»Bist du jetzt auch noch ein Doktor geworden?«, amüsierte sich die Pensionswirtin.

»Nein, aber wenn rauskommt, dass ich den Dienstwagen für eine Spazierfahrt zu meiner Mutter genommen habe, werde ich wohl bald Medizin studieren oder mir sonst einen neuen Zeitvertreib suchen müssen. Nachtwächter haben auch schöne Arbeitszeiten. Was ist los, Muttchen?«

»Da ist jemand im Zimmer und ich weiß nicht, was ich machen soll.«

Malek wurde wieder ernst. »Randaliert er? Will er nicht die Miete zahlen? Was ist das für einer? Ist er gefährlich?« Der Beamte griff unwillkürlich zu seiner Waffe. Dann öffnete er energisch die Tür zu dem von der Mutter angegebenen Zimmer.

»Nicht schießen, ich bin unbewaffnet!«, rief die junge Frau auf dem Bett sitzend und hob die Hände.

»Rosa!«

Auf diesen Schrecken musste der Kriminalist erst einmal einen Weinbrand trinken.

Nach ihrer Beichte fügte Rosa noch an: »Malek, ich bin kein Mauerblümchen, das weißt du.«

»Aber du hättest es mir sagen müssen, sagen können.«

»Ich hatte doch nicht geahnt, dass dieser Schauspieler den Strobel umgebracht hatte. Was ich vermutete, war, dass der Hofer irgendeine Schweinerei gemeinsam mit Valentin gemacht hatte. Daher das Geld. Der Anteil von irgendetwas. Am Anfang erschien mir die Summe recht groß, dann aber, als ich nachgedacht hatte, fiel mir auf, dass es für einen Anteil zu wenig war. Aber ich habe mich nicht weiter darum gekümmert. Und dann kam diese junge Frau und hat mir damit gedroht, dass sie dich umbringen wollen. Da konnte ich nicht anders.«

»Einmal davon abgesehen, dass es keinen Auftrag gab, mich umzubringen und dich auch nicht, bin ich Polizeibeamter, es gehört zu meinem Beruf, mich der Gefahr auszusetzen. Und diese Finte mit dem Auftragsmörder gehörte auch nur zu den teuflischen Plänen dieses Herrn Hofer.«

Natürlich ärgerte sich Malek über die Unehrlichkeit von Rosa ihm gegenüber, auf der anderen Seite aber berührte es ihn, dass sie sich Sorgen um ihn gemacht hatte.

»Und dieses Mädchen?«

»Lisa Paul. – Sie wird wahrscheinlich wegen Beihilfe zum Mord in mindestens drei Fällen und wegen Beihilfe an einer Entführung angeklagt werden. Der Kollege Teichmann. Aber, so hat mir der zuständige Staatsanwalt verraten, die Beweislage ist sehr dünn, um eine Verurteilung zu erreichen. Der Hofer hat seine Geliebte gut geschützt. Wie die Vorstellung bei seinem Ende. Dann bleibt noch unterlassene Hilfeleistung in drei Fällen. Das wird ihr eine Gefängnisstrafe einbringen. Zu den Morden schweigt sie. Als Ehefrau hat sie das Aussageverweigerungsrecht.«

Jetzt war Rosa Braun überrascht. »Sie waren verheiratet?!«

»Bruno Hofer hat die junge Frau in aller Stille geehelicht. Auch so ein Stück aus dem Plan des berühmten und wie es scheint, auch noch auf anderen Gebieten äußert begabten Schauspielers.«

»Was wird denn die Frau machen, wenn sie aus dem Gefängnis kommt?«

Malek lachte erst und wurde dann ernst. »Sie muss sich keine

Sorgen mehr machen. Jedenfalls keine finanziellen. Als Ehefrau ist sie die Alleinerbin des Vermögens von Hofer. Und es ist kein kleines Erbe, wie Recherchen ergaben. Neben großen Geldbeständen bei verschiedenen Banken ist da noch die Villa am Wannsee nebst Mobiliar, die alleine mehrere Millionen Mark wert ist. Dann die Wohnung am Friedrich-Wilhelm–Platz, ein Segelboot auf der Havel und der Duesenberg. Was im Ausland an Wertbeständen existiert, entzieht sich unserer Kenntnis. Nach einem, wahrscheinlich nicht zu geringen Anteil für die Dienste des Chauffeurs Robert, ist sie nach ihrer Entlassung aus dem Gefängnis eine sehr wohlhabende Frau.«

»Dann ist sie ja eine gute Partie«, bemerkte Elisabeth Malek.

Ihr Sohn goss sich noch einen Weinbrand ein und nickte.

»Von jetzt an muss sie keinen Weinbrand mehr trinken. Nur noch Sekt. Prost!«

Malek sah, wie sich kleine Fältchen auf Rosas Stirn bildeten.

»Darf sie das Geld denn behalten?«

»Aber ja, es ist von Hofer ehrlich erarbeitet worden. Und was einer mit seinem Vermögen macht, ist seine Sache. Du wirst doch kein Mitleid mit dem Mädchen haben?«

»Einerseits ja, sie ist durch den Schauspieler zu einer Kriminellen geworden. Andererseits ist es für sie ja fast wie in einem Märchen. Aschenputtel bekommt ein Schloss und so viel Geld, dass sie mit goldenen Löffeln essen kann. Das ist Kintopp. Man müsste einen Film daraus machen.«

Erich Malek nickte zustimmend. Dann schmunzelte er. »Ich kann mir denken, dass genau in diesem Augenblick irgendwo bei einer Tasse Kaffee genau solche Pläne geschmiedet werden.«

Frau Malek wurde durch die Glocke auf dem kleinen Tresen zu ihren Pflichten als Pensionswirtin gerufen.

»Kinder«, drehte sie sich in der Tür noch einmal um, »das muss gefeiert werden. Ich brate Bouletten und mach eine Dose Ölsardinen auf. Mein Herr Sohn sorgt für den Sekt!« Mit dieser Ankündigung schloss sie die Tür hinter sich.

Malek und Rosa waren allein.

»Und nun, was soll jetzt werden?«

»Mit uns?«

Malek nickte.

Rosa sah ihrem Freund tief in die Augen. »Die Wohnung in München habe ich gekündigt. Und in der anderen muss sich jetzt ein junges Fräulein ein anderes junges Fräulein suchen. Ein paar Herren werden sehr traurig sein, bald aber auch wieder ein neues Fräulein finden. Und ich brauche jetzt einen neuen Beschützer, der mir Kleider kauft und Schuhe.«

Malek fehlten die Worte. Dann lächelte er. »Welche Schuhgröße haben Sie denn, junges Fräulein?«

ENDE

RENEGALD GRUWE
Deckfarbe

978-3-8392-1547-0 (Paperback)
978-3-8392-4389-3 (pdf)
978-3-8392-4388-6 (epub)

»Es lebt sich gefährlich als Kunstfälscher im Berlin der 30er-Jahre.«

Gustave Garoche steckt in einer Schaffenskrise. In der Reichshauptstadt Deutschlands hofft der Künstler, sich über Wasser halten zu können. Doch das ist nicht leicht, denn im Nazi-Deutschland gilt die expressionistische Malerei als entartet. Unvermittelt unterbreitet ihm ein Galerist ein Angebot, das er nur schwer ablehnen kann. Beide machen sich das widersprüchliche Handeln der Nazis zunutze und versuchen, daraus Profit zu schlagen. Doch es ist nur eine Frage der Zeit, bis sie auffliegen.

GMEINER SPANNUNG

WWW.GMEINER-VERLAG.DE
Wir machen's spannend

Das Neueste aus der Gmeiner-Bibliothek

Unser Lesermagazin

Bestellen Sie das kostenlose Krimi-Journal in Ihrer Buchhandlung oder unter www.gmeiner-verlag.de

Informieren Sie sich …

www … auf unserer Homepage:
www.gmeiner-verlag.de

@ … über unseren Newsletter:
Melden Sie sich für unseren Newsletter an unter www.gmeiner-verlag.de/newsletter

f … werden Sie Fan auf Facebook:
www.facebook.com/gmeiner.verlag

Mitmachen und gewinnen!

Schicken Sie uns Ihre Meinung zu unseren Büchern per Mail an gewinnspiel@gmeiner-verlag.de und nehmen Sie automatisch an unserem Jahresgewinnspiel mit »mörderisch guten« Preisen teil!